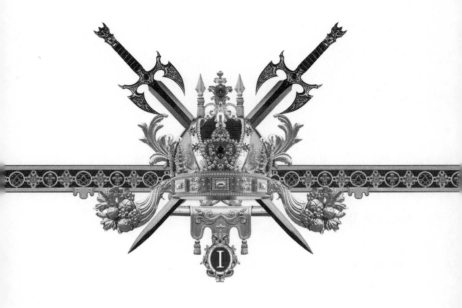

폭군의 행방

유한려 지음

ROMANCE STORY

fioret

폭군의 행방 1

초판 1쇄 인쇄 2020년 7월 20일
초판 1쇄 발행 2020년 8월 7일

지은이 유한려
발행인 오영배
편집 편집부
디자인 무이
본문 디자인 오정인
제작 조하늬

펴낸곳 (주)삼양출판사 · 피오렛
주소 서울시 강북구 도봉로 173
대표 전화 02-980-2112 / **팩스** 02-983-0660
편집부 전화 02-987-9393 / **팩스** 02-980-2115
블로그 blog.naver.com/dan_gul
출판등록 1999년 3월 11일 제9-00046호

ISBN 979-11-283-9956-5 (04810) / 979-11-283-9955-8 (세트)

fio ret 은 (주)삼양출판사의 로맨스 판타지 문학 브랜드입니다.

I

폭군의
행방

유한려 지음

ROMANCE STORY

fioret

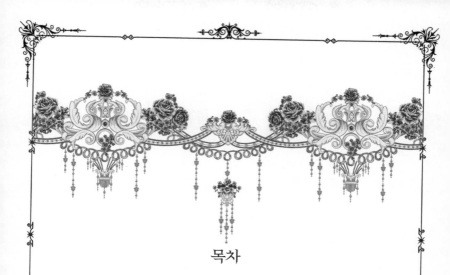

목차

프롤로그.
폭군과 세 여인

까마득한 옛날, 한 왕이 있었다. 그는 아름답고 무자비했으며 탐욕스러웠다. 보랏빛 머리칼을 휘날리며 그가 전장에 나설 때면 적군들은 도망치기 바빴다.

그는 진정 아름다운 얼굴의 사신이요, 살아 있는 전쟁의 화신이었다. 몇몇 왕국들은 그가 군대의 선두에 선 것만 보고 성문을 열어 주기도 했다.

그렇게 모든 땅이 그의 발밑에 조아리는 듯하자, 전쟁에는 흥미를 잃은 왕은 다른 것에 눈을 돌렸다.

그것은 여자였다. 대륙의 반을 제패할 동안에도 비 하나 들이지 않던 그가 첫 비를 들였다.

그의 첫째 비는 그에게 항복한 나라에서 친선의 뜻으로 보내온 공주였다. 그녀는 왕의 수려한 얼굴에 첫눈에 반해 있었다.

그런 그녀를 본 왕의 첫마디는 이랬다.

"못생겼군."

왕은 첫째 비의 궁에 한 번도 걸음 하지 않았다. 그리고 왕은 둘째 비를 들였다.

둘째 비는 변방 소국의 공주로, 그녀의 아버지와 오라비들은 모두가 뛰어난 무골이었다. 또한 그 소국은 드물게 자존심을 갖춘, 당시 왕에게 무릎 꿇지 않은 몇 안 되는 나라이기도 했다.

그러나 왕이 작정하고 덤비자 소국의 수도가 함락당하는 데는 채 일주일도 걸리지 않았다. 그리고 공주가 끌려 나왔다.

왕은 그 공주를 갖겠다고 마음먹었다. 그런 왕에게 그녀의 가족들이 외쳤다.

"다른 것은 다 줄 수 있으나 그녀만은 안 됩니다! 차라리 당신과 결투를 벌여서라도 그것만은 막겠습니다!"

왕은 자신에게 덤벼들었던 공주의 아버지와 오라비들을 뛰어난 검 실력으로 모두 제압한 뒤, 공주를 데려와 둘째 비로 맞이하였다. 둘째 비는 아버지와 오라비들 걱정에 몹시도 울었다.

그리고 마지막으로, 세 번째 비는 왕을 아주 어릴 적부터 곁에서 지켜봐 온 사람이었다.

그녀와 왕은 함께 걸음마를 익혔고, 같은 스승 아래 배웠고, 전쟁 때문에 왕이 멀리 나가 있더라도 둘의 우정은 변치 않았다.

세 번째 비는 왕에게 말했다.

"나는 너를 사랑해."

왕은 그것이 흥미로워서, 그녀의 청에 따라 그녀를 세 번째 비로 맞이하였다. 그러나 그녀가 그토록 말하는 사랑이라는 것이 무엇인지 왕은 도통 알 수 없었다.

그러다 어느 날 왕은 문득 깨달았다.

자신은 본래부터 누군가를 사랑할 수 없도록 태어난 존재였다. 그렇기에 이토록 무자비하고 이토록 강력한 것이었다.

왕은 그 사실에 조금도 절망하지 않았다. 오히려 그는 사람들의 사랑을 쟁취하는 것을 즐기고는, 끝내 그 마음들을 짓밟았다. 그는 마치 유흥거리처럼 그런 일들을 즐겼다.

그렇게 왕이 흥청망청 놀며 자신의 칼 솜씨를 과시하고 여인들은 궁에 갇혀 시름시름 앓는 동안, 세월은 흘러 마침내 왕은 죽었고, 신의 심판대에 서게 되었다.

왕의 생전 기록을 들여다본 신은 설레설레 고개를 내저었다. 그리고 생전에 왕에 의해 가장 고통받았던 세 여인이 불려 왔다.

신이 세 여인에게 물었다.

"너희는 그에게 무슨 형벌을 내리기를 바라느냐?"

그러자 서로를 바라본 세 여인이 잠시 후 일제히 대답했다.

"저희 모두를 다시 지상 세계로 내려보내 주십시오."

"그것이 형벌이 될 수 있겠느냐?"

그러자 첫째 비가 나서며 말했다.

"그는 그 얼굴로 너무 많은 사람을 홀리고 그것을 스스로 즐겼나이다. 그의 수려한 외모를 빼앗아 제게 주시고 그는 볼품없는 얼굴로 내려가게 하소서."

이번에는 둘째 비가 나서며 말했다.

"그의 그 검 솜씨 때문에 제 아버지와 오라버니가 크게 고통받았나이다. 그의 검 솜씨를 빼앗아 제게 주시고 그는 아무에게도 해 끼치지 못할 힘만을 갖고 내려가게 하소서."

그리고 마지막, 세 번째 비가 앞으로 나서며 말했다.

"그는 그토록 많은 사람을 장난처럼 홀린 주제에 스스로는 아무도 사랑하지 않고 다른 이들을 비웃었나이다. 누구도 사랑하지 않고 누구에게서도 상처받지 않는 그의 강철 심장을 빼내어 제게 주소서. 그리하여 그를 생전 처음 느껴보는 사랑의 아픔에 상처받고, 고통받고, 끝내는 피가 흐르는 가슴으로 통곡하게 하소서."

세 여인을 번갈아 본 신이 말했다.

"너희의 소원은 모두 이루어질 것이다."

그리고 신은 그때까지도 무릎 꿇린 채 아무 말이 없던 왕을 돌아보았다. 신이 왕에게 물었다.

"이 심판이 끝나는 즉시 너는 저들이 말한 그대로의 몸으로 지상 세계로 내려가게 될 것이다. 너도 그들에게 하고 싶은 말이 있느냐?"

왕은 잠시 신을 물끄러미 응시했다. 이윽고 그의 입이 열렸다.

"저는······."

메인 챕터 1.
첫 번째 여인과 백작가 셋째 도련님

1. 최악의 첫인상

지엔은 바깥으로 향하는 유리창에 이마를 댄 채 무시무시한 얼굴로 창 저편을 내다보고 있었다. 누가 보면 바깥에 원수라도 하나 있다고 생각할 눈빛이었으나, 사실 그녀는 본인의 삶을 모처럼 진지하게 돌아보는 중이었다.

상념 끝에 그녀가 내린 결론은 이랬다.

"나는 전생에 갈대가 아니었을까?"

지엔은 탄생부터가 범상치 않았다. 그녀가 태어날 적에, 옛날 옛적 돌아 버렸다는 노파가 어떻게 그녀가 태어난 시간을 딱 알고 찾아와 미친 듯이 문을 두드린 일만 해도 그랬다.

물론 갓 태어난 아이에게 바깥 오물을 옮길 수는 없으므로 지엔의 어머니는 문을 열어 주지 않았다.

그때 노파가 외친 말이 이랬다.

'그 애는 위대하고 사악한 존재였어!'

'아주 나쁜, 사악한!'

노파는 얼이 빠진 지엔의 어머니에게 온갖 수식어를 붙여가며 지엔을 욕한 뒤 개운한 얼굴로 자리를 떴다.

처음 그 일에 대해 들었을 때 지엔은 어이가 없었다. 그 당시에 한 일이라고는 태어나서 숨 몇 번 들이쉰 것이 다일 자신을, 대체 뭐가 미워서 그토록 매도하고 욕한단 말인가?

아무튼 그 노파가 아무리 미쳤다고 소문이 자자하다고 해도, 한때는 어느 교단의 신관이었음을 잊지 않고 있던 지엔의 어머니는 지엔이 열 살 되던 해 그녀의 손을 잡고 신전으로 갔다.

보통 평민의 신분으로는 도저히 신탁을 받아볼 만한 입장이 아닐 터였지만 지엔의 어머니가 지엔과 함께 가자 웬걸, 신관들이 신전 입구에서부터 줄을 서서 둘을 맞이하는 것이 아닌가?

신관들은 말했다.

'지금부터 저희들이 말씀드릴 것은 극비입니다. 따님의 목숨이 위험해질 수도 있어요. 따님은 위대하고 사악한 존재였습니다. 예, 하여튼 나쁜 놈이었지요.'

그렇게 지엔은 태어나서 이웃집 노파에 이어 평생 한 번 말이나 섞어 볼까 말까 한 고귀한 신관님께도 '하여간 나쁜 놈' 2연타를 먹었다. 신관의 말대로 지엔의 어머니는 그것을 철저히 함구했고, 지엔이 어느 정도 자라고 나서야 그 사실을 털어놓았다.

그렇다고 지엔이 스스로가 나쁜 놈이었다는 사실에 대해 이토록 고뇌하고 있냐고 하면은, 글쎄, 그건 아니었다. 다만 그녀가 궁금한 것은 단 하나였다.

그녀는 여전히 이마를 창에 기댄 채 진지하게 중얼거렸다.

"난 사실 전생에 갈대는 아니었을까······?"

지엔은 일곱 살에 대장간 토미에게 반했다. 일주일 뒤에는 빵집 월에게 반했다. 이 주 뒤에는 굴뚝 청소부 칼에게 반해 있었다.

사실 이쯤 되면 아무리 전생에 갈대였다고 쳐도 심하다. 도대체 어떻게 하면 사람이 일주일 단위로 운명의 상대라고 생각하는 사람이 바뀔 수 있단 말인가?

전생에 갈대 정도가 아니고서는 답이 없다고 지엔은 일찌감치 각오하고 있었다. 어느 날 신이 '미안, 너는 어느 강에서 갈대로 자랄 예정이었는데 내가 영혼을 바꿔 넣는 실수를 하는 바람에!' 따위의 소리를 늘어놓아도 아이고 제 운명이 그럴 줄 알았습니다, 하고 냉큼 따라나설 각오까지 하고 있었다. 약 열 살 정도에 이미.

그런데 나쁜 놈이란다! 그것도 무지 나쁜 놈이란다! 거기다 더불어 위대하기까지 했단다!

지엔은 이를 바탕으로 자신의 전생을 추리해 보았다.

"위대하고 사악한 갈대······?"

이건 아닌 것 같았다. 아무리 생각해도 좀 아닌 것 같았다.

그때 불현듯 머릿속에 번개처럼 번쩍하고 스치는 생각이 있었으니, 자신은 전생에 박쥐가 아니었을까?

박쥐는 위아래를 오르락내리락하며 거꾸로 매달리기도 하고 똑바로 매달리기도 하는 생물로서, 하여간 그 정도라면 오락가락하기는 지엔 마음 못지않다.

지엔은 새롭게 떠오른 정체를 수식어 뒤에 붙여 보았다.

"위대하고 사악한 박쥐."

음, 이제 좀 괜찮군.

사실 본래가 복잡한 사고를 즐기는 성정은 아니라서, 지엔은 그
쯤에서 생각을 그만두기로 했다.

이제 지엔이 자신의 전생에 대해서 걱정할 일은 앞으로도 10년
정도는 없을 것이다. 물론 특별한 일이 닥치지 않는다는 전제하에.

때마침 등 뒤에서 부르는 소리가 들렸다. 지엔은 뒤를 돌아보았다.

"지엔, 아침부터 무슨 청승이야? 무슨 일 있어?"

"아, 아무것도."

내 전생이 위대하고 사악한 박쥐였다는 것을 제외하면.

지엔이 속으로만 중얼거리자, 동료 하녀 마리는 그럴 줄 알았다
며 얼른 씻고 준비하라고 등을 떠밀었다. 지엔은 하녀복을 든 채 비
틀거리는 걸음으로 욕실로 향했다.

어쨌거나 전생에 위대하고 사악한 뭐시기였다는 지엔의 직업은
현재, 백작가 하녀였다.

* * *

고작 하녀라고는 해도 남작가도 아닌 백작가. 후견인 하나 없는
평민 지엔이 쉬이 넘볼 수 있는 직장은 아니었다. 그런데도 불구하
고 지엔은 열넷에 자연스럽게 하녀로 들어온 것도 모자라 그것을

아주 당연한 듯이 여기고 있었는데, 이는 신관들의 입김이 작용한 것이 컸다.

'위대하고 사악한' 전생을 가진 지엔의 본성이 이번 생에서도 깨어날까 두려웠던 신관들은 그녀의 본성을 잘 억누르는 동시에 감시할 수 있는 직업을 물색했다.

대륙 북쪽의 마물들이 심상찮게 날뛰기 시작한 것이 지엔이 태어난 시기와 비슷했으므로 그들의 근심은 더했다. 혹시라도 뭐 고위 마족의 환생 같은 거면 어쩌지? 아무튼 인간 세상에서 태어났으니 인간 세상에서 감당하기는 해야 할 일이다.

그리고 그 물망에 걸린 것이 대대로 '빛의 신'을 섬기는 신실한 집안, 브리지트 백작가였다.

브리지트 백작가는 빛의 교단 성물 중 하나인 '빛의 검'을 그 가보로 보관하고 있을 만큼 손꼽히는 우수 신도였다. 이런 사람들을 곁에서 모시다 보면 아무리 지엔이라도 저절로 신앙심을 되새기고, 빛으로 향하는 마음을 갖지는 않을까? 게다가 무슨 이변이 일어나거든 브리지트 백작가 사람들이 즉시 알아챌 수도 있을 것이다.

그런 신관들의 기대가 맞아떨어졌는지 아닌지는 알 수 없다. 왜냐하면 지엔은 야망 따위는 가질 수도 없을 정도로 게으른 사람이기 때문에.

그녀의 최대 인생 목표가 '일은 적게! 월급은 많이! 눈에 띄지 않게!'라는 것을 신관들이 알았더라면 참 좋았을 것이다.

아무튼 그런 인생 목표에 눈에 띄지 않는 그녀의 생김새라던가, 특색 없는 목소리라던가 하는 것은 모두 훌륭한 역할을 수행해 주었기 때문에, 지엔은 이제껏 남들 3분의 1 정도의 노동만으로도 백작가 하녀 생활을 영위할 수 있었다.

그러나 오늘은 사정이 좀 달랐다.

몸을 씻고 하녀 복으로 갈아입은 다음에 안 쓰는 창고를 비질한다는 핑계로 슬금슬금 빠져나가려던 지엔의 뒷목을 누군가 턱 잡아채었다.

돌아보니 이번에도 마리였다.

먼 친척 귀족 하나를 후견인으로 두고 있어선지 평민인데도 지엔과는 달리 곱게 자란 태가 역력한 붉은 머리 아가씨. 어려서부터 책을 많이 읽었다더니 그 때문인지 지엔으로서는 이해할 수 없을 만큼 감수성이 풍부하기도 했다.

이런, 농땡이 피우려는 걸 들켰나? 지엔의 경계심 어린 눈이 빠르게 마리의 얼굴을 살폈으나 마리는 전혀 화난 기색이 아니었다.

그럼? 어리둥절해 하는 지엔에게 마리가 까르르 웃으며 물었다.

"애도 참, 이런 특별한 날에 무슨 창고 청소니! 요령 없기는, 누가 지엔 아니랄까 봐!"

요령의 프로페셔널 지엔으로서는 여전히 어리둥절할 수밖에 없는 말이었다. 너 나보다 일 적게 하니?

아니 그것보다, 특별한 날이라니? 머리를 굴려 보았지만, 이 월급도둑의 머릿속에 백작가 일정표 따위가 들어 있을 리 만무했다.

지엔이 멀뚱히 서 있자 '어휴, 참' 하고 중얼거린 마리가 지엔의 팔을 낚아채었다. 그리고 마리는 씩씩하게 걸음을 옮기기 시작했다. 지엔은 어쩔 수 없이 그녀를 따랐다.

하인용 계단, 복도를 지나 1층으로 들어서니 넓은 현관 홀이 좁아 보일 만큼 인파가 빡빡했다. 뿐만 아니라 2층 난간까지 모두 구경하는 이들로 가득 차 마치 오페라 공연장을 보는 것만 같았다. 고작 책에서 봤을 뿐이지만 어쨌든.

마침내 인파의 벽에 가로막혀 걸음을 멈춘 지엔은 주위를 둘러보며 경악했다. 세상에.

백작가의 사람이란 사람은 다 이 자리에 모인 것 같았다.

대문 가장 가까이에 벽처럼 몸을 꼿꼿이 세우고 서 있는 이들은 브리지트가의 가주와 그 부인을 위시한 가문 사람들. 그리고 몇 안 되는 기사들과 백작가에 머무르던 손님들이 호기심 어린 표정으로 수군거리고 있었다.

하인들은 하나같이 뻣뻣이 선 채 긴장한 듯한 표정을 짓고 있었는데, 몇몇 하녀들은 긴장한 기색은 전혀 없이 그저 얼굴을 사과처럼 붉히고 있기도 했다. 제 옆의 마리와 같이.

대체 이게 무슨 난리람? 의아해하는 지엔의 귀에 작은 속삭임이 닿았다.

"나는 나세 도련님께서 해내실 줄로 믿고 있었어. 그분의 특별함을 어찌 알아보지 못하겠니?"

"웃긴다, 애. 네가 며칠 전까지만 해도 황태자 전하께서 우승하실 거라고 동네방네 떠들고 다니던 걸 내가 기억 못 할까 봐?"

"뭐라구?"

나세? 그 이름이 지엔의 무의식 속 깊이 잠겨 있던 상자를 열었다. 그녀가 중얼거렸다.

아, 나세르 폰 브리지트 말이군. 이 백작가 셋째 도련님.

이름만은 간신히 떠올렸지만 얼굴은 여전히 미궁이었는데, 그것은 비단 지엔의 관심이 부족하기 때문만은 아니었다.

빛의 신의 신실한 교도, 브리지트 가문에서는 셋째 아이가 태어나면 무조건 신전에 보내어 사제를 만드는 관습이 있었다. 그에 따라 나세르도 철도 들기 전인 일곱 살 무렵 빛의 신의 본단이 있는 수도로 보내졌다. 때문에 지엔이 백작가 저택에 들어왔을 때 그는 이미 여기 없었다.

이 저택에 기거하는 윗사람들 신상명세 외우기도 힘든 판국에 출가외인이나 다름없는 나세르까지 신경 쓸 겨를이 없던 지엔은 딱 거기까지 알고 있었던 터라, 방금 전에 오간 대화가 영 이상하게 들렸다.

벨하르트 황태자? 우승? 요즘은 신관이랑 황태자 사이에 싸움이라도 붙이는 게 유행인가? 새로운 놀이?

한술 더 떠 이제는 이런 이야기까지 나오고 있었다.

"브리지트 백작가에 빛의 세 성물 중 빛의 검을 보관하게 된 것도 사실은 그분을 위함이 아닐까? 검을 휘두르는 사제라, 생각만 해도 너무……!"

생각만 해도 너무……!

이상하군.

지엔은 빛의 검인지 뭔지 하는, 소문만 들었을 뿐 정작 본 적이라고는 한 번도 없는 성물에 대한 이야기를 간신히 떠올렸다.

마왕을 봉인하기 위해 만들어졌던 검이라고 그랬지. 그런데 꼭 사제가 직접 검을 휘두르게 시켜야 하겠냐고, 그거.

지엔이 혼란스러워하는 사이, 군중들 사이로 점차 커져 가던 소음이 별안간 뚝 멎었다. 이윽고 문이 벌컥 열리더니 고개를 들이민 집사가 우렁차게 외쳤다.

"도착하셨습니다!"

노집사가 그렇게까지 흥분하는 것을 지엔은 처음 보았다.

모두가 들뜬 눈으로 기다리는 가운데, 마침내 소란의 주인공이 모습을 드러냈다.

그러나 인파에 둘러싸인 지엔에게는 그 모습이 여전히 보이지 않았다. 브리지트 가문 사람 대부분이 가진 티끌 하나 없는 백금색 머리카락과 청년 태가 나는 균형 잡힌 아름다운 몸만 간신히 보였다.

그러다 그가 고개를 들자, 새벽 안개 같은 회청색 눈동자와 섬세하고 수려한 이목구비가 모습을 드러냈다.

지엔은 조용히 감탄했다. 제국 전역에 무시무시하다고 이름이 높은 황태자와 감히 대결을 벌였다기에, 조금 더 강한 인상을 기대했는데.

선이 짙지 않은 얼굴이나 부드러운 눈매조차 자기 가문 사람들과 쏙 빼닮아 있었다. 정말로 사제나 하면 어울릴 것 같은 얼굴이다.

그러나 그렇게 생각하는 사람은 지엔뿐인 듯, 저마다 입을 벌리며 탄식하는 소리가 들렸다.

"맙소사, 세상에, 저 늠름한 모습 좀 봐……."

늠름이라니? 어디가?

괜히 저만 이상한 사람이 된 것 같아 불편해진 지엔은 잔뜩 인상을 쓰며 그 모습을 좀 더 빤히 보았다. 귀족 자제들이 사냥을 갈 때나 입을 법한 수렵복에 가벼운 부츠 차림인 것이 사제답지는 않아도, 여전히 아름다울 뿐 썩 늠름하진 않았다. 그런데도 다들 이토록 감탄해 마지않는 이유가 뭘까?

그러고 보니 저 도련님이 황태자 전하를 이겼댔지? 그렇다면 도대체 뭘로 이긴 걸까? 기도? 치료?

그렇게 생각하던 지엔의 귓가에 무게감 있고 부드러운 가주의 목소리가 들려왔다.

다음 순간 지엔은 멍하니 입을 벌릴 수밖에 없었다.

"나세르, 황실 무투 대회 우승을 축하한다."

황실 무투 대회?

제국은 물론이고 나라 바깥에서도 온갖 사람들이 몰려든다는 그거?

아무리 사람을 첫인상으로 판단하는 것이 잘못되었다고는 하지만, 아니, 게다가 애당초 신관이라고 하질 않았었나.

그런데 저런 생김새에 그런 직업으로, 뭐? 우승?

게다가 그 벨하르트 황태자를 꺾고?

그 사실을 모르고 있던 것은 지엔 하나뿐인 모양으로 온 사위는 그저 고요했다.

다들 입 한 번 떼지 않은 채 일곱 살에 아들을 신전으로 들여보낸 가주와, 사제가 되러 가서 검사로 돌아온 아들을 그저 바라만 보았다.

침묵 끝에 나세르의 고개가 다시 한 번 살짝 숙여졌다.

"감사합니다."

인사치레는 없었다. 전국 각지에서 몰려든 내로라 하는 검사들을 모조리 꺾고, 그들의 자부심마저 함께 꺾어야만 우승이 가능했을 텐데도 '운이 좋았다'라거나, '어울리지 않는 큰 영광이 무겁기만 하다'라는 등의 말은 조금도 하지 않았다.

가주는 말 없이 난처한 표정만 지었다. 구경꾼들은 서서히 이것이 혁혁한 공을 세우고 온 아들과 감격한 아버지의 대화라기엔 지나치게 무미건조하다는 것을 깨닫고 있었다.

게다가 이 무미건조함의 원인이 아버지가 아닌 아들 쪽에 있는 것 같으니, 사람들로서는 의아해질 수밖에 없는 일이었다. 군중들 사이에서 지엔도 고개를 기우뚱했다. 둘이 사이 안 좋나?

하지만 브리지트 백작은 신실한 빛의 교도일 뿐만 아니라 착하다 못해 어딘가 어설픈 성품의 소유자라서, 지엔이 땡땡이치는 것을 걸렸을 때 백작은 '일이 힘든가 보군.' 하고 그냥 넘어가 주기까지 했다.

그런 백작이 아들과 팽팽하게 대립할 만한 일이 뭐가 있을까? 지엔은 눈을 가늘게 떴다.

더군다나 저 나세르는 일곱 살인가에 집을 떠나서 지금껏 돌아온 적이 거의 없을 텐데. 아무리 고민해 봐도 짐작 가는 일이 없었다.

그 사이 백작은 어색한 표정으로 벌리고 있던 팔을 내렸고, 백작 부인이 그 대신 나서서 나세르에게 몇 마디를 건넸지만 아무 소용이 없었다.

그들 부부가 마치 가족이 아니라는 듯이 무시한 나세르는 냉랭한 눈으로 군중들을 훑고 있었다. 마치 누군가를 찾고 있는 것처럼.

일곱 살 때 떠났는데 가족 말고 아는 사람이 있긴 한가? 지엔이 의아하게 생각하던 그때, 그의 회청색 눈이 지엔의 얼굴에 닿고는 멈추었다.

지엔은 눈을 깜빡였다. 고개를 돌려 주위를 둘러보았지만, 나세르의 따갑다 못해 뜨겁기까지 한 시선의 대상은 자신임이 분명했다. 그것을 눈치챈 것인지 사람들도 이쪽을 보며 수군대고 있었다.

안 돼! 이대로라면 위험했다. 백작가에 있는 듯 없는 듯한 하녀로 빌붙어 평생 먹고 살려던 내 계획이! 지엔은 손을 뻗어 사과처럼 붉어진 얼굴로 나세르만 보던 마리를 끌어다 제 자리에 대신 세워 두고 뒤로 쏙 빠졌다.

그제야 꿈에서 깨어난 듯 눈을 두어 번 깜빡인 마리는 주변을 두리번거렸다.

"으응? 지엔, 갑자기 왜 그래?"

글쎄, 지금 내 생각이 착각이길 바라지만 아무래도 아닌 것 같아서. 그렇게 생각하며 지엔은 마리의 등 뒤에 착 달라붙어 나세르를 빤히 보았다.

짧은 침묵 끝에 나세르가 어쩔 수 없다는 듯이 고개를 돌렸다. 여전히 뭔가를 찾고 있는 듯이 주위를 두어 번 더 두리번거린 그는 체념 어린 얼굴로 돌아서서 계단을 성큼성큼 올라갔다.

그가 떠남으로 인해 현관 홀에는 잠시 어색한 공기가 흘렀다. 이윽고 가주 일가가 떠나자, 집사가 박수를 쳐서 고용인들의 시선을 모았다. 그제야 정신을 차린 고용인들이 아침 안개처럼 흩어졌다.

그 사이에는 여전히 얼이 빠진 마리와 눈썹을 찡그린 지엔도 있었다.

날 듯한 걸음으로 복도를 가로지르며 마리가 외치듯 물었다.

"지엔, 봤어, 봤어? 나세르 님 잘생기신 거! 일곱 살 때 떠나신 뒤로는 1년에 한 번 집에 들릴까 말까 하셨지만, 그때도 하루가 다르게 잘생겨지셔서 감탄했었는데. 못 뵌 몇 년 새 저렇게 늠름해지시다니! 게다가 무투 대회 우승이라니, 저런 단정한 얼굴로. 믿어져, 지엔?"

"으응……."

지엔은 힘없이 대꾸했다.

분명 나세르가 고개를 들고 사람들을 둘러보기 전만 해도 자신도 그와 비슷한 생각을 하고 있었단 건 인정한다. 하지만……

지엔이 작게 중얼거렸다.

"그런 단정한 얼굴로 성격 더러워 보이는 것도 능력이라면 능력이다."

"응?"

"아니, 너무 잘생기셔서 심장이 터져 버릴 것 같다고."

"어머, 얘! 무서운 소리 하지 마!"

그렇게 외친 마리가 입을 가리고 까르르 웃는 그때, 가까운 모퉁이에서 키 큰 인영 하나가 툭 튀어나왔다.

재잘거리며 걷던 마리가 그것을 깨닫고는 입을 다물었다. 지엔도 얼굴을 굳혔다.

회청색 눈이 그들을 지그시 응시했다. 아까 지엔을 매섭게 노려보던 그 눈이었다.

"앗."

마리가 그 자리에 딱 멈춰선 채로 안절부절못했다. 지엔도 처분을 기다리듯이 짐짓 두 손을 앞으로 모으고 서 있었다.

둘의 공손한 태도를 감흥 없는 눈으로 바라본 나세르는 이윽고 그들 앞을 아무렇지 않게 지나쳐 버렸다. 한낱 고용인일 뿐인 지엔과 마리로서는 천만다행인 일이었다.

나세르가 시야에서 멀어지자마자 마리가 새빨갛게 달아오른 얼굴로 말했다.

"어떡해, 어떡해. 들렸을 거야. 분명 들으셨겠지?"

"음, 잘생기셨다는 얘기였으니 괜찮지 않을까?"

"그래도, 얘! 부끄럽잖아!"

자신의 팔을 때리는 마리의 손에 적당히 맞아주던 지엔은 뒤통수를 날카롭게 찌르는 시선을 느끼고 고개를 획 돌렸다.

먼발치에 서서 자신을 노려보는 나세르와 눈이 마주친 것은 아마도 우연이 아닐 것이다.

식은땀이 등줄기를 타고 흘러내리는 것이 느껴졌다.

지엔은 중얼거렸다. 대체 우리 사이에 무슨 인연이 있다고?

돌아가신 어머니께 맹세코 지엔이 백작가에 들어왔을 때 이미 수도로 떠났던 나세르와, 그가 아주 가끔 돌아올 때마다 땡땡이치기에 바빴던 그녀 사이에는 눈곱만큼의 인연도 없었다.

그런데 저 필생의 원수라도 보는 듯한 시선은 대체 뭐냔 말이야! 혹시 뭐 마음에 안 드는 거라도 있냐고 직접 물어볼까 싶어진 지엔이 심호흡하고 다시 뒤를 돌아봤지만, 나세르는 이미 거기 없었다.

그것을 본 지엔의 한숨이 깊어졌다.

"하아……."

난생 처음 보는 그녀의 시름에 찬 모습에 마리가 '지엔, 너 오늘 아픈 거니? 집사님께 쉴 수 있냐고 물어봐 줄까?' 하고 물었지만 지엔은 고개를 설레설레 내젓고 걸음을 옮겼다.

그러면서 그녀는 백작가에서 보낸 지난 4년을 회상했다. 무척 편하고 좋은 나날이었다.

백작 부부는 허구한 날 소문이 들려오는 진상 귀족과는 거리가 멀었고, 동료 하녀들은 지엔에게 관심이 없어 그녀가 쉬는지 아닌지도 몰랐고, 결정적으로 유서 깊은 백작 저에는 땡땡이치기 좋은 곳이 무척 많았다.

그러나 지금, 지엔은 그 모든 게 뒤틀릴지도 모른다는 예감을 처음으로 느꼈다. 그것도 몇 년 만에 저택으로 돌아온, 사제인 주제에 무려 무투 대회에서 황태자를 꺾고 우승했다는 이 집안 셋째 도련님으로 인해!

"으아악."

혼자 땡땡이칠 예정이던 창고로 향하던 지엔은 다시 한 번 머리를 부여잡았다.

정말이지 말도 안 된다, 말도……. 모조리 제 착각이어야만 한다.

그래, 분명 그럴 것이다.

*   *   *

그날 밤, 지엔은 무척 찝찝한 꿈까지 꾸고 말았다. 누가 깨우기 전에는 절대 일어나는 일이 없는 그녀가 혼자 알아서 눈을 떴을 정도였다.

가장 부지런한 하녀조차 아직 깨지 않았을 만큼 이른 시각이라 주위를 둘러싼 것은 고른 숨소리뿐이었다. 창 너머로 보이는 어슴푸레한 햇살이 점차 투명해지고 있었다.

지엔은 담요를 껴안고 무릎을 세워 앉으며 중얼거렸다.

"뭐 그딴 꿈을…….."

간밤 지엔의 꿈에는 나세르 공자가 등장했다. 거기까지는 별로 놀랍지 않았다. 솔직히 말하자면 그의 외모나, 그런 외모로 무투 대회에 나가 황태자를 꺾은 것, 그리고 그가 보여준 맹렬한 적의까지, 인상적이지 않은 것이 하나도 없었으니 꿈에 안 나오는 쪽이 이상했을 것이다.

그런데 나와서, 나와서…… 아악, 지엔은 두 손으로 얼굴을 감쌌다.

말다툼을 했다.

지엔은 꿈에서 쓰레기 같은 말만 지껄여댔다.

[사람이 예쁜 여자가 좋은 걸 어쩌란 말이냐? 꼭 사랑하진 않더라도 내가 힘이 있고 권력이 있으니 결혼도 할 수 있고…….]

그러자 나세르가 눈에서 불이라도 뿜을 듯한 기세로 맹렬하게 반격해 왔다.

[장난해? 여자가 물건이냐? 물건이냐고! 예쁘다고 궁에 가둬 놓고 지 혼자 보게!]

[아, 너무 예뻐서 그랬다, 왜!]

[그래서 우리 오빠랑 아빠도 두드려 팼냐!]

[이겨야만 주겠다는 걸 어떡해!]

[그럼 그냥 포기했어야지, 이거 순 또라이 아냐? 차라리 내 목숨을 가져가시오, 하면 정말로 목숨을 가져갈 놈이네, 이게!]

마지막에 이르러서 지엔과 나세르는 거의 머리를 쥐어뜯을 기세로 치고받고 싸웠다. 저기까지만 해도 이미 충분히 이상한 꿈이었는데, 더욱 이상한 것은 따로 있었다.

오빠? 나세르가 그런 호칭으로 자기 가족을 지칭할 때부터 뭔가 이상하다고 생각은 했는데, 급기야 얼마 안 가 나세르의 모습이 바뀌기 시작했다.

모습이 바뀌기 시작한 건 지엔도 마찬가지였다.

변화가 끝났을 때 지엔은 나세르보다 키가 커져 있었고, 나세르를 조금 내려다보고 있었다.

그리고 자신을 올려다보는 나세르의 눈은.

[어쩌면 당신을 사랑할 수 있었을지도 몰라.]

슬픈 빛이 담긴 검은 색이었다. 머리칼은 마찬가지로 밤하늘처럼 진한 검은 색, 파도처럼 굽이치며 허리까지 흘러내리고 있었다.

그 순간, 반격할 말 따위는 지엔의 머릿속에서 싹 날아가고 말았다. 지엔은 눈을 크게 떴다가, 입만 뻐끔거렸다.

그런 지엔의 모습을 보며 나세르, 아니, 나세르였던 여자가 흐릿하게 웃었다.

[시작이 달랐더라면.]

[나는…….]

지엔이 간신히 입술을 떼었을 때, 여자가 다시 말했다.

[하지만 돌이킬 수 없는 일이지……. 그러니 나는 당신에게 돌려줄 생각 없어. 절대, 절대로. 그게 이번 삶에서 당신의 목숨을 위험하게 한다고 해도.]

돌려주다니, 뭘? 지엔이 멍하니 생각하던 그때, 흰 공간이 흩어지고 지엔은 그대로 꿈에서 깨어났다.

고작 꿈이었을 뿐이야, 담요를 쥔 손에 힘을 주며 지엔이 중얼거렸다.

그래, 고작 꿈이었을 뿐이다. 그것도 그냥 꿈이 아니라 개꿈. 말싸움의 내용을 생각하면 실로 어이가 없을 지경이다.

그런데도 왜, 지엔은 엄지로 가슴 부근을 꾹 눌렀다.

"왜, 기분이……."

이렇게 이상하지.

여인의 검은 눈이 뇌리에서 잊히지 않았다. 마치 그녀의 눈이 지엔의 가슴 안에 보이지 않는 상흔을 남긴 것처럼.

억지로 그 눈빛을 머릿속에서 떨쳐낸 지엔은 고개를 돌려 창밖을 보았다. 백작가의 하루가 시작되기까지는 아직도 꽤 많은 시간이 남아 있었다.

결국 찝찝함을 이기지 못한 지엔은 자리에서 일어났다.

"에라, 이런 날도 있는 거지, 뭐."

산책이나 다녀와야겠다고 다짐한 지엔은 머리칼을 대충 모아 묶고는 방을 나섰다.

하녀 방을 나와 빙글빙글 도는 계단을 따라 내려가면 작은 문이 하나 나왔다.

그곳을 열고 나가면 백작 저 뒷담과 가까운 뒤뜰이 나왔고, 조금 더 가면 지엔이 피난처로 애용하는 창고가 나왔다.

창고의 안락한 어둠 속에 숨어 심신을 달래 볼까 싶은 생각이 들었지만, 어차피 어제 셋째 도련님이 돌아왔으므로 오늘은 하루 종일 쏟아지는 일을 피해 창고에 숨어 있게 될 것이다.

그러면 벌써 거기로 갈 필요가 있나. 오랜만에 빛이나 좀 쐬지 뭐, 하고 생각하며 지엔이 뒤뜰로 향했다.

자박자박 마른 풀을 밟는 소리가 경쾌하게 들렸다. 이슬이 깔린 풀 위를 걸으며 지엔의 머릿속은 점점 가벼워졌다.

그 도련님이 왜 자신을 적대하는지는 알 수 없지만, 그래도 최악의 일만큼은 일어나지 않아서 다행이었다.

자신이 그에게 반하는 일.

하녀와 도련님의 로맨스를 꿈꾸다니 말도 안 된다며 웃어넘기기에는 지엔의 전적이 너무 화려했다. 굴뚝 청소부에게 반했고, 빵집 소년에게 반했고, 심지어 사제에게도……아, 이건 너무 먼 옛날이니까 그만두자.

하여간 그랬다간 또 평소처럼 '내 운명의 상대가 나를 미워하다니! 나는 아무런 잘못도 하지 않았는데!' 어쩌고 하며 그 도련님의 바짓가랑이라도 잡고 매달렸을지도 모르는 일이다. 그랬다가 귀족 모욕죄로 재판에 회부되기라도 했다면…….

아찔하군. 지엔은 모르는 새 죽을 고비를 한 차례 넘겼다는 사실에 식은땀을 흘렸다.

그러고 보면 왜 반하지 않은 거지? 새롭게 떠오른 의문에 지엔은 고개를 갸웃거렸다.

솔직히 말해 나세르는 여태 고향 마을과 백작 저라는 한정적인 장소만 오가며 살아온 지엔에게는 지금까지 본 가운데 가장 잘생긴 남자였다. 음, 살면서 본 가장 예쁜 남자라면 따로 있을지도 모르지만.

하여간 여태껏 자신이 반했던 남자들의 얼굴과 비교해 봐도 미안한 말이지만 상대조차 되지 않았다. 천사의 깃털처럼 희미하게 빛나는 백금발과 맑은 회청색 눈. 반듯한 콧날과 잘 조형된 입술은 성화 속 천사의 모습과 몹시 닮아 있었다. 길 가는 아이에게 '천사님이다!' 소리 듣기 딱 좋은 얼굴이란 뜻이었다.

그런데 왜 무투 대회 같은 데 나간 거람, 지엔은 입맛을 다셨다. 그러다 얼굴이라도 다쳤으면 어쩌려고.

그 얼굴은 쳐다보는 것만으로 신앙심이 피어오르게 할 수 있는,

사제가 되어야 마땅한 얼굴이었다. 나세르가 사제가 되면 백작님도 기뻐하고, 빛의 교단 신도들도 늘어나고, 나는 백작 저에서 하녀 생활을 영위하고…… 얼마나 좋아? 지엔이 중얼거리던 그때였다.

새벽 안개를 뚫고 누군가의 목소리가 지엔의 귀에 들려왔다.

"……는 약속을 지켰어. 약속대로, 돌아왔다고. 널 위해서."

"하지만……."

"네 약속만 믿고 지난 5년을 버텼어. 설마 기억나지 않는 거야? 차라리 날더러 죽으라고 해."

차라리 죽으라고 하라니, 목숨이 아깝지 않은 사람인가 보군. 그렇게 생각하며 지엔은 모퉁이를 돌았다.

그때까지만 해도 지엔은 걸음을 멈추겠다거나, 몸을 숨기겠다거나 하는 생각은 전혀 하지 않았다.

하인과 하녀가 연애를 하든, 하녀와 기사가 연애를 하든 그게 자신과 무슨 상관이란 말인가? 불륜이라면, 뭐…… 그건 좀 상관이 있을지도 모른다. 하지만 말하는 걸 들어 보니 그런 것도 아닌 것 같았다.

안개 낀 뒤뜰에서의 프러포즈…… 낭만적이지는 않지만 독특하긴 하네. 지엔이 속으로만 웃던 그때였다.

"하지만, 나세르. 나는……."

그 말을 들은 순간, 지엔은 모퉁이 너머로 내민 발을 황급히 거두어들였다. 모퉁이에 착 달라붙은 지엔이 어깨를 들썩거리며 중얼거렸다.

뭐? 나세르? 그 이름이 여기서 대체 왜 나와?

간신히 마음을 가다듬고 모퉁이 너머를 내다 본 지엔은 속으로 비명을 질렀다. 으아악, 어떡해.

정말 나세르였다.

어슴푸레한 안개 속, 그는 얼굴을 식별할 수 있을 만큼 충분히 밝아진 하늘 아래 눈썹을 찡그린 채 누군가와 마주 보고 서 있었다. 그렇다면 상대는?

지엔은 속으로 탄식했다. 아쉽게도, 상대는 이쪽을 등지고 있어 여자임을 어렴풋이 알아볼 수 있을 뿐이었다. 그래도 단서가 아예 없는 건 아니었다. 일단 복장이 이 저택의 하녀 복장이었으니까. 여기서 나세르와 밀회한 뒤 그대로 저택으로 돌아가 이미 준비를 마친 다른 하녀들 사이에 모르는 척 끼어들 계획인 것 같았다.

같은 하녀 중에 나세르와 심상치 않은 사이가 있었다니. 이거야말로 다른 하녀들이 그토록 노래하던 로맨스 소설 속 상황이었다. 역시 현실이 소설보다 더하다니까.

로맨스 소설엔 별 관심이 없었지만, 상황이 상황이다 보니 지엔도 설레기 시작했다.

도대체 누굴까? 지엔은 두근거림을 감추며 나세르와 하녀를 계속 힐긋거렸다. 참으로 아쉽게 되었다. 머릿수건 때문에 정체를 알기 더욱 쉽지 않으니. 갈색 머리카락이라는 건 알 수 있었지만, 갈색은 어차피 가장 흔한 머리 색이 아닌가. 지엔 자신의 머리칼만 해도 그랬다…….

그때, 나세르가 갑자기 손을 뻗어 하녀의 손을 잡았다. 하녀가 움찔했고, 바라보던 지엔도 움찔했다.

상대를 애타게 바라보는 나세르의 표정은, 그에게 이성적인 호감이라고는 눈곱만치도 없다고 맹세할 수 있는 지엔조차 잠시 아찔할 정도였다.

상대를 빤히 보던 나세르가 다시 입을 열었다.

"약속했잖아. 내가 사제를 그만두게 되면, 그때는, 나와 결혼하기로……."

머뭇거리던 그녀가 대답했다.

"나세르, 그때 우리는 고작 열셋이었어."

"네 말만 믿고 미쳤다는 시선도 뿌리치고 간신히 사제 신분으로 무투 대회 접수했어. 5년 만에. 그리고 곧장 황태자까지 꺾고 우승해서 이리로 온 거야. 이제 아버지도 내게 더 이상 사제의 길을 강요하지는 못해. 나는 검사가 될 거야. 기사가 되든, 용병을 하든, 아무튼 이제 더 이상 결혼 못 하는 신분은 아니야."

"백작님께선 분명 반대하실 거야. 게다가 용병이라니."

"너와 결혼하기 위해서라면 야반도주라도 하겠어. 너 없이 기사를 하느니 차라리 용병으로 살겠다고."

"세상에, 나세르!"

그녀가 비명을 지르며 나세르의 손을 뿌리쳤다. 그러자 나세르의 얼굴이 좀더 어둡게 물드는 것을 보고, 지엔은 결심했다.

이제 저 사람을 싫어하는 건 그만둬야겠다. 알고 보니 아주 불쌍한 사람이었잖아?

사제 주제에 무투 대회에 나가서 황태자를 꺾었다기에 웬 미친놈인가 했더니 저런 사정이 있었을 줄이야.

5년 동안이나 사랑해 온 여자를 위해서 사제의 몸으로 무투 대회에 참가하다니, 그러고 보면 싸워서 우승하는 것보다도 참가하기까지 과정 자체가 고난의 연속이었을 것이다. 검 쓰는 사제라니, 말도 안 되지.

당신의 순애보, 응원합니다. 지엔이 속으로나마 박수를 보내던 그때, 여자가 소리 높여 말했다.

"나세르, 잘 들어. 내가 분명히 그런 말을 하기는 했지만 벌써 열세 살 때의 일이고, 그때는 나도 어려서 잘 몰랐어. 나랑 결혼하면 넌 분명히 집에서 쫓겨날 거야. 안 그래도 지금 관심의 중심인데, 더한 관심을 받으면서 쫓겨나고 싶어?"

"하지만 나는,"

"나 늦겠어. 더는 이러지 마."

그렇게 말하며 머릿수건을 가다듬은 여자가 그대로 나세르의 옆을 지나쳐 달리기 시작했다.

이쪽으로 오려나? 반사적으로 몸을 숨겼던 지엔은 그녀가 반대 방향으로 사라지자 안도의 한숨을 내쉬며 다시 몸을 내밀었다.

이제 뒤뜰에는 넋이 나간 얼굴의 나세르만이 남아 있었다. 에휴, 고개를 절레절레 내저은 지엔이 걸음을 옮기는 그때였다.

칼날보다도 서늘한 목소리가 지엔의 귀에 박혔다.

"거기, 나와."

침묵이 흘렀다.

왠지 모를 오한에 지엔은 어깨를 감싼 담요를 매만졌다. 뺨이 창백해진 그녀가 중얼거렸다.

그냥, 그냥 해 본 말이겠지.

그 기대를 배신하고 싸늘한 목소리가 연이어 꽂혔다.

"나오라고. 내가 괜히 에…… 저 여자의 뒤를 쫓지 않은 줄 아나?"

"……."

"구경은 재밌으셨나? 그렇다면 값을 지불해야지. 더군다나……
나는 광대도 아닌데 말이야."

그가 마지막 말을 서늘하게 뇌까린 순간, 자리에서 벌떡 일어난
지엔이 있는 힘껏 달리기 시작했다. 아아악! 그녀의 머릿속에서 수
십 개의 비명이 메아리쳤다.

잡히면 죽는다, 반드시 죽는다!

말투부터가 심상치 않았다. 구경의 값을 지불하라니, 대체 뭘로?
목숨으로? 최소 팔다리 하나 정도는 아무렇지도 않게 잘라갈 투였다.

저 사람, 수도에서 빛의 신전 본단에서만 지냈다더니 순 거짓말
아니야? 실은 뒷골목에서 사람 썰고 다닌 거지!

브리지트 백작이 알았더라면 천인공노할 생각과 함께 지엔은 계
속 달렸다. 그런 그녀의 뒤로 발소리가 바짝 따라붙었다. 뒤를 돌아
볼 필요도 없이 나세르였다.

급박한 와중에도 한 줄기 생존 본능으로 지엔은 담요로 자신의 얼
굴을 단단히 감쌌다. 이러면 머리카락은 물론이고 얼굴의 반이 가려져
모퉁이를 돌면서 옆모습이 보인대도 누군지 알아볼 수 없을 것이다.

그리고 지엔은 비로소 입을 열어 말했다.

"나세르 공자님!! 전 공자님의 사랑을 응원해요! 아까도 가능하
다면 박수라도 치고 싶었어요!! 그러니 제발 이러지 마세요!!"

"그거 고맙군, 상이라도 줄까 하는데 당장 멈추는 건 어때?"

"마음만 받을게요, 마음만! 그러니 제발 저를 잊고 다시는 찾지 말아 주세요!"

"미안하지만 대가를 치르기 전엔 그렇게 못 하겠는데."

그야 그렇겠지! 뒷골목의 악마 나세르 폰 브리지트라면 상대의 피를 보기 전까진 결코 멈추지 않을 테니까! 이제 지엔은 나세르의 이명까지 멋대로 지어내고 있었다.

기가 막히다는 듯 한숨을 내쉰 나세르가 손을 뻗었다. 뒤에서 접근하려는 기척이 느껴지자 지엔은 다시 속으로 비명을 질렀다. 아아악!

다행히 지엔은 나세르가 뻗은 손을 피할 수 있었다. 뒤도 안 돌아본 걸 생각하면 대단한 운이었다.

그러자 잠시 주춤한 그가 다시 손을 뻗었다.

이번에는 발밑이었다. 지엔은 피했다.

다음에는 오른쪽 어깨였다. 지엔은 그것도 피했다.

다음에는 왼쪽 손목, 다음에는 아예 목. 그리고 나서야 지엔은 어째서인지 나세르가 아예 멈춰 섰다는 것을 깨달았다.

따라서 멈추어서는 안 되었는데, 어째서인지 그 순간 지엔도 따라서 멈추고 말았다.

잠시 제자리에서 숨을 고르던 그녀는 조심스럽게 고개를 돌렸다.

예상대로 그 자리에는 나세르가 서 있었다. 그는 어쩐지 조금 넋이 빠진 얼굴로 자신의 빈손을 가만히 내려다보고 있었다.

그리고 고개를 든 그가 자신을 보며 음산한 목소리로 중얼거렸을 때, 지엔은 얼이 빠졌다.

"아하, 그랬군."

"그렇다니요?"

대화나 할 상황이 아니라는 걸 머리로는 알았지만, 나세르가 무슨 대단한 비밀이라도 밝혀낸 듯한 표정이라 도저히 묻지 않을 수 없었다.

그러자 나세르가 대답했다.

"너는……."

"예, 저는……?"

지엔의 가슴이 쿵쾅거렸다. 설마 내 정체를 알아차렸나? 담요로 코 아래까지 묶어서 눈밖에 안 보일 텐데, 고작 이걸 보고? 어제 날 대체 얼마나 감명 깊게 본 거야?

그리고 나세르가 진지하게 말을 이었다.

"네 정체는……."

지엔은 꼴깍 마른침을 삼켰다.

"다른 가문에서 보낸 스파이로군."

"……."

"아니면 암살자인가?"

순식간에 온몸의 긴장이 빠져나갔다. 지엔은 흐려진 눈으로 나세르를 바라보았다.

헛짚기도 이 정도면 예술이었다. 스파이라니? 4년째 백작가에 충실하게 헌신하고 있는 평범하고 선량한 하녀에게. 게다가 뭐? 암살자?

제멋대로 고개를 주억거린 나세르가 다시 물었다.

"목적이 뭐지? 설마 백작가 막내아들의 연애사 따위가 궁금했을 리 없고. 정보인가? 내가 대회에서 우승하기 위해 마족과 계약이라도 했을까 봐?"

"아, 아니, 저기요······."

"검술이 내 진짜 실력인지 아닌지 확인이라도 하려고 보낸 건가? 확실히 그쪽도 몸놀림이 보통이 아니긴 하더군."

자신 같은 평범한 하녀에게 몸놀림이 보통이 아니라느니 어쩌느니 하는 말은 더 이상 들어주고 싶지 않았다.

결국 울상이 된 지엔이 두 눈을 꼭 감으며 외쳤다.

"저, 저기요!"

"뭐지? 이제야 이실직고할 마음이 들었나?"

"그, 그게 아니라······저 스파이 아니라고요. 암살자도 아니에요."

"뭐?"

나세르가 말이 되는 소리를 하라는 표정을 지었다. 지엔은 몹시 억울해졌다.

"포기가 늦군······. 좋아. 그러면 그쪽이 생각하는 진짜 정체는?"

"하, 하녀입니다!"

그러자 나세르의 표정이 다시 한 번 변했다. 아까까진 그래도 일말의 경계심이 남아 있었다면, 이젠 '이건 그럴듯한 거짓말도 못 하는 바본가?' 하는 표정이었다. 내 정체가 하녀인 게 뭐 어때서? 왠지 자신이 몸담고 있는 하녀 전체가 무시당한 기분에 지엔은 씩씩거렸다.

그때 지그시 인상을 쓴 나세르가 다시 물었다.

"그렇다면 왜 아까까진 내게서 도망친 거지? 엿들은 것에 대해 순순히 사과하면 될 것을."

"아?"

"음?"

지엔이 감탄사만 내뱉자, 나세르는 전혀 모르겠다는 표정으로 고개를 기웃했다. 그 무구한 모습을 보니 지엔은 잠시나마 울고 싶어졌다.

한참이나 고개를 숙이고 숨을 고른 지엔이 말했다.

"그건, 공자님이……."

"그래, 내가."

"잡히면……."

"잡히면?"

"팔다리 하나라도 분질러 버릴 것 같은 표정으로 쫓아오셨잖아요?"

지엔이 퀭한 표정으로 말을 맺었다.

"내가 언제?"

나세르는 누가 봐도 그런 적 없다고 믿어 줄 것 같은 표정으로 고개를 기웃거렸다. 그제야 지엔은 그가 이제껏 바깥 세계와 단절되어 지내 온 빛의 사제(그만뒀지만)라는 걸 깨달았다.

게다가 빛의 신의 규율은 자비롭기로 소문났으니, 그런 곳에서 어린 시절을 보낸 그의 머릿속에 팔다리를 자른다거나 목숨을 취한다거나 하는 잔인한 처벌이 들어 있을 리 없었다.

그러면 고작 미안하다는 말 하나를 들으려고 그렇게 죽어라 쫓아왔단 말이야?

지엔은 이제는 아까까지와는 조금 다른 의미로 억울해지는 것을 느꼈다.

원래 물에 빠진 거 구해주면 보따리도 내놓으라고 말하고 싶어지는 게 사람인지라. 고작 미안하다고 사과하면 될 일을 위해 지금까지 살벌한 추격전을 펼쳤다는 사실을 인정하기 싫어진 것이다.

활짝 웃은 지엔이 침묵을 깨고 입을 열었다.

"공자님. 제 진짜 정체가 기억났습니다."

나세르는 영 수상하다는 얼굴을 하고서 대꾸했다.

"일이 다 끝난 이제서야? 좋아, 뭔진 모르지만 말해 봐."

그러자 더더욱 활짝 웃은 지엔이 외쳤다.

"저는 사실 사랑의 요정입니다! 공자님이 저를 잡으시면 공자님의 사랑이 이루어지지 않기 때문에, 공자님을 위해서 전심전력으로 도망간 겁니다."

그 말을 들은 나세르는 표정을 바꾸었다. 지엔을 위아래로 훑어본 그가 가차 없이 툭 뱉었다.

"미쳤군?"

이 정도 대답은 이미 예상한 바였기에 지엔은 미소를 잃지 않았다. 대신에 그녀는 여전히 쾌활하게 대답했다.

"하하, 아무렴 사제인데 검을 들고 황태자님을 깨부순 공자님만 하려고요!"

"뭐?"

"하하, 하하하!"

"너무 겁이 나서 돌아 버린 건가?"

그렇게 말한 나세르가 지엔을 다시 붙들려 했을 땐 지엔은 이미 토끼처럼 잽싸게 뛰쳐 나가버린 뒤였다.

결국 아까의 추격전이 다시 시작되었다. 달라진 점이 있다면 쫓는 쪽과 쫓기는 쪽 모두 전보다도 더욱더 진심이 되었다는 것과, 그들이 달리는 속도가 훨씬 빨라졌다는 것 정도였다.

추격전은 저택을 두 바퀴 돌 동안 계속되었다. 달리는 동안 지엔은 계속 실성한 사람처럼 웃었다. 하하, 하하하! 그러는 동안 아무도 마주치지 않은 것이 참으로 다행이었다.

만약 그랬다면 매서운 표정으로 온 힘을 다해 달리는 나세르와, 미친 듯이 웃어대면서도 그에게 조금도 따라잡히지 않는 하녀 차림의 여자를 보고 놀라서 기절하는 사람들이 속출했을 테니까. 그리고 그 일은 브리지트 백작 저 괴담 목록에 당당히 이름을 올리게 되었을 것이다.

저택을 한 바퀴 넘게 돌고서야 지엔이 다시 외쳤다.

"그래도 사과하면 봐주신다니 그건 다행이네요! 저 언제쯤 사과하면 될까요?"

"이젠 안 봐줄 건데."

"아, 그러시구나."

그러면 안 잡히면 되지! 간단히 납득한 지엔은 속도를 더욱 높였다. 애초에 달리기에 자신이 없었으면 이런 짓도 안 했다.

그 모습을 본 나세르가 이를 으득 갈며 외쳤다.

"그런 몸놀림으로 스파이가 아니라고? 잡히기만, 해 봐라, 가만 안 둬!"

"네에? 저는 사랑의 요정이라니까요! 저를 잡으면 공자님의 사랑이 큰일 나요!"

"그놈의 요정 소리……!"

그는 미처 말을 잇지 못했다.

이윽고 지엔의 뒤에서 철퍼덕하는 소리가 들렸다.

잠시 제자리에 멈추고 뒤의 동태에 귀를 기울이던 지엔은 그 자리를 빠르게 벗어나 버렸다. 뭐, 일으켜 줄 필요는 없겠지. 아니, 오히려 기껏 일으켜 주면 놀림당했다고 생각해서 더 죽자사자 달려들지도……. 역시 그쪽이 더 가능성이 높다. 속으로 상상해 본 지엔은 모든 미련을 버린 채 숙소로 달려갔다.

숙소 문을 박차고 들어와 엉망이 된 몰골로 거친 숨을 내쉬는 지엔을 본 마리의 눈이 휘둥그레졌다.

"어머, 이마에 땀 좀 봐!"

재빨리 소매에 차가운 물을 묻혀 지엔의 이마를 닦아 주며 마리가 물었다.

"무슨 일이니, 지엔? 뭘 해도 좀처럼 힘들어 하는 일이 없는 네가 이렇게 땀을……."

그에 턱밑을 훔친 지엔이 웃으며 대답했다.

"그냥 잠깐 산책 좀 했어."

2. 이유 있는 적의

그 뒤로 지엔이 취한 태도는 간단했다. 아, 내 인생 망했다, 하며 멀리서 나세르의 머리끝만 보여도 사력을 다해 도망쳤다.

사실 나세르는 어찌 되었건 결국에는 자신을 용서하려 했던 것 같고, 그렇다면 그냥 순순히 사과하고 마무리해도 됐을 텐데.

그런데 좋지 못한 버릇이 그만 가짜 목숨의 위기 앞에 고스란히 튀어나왔고, 그 결과 하지 않아야 할 말을 포함해 지나치게 많은 말을 떠들고 말았다. 그 정도 떠들었으면 아무리 얼굴을 못 봤다고 해도 목소리만으로 판별할 수도 있을 것이다.

어느 날, 나란히 서서 창을 닦던 마리와 지엔 뒤로 나세르가 슥 지나가자, 지엔은 재빨리 목소리를 바꾸었다.

"크흠, 흠! 맞아, 그 가게 빵이 정말 맛있지……."

"지엔, 갑자기 무슨 일이니? 왜 순식간에 할머니 목소리가 된 거야?"

기겁한 마리가 물었지만 지엔은 눈을 부릅뜨며 조용히 하라는 시늉만 했다. 나세르가 복도에서 완전히 사라지고 나서야 지엔은 다시 원래 목소리를 낼 수 있었다.

그런 식으로 하루하루가 긴장의 연속이었다. 나세르 본인이 문제라기보다는 그냥 정체를 숨기고 있다는 데서 오는 스트레스가 무척 컸다. 오죽하면 지엔은 하녀를 때려치울까, 하는 생각을 월급 도둑 인생 4년 만에 처음으로 했다.

그래, 지금까지 너무 게으르게 살아서 벌 받은 거야. 고향으로 돌아가서 이 좋은 힘으로 농사나 짓는 편이 낫지 않을까. 아니야, 엄마 말로는 분명 농사도 성실한 사람들이나 짓는 거라고…….

죽었다 깨어나도 성실한 편이라고는 절대 말 못 할 지엔은 조용히 고개를 내저었다. 그러다 문득 한 가지 깨달음을 얻었다.

'나도 나세르의 상대의 정체를 알아내서 비밀을 교환하면 되지 않을까?'

지엔은 그날의 대화를 떠올렸다.

— 나오라고. 내가 괜히 에…… 저 여자의 뒤를 쫓지 않은 줄 아나?

에, 로 시작하는 이름을 가진 브리지트 저택의 하녀는 엘레노어, 엘리사, 에더린, 에이미, 엘리까지 총 다섯 명이었다.

그중에 갈색 머리칼을 가진 하녀는 네 명으로, 후보가 하나밖에 줄지 않지만 이것만 해도 어디인가.

만약 들킨다고 해도 지엔이 아무렇게나 이름을 들이댈 시 맞을 확률은 무려 4분의 1이나 된다. 아니, 물론, 4분의 1, 그거 반도 안 되는 거긴 하지만…….

그래도 시도도 안 해 볼 수는 없지. 지엔은 남몰래 주먹을 불끈 쥐었다.

그렇게 지엔이 살 궁리를 모색하는 그때, 나세르는 나세르대로 엄청난 스트레스를 겪고 있었다.

자신의 연모 상대가 들킬까 봐 걱정되어서는 아니었다. 애초에 누군가가 모퉁이 너머로 몸을 숨길 때부터 나세르는 그 기척을 파악하고 있었고, 때문에 상대가 그쪽으로 고개를 돌리지 않도록 철저히 신경 썼다.

게다가 머릿수건까지 쓰고 있었고, 특색 있는 목소리도 아니니 더더욱 눈치채기는 어려울 것이다.

그보다도 신경 쓰이는 것은 따로 있었다.

그자가 보여 준 범상치 않은 몸놀림.

"역시 전문적으로 훈련이라도 받지 않은 이상, 그런 식으로 내 공격을 전부 피하는 건 불가능해. 정체가 뭐지? 목적은?"

그는 창가에 선 채 손가락으로 창턱을 툭툭 두드렸다.

생각에 잠겨 있을 때 자리에 앉는 대신, 그런 식으로 빛이 잘 드는 창가에 앉아 서 있는 건 나세르가 신전에서 얻은 버릇이었다.

어릴 때부터 뛰노는 것을 좋아하던 그에게 신관이 되라느니, 자리에 꿇어앉아 세 시간이고 다섯 시간이고 기도만 하라느니 하는 것은 고문에 가까웠다. 그렇기 때문에 나세르는 차라리 창가에 서서 풍경을 바라보는 척하는 것을 택했다.

신전의 좁은 독방에서 창턱에 매달린 채 바깥을 보며 상상하던 자유, 넓은 들판, 가족, 허락되지 않은 모든 것과…… 그중에서도 사랑.

신전 생활을 하다가 6년 만에 처음 집으로 돌아왔던 날, 나세르는 이제 다시는 신전으로 돌아가지 않아도 되는 줄 알고 기뻐했었지만 그것은 착각이었다.

상심한 그는 모든 것을 거부하며 방 안에 틀어박혔고, 창밖을 내다보다가…….

거기까지 회상했을 때, 나세르의 시선 끝에 갈색 머리칼이 덜컥 걸렸다. 나세르의 심장이 덜컹 내려앉았다.

황급히 창틀을 붙든 그가 상체를 내밀었다.

"아, 잘못 봤나."

한참이나 눈을 찡그리고 먼 곳을 바라보던 나세르는 이윽고 중얼거림과 함께 몸을 바로 했다.

그녀를 처음 본 그날도 이랬었다.

나세르의 절망과 상관없이 날이 무척 좋아서 햇볕은 따뜻한 노란색, 초목들이 빛을 받아 깨끗한 연두색으로 빛나던 그 날, 나세르는 창밖으로 보았다. 갈색 머리칼을 바람에 휘날리며 깔깔 웃는 소녀를.

그러나 지금 나세르의 눈에 들어온 것은 그때와는 전혀 다른 사람이었다.

갈색 머리칼은 색이 비슷했지만, 잘 빗지도 않는지 온통 헝클어진 데다가, 표정도 그랬다. 저 심드렁한 얼굴은 뭐란 말인가. 날씨도 좋은데 좀 웃어도 괜찮을 것을.

창틀에 팔을 기댄 나세르가 작게 중얼거렸다.

"지엔이랬나."

나세르가 수도에서 돌아온 지 며칠 만에 하녀들의 이름을 모조리 외울 정도로 한가하지는 않았지만, 저 하녀는 특별했다.

안 좋은 쪽으로.

무투 대회 결승에서 무려 황태자와 맞붙어 우승을 차지하고 화려하게 귀환한 그 날, 나세르는 자신을 축하하고자 홀에 모인 모두가 짜증스럽게만 느껴졌다. 그에게 의미 있는 건 그저 한 사람뿐이었고, 그 외에는 모두 지푸라기 인형이나 다를 바 없었다.

그녀를 찾으려고 모인 사람들을 차례차례 훑던 도중, 나세르는 무시할 수 없는 존재감을 느끼고 휙 고개를 돌렸다.

그때 그가 느낀 것은 사랑, 이라든가, 떨림이라든가 그런 감정과는 하등 상관이 없었다.

굳이 말하자면 증오였다. 원망인 것 같기도 했고.

그동안 먼지 쌓인 채 구석에 방치되었으면서도 먼지를 털어 내면 금세 선명해질 것만 같은, 그동안 애써 잊고 가슴 한 편에 묻어 두었던 것 같은 해묵은 감정.

그러나 막상 그 감정을 불러일으킨 상대를 보았을 때, 나세르는 머릿속으로 맥이 탁 풀리는 것을 느꼈다.

도대체 뭘 기대한 걸까?

어떤 경로로도 자신과는 관련이 없을 것 같은, 평범하디 평범한 동년배의 하녀였다.

피로해 보이는, 약간은 창백한 얼굴은 헝클어진 갈색 머리칼에 아무렇게나 감싸여 있었다.

이윽고 자신의 시선을 눈치챈 듯, 안절부절못하던 그녀는 친구를 끌어당기더니 자기 자리에 대신 세워 놓고 그녀의 등 뒤에 숨었다.

그 모습을 보니 아무 연관도 없는 사람을 괜히 겁박했다는 생각에 스스로가 한심해진 나머지, 나세르는 '그녀'를 찾던 것도 포기하고 빠르게 자리를 떠나 버렸다.

그러나 지금, 창가에 멀찍이 서서 지엔을 내려다보며 나세르는 다시금 의문을 품었다.

"왜 나는 저 하녀가 싫지?"

처음 느낀 적의가 한없이 본능적인 것에 가까웠다면, 지금은 비교적 마음에 여유가 생겼다. 적어도 자신의 분노를 객관적으로 관찰하고, 그것이 이상하다는 것을 스스로 깨달을 정도는 되었다.

다시 한 번 그가 중얼거렸다.

"왜 저 여자가 싫지? 저 여자는 내게, 아무것도—"

아무것도.

그렇게 말하는 순간 눈앞에 떠오르는 어떤 환상이 있었다.

장소는 커다란 원형 경기장이었다. 관중석에서는 색색의 깃발이 높이 휘날리고 있었고, 병사들이 입은 갑옷과 투구가 여름 해 아래 잔인하게 번쩍거렸다.

곱게 치장한 여인들이 안은 꽃다발 또한 그랬다. 분명히 아름답고 향기로운데도, 그 모습은 어쩐지 축하보다는 조롱을 위한 걸로만 느껴져서……

마치 적의 장례식에 꽃다발을 바치듯이.

"허억."

지독한 현기증이 밀려왔다.

환상에서 깨어난 나세르는 거칠게 숨을 몰아쉬며 두어 걸음 물러났다. 하마터면 그대로 미끄러져 창에서 떨어질 뻔했다.

그는 손을 들어 이마의 식은땀을 닦아냈다.

"방금 뭐였지, 그건?"

그가 멍하니 중얼거렸다.

방금 환상 속에서 보았던 원형 경기장은 상당히 고대의 것이었다. 일곱 살 때부터 사제로 길러진 나세르에게는 그 정도 알아볼 지식은 있었다.

그러나 경기장 안에서 치러지는 것이 단순한 연례행사라고 보기에는 상당히 이상했다. 오히려 경기장 안을 내려다보는 군중들의 눈에 떠오른 감정은 분노, 증오, 혹은 두려움이었다.

그리고 그들의 시선 끝이 모인 곳에 서 있던 건······.

보랏빛 머리카락, 붉은 눈의 아름다운—

"나세르?"

문이 달칵 열리는 소리와 함께 나세르는 다시 한 번 강렬한 환상에서 빠져나왔다.

위험할 뻔했어, 그런 자각과 함께 나세르가 고개를 돌렸다.

뒤를 돌아보기 전부터 정체는 이미 알고 있었다. 일곱 살 때부터 이 저택을 떠난지라 부모조차 자신을 어려워하는 판국에, 자신을 저토록 친숙하게 부를 이라면 하나뿐이었으니까.

과연, 눈이 마주치자 기대한 그대로의 얼굴이 싱그럽게 미소 지었다. 나세르가 처음 본 순간부터 정신없이 빠져들게 한 바로 그 미소였다.

"세상에, 나세르. 괜찮아? 무슨 일이야?"

그의 이마에 매달린 식은땀을 본 그녀가 순식간에 걱정 어린 얼굴로 달려왔다.

품에서 깨끗한 손수건을 꺼내 자신의 이마를 닦아 주는 그녀를 보며 나세르가 희미하게 웃음 지었다.

어쩌면 향기조차 이토록 짙고 달콤한지. 다시 본 이래로 그녀에게서는 늘 꽃향기가 난다.

현기증은 이미 사라진 지 오래였지만, 그녀가 자신을 걱정해 주는 게 좋았다. 그래서 나세르는 한동안 어지러운 척하며 소파에 앉아 있었다. 그런 그의 이마를 그녀는 한참 동안 정성 들여 닦아 주었다.

그녀가 손수건을 다시 품에 넣고 나서야 나세르가 물었다.

"무슨 일이야, 엘레노어?"

그 물음에 엘레노어가 고개를 갸웃했다. 그러더니 그녀는 무슨 말을 하냐는 듯 가볍게 웃었다.

"새삼스럽긴? 내가 너를 찾아오는 건 특별한 일이 아니잖아."

"아침에는 그렇게 단호하게 가 놓고."

그러자 엘레노어의 웃음이 조금 흐려졌다. 나세르는 속으로 실수했다는 생각을 했다.

기껏 엘레노어 쪽에서 먼저 보러 와 줬는데 하는 말이 이래서야. 이대로 떠나서 영영 자신을 다시는 보러 와 주지 않으면 어쩌지?

다행히 엘레노어는 떠나는 대신에 조금 고민하다가 입을 열었다.

"하지만, 나세르. 네가 어이없는 소리를 하니까—"

"내 청혼이 네게는 어이없는 소리야?"

그래도 저 말만은 그냥 들어 넘길 수 없었다. 나세르가 날카롭게 묻자, 엘레노어가 인상을 쓰며 외쳤다.

"제발, 나세르! 아까 이 이야기는 끝내기로 했잖아!"

"내가 언—"

"나세르."

간절한 부름에 그의 입이 딱 다물렸다. 이윽고 무거운 한숨을 내쉰 그가 고개를 들자, 자신을 간절하게 응시하는 엘레노어의 갈색 눈이 보였다.

한때는 언젠가 저 눈에 사랑이 담길 거라고 믿은 적도 있다. 상심한 나세르가 고개를 돌리자, 애처로운 목소리가 들려왔다.

"나세르……."

나세르는 결국 한숨 섞인 목소리로 대답했다.

"알겠어."

"이래야만 하는 내 마음도 이해해 줘."

엘레노어가 나세르의 손등을 두 손으로 감싼 채 말했다. 그녀의 속눈썹이 파르르 떨리고 있었다.

그러더니 그녀는 돌연 손으로 입을 가리며 자리를 박차고 뛰어가 버렸다.

문이 닫히고, 방에 홀로 남은 나세르는 복잡한 눈으로 엘레노어가 나간 문 저편을 보다가 멍하니 중얼거렸다.

"이래야만 한다고?"

싫으면 싫은 거지 이래야만 한다는 건 또 뭐지? 게다가 그녀가 마지막에 보인 눈물은…….

고민 끝에 나세르는 종을 한 번 울렸다.

본래 저택에 살지 않던 나세르에게는 달리 담당 시종이 없었기 때문에, 그가 호출한 즉시 집사가 달려왔다.

나세르로서는 잘된 일이었다.

"부르셨습니까, 도련님."

"알아봐 줬으면 하는 일이 있다."

"말씀만 하십시오."

그렇게 말한 집사가 더욱 깊이 고개를 숙였다.

"총 두 가지인데. 하나는 이 저택에서 일하는 하녀, 엘레노어에 관한 일이다. 그녀에 대해 내가 알아보고 있다는 소문이 전혀 나지 않도록 철저히 비밀리에 진행하도록. 그리고 두 번째는…….."

* * *

다음날 새로운 소식을 전해 들은 하녀들은 비명부터 질렀다. 싫어서가 아니라 좋아서.

평소에는 여염집 아가씨라고 해도 믿을 정도로 행동거지가 조신한 마리조차 자리에서 방방 뛰고 난리가 났다. 담담히 귀를 막은 것은 오직 지엔뿐이었다.

소란이 조금 가시자, 그제야 귀를 막고 있던 손을 내린 지엔이 얼굴을 구긴 채로 물었다.

"참관이요?"

"그래."

하녀장은 고개를 끄덕였다. 지엔이 다시 물었다.

"주방 일을?"

"그래."

이번에도 하녀장은 짧은 대답만 내놓고는 휭하니 자리를 떠버렸다.

아니, 저기요. 한 손을 내민 지엔이 생각했다.

도대체 사제 신분으로 무투 대회에서 우승하신 분이 왜 갑자기 주방 일을 참관하겠다는 건데? 검의 경지가 너무나 높아진 나머지 이제는 하녀들의 칼질에서도 배울 게 있다고 생각하는 건가? 아무리 그래도 너무 뜬금없잖아?

그러거나 말거나, 다른 하녀들은 이유 따위 알 필요 없다는 태도로 혼신의 힘을 다해 꾸미고 있었다. 어제만 해도 눈뜨자마자 세수만 하고 대충 머리를 묶고 주방에 쪼그려 앉아 감자를 깎던 이들이었는데.

하긴, 겉껍데기는 귀족 도련님의 전형이지. 아무렇지 않게 납득하던 지엔은 머릿속에 휙 스치고 지나가는 생각에 얼굴을 굳혔다. 아니, 가만.

그러고 보니 그때 나세르가 굉장히 어이없는 추측을 했었다. 지엔이 다른 가문에서 보낸 첩자라느니 암살자라느니.

하하, 개소리도 참 일품이셨는데. 그날의 추격전을 회상하느라 잠깐 아련하게 물들었던 지엔의 얼굴이 곧 원래의 색을 되찾았다.

굳이 하녀들이 있는 주방에 직접 참관하러 온다는 건 마음에 걸렸지만, 이게 정말로 첩자를 색출하기 위한 계획이었다면 안타까운 일이다.

그렇게 결론 내린 지엔이 손을 번쩍 들며 외쳤다.

"나랑 주방 일 바꿀 사람!"

"나!"

"나아악!"

"비켜, 내가 먼저야!"

"너나 비켜!"

곧바로 지엔의 주변에 인파가 소용돌이치듯 모여들었다. 가히 태풍의 눈이 연상되는 풍경이었다. 그 가운데 지엔은 고요하게 웃었다.

나세르 님, 당신의 패인은 스스로의 인기를 전혀 몰랐다는 데 있답니다.

그렇게 동료 하녀들에게 주방 일을 성공적으로 떠넘긴 지엔은 콧노래를 부르며 숙소를 빠져나왔다.

오늘 오전에 지엔이 해야 할 일은 주방 일이 다였다. 게다가 브리지트 백작은 이유는 모르겠지만 지엔에 한해서라면 조금 더 자비로워지고, 농땡이 피우는 것을 묵인해 주는 건 물론 가끔은 심리 상담까지 해 주었다. 요즘 살기 괜찮니? 혹시 일은 안 힘드니?

가끔 두려워하는 눈빛을 보이는 것이 마음에 걸리긴 했지만, 돈 주는 귀족 입장에서 이런 평민을 두려워할 것이 뭐 있겠나 싶어 그때마다 지엔은 직감을 무시하고는 잘 지낸다고, 다 좋다고 대강 대답하고는 했다.

아니면 빛의 신전 측에서 언질을 해 둔 건가? 위험하니 건드리지 말라던가 뭐 그런…….

그리고 문득 오랫동안 잊고 있던 일을 떠올린 지엔이 감탄사를 내뱉었다.

"아 참."

그러고 보니 벌써 거기 안 간 지도 한 달이나 지났잖아. 여기서 더 오래 안 버텼다간 슬슬 백작가에 정식으로 사제를 보내올지도 모른다.

바쁜 사제님들을 오고 가게 할 수는 없지. 눈을 위아래로 굴려 옷차림을 대강 점검한 지엔은 하늘을 보았다.

음, 조금 걸음을 빨리한다면 어두워지기 전까지는 저택으로 돌아올 수 있을 거다.

지엔은 경쾌한 걸음으로 저택을 나섰다.

* * *

본래 신전은 신분이 낮은 자들의 경우 높은 자들에 비해 비교적 출입이 꺼려지는 것이 사실이다. 그러나 대낮부터 빛의 신전으로 향하는 지엔의 발걸음은 당당하기만 했다.

물론 지엔의 옷차림이 신전에 출입하기에 그리 이상하진 않았다. 브리지트 백작가의 하녀복은 튼튼하고 잘 더러워지지 않는 소재로 만든 데다가, 사람들도 그 옷차림만 보고도 그녀가 브리지트 백작가 하녀라는 사실을 알 수 있었다.

무엇보다 브리지트 백작 본인이 빛의 신의 신실한 신도로 유명하니, 잠시 의아한 시선을 보내던 사람들은 곧 영주님의 지시겠거니 하고 고개를 돌렸다.

그렇게 당당하게 빛의 신의 신전에 정문으로 침입한 지엔은.

"악."

한 걸음 들이자마자 꿀밤을 얻어맞았다.

체력은 물론이고 맷집도 어디 가서 질 걱정은 안 해봤지만, 불시에 얻어맞으니 꽤 아팠다.

신음을 삼키며 허리를 굽힌 지엔의 눈에 순백의 법복 끝자락이 보였다. 그 아래에는 단출한 갈색 신발이 신긴 하얀 발이 있었다.

얘는 어떻게 발도 이렇게 예쁘지? 그렇게 중얼거리며 고개를 들자, 과연 예상한 그대로의 얼굴이 보였다.

지엔이 설핏 웃으며 그의 이름을 불렀다.

"헤카테."

스스로 팔짱을 낀 그는 까칠하게 대꾸했다.

"너무 눈에 띄니까 정문으로 들어오지 말라고 몇 번이나 말씀드린 것 같은데요, 지엔."

"아주 중요한 이유가 있다고 했잖아, 아, 아아. 진짜 아파. 너무 세게 때린 거 아냐?"

그렇게 말한 지엔은 짐짓 울상을 지어 보이며 머리를 문질렀다.

그러나 과연, 눈앞의 이 사제님은 예쁘장하게 생겨서는, 아니, 솔직히 말하자면 수도의 어느 미인도 백 대는 왕복 따귀를 때리게 생겨서는 호소에도 눈 하나 까딱하지 않았다.

허리춤에 손을 얹은 헤카테가 계단 위를 턱짓해 보였다.

평일인데도 신전을 오고 가는 수많은 신도들과 사제들 사이에 둘러싸여, 헤카테와 지엔은 천천히 계단을 올랐다.

이윽고 헤카테가 입을 열었다.

"지엔, 그래서 그 중요한 이유란 게 뭡니까? 저는 당신의 입에서 진지한 말이 나오는 걸 들어 본 적이 없는데요."

그 말에 지엔이 얼굴을 굳히고는 운을 띄웠다.

"그게 말야."

"네."

지엔은 몹시 진지한 태도로 말을 이었다.

"내가 세어 봤는데, 뒷문에서 너희 기도실까지 올라가는 데 필요한 걸음의 수는 총 이천팔백 걸음이었고, 정문에서 가는 데 필요한 걸음은 총 삼천이백 걸음인가 그래."

그리고 지엔은 입을 다문 채 헤카테의 대답을 기다렸다. 헤카테는 별 반응도 하지 않은 채, 다만 맥없이 어깨를 으쓱하고는 대꾸했다.

"이러니 제가 듣고 잊어버렸죠."

"아니, 이게 얼마나 중요한 문제인데. 사백 걸음이야. 무려 사백 걸음이나 차이 난다니까?"

"하아."

들을 가치도 없다는 듯, 고개를 절레절레 내저은 헤카테가 걸음을 재촉했다. 지엔은 어깨를 축 늘어뜨리고는 그런 그의 뒤를 얌전히 따랐다.

맑은 햇빛 아래, 묵묵히 앞서 걷는 헤카테의 남색 머리칼이 유난히 찬란한 빛을 흩뿌렸다. 그 모습을 보며 지엔은 눈을 잠시 가늘게 떴다.

문득 그 위로 과거의 풍경이 겹쳐졌다.

지엔이 정확히 열 살 되던 해였다. 빛의 신의 예언이 있은 뒤로 비밀리에 지엔의 집을 들락날락거리던 늙은 신관이 지엔 또래 남자아이 하나의 손을 잡고 지엔의 집을 방문한 것은.

지금도 예쁘기는 하지만, 초승달처럼 싸늘하고 까마득한 아름다움에 가깝다고 하면 그때는 좀 더 무구한 아름다움이 있었다.

헤카테를 본 지엔의 첫 감상은 이러했다.

　— 빛의 신께서 사악하고 위대한 저를 불쌍히 여겨 남편감을 점지해 주셨나요?

그리고 헤카테는 지금과 같이, 매우 공손하고도 싸늘하게 웃으며 이렇게 답했다.

　— 사악하고 위대한 이라니, 멍청함을 잘못 말한 게 아닐까요? 대신관님?

그 다정한 대화가 끝나는 즉시 헤카테와 지엔은 신관에게 각각 꿀밤 한 대씩을 얻어맞았다.

그 뒤에는 지엔이 반한 모든 남자들에게 그러했듯이 지엔이 맹렬하게 달라붙고 헤카테가 맹렬하게 거부하는 일이 벌어졌고, 일주일 뒤에 지엔이 빵집 윌인가, 방앗간 찰스인가, 하여간 둘 중 하나에게 반하게 되면서 짧았던 전쟁은 그렇게 끝이 났다.

신관이 설명해 준 바로는, 헤카테는 빛의 신으로부터 점지된 특별한 영혼으로서 고위 사제가 될 날이 머지않았다고 했다. 그렇기 때문에 그는 지엔의 사악한 전생의 성정이 되살아나는 것을 막는 훌륭한 고삐 역할을 해 줄 수 있을 거라고.

그 얘기를 들은 즉시 헤카테는 '너무 멍청하면 사악한 짓도 하기가 힘듭니다.'라며 신관의 말에 반박했고, 지엔은 '엥, 사악한이라니요. 너무하십니다.' 하다가 둘 다 진지하지 못하다며 다시 한 대씩 맞았다.

어쨌건, 그날 이후로 신관은 지엔에 관한 일을 헤카테에게 거의 일임했다.

'일'이라 함은, 지엔의 사악한 전생이 살아나지 못하도록 그녀를 감시하는 일.

말이 감시지 한 달에 한 번 정도 만나 신전 뒤뜰에 앉아 차나 한 잔 마시다가, 종일 풀 다듬는 거 구경이나 하다가, 기도도 한 번 하고, 그게 다였다.

게다가 마음을 접었다고는 해도 지엔은 헤카테의 예쁜 얼굴을 보는 게 퍽 좋았다. 그랬기 때문에 헤카테의 얼굴을 보러 오는 이 일을 일종의 포상 정도로 생각하고 있었다. 빛의 신에게는 좀 미안한 말이지만.

그때였다. 지나가는 사람들의 인사를 받아 주며 천천히 걷던 헤카테가 문득 지엔을 돌아보았다.

가슴께까지 내려오는 짙은 남색 머리칼 사이로 설핏 드러나는 흰 얼굴이 아찔할 정도로 아름다웠다. 지엔이 헉 하며 가슴께를 부여잡자 헤카테는 흥미 없는 눈으로 '얘가 또 이러네' 하는 듯한 표정을 지었다.

그가 대수롭잖은 태도로 던지듯 물었다.

"무슨 일 있습니까? 오늘따라 조용하시네요."

"나라고 아무 날이나 사제님들 붙잡고 사랑한다고 매달리지는 않는다고."

"평소에 그러는 거 기억하고는 계셨군요. 그럼 매일 제정신으로 그랬다는 겁니까?"

"아, 아무튼, 아! 무슨 일이라면 있었어."

헤카테가 걸음을 멈추었다. 지엔은 눈을 데굴데굴 굴리다가 아 하고 깨달은 소리를 내었다.

나세르는 헤카테와 같은 빛의 신전 소속이다. 나세르는 수도의 본단, 헤카테는 남쪽 지부로 비록 소속은 조금 다르다고 하지만 어쨌든.

그냥 죽으란 법은 없구나! 지엔은 환호하며 헤카테의 손을 붙잡았다. 물론 헤카테는 그 즉시 기겁하며 그 손을 떼어 내려 했다.

"아, 좀, 저희가 아직도 열 살 어린애들인 줄 아십니까."

"헤카테, 너 나세르 알아?"

"예, 압니다, 그러니까 이 손 좀…… 예? 나세르 폰 브리지트 말씀이십니까?"

물론 브리지트 영지에 있는 신전에 몸담고 있는 헤카테가 그의 이름을 외우고 있는 것은 이상한 일이 아닐지 모르지만, 지엔은 헤카테의 얼굴에 잠시 떠오른 미묘한 기색을 놓치지 않았다.

환하게 갠 얼굴로 지엔이 외쳤다.

"안다고? 잘됐다! 만세, 살았다! 빛의 신이시여, 제가 비록 전생에는 사악하고 위대한 존재였다고는 하지만 이제부터는…… 읍읍."

방정맞게 나풀거리던 지엔의 입이 어느새 튀어나온 헤카테의 손에 틀어 막혔다.

못 살아, 지엔의 입을 막고 있지 않은 다른 손으로 이마를 짚은 헤카테가 외쳤다.

"당신의 전생에 관한 것은 빛의 신 교단에서도 극비의 극비의 극비란 말입니다!"

"아, 알았어, 미안해."

지엔은 곧바로 찌그러졌다. 어떻게 발견한 생명줄인데 이렇게 잃을 수는 없었다.

여전히 지엔의 입을 막은 채, 주변을 휘휘 둘러보던 헤카테는 곧 후원으로 통하는 길을 발견하고 그쪽으로 향했다.

"따라오십시오."

"응."

헤카테를 줄레줄레 따라가는 지엔의 뒤를 주시하는 검은 그림자들이 있었다.

* * *

빛의 교단 신전의 후원에 들어올 때면 지엔은 늘 감탄을 주체할 수가 없었다.

잘 가꾸어진 초목들이 환경과 어우러지는 데서 나오는 아름다움 때문이라기엔, 지엔은 그 정도로 감수성이 좋지는 않았다. 그냥, 정원 일에 어느 정도 손을 대본 사람으로서 이렇게 가꾸기까지 얼마나 피나는 노력이 동반되는지 알기 때문이었다.

오늘도 지엔은 그 아름다운 정원을 보면서 감동하기는커녕 윽 소리를 내며 한 발짝 물러섰다.

그에 헤카테의 눈썹이 꿈틀거렸다.

"뭡니까, 그 반응은. 남이 힘들게 가꿔 놓은 정원을 보고."

"아차, 그랬지."

"나세르 운운은 또 뭡니까? 이번에는 또 무슨 짓을 하셨습니까?"

마음이 급한지, 평소라면 대강 받아 주었을 지엔의 헛소리를 냉큼 잘라먹은 헤카테가 돌직구로 물어왔다.

아. 지엔이 눈을 깜빡이자 헤카테의 예쁜 파란 눈이 와락 구겨졌다.

그가 입을 열었다.

"설마."

"설마?"

헤카테가 먼저 입을 여는 것은 흔치 않은 일이라서 지엔은 귀를 쫑긋 기울였다.

"전에는 그래도 신분이 비슷한 사람만 골라잡으시더니. 안 됩니다, 다 돼도 그분은 안 돼요."

"음."

아니라고 할 수 있겠으나 지엔은 그냥 신음하고는 침묵했다.

그러자 헤카테의 안색이 한층 더 창백해졌다. 원래도 하얀 얼굴이었지만 이제는 뒤에 뭐가 비쳐 보일 것 같았다. 그러더니 그가 대뜸 자신의 어깨를 붙잡기에 지엔은 힉 소리를 냈다.

헤카테가 대뜸 말했다.

"사과하세요."

"예? 아니, 응?"

"제가 잠깐 정신이 나갔나 봅니다 하고 무릎 꿇고 비세요. 그래도 설마 빛의 신께 한때나마 몸담고 있던 자인데, 설마 목숨까지 취할까요."

"아, 아니. 헤카테. 내가 대체 무슨 짓을 한 줄 아는 거야……."

"반했잖아요, 아니에요?"

그렇게까지 확신을 담아 말하면 사실이 아닐지라도, 아니, 사실에서 한참 벗어났을지라도 대답하는 데 조금 시간이 걸린다. 박력에 밀려 우물쭈물하는 지엔에게 헤카테의 확신 어린 말이 다시 꽂혔다.

"반했으면 또 그 짓 했을 거 아냐."

"그 짓이라니?"

"간다는 사람 허리 끌어안고 가지 말라고 엉엉 울어서 옷 다 엉망으로 해 놓고,"

"내가?"

"스토킹은 기본에,"

"내가?"

"물병 들고 와서는 술병인 척 병나발 불면서 고성방가하잖아요."

"내가요?"

"네가요."

그렇게 대답하는 헤카테의 얼굴이 짐짓 비장하기까지 해서 지엔
은 차마 '내가 너한테 반했을 때도 그랬어?' 하는 물음을 던질 수가
없었다.

그랬다가 그게 사실이기라도 하는 날에는 헤카테가 자기가 해
놓고 기억도 못 하냐며 버럭 화낼 것 같았다.

대답 없이 슬금슬금 물러나는 지엔을 헤카테가 덥석 붙잡았다.
이런 일은 난생 처음이라 지엔은 기겁했다.

"또 왜?!"

"사과하세요. 아셨죠?"

"아니, 잠깐! 헤카테, 뭔가 오해하는 것 같은데, 아니, 내가 처음
부터 이걸 먼저 얘기했어야 했는데—"

"사과하기 싫다고 죽으시렵니까? 제가 아무리 멍청하다 했던들
그렇게까지 멍청하진 않잖아요! 제발 사과하세요, 그냥! 잠깐 돌았
었다고 해요! 뭣하면 같이 가 드릴까요?"

그렇게 말하며 제 어깨를 탈탈 흔드는 헤카테의 모습이 '빛의 신
믿읍시다!'라고 전도하고 다닐 때보다도 더욱 필사적으로 보이는
것은 필시 자신만의 착각이 아닐 터였다.

하도 흔들려서 조금 몽롱해진 채로 지엔은 생각했다.

'으음, 아무튼 나 살려 보려고 이러는 것 같은데, 고마운데, 그러면서도 참, 내가 그런 짓을 저질렀을 거라고 이렇게 굳게 믿고 있다는 게 한편으로는 좀 그렇기도 하고……'

고마운데, 좀 기분이 그런데, 오락가락하던 지엔의 정신이 마침내 제자리를 되찾았다.

그러자마자 헤카테의 손을 휙 뿌리친 그녀가 외쳤다.

"아냐, 그런 게 아니라!"

"그냥 사과하자니까요!"

둘의 외침이 합창처럼 때맞추어 일제히 솟아올랐다.

"나세르 그 새, 아니, 공자님이 날 막 쫓아오더라니까!"

갑자기 침묵이 찾아왔다. 푸스스. 정원의 풀들이 때마침 불어온 바람에 일제히 흔들리는 가운데 지엔과 헤카테는 한동안 말없이 서로를 마주 보며 서 있었다.

지엔은 헤카테가 나라 잃은 표정, 아니, 신관이니까 신 잃은 표정. 아무튼 그런 것을 짓는 것을 처음 보았다.

한참 만에 헤카테가 되물었다.

"예?"

그제야 제 말이 오해할 소지가 다분했다는 것을 깨달은 지엔이 손을 들며 황급히 덧붙였다.

"아, 물론 반했다는 건 아니고."

"압니다."

"……"

깔끔하게 일축해 버리니 민망해진 지엔은 손을 내렸다.

'음, 아니, 거 너무하네. 나세르 공자님이 내게 반할 가능성이 정말로 없다고 할 수, 할 수…….'

그러다 일생일대의 원수라도 만난 양 자신을 노려보던 나세르의 살벌한 시선을 떠올린 지엔은 그냥 입을 다물기로 했다. 그래, 그건 지금 상황으로는 도저히 불가능할 터였다.

후원을 벗어나 기도실로 천천히 걸음을 옮기며, 헤카테가 물었다.

"당신을 싫어하십니까?"

"응?"

"당신을 이유도 없이 싫어하시냐고 물었습니다."

"아, 맞아, 그거야."

"아."

"헤카테?"

"미쳤군."

헤카테는 한숨을 내쉬며 머리칼을 쓸어 넘겼다. 지엔이, 조심스럽게 '헤카테, 헤카테?' 하고 불러도 한동안 답은 돌아오지 않았다.

* * *

기도실로 자리를 옮기고 나서야 지엔은 헤카테에게 일련의 일들에 대해 자세히 설명할 수 있었다.

아무튼 자신이 도발해서 일이 지나치게 틀어진 면은 있지만, 살 구멍이 필요하기는 하니, 우연히 나세르와 어떤 여자의 대화를 듣게 된 일부터 시작해서 전부 말해 버렸다.

어차피 헤카테가 절대 유출하지 않을 것을 알기에 털어놓은 것이었다.

같이한 세월이 어느덧 8년, 지엔과 헤카테는 서로를 조금 지나치다 싶을 정도로 잘 알았다.

사실상 신탁, 그러니까 지엔이 전생에 위대하고 사악한 존재였음을 아는 사람들 중에 지엔을 은연중에라도 두려워하지 않는 사람은 지금은 사라진 그 신관을 제외하면 헤카테가 유일했다.

얘기를 다 들은 헤카테는 턱을 매만지며 생각에 잠겼다.

지엔이 그런 그에게 고개를 불쑥 내밀며 말했다.

"아니, 솔직히 지금 나를 눈에 불을 켜고 찾는 건 이유를 알겠거든? 사랑의 요정 타령은 내가 봐도 좀."

"아니요, 평소의 당신답습니다."

"거 너무하네."

지엔의 불평을 깔끔하게 무시한 헤카테가 눈을 들었다. 아찔할 정도로 파란 눈 위로 기도실의 햇살이 쏟아졌다.

"제 생각에는……."

"생각에는?"

"업보입니다."

덩달아 진지하던 지엔의 얼굴이, 엥 하고 흐트러졌다.

아무리 전생에 위대하고 사악한 존재였다고 해 봐야 지금의 지엔은 하녀 교육 정도밖에는 받지 못했고, 빛의 신의 신실한 신도도 아니므로 교리에 대해서는 아는 바가 없었다.

그런 지엔의 상태를 짐작한 듯, 헤카테가 말을 이었다.

"당신의 전생에 얽혀 있던 악연들이 드디어 나타나기 시작한 거란 말입니다."

"아."

그 정도는 지엔도 이해하기 어렵지 않았다. 갓난아이 때부터 지금의 자신으로서는 기억도 나지 않는 전생의 일 때문에 온갖 소리를 들어 본 그녀였다.

천천히 한숨을 내쉰 헤카테가 다시 말했다.

"하필, 처음으로 나타난 사람이…… 당신이 하녀로 일하는 브리지트 백작가 사람이라니."

"아, 역시 상황이 좀 심각하지?"

하필 처음 만난 전생의 악연이 고용주 아들이라니, 이런 경우가 있나. 아니, 그렇기에 업보라고 부르는 거겠지만…….

지엔의 물음에 헤카테가 다시 지엔과 눈을 맞추었다.

한참 만에 그가 중얼거리듯 답했다.

"보통은, 전생에 악연으로 얽혀 있는 상대라 하더라도 첫눈에 알아보는 경우는 거의 없습니다. 지내보니 어딘가 안 맞더라, 아니면 무언가가 계속 마음에 안 들더라, 하는 식이죠. 그런데 아까 당신이 말했죠, 처음 눈이 마주치자마자 당신을 싫어했다고……."

지엔이 황망한 표정으로 끼어들었다.

"나는 내가 기억도 못 하는 새에 브리지트 백작을 살해한 줄 알았어."

"그런 무시무시한 소리는 입에 담지도 마세요. 아무튼, 나세르 폰 브리지트. 사제로서도 나쁘지 않다고 들었는데 갑자기 무투 대회 우승이라니, 대체 무슨 소리인가 했건마는 그런 사정이 있었다니……."

헤카테가 진지한 생각에 빠지는 것과 반대로, 지엔은 점점 현실성 없는 생각에만 발을 들여놓고 있었다.

그러다 별안간 헤헤 실없는 웃음을 흘린 지엔이 말했다.

"있잖아, 나세르 공자님이 그냥 그 에 뭐시기 하는 애랑 손잡고 집 나가면 좋겠다. 나는 직장 생활 영위하고, 공자님은 사랑 성취하고."

"예, 참 좋겠죠. 단호하게 거절했다면서요?"

"밀어주면 되지 않을까?"

그러자 헤카테는 정색하며 대답했다.

"제발 헛짓하지 마세요. 당신은 숨만 쉬어도 재앙이 일어날 것 같습니다."

"아, 아까부터 정말 너무하십니다, 사제님."

지엔이 투덜거렸다.

아무튼 한 달에 한 번 정기적으로 가져야 하는 '정화의 시간', 실상은 아름다운 헤카테 사제님과 놀고 먹고 떠드는 시간에서 별 수확은 얻지 못한 지엔은, 그러나 한결 가벼워진 걸음으로 브리지트 백작가 저택으로 돌아갔다.

그런 지엔의 뒷모습을 헤카테는 신전 기둥 한편에 기댄 채 한참 동안 바라보았다.

이윽고 그가 한숨 섞인 목소리로 중얼거렸다.

"괜찮을까……."

평소에도 행동거지가 어쩐지 남다르기는 하지만, 오늘 신전을 나서는 지엔의 걸음걸이가 어쩐지 평소보다도 두 배쯤은 들떠 보였다. 그래도 설마하니 자기 고용주의 셋째 아들인 데다 전생의 악연이기까지 한 상대에게 헛짓거리를 하진 않겠지.

헤카테는 그런 생각을 하며 애써 불안을 억눌렀다. 제발, 얌전히 좀 살아라.

헤카테는 지엔이 안쓰러웠고, 그녀가 사악하고 위대한 존재였다는 신탁도 불경한 말이지만 솔직히 믿기지 않았다. 차라리 전생에 어떤 나쁜 놈한테 이용당하고 버려진 건 아니었을까? 그런 생각이 들 정도로.

사실 지엔이 아주 멍청하진 않았다. 멍청하지는 않은데 그냥 대책이 없었다. 저렇게 신분 고하를 막론하고 대책 없이 막 나가는 것을 보면 가끔은 '아니, 대체 얼마나 위대한 존재였기에?' 하는 생각이 들기도 했다. 가끔, 아주 가끔.

그나저나, 헤카테의 단정한 눈썹 끝이 조금 구겨졌다.

후문으로 다니라니까, 진짜 말 안 듣네…… 그놈의 사백 걸음 타령. 역시 전생에 베짱이였을 거야.

헤카테는 수백 번 반복해 온 결론을 내리고는 휙 돌아 기도실로 성큼성큼 들어갔다.

천장이 유난히 높은 반면 창문은 좁고 길게 뚫려 있어 대체로 조용하고 어둑어둑한 곳이었다. 그 안에서 사람들은 경건함과 평화를 찾곤 하지만, 실은 수상한 것들이 숨어들기에도 아주 적당한 장소임을 헤카테는 잘 알고 있었다.

기도실의 문이 쾅 닫혔다. 다행히 안에는 아무도 없었다.

뒤도 돌아보지 않은 헤카테가 입술만 달싹였다.

"나와."

찬물이 뚝 떨어진 것처럼 헤카테의 목소리는 정적 위로 파문을 일으켰다. 여전히 주위에서는 아무런 소리도 들려오지 않았다. 다소 기이할 정도로.

바깥의 새조차 울지 않았다.

그러다 이윽고 정체를 숨기는 걸 포기했다는 듯이, 기도실 사방의 모서리에서 작게 킥킥대는 웃음소리가 번졌다. 마치 어린아이들이 약자를 조롱하듯이, 천진하면서도 사악했다.

한데 섞인 웃음소리들이 목을 조여 오는데도 헤카테는 아무 반응도 하지 않았다. 그는 다만 차분하게 정면을 응시했다. 아무도 서 있지 않은 눈앞을.

아니, 어둠에 가려 보이지 않았을 뿐 어느새 새로이 나타난 누군가가 있었다. 창문으로 쪼개진 빛에 남색 머리카락과 수려한 턱 언저리, 그가 걸친 의복이 어렴풋이 보였다.

사제복이었다.

그가 입술을 움직여 말했다.

"참 이상하지."

그에 헤카테의 남색 눈이 왈칵 구겨졌다. 그러나 여전히 차분한 목소리로 헤카테가 내뱉듯이 답했다.

"뭐가?"

"우리가 이렇게 다르다는 게."

"그게 뭐가 어쨌는데."

"같은 곳에서 나왔는데 말이야."

"그래서."

"걷고 있는 길은 이렇게나 다르다니."

그리고 어둠 속에서 남자가 홀연히 손을 뻗었다. 파리한 손끝이 뺨에 닿자 헤카테는 흠칫 떨었다.

그는 당장이라도 손을 쳐내고 싶었지만, 그냥 눈을 감아 버리는 쪽을 택했다.

여전히 그의 뺨을 매만지며 남자가 말했다.

"묻고 싶은 게 있단다. 가르쳐 주렴."

"할 말 없다고 했어."

"어차피 네가 신경 쓸 바가 아니잖니, 그들의 삶 따위."

"신경 쓸지 말지는 내가 정해."

"아아, 자유의지 운운할 셈이니? 업보의 질긴 끈이 사람의 사랑, 죽음에 이르기까지 모든 것을 단단히 묶어 놓고 있는 것을 몇 번이고 보았을 텐데."

헤카테의 이가 으득 맞물렸다.

별안간 눈을 번쩍 뜬 그가 뺨을 매만지던 손을 신경질적으로 쳐냈다. 짝, 소리가 날 정도로 매서운 손길이었다.

그러자 그를 조롱하듯 울리던 웃음소리들이 일제히 멈추었다. 이윽고, 뱀처럼 슥슥거리는 소리와 함께 벽에 붙은 것들이 헤카테에게 일제히 돌진해 왔다.

캉, 단단한 소리가 나며 헤카테의 성력과 무언가의 이빨이 허공에서 맞부딪쳤다. 순식간에 오간 생사가 걸린 공방에도 불구하고 남자는 남 일이라는 듯 태연한 표정을 지켰다.

그는 다만 말 안 듣는 애완견이라도 달래듯이 권태 어린 몸짓으로 허공에 손짓했다.

"그만해라."

"돌아가."

그가 말하기가 무섭게 지지 않겠다는 듯 헤카테도 대꾸했다. 그러자 남자의 파란 눈이 답을 구하듯 헤카테를 물끄러미 응시했다.

이를 느리게 악문 헤카테가 반복했다.

"돌아, 가."

그가 다시 말했다.

"빌어먹을, 형. 인간의 삶을 선택한 것은 내 의지고, 형이 그런 삶을 선택했다 한들 뭐라 하지 않아. 그러니 제발, 다시는 찾아오지 마."

그러자 나직한 웃음소리가 울렸다.

이윽고 대답이 돌아왔다.

"하지만 내게 네가 필요하다는 걸 알잖니."

"빛의 신의 이름으로 명하노니, 눈앞의 사악한 것들을—"

헤카테가 기어이 추방 마법의 첫 소절을 읊고 나서야 낄낄거리는 웃음소리가 사라졌다. 기도실 모퉁이에서부터 그림자가 하나씩 지워지고, 기도실 문 앞의 남자가 마지막이었다.

그는 마지막까지도 어둠 속에 틀어박혀 모습을 드러내지 않았다. 헤카테로서도 그편이 차라리 마음 편했다.

사제복 소매를 걷어올린 헤카테는 기도실 바닥에 아무렇게나 주저앉았다.

두 손으로 눈을 가린 그가 초조하게 생각했다.

말도 안 돼. 설마 그가 지엔의 존재를 눈치챈 건가? 예언에 대해서도? 그토록 조심했건만.

'아냐, 그렇지 않을 거야. 8년간이나 숨겨 온 일이야. 이제 와서 그럴 수는 없어. 이제 와서 그럴 수는…….'

고뇌 끝에 헤카테가 내린 결론은 하나였다.

'하지만 그들이 정말로 알았다면, 지엔이 위험해질지도 몰라.'

*　　*　　*

몇 번이고 뒤척이던 나세르는 결국 자리에서 일어났다.

창으로 비쳐드는 달이 오늘따라 휘영청 했다.

교단에서 보는 달은 이렇게 작지 않았던 것 같은데. 손을 달로 뻗은 채 한참이나 그 크기를 가늠해 보던 나세르가 고개를 기웃했다.

아닌가? 그냥 주위 풍경이 달라져서 그렇게 보이는 건가? 하긴, 그때는 널따란 풍경에 걸린 거라곤 달밖에 없었으니.

밤이 유난히 길어진 것 같다는 생각도 자신의 착각일 터였다. 나세르는 나른히 걸음을 옮겨 테라스로 향했다.

아직 여름인데도 테라스로 불어 드는 바람은 제법 선선했다. 이제 곧 가을인가. 머리칼을 쓸어 넘기며 나세르는 생각에 잠겼다.

가을이 오면 추수제에, 축제에, 사냥 대회에, 귀찮은 일이 배로 많아질 것이다. 만일 자신이 사제를 그만두고 환속하기를 택한다면, 일곱 살 때 사제가 되기 위해 새로 배워야 했던 것만큼이나 귀족의 자제로서 배워야 할 것들이 쏟아질 것이다.

물론 사제는 제법 박식한 직업에 속했지만, 나세르는 귀족 자제의 소양에 대해서는 거의 아는 바가 없었다. 이 나이가 되어서 귀족 자제로서 첫 걸음마를 하게 되다니, 끔찍한 일이다.

나세르는 다시 고갤 들어 달을 바라보았다.

'엘레노어와 함께 도망쳐 버린다면 좋을 텐데.'

이제는 다 부질없음을 알면서도 그렇게 생각하지 않을 수 없다.

그는 엘레노어와의 대화를 다시 떠올려 보았다. 그때는 너무 어렸다고 했다. 정말로 그가 그 말을 기억하고 있을 줄은 몰랐다고. 그렇게 말했다.

한참 만에 나세르는 자신이 절대로 내리고 싶지 않았던 결론에 도달했다.

그는 천천히 그 결론을 소리 내어 내뱉어 보았다.

"내가, 이상한가?"

열세 살 때 했던 약속을 기억하고 5년 동안 노력해서 그 약속을 쟁취한 자신이, 이때까지 그 약속만을 삶의 등불로, 희망으로 믿고 살았던 자신이 이상하냔 말이다.

모르고 그냥 했던 말이라고? 어떻게 그런 말을 모르고 할 수가 있지? 다른 것도 아니고 결혼이다.

나머지 생애를 함께 하자는 약속을, 어떻게 그냥 꺼낼 수 있지?

가슴이 지끈거렸다. 이 저택으로 돌아오고부터 생긴 증상이었다. 나세르는 천천히 손을 들어 가슴께에 얹었다.

무투 대회에 우승해서 집으로 돌아가는 마차를 탈 무렵만 해도 사람들의 미쳤다는 시선 따위는 아무 상관 없었는데.

단지 한 사람의 이상하다는 시선만으로 그의 가슴은 헤집혀 엉망이 되었다.

엉망.

결혼, 엉망. 두 단어를 연결시키자 지끈거림은 더욱 심해졌다. 마치, 예전에 한 번 이런 일을 겪었던 것처럼.

그러나 아무리 생각해 봐도 떠오르는 게 없었다.

어디서 그런 얘기를 읽었던 걸까 싶다가도 신전에선 통속 소설을 취급하지 않았다.

다만 원형 경기장,

— 와아아아!

아찔할 정도로 느껴지는 열기,

그 기저에 깔린 두려운 침묵,

관중석 한편에서 흔들리는 화려하고 잔인한 붉은 깃발과,

승리를 거머쥐는 한 남자가 있을 뿐.

그를 그 괴로운 환상에서 꺼내 준 것은 엘레노어가 아닌 다른 이였다.

갑자기 떠오른 생각에 그는 미소를 지으며 의식적으로 유쾌하게 중얼거렸다.

"아아, 그러고 보니. 정말 제정신이 아닌 녀석 하나가 있었지."

그 몸놀림을 보아 스파이든, 암살자든 둘 중 하나임은 분명한데.

오늘은 그를 찾으러 주방에 가기까지 했다.

단순 몸놀림이 그 정도라면 검을 반드시 한 번쯤은 쥐어 보았을 것이다. 그렇다면 아무리 서투른 척한다고 해도 칼을 쓰는 모습에서 티가 안 날 수 없다. 그래서 주방 일을 참관하겠다고 다소 이상하게 보일 것도 감수하고 집사에게 부탁한 것인데······.

"결국 찾지 못했나."

뭐, 이젠 됐어. 나세르는 테라스를 두 손으로 짚고 고개를 젖히며 한숨을 내쉬었다.

나세르는 그를 찾는 것을 이만 포기하기로 했다.

그 일을 당한 직후에는 당연히 무척 열 받았지만, 다시 생각해 보니 만약 그 일이 없었다면 지금 자신이 이렇게까지 빨리 정신을 회복할 수는 없었을 것 같았다. 너무 어이없어서 도리어 정신이 들었다고 해야 할까?

그 담요 괴인에게 감사라도 해야 할까?

잠시 고민하던 나세르는 고개를 내저었다. 아니, 그것만은 죽어도 싫어.

결과야 어찌 됐든 그 녀석은 자신을 우롱하기 위해 그랬던 것이 틀림없었다.

그 어처구니없는 핑계만 봐도······.

"나 참, 사랑의 요정 타령이라니."

꺄아악! 그 방정맞은 비명이 아직도 귓가에 맴도는 듯했다. 그래, 정말 특이했었지.

"꺄아악! 공자님!"

아니, 그렇다고 환청까지 들릴 필요야······ 나세르는 그렇게 생각하며 돌아섰다. 아무래도 몸이 좋지 않은 것 같았다. 좀 자고 싶었다.

실은 방금 들은 그것이 제발 자신의 환청이길 바랐다. 기껏 놓아주기로 마음먹었는데.

아니, 그래도 수상한 자이니 일단 발견했다면 정체를 확인해야…… 한참이나 오갈 길 모르고 방황하던 나세르의 움직임이 마침내 멎었다.

혹시나, 만에 하나 싶어진 나세르가 천천히 고개를 돌려 테라스 밖을 보았다.

그리고 나세르의 눈빛이 흐려졌다.

어쩌면, 장소도 환상적이었다. 나세르의 방에서는 백작가의 후원이 한눈에 내려다보였다.

만발한 여름 꽃은 달빛 아래 보랏빛과 진홍빛을 화려하게 뽐내고, 분수대가 뿜어대는 맑은 물줄기는 요정들이 그 위에서 헤엄쳐도 이상하지 않을 것만 같았다.

그리고 그 가운데,

"미치겠군."

담요를 둘러쓴 괴인 하나가 온갖 몸짓 발짓을 다 하며 나세르를 부르고 있었다.

3. 요정인지 괴물인지

"끼요옷, 공자님! 야후우, 공자님!"

담요를 뒤집어쓴 채 한참이나 오두방정을 떨던 지엔은 마침내 나세르의 시선이 자신에게 향하자 동작을 멈추었다.

그녀가 속으로 환호했다.

'그래요! 공자님! 저는 믿고 있었어요! 공자님이 반드시 저를 찾아내 주실 거라고!'

뛰어난 검사는 시력과 청력을 비롯한 오감이 예민하기로 유명했다. 그걸 믿고 한 번 덤벼 본 건데, 설마 정말로 저택의 사람들을 깨우지 않고 그의 시선을 끌 수 있을 줄이야.

지엔은 계속 환호했지만 어쩐지 나세르의 반응은 좋지 않았다.

자신을 발견하고는 당장 화색이 만연하여 '너 이제 죽었다.' 하고 달려올 줄 알았는데, 어쩐지 그의 얼굴은 창백하기까지 했다.

그는 테라스로 다가왔다가, 아니야, 이건 아니야 하는 표정으로 뒤로 물러나는 것을 몇 번이나 반복했다.

결국 기다리다 못한 지엔이 물었다.

"공자님?"

"왜 나타난 거야."

"왜 나타나다니요."

'헤카테가 늘 나더러 대책이 없다고 하지마는, 나도 그럴듯한 핑계 정도는 준비해 왔다고!'

주먹을 높이 쥐어 올리며 지엔은 맑게 깨끗하게 자신 있게 외쳤다.

"사랑의 요정이니까요!"

지엔은 그 즉시 날아온 슬리퍼 한 짝을 황급히 피했다.

아이쿠. 정원 돌길에 부딪혀서 탕탕 튕겨 나오는 슬리퍼를 보던 지엔은 다시 고개를 돌렸다. 그러기가 무섭게 테라스에서 나세르가 툭 떨어져 내렸다.

저건 좀 무섭다. 지엔은 마른 침을 삼켰다. 아무런 준비 동작도 없이 떨어져 내리기에 뛰어내린 게 아니라 실수로 떨어진 줄 알았다고.

걱정이 무색하게도 온몸이 멀쩡한 나세르는 척척 걸음을 옮겨 지엔에게 다가왔다. 그의 걸음걸음마다 검은 오오라가 물씬 피어 올랐다. 지엔은 움찔움찔하며 그가 가까이 올 때마다 달아나고 싶은 것을 참았다.

그리고 마침내 그가 지엔에게서 일정 거리를 남겨 두고 멈춰 섰다.

지엔은 잠시 멍하니 그를 올려다보았다. 달빛 아래서 보는 그는 햇빛 아래서 보았을 때보다도 더 묘한 분위기가 있었다. 목덜미를 가볍게 덮는 백금색 머리칼은 달빛 아래 은색의 강처럼 보였고, 새벽녘 안개 낀 숲처럼 흐린 회청색 눈은 운치 있게 빛났다.

지엔은 담요 너머로 저도 모르게 침을 꿀꺽 삼켰다. 방금은 조금, 아주 조금 위험할 뻔했어. 고용주의 아들로 모자라 전생의 악연에게 반할 뻔하다니.

한편 지엔과 다시 마주하게 된 나세르의 속도 위기일발인 것은 마찬가지였다. 그는 한숨을 푹 내쉬며 지엔의 모습을 꼼꼼히 살폈다.

담요를 어찌나 꽁꽁 싸맸는지, 빼꼼히 드러난 눈매만으로는 도저히 정체를 파악할 수 없었다. 눈썹미라도 좋았다면 얘기가 좀 달랐겠지만, 아쉽게도 나세르는 검 외의 것에는 대체로 그다지 재능이 없었다.

담요 아래도 전에 보았던 특색 없는 하녀복 차림 그대로였다. 결국 그녀의 정체를 알아내는 것을 포기한 나세르가 물었다.

"이러는 게 즐겁나?"

"예?"

"나를 놀리는 게."

지엔은 당장 두 손을 아부하듯 모으며 대꾸했다.

"어머, 공자님. 놀리다니요. 저는 다만 좋은 얘기가 있어서 공자님도 함께 나누고자……."

영 수상한 말부터 지껄이는 지엔을 무시하고 나세르가 다시 말했다.

"봐주려고 했는데."

"……네?"

지엔이 우뚝 멈추었다.

그녀는 부디 제 귀가 잘못되었기를 바랐다. 봐, 봐주려고 했다고? 비밀스런 연인 간의 대화를 엿들었는데도? 심지어 그 뒤에 다시 한 번 놀려먹기까지 했는데도? 이 모든 만행에도 불구하고 자신을 봐주려고 했단 말인가?

이 자는 정녕 천사인가? 그런 생각을 하면서도, 지엔은 자연스럽게 물러나고 말았다.

그녀가 두 손으로 치맛자락을 살짝 올려 궁정식 절을 해 보이며 말했다.

"공자님. 그럼 저는 이만……사랑의 나라로 돌아가 보도록 하겠습니다."

"사랑의 요정이라며?"

나세르는 괴상한 호칭을 눈 하나 깜짝하지 않고 태연히 입에 담았다.

"과연 사랑의 요정이 날 위해 어떤 얘기를 준비했는지, 좀 궁금한데."

망했다! 지엔은 담요 속에서 울상을 지었다.

문득 헤카테의 한심하다는 듯한 표정과, '제발 헛짓하지 마세요.'라는 그의 말이 머릿속에 스쳐 지나갔다.

'헤카테, 네 말 들을걸.'

그러나 이미 늦었다.

지엔이 애써 마음을 다잡는 동안 나세르는 흥미롭게 그 모습을 구경했다.

처음엔 사랑의 요정 운운 하는 모습이 웬 또라이인가 싶었지만, 주춤거리는 모습이 의외로 보기 싫진 않았다. 굳이 비유하자면 접시 깨뜨리고는 어쩔 줄 몰라 하는 애 같기도 하고.

솔직히 말하자면, 조금 귀여운 것 같기도. 그렇게 생각하며 피식 웃던 나세르에게 지엔의 우렁찬 외침이 꽂혔다.

"예, 사랑의 요정의 본분을 지키러 온 겁니다! 아주 간단하죠!"

이제야 결심이 끝난 모양이었다. 나세르는 느긋하게 물었다.

"그게 뭔데?"

"물론 공자님의 사랑을 이루어 드리는 겁니다!"

하, 나세르의 입에서 바람 빠지는 소리가 흘러나왔다. 귀엽다는 말은 취소다.

자세를 바로 하며 천천히 팔짱을 낀 나세르가 하녀, 아니, 사랑의 요정을 위협적으로 내려다보았다.

"그래, 사랑을 이루어 주겠다고? 그 말은."

"물론 야반도주를 도와드리겠다는 겁니다!"

"……."

제가 모시는 주인의 아들이 야반도주를 하겠다는데, 말리긴커녕 도와주겠다고 저렇게 당당하게 말하는 고용인이라니? 일순 머릿속을 열어 보고 싶다는 충동마저 드는 대답이었다.

어이없다는 표정을 애써 억누른 나세르가 천천히 입을 열었다.

"……하지만, 너도 그날의 대화를 들었잖아. 그녀는 나와 떠나지 않겠다고 했어."

"마음은 움직이는 거죠!"

"그게 될까?"

"그럼요!"

나세르의 굳어 있던 눈이 조금 흔들렸다.

어처구니없는 소리라는 것을 당연히 머리로는 알고 있었다. 하지만, 어처구니없는 소리를 저토록 자신 있게 하니 마음이 흔들리지 않을 수 없었다.

5년이었다. 무려 5년이나 그 약속만을 위해 살았다. 신전에서도 그는 빛의 신을 위해 살지 않았다. 대신에 그녀와의 약속을 위해 살았다.

그는 지금 절박했고, 누구 하나라도 자신의 편을 들어 주었으면 했다.

그리고 여기에 자신의 편을 들어주겠다는 이가 처음으로 나타났다.

비록 그게 자신이 사랑의 요정이라고 주장하는 담요 쓴 괴인이라고 할지라도.

나세르는 다시 고개를 들었다. 어둠 속에서 자신을 바라보는 갈색의 눈동자에는 한치 흔들림도 없었다.

마침내 그가 홀린 듯이 말했다.

"좋아. 그녀의 마음을 바꿀 방법을 네가 알고 있다면, 가르쳐 줘."

그다음부터 백작가의 일상은 바쁘게 돌아가기 시작했다. 아니, 정확히는 모두의 일상이 비슷한 데 반해서 지엔과 나세르의 일상만 무척 분주해졌다.

아무리 지엔이 동네에서 소문난 사랑꾼으로서 일주일에 한 번씩 짝사랑 상대를 바꾸었다고는 해도, 어쨌든 짝사랑이었다. 자신처럼 무릎 꿇고 매달린다고, 스토킹한다고, 물병을 술병인 척 병나발 불면서 사랑의 세레나데를 부른다고 나세르의 상대가 마음을 바꿀 것 같진 않았다. 미쳤다고 질색한다면 모를까.

큰소리 뻥뻥 쳐놓기는 했으나 커플 성사는 지엔에게도 사실 미지의 영역이었다.

그러나 구원자는 늘 뜻밖의 곳에서 나타나는 법이었다.

지엔의 절친한 친구 마리는 통속 소설, 그러니까 남녀상열지사를 다룬 로맨스 소설의 대가였다. 그뿐만 아니라 다른 하녀들의 내공도 상당히 만만치 않았다.

그들이 일하던 도중에 시시때때로 흘리는 별것 아닌 수다가 지엔에게는 무척 도움이 되었다.

오늘 오후에도 빨래를 널다 말고 나온 얘기에 지엔은 귀를 쫑긋 기울였다.

"'아르망드의 다리'에서 너는 어느 장면이 가장 좋았어?"

"나는, 나는 있지! 기사 클린트가 말을 타고 급하게 달려와서는 막, 미친 듯이 화를 내다 말고 로지아를 꼭 끌어안는 장면! 그다음에 걔가 그러잖아!"

"걱정돼서 죽는 줄 알았어, 로지아……."

"반전 매력, 반전 매력!!"

까아아악! 지엔의 청력으로서는 잡아낼 수 없는 고주파 소음이 일대를 장악했다. 음, 그렇군. 다시 귀를 닫은 지엔이 중얼거렸다. 반전 매력이라, 좋은 것을 알았어.

그렇게 지엔이 입수한 정보는 즉시 밤의 만남을 통해 나세르에게 전달되었다.

나세르는 담요 괴인이 창가에 나타나 손을 흔들어대는 것이 익숙해진 자신에 대해서 가끔 자괴감을 느끼게 되었다.

여느 때처럼 테라스 난간에서 툭 떨어져 내려온 나세르에게 지엔이 방방 뛰며 외쳤다.

"나세르 님! 반전 매력이래요, 반전 매력!"

"허?"

게다가 이놈의 당황스러운 대화 방식은 도통 바뀔 생각을 안 했다. 서론, 본론 다 잘라먹고 결론만 말하니 알아들을 턱이 있나. 그렇게 생각하며 뚱한 표정을 짓는 나세르에게 지엔이 박수를 치며 말했다.

"제가 지금 당장 행동으로 보여 드릴게요! 반전 매력!"

"아, 그래……."

여전히 떨떠름한 표정으로 나세르가 대꾸하자, 주변을 휘휘 둘러보던 지엔은 갑자기 멀리 뛰어가기 시작했다.

한참이나 달려서 거의 후원 끝까지 가 버린 탓에 그녀의 모습이 보이지 않자, 나세르는 불만스럽게 중얼거렸다.

"대체 뭘 하는 거야?"

이윽고 그의 앞에 뛰어간 만큼 다시 뛰어오느라 숨이 거칠어진 지엔이 나타났다.

달리기 시합을 하던 때가 떠올라 다시금 눈썹을 찡그린 나세르 앞에 마침내 그녀가 멈춰섰다.

그리더니 그녀는 갑자기 소리를 지르기 시작했다.

"왜 여기서 이러고 있는 거야! 내가, 내가 얼마나 걱정했는 줄 알아?!"

"어……."

"그렇게 태연한 표정으로! 내가 당신을 어떤 마음으로 찾아다닌 줄도 모르고!"

떨떠름함을 넘어서서 해괴한 표정을 짓고 있는 나세르에게, 그렇게 외치고는 한참을 씩씩거리던 지엔이 천천히 다가왔다.

아니, 이번엔 뭘 하려고, 나세르는 질색해서 뒷걸음질 치려다가, 그녀가 지금 친절히 예시를 보여 주고 있는 거라는 생각에 간신히 참았다.

그런 나세르에게 지엔이 천천히 다가와 안겼다.

두 팔이 먼저였다. 이윽고 빳빳이 굳어 버린 나세르의 등을 지엔이 온전히 감싸 안았다. 담요에 둘러싸인 작은 머리통이 품에 알맞게 들어맞았다.

훅, 하고 비누 향기 같은 것이 물씬 풍겼다. 나무 향기 같기도 하고, 일상적인 듯한 그 향기는 엘레노어가 풍기는 짙은 꽃향기와는 완전히 달랐다.

"걱정돼서 죽는 줄 알았어, 나세르……."

그리고 지엔이 나세르의 가슴팍에 대고 그렇게 속삭인 순간, 나세르는 데인 듯이 그녀의 팔을 뿌리쳤다.

비틀거리며 뒷걸음질 치는 나세르의 눈이 사정없이 흔들렸다.

한편 밀려난 지엔은 텅 빈 팔 안을 멍하니 바라보다가 나세르를 향해 고개를 돌렸다.

헉, 실수했다. 너무 감정 이입했나 봐. 아무리 그래도 존칭도 안 붙이고 이름을 부르다니.

항복하듯 두 손을 들어 올린 지엔이 한 걸음 뒤로 물러났다.

"아, 저기, 죄송해요. 너무 역할에 몰입했더니 호칭을 깜빡했어요. 나세르 공자님, 정말 죄송해요."

"됐어."

그렇게 말한 나세르가 고개를 획 돌렸다. 엥, 지엔은 고개를 모로 기울였다. 나세르의 태도가 크게 화난 사람의 것 같진 않았기 때문이었다. 하지만 이 상황에서 나세르가 가질 법한 감정은, 그래, 역시 분노 정도겠지.

그렇게 생각한 지엔이 다시 한 걸음 다가섰다.

"음, 아, 저기, 그래, 허락도 없이 끌어안은 것도 죄송해요. 아이고, 왜 그렇게 놀라셨나 했더니 생각해 보니 그것도 있었구나! 이제 다시는 그런 일 없을 거예요. 약속!"

"아니, 그런 게 아니라."

"예?"

고개를 기웃하는 지엔을 보며 나세르는 눈가를 슬며시 가렸다.

그 때문에 지엔은 나세르의 표정을 전혀 파악할 수 없게 되었다.

'내가 담요로 얼굴을 가렸으니 저쪽도 공평하게 가리겠다는 건가?' 따위의 생각만 하던 그녀에게 나세르가 다시 말했다.

"오늘의, 가르침은, 잘 받았으니…… 고맙다고 해 두지. 이만 가봐."

그렇게 말하는 목소리가 평소보다 쌀쌀맞게 들리는 것 같기도 했다. 그러고 보면 아까부터 정말 눈도 안 마주치고 있었다.

"아, 네."

주춤주춤 물러난 지엔은 이윽고 몸을 돌려 숙소 쪽으로 달려가기 시작했다.

얼마 안 가 다시 나세르를 돌아 본 그녀가 외쳤다.

"나세르 공자님, 정말 화나신 거 아니죠? 보복하지 않기!"

"늘 용서할 만하면 기어 와서 사고를 친 게 누군진 알고 그러나?"

"……."

나세르의 뼈가 담긴 말에 처참하게 당해 버린 지엔이 비로소 다시 달려갔다.

멀어지는 작은 뒷모습을 한참이나 바라보던 나세르도 겨우 어지럽던 심사를 달래고 방으로 돌아왔다.

밤중에 홀로 저택의 계단을 오르며 나세르는 생각에 잠겼다.

꿈처럼 다가와서 가볍게 껴안던 두 팔, 어찌나 열심히 달려왔던지 조금 흐트러진 담요 아래 숨, 따뜻한 온기와, 그리고…….

"미쳤지."

나세르는 고개를 설레설레 내저었다.

엘레노어가 아닌 다른 여자, 아니, 제 입으로 제가 사랑의 요정인지 뭔지라고 주장하는 해괴한 생물, 그래, 담요 괴물 정도가 적당하겠다. 앞으로는 그렇게 부르자.

하여간 그런 정체불명의 생물에게 한순간이나마 마음이 흔들리다니. 정말로 말도 안 된다고 생각하며 나세르는 아직도 열이 올라 새빨간 귀를 매만졌다.

이게 들켰으면 정말, 어이없는 것을 넘어서 자존심이 상할 뻔했다.

한편으로는 희망적인 점도 있었다. 빈손을 쥐었다 편 나세르가 중얼거렸다.

"그 담요 괴물도 날 설레게 할 정도라니, 정말 무시무시한 걸 가르쳐 주기는 한 모양이로군. 사랑의 요정이라고 자신하는 데는 그럴 만한 이유가 있다는 건가."

그리고 다음 날 아침, 인적 드문 복도에서 그것을 시도한 나세르는 너무 놀란 엘레노어에게 뺨을 얻어맞았다.

* * *

나세르로부터 결과를 전달받은 지엔은 최대한 평정심을 잃지 않도록 노력하며 대답했다.

"과, 과연 공자님이 반하신 분. 쉽지 않군요."

"너 믿을 만한 거 맞아?"

"어머나, 무슨 소리를!"

지엔은 바쁘게 파드닥거렸다. 사랑의 요정이라니까요, 사랑의 요정!

이 와중에도 그놈의 사랑의 요정 컨셉은 빼먹지를 않는 것을 보면 당당하다고 해야 할지 뻔뻔하다고 해야 할지…… 그렇게 생각하는 한편, 나세르는 슬쩍 눈을 굴려 자신과 분수대에 나란히 걸터앉은 지엔의 옆모습을 보았다.

물론 그녀의 얼굴을 꽁꽁 둘러싼 담요 때문에 단아한 옆선은 개뿔 눈도 잘 안 보였다. 그런데도 변명하며 파드닥거리는 저 모습이 귀엽게 느껴진다면.

하, 나세르는 손을 들어 자괴감 넘치는 동작으로 얼굴을 가렸다. 미친 거지, 아주…….

그때였다. 나세르의 눈치를 살피며 손을 꼬물거리던 지엔이 조심스럽게 입을 열었다.

"그런데, 저기요. 주의 사항이 하나 있었는데, 제가 사실 그걸 나중에 들어서……."

"음?"

자조적으로 머리를 헝클어트리던 것을 그만둔 나세르가 지엔을 돌아보자, 지엔은 헤헤 웃어 보였다.

나세르의 눈이 가늘어졌다.

"아니, 그러니까, 잘 쓰면 박력 넘치는데, 그…… 잘못하면 조울 증 같다고."

"……."

한참이나 지엔의 얼굴을 빤히 보던 나세르가 마침내 물었다.

"너 사랑의 요정은 무슨, 실은 파멸의 요정이지?"

"어머나, 공자님! 거 무슨 말씀을! 듣는 사랑의 요정 섭섭합니다!"

말을 말자, 말을 말아…… 고개를 돌리는 한편 나세르는 생각했다. 얘는 대체, 내가 귀엽게 여겨서 봐주지 않았으면 어쩌려고 이렇게 대책 없이 구는 걸까.

한편으로는 터무니없는 생각마저 떠올랐다. 사실은 하녀 같은 게 아니라, 정말로 요정인가? 저 비정상적인 간 크기를 보아 충분히 설득력이 있었다.

그런 나세르의 옆에서 지엔은 다시 초롱초롱한 눈으로 주먹을 쥐며 외쳤다.

"나세르 님! 걱정 마세요! 실패는 성공의 어머니라잖아요! 제가 두 번째 방법을 준비해 왔습니다."

"아, 그래……."

아무튼 정말 요정이라 해도 사랑의 요정은 아닐 거야, 나세르는 생각했다.

*　　*　　*

"실패는 성공의 어머니라고 했나? 그 성공인지 뭔지는 어머니가 대체 몇 명이냐?"

지친 목소리로 물은 나세르는 제가 무슨 행동인가를 하기도 전에 지엔이 끼약, 하는 이상한 비명과 함께 바닥에 털썩 엎어지는 것을 보고 깜짝 놀랐다.

두 손으로 땅을 짚고 엎드린 지엔이 고개를 푹 숙인 채 말했다.

"죄송합니다…… 할 말이 없습니다."

"아니, 그, 일단 일어나서―"

그렇게 말한 나세르는 망설이다가, 결국 그녀에게로 손을 뻗었다.

나세르가 저택에 온 지도 이 주가 훌쩍 지나 이제 여름은 완연히 깊어 있었다.

만발한 여름꽃들이 그 색채를 화사하게 뽐내는 달밤의 후원에서 담요를 뒤집어쓴 채 흑흑거리는 지엔의 모습은, 솔직히 말해서 전혀 안타깝지는 않았지만……. 그녀를 귀엽다고 생각하게 된 이후로, 나세르는 괜히 자신이 작은 동물을 학대하는 사람이 된 것 같은 기분을 지울 수가 없었다.

'피해자는 나지만.'

그랬다, 상황을 봤을 때 피해자는 명명백백히 나세르였다.

지엔이 나세르를 도와주겠노라고 선언한 이후로, 그녀는 정말 끝도 없이 성실하게 '여자 마음 사로잡는 법'을 전수해 주었다. 그 성실함에 비해 정보의 신뢰성은, 글쎄, 알 수 없지만…….

덕분에 나세르는 시중의 로맨스 소설 중 약 백 개가량의 명대사는 전부 외우게 되었다.

말투도 다양해서, 박력 넘치는 남자, 부드러운 남자, 연하의 매력이 느껴지는 남자……. 덕분에 나세르는 제게 몇 개의 인격이 있는지 헷갈릴 지경이었다.

태도가 하도 이랬다저랬다 해서 대사 치는 나세르 본인도 혼란스러울 지경이니 엘레노어의 혼란은 알 만했다.

그래도 요즘에는 익숙해진 것 같기는 했는데, 글쎄, 좋은 의미 같지는 않았다. 아니, 좋은 의미인가?

그래도 그를 보는 그녀의 얼굴이 점차 풀어지고 있었다. 꼭 열셋, 서로의 신분 차이도 모르고 결혼을 약속하던 어린 소년 소녀 때처럼.

이제 그때로 돌아갈 수는 없겠지만, 그 희미한 자락이나마 잡아 볼 수 있다면.

그렇게 생각하며 나세르는 어릴 때에 비해 너무나 커져 버린 제 손을 내려다보았다. 그러다 지엔이 그 손을 잡고 일어나는 바람에 흠칫 놀랐다.

아니, 잡고 일어나라고 내밀어 준 거 아니었수? 지엔이 의아한 얼굴로 나세르를 올려다보았다.

그는 헛기침하며 애써 고개를 돌렸다.

"흠, 흠……. 그래, 아무튼 그, 네 마지막 비장의 수도 실패로 돌아갔군."

"이럴 수가."

지엔이 믿기지 않는다는 얼굴로 말했다.

"'신이시여, 그녀를 부탁합니다. 부디, 그녀만은 행복하게…….' 소설 〈천국의 계단〉 최고의 명대사라구요. 죽기 전 알프레드의 마지막 독백을 읽고 울지 않은 사람이 없다던데."

"잠깐, 그거 죽기 전에 치는 대사였나."

"그럼요."

"난 멀쩡히 살아 있고, 앞으로도 멀쩡히 살 예정인 것 같은데."

아마도. 나세르가 조심스럽게 덧붙였다. 그에 지엔의 확신에 가득 차 있던 갈색 눈동자가 조금 흔들렸다.

잠시 후, 그녀가 어색하게 웃으며 덧붙였다.

"아차."

"이게 아차로 끝날 일인가?"

"끄흐읍, 정말 드릴 말씀이 없습니다……."

지엔이 다시 한 번 땅에 머리를 처박을 기세로 무릎을 꿇자 나세르가 황급히 그녀를 붙잡았다. 그러면서 그는 속으로 깊게 한숨을 내쉬었다.

사랑의 요정 타령이니 뭐니 하는 바보를 믿고 며칠째 이 난리를 피우고 있다니, 제 자신이 이렇게 한심하게 느껴진 적이 없었다. 무투 대회에 참가할 때만 해도 이 정도는 아니었는데.

아니지, 나세르는 생각을 바꿨다. 사실 이성적으로 생각하면 애초에 이런 바보를 믿어선 안 됐는데, 안 된다는 걸 알면서도 믿은 내 잘못 아닌가?

어쨌건 이게 누구 탓이건 간에 한 가지 사실만은 알 수 있었다. 이 만남을 지속해서는 상황을 악화시킬 뿐이라는 것.

그렇게 결론 내린 나세르가 입을 열었다.

그러나 그는 목소리를 내지 못한 채, 한참을 입만 달싹이다 다시 다물고 말았다. 그가 무언가 말하려 했다는 것을 알아차린 지엔이 물었다.

"공자님?"

그를 올려다보는 지엔의 눈매가 오늘따라 유난히 둥글둥글했다.

사람보다는 작은 동물에 가까운 귀여움일지라도.

눈만 보이는 담요 괴물이 귀엽게 보이다니. 나세르는 당장 벽에 머리라도 박고 싶었다. 정말 미친 게 틀림없었다.

이 입만 나불거리는 모질이를, 다시는 만나지 못한다는 게 아쉽다니. 정체도 알지 못하고 이대로 헤어지는 게 아쉽다니.

나세르가 여기에서 '조언 따위 필요 없다, 우리 갈라서자.' 하고 말하면 '아이고, 살았다. 감사합니다, 공자님!' 하며 냉큼 떠날 녀석이었다.

지금도 진심으로 나세르의 사랑을 응원한다기보다는 제게 화가 미칠까 두려워서 이런다는 것이 빤히 보였다. 그런데 나세르가 스스로 그만두겠다는데 다시 찾아와 붙잡다니, 그럴 리 없다. 아무리 수많은 밤 동안 많은 대화를 나눴다 해도 나세르는 사람 목소리나 얼굴을 기억하는 데는 영 재주가 없었다. 여기서 헤어지면 이대로 끝이란 얘기다.

그만두자는 말을 꺼낼까 말까, 고민하는 이 와중에도 자신과 가까이 붙어선 그녀의 체향이 신경쓰였다.

나무껍질 냄새와 비누 냄새, 별로 화려하거나 로맨틱한 향기도 아닌데 왜 엘레노어의 꽃향기 이상으로 자신을 어지럽게 하는지.

"공자님?"

다시 들려온 물음에 퍼뜩 정신을 차린 그가 붙잡고 있던 손을 황급히 뿌리쳤다.

나세르를 빤히 올려다보며 어디 아픈가, 하는 듯한 표정을 짓고 있던 지엔의 눈이 조금 떨떠름해졌다.

그것을 알아차린 나세르가 황급히 말했다.

"아니, 아무것도 아니다. 하여간 실패했다고 무릎을 꿇거나 할 필요는 없다. 그런다고 해서 해결되는 것도 아니고."

"아, 네. 감사합니다……."

보기보다 자비로운데. 그런 생각을 하는 것이 빤히 들여다 보이는 눈빛이었다. 도대체 이 하녀는 자신을 뭐라고 생각하는 건지.

그렇게 생각한 나세르가 다시 물었다.

"그래서 네 마지막 수도 실패로 돌아간 지금, 뭘 어쩔 셈이지?"

"아, 괜찮습니다, 공자님. 비장의 수는 숨겨 두는 법이죠."

너 그 말 지금까지 다섯 번은 했다. 나세르는 그렇게 생각했지만, 미약한 가능성을 생각하면 안 들을 수도 없는 노릇이었다. 무엇보다도 이별의 말을 늦출 핑계가 된다면 그것만으로도 괜찮았다.

몸을 앞으로 기울인 그가 물었다.

"그게 뭐지?"

검지를 치켜든 지엔이 속닥거렸다.

"그건 말입니다, 공자님. 사랑에는 밀당이라는 게 있습니다. 밀고 당기기의 줄임말인데, 지금까지 공자님이 당기기만 열심히 하셨으니 이제부터는……."

*　　*　　*

― 미는 겁니다.

평소보다도 유난히 배는 비장했던 지엔의 눈을 떠올리며 나세르는 성큼성큼 걸음을 옮겼다.

아직 이른 새벽, 고용인 중에서도 일어난 이는 많지 않았다. 복도에서 마주친 하인과 하녀들이 그가 지나가자마자 속닥거리는 소리가 들려왔다.

"어쩌면, 천사 같으셔!"

타고난 것이라고는 검 휘두르는 솜씨밖에 없는 제게 참으로 어울리지 않는 소리.

그렇게 생각하며 나세르는 마저 걸음을 옮겼다.

그가 향한 곳은 하녀 숙소에서 가장 떨어진 동편의 집무실이었다.

엘레노어는 하녀장에게 꽤 예쁨 받는 편이었고, 그 대가로 일하기 편한 곳 중의 하나인 백작의 서재를 배정받을 수 있었다. 백작은 제 책에 누가 손대는 것을 싫어해 자질구레한 물건 정리는 필요 없이 카펫을 털고 창을 닦고 책상 위를 정리하는 등, 지극히 기본적인 것만 하면 되었다.

오늘도 서재에 가니 엘레노어가 있었다. 희미한 새벽빛이 창을 등지고 서 있는 그녀의 어깨를 둥글게 감싸고 있었다.

문이 열려 있어 나세르는 그 사이로 망설임 없이 걸어 들어갔다. 카펫을 밟는 나세르의 발은 소리조차 나지 않았다.

가까이 다가가자 예의 꽃향기가 혹 풍겨왔다. 평소라면 단지 황홀하게 여겨졌겠지만, 머릿속에 끼어드는 의문이 있었다.

어젯밤 질릴 정도로 맡았던 나무 냄새와 비누 향기.

하녀로서는 그런 향기를 풍기는 것이 일반적이었다. 그런데 이 꽃향기는 뭐지? 향수? 하지만 그런 고가품은 귀족이 하녀의 봉급으로도 쉽게 구하지 못 한다고 알고 있는데…….

그때 기척을 느끼고 뒤를 돌아본 엘레노어가 '어머!' 하고 비명을 질렀다.

"나세르! 깜짝 놀랐잖아, 말도 안 하고 뒤에 서 있고."

나세르는 가슴을 부여잡고 말하는 엘레노어를 빤히 쳐다보았다. 구불거리는 갈색 머리칼과 홍조가 오른 뺨, 둥근 얼굴 모두 그가 경애해 마지않는 것이었다.

그러나 이상하게도 꽃향기에 대한 의문이 나세르의 머릿속에 피어오른 뒤로 그의 가슴에는 파문이 일어나지 않았다. 조금 어지럽기는 했지만 생각을 방해할 정도는 아니었다.

그러자 엘레노어가 살풋 미소지었다. 또 무슨 장난을 치려고, 그런 기대감이 그녀의 눈에서 엿보였다. 그야 나세르의 기행이 이어진 게 최근 하루이틀이 아니었으니 당연한 일이었다.

그런 엘레노어를 한참이나 바라보던 나세르가 말없이 뒤돌아섰다.

그러자 엘레노어의 미소가 금세 흐트러졌다. 그녀가 멀어지는 나세르의 등을 향해 당황한 듯 외쳤다.

"나세르? 나세르! 왜 그래?"

― 미는 겁니다.

끼익, 서재 문을 닫고 복도를 걸어 나오는 나세르의 머릿속에 유난히 비장하던 목소리가 웅웅 울렸다.

나세르는 지그시 눈썹을 찡그렸다.

저 말을 들을 때만 해도 설마하니 제가 정말로 그 말을 실천할 수 있을 거라고는 상상도 못 했는데.

놀랍게도 가능했다.

엘레노어가 그에 대해 보인 반응도 의외였다. 그녀가 지금까지 보여 주었던 말과 태도가 워낙 단호하여 밀어낸다고 해도 아무런 반응도 없거나 오히려 안심할 줄 알았는데. 하기는, 지금까지 제가 없으면 죽고 못 살 것처럼 굴던 이가 하루아침에 태도를 바꾸었으니 당연한가?

과연 이번 비장의 수는 믿어 봐도 될까. 그렇게 생각하는 나세르에게 복도 맞은편으로부터 다가오는 집사가 보였다.

나세르의 앞에 멈춰선 집사가 가볍게 고개를 숙였다.

나세르가 물었다.

"무슨 일이지?"

집사는 평온한 얼굴로 대답했다.

"공자님께서 알아보라고 시키신 것에 대해서, 드디어 알아내었습니다."

*　　　*　　　*

이상하네. 지엔은 생각했다.

지엔은 게으르기는 했지만, 게으름을 피우는 것도 어느 정도 눈치와 잔머리를 가진 사람만이 해낼 수 있는 일이었다.

지엔의 머릿속에는 집사와 하녀장의 이동 노선도를 포함하여 성 식구들의 스케줄이 빼곡히 채워져 있었다. 그 속에 백작가 구성원들에 대한 것이라든가, 생일이라든가, 뭐 그런 것은 하나도 들어 있지 않은 것이 애석할 따름이었다.

아무튼 그런 지엔의 눈에는 손톱만 한 균열도 아주 잘 들여다보였다.

그 균열이 무엇인고 하니, 성실하고 손재주가 워낙 좋아서 하녀장에게 예쁨 받는 하녀, 엘레노어가 일에 잘 집중하지 못한다는 것이었다.

지엔 외의 하녀들 중에서 몇몇도 그것을 눈치채서 수군거리긴 했지만 엘레노어를 탓할 생각은 하지 않았다. 평소에 잘하던 이가 그러니 무슨 이유가 있겠거니 싶은 것이다. 지엔 같은 사람이 그랬으면 큰일 났겠지만.

그리고 지엔은 고개를 기웃했다. 정말 무슨 일이 있나?

문득 엘레노어가 갈색 머리카락을 가졌다는 것과 그녀의 이름이 '에'로 시작한다는 것, 그리고 어젯밤 나세르에게 상대를 밀어 보라고 조언했던 것이 머릿속에 차례로 떠올랐다.

지엔은 다시 고개를 기웃했다.

"으음, 설마?"

이윽고 빨래가 끝난 오후 시간, 앞치마에 손을 닦아 물기를 없앤 지엔은 태연하고도 경쾌한 걸음으로 엘레노어의 뒤를 밟았다.

아무리 가능성이 미약하다고 해도 기껏 잡은 실마리를 놓칠 수 없지. 생명줄은 많으면 많을수록 좋잖아? 그렇게 되뇌며 지엔은 씩씩하게 걸음을 옮겼다.

엘레노어는 아무래도 외출을 할 모양인가 보았다. 문을 지키던 병사와 가볍게 몇 마디를 나누던 엘레노어가 곧 문을 통과하여 거리로 나갔다. 병사의 얼굴이 그 짧은 새 흐물흐물해졌다.

예쁘긴 하지, 지엔은 고개를 주억거렸다.

머리칼에 윤기도 흐르고, 뺨도 도톰하고 장밋빛인 데다 목소리도 지저귀는 듯하다. 몸에서 정체불명의 좋은 향기도 난다. 그렇게 생각하며 지엔이 병사를 향해 다가갔다.

지엔은 평소와 같은 표정으로 한쪽 손을 들며 당당하게 말했다.

"저 외출이요."

본래 백작가 하녀는 외출일이 정해져 있었다. 일주일 중 정해진 휴일인 이틀을 제외한 나머지 5일 동안에는 외출하려면 허가증이 있어야 한다.

그러나 지엔은 허가증도 내밀지 않은 주제에 몹시 당당했다. 그리고 병사는 당연한 듯.

"통과."

그녀에게 길을 비켜 주었다.

사람이 가득한 거리로 나오며 지엔은 어깨를 으쓱거렸다. 신전에 한 달에 한 번 가야 한다는 특수한 사실 때문에 백작은 지엔에게만은 언제든지 외출할 권리를 주었다.

역시 빽은 있고 봐야 해. 뿌듯하게 가슴을 편 지엔은 문득 주변을 두리번거렸다.

엥? 엘레노어의 모습이 사라지고 없었다. 아니, 사라진 것이 아니다…… 그 짧은 시간 내에 사라질 리가. 주변을 두리번거리던 지엔은 골목 사이로 사라지는 익숙한 치맛자락을 발견하고 후다닥 달려갔다.

이윽고 후드를 뒤집어 쓴 수상한 사람의 뒷모습이 그녀 앞에 나타났다. 하지만 후드 아래로 삐져나온 갈색 머리카락과 언뜻 보이는 하녀복 치마자락이 틀림 없는 엘레노어였다.

저택을 나오자마자 후드를 뒤집어써서 하녀복을 감추다니, 왜? 지엔은 바쁘게 다리를 움직였다.

처음에는 대수롭잖게 생각하고 따라나선 미행 길이었는데 점점 길이 복잡해졌다.

브리지트 백작령 안에 이런 곳이 있었나, 엘레노어의 뒤를 따라가며 지엔은 감탄했다.

지엔의 고향은 여기에서 조금 떨어진 '토엔'이라는 마을로, 규모도 무척 작아서 이런 복잡한 골목길은 없었다. 벌써 모퉁이를 몇 번을 돈 거지?

처음에는 돌로 만들어진 담이 이따금 보였지만 이제는 온통 판자벽투성이였다.

이따가 백작가 저택은 잘 찾아갈 수 있으려나 몰라, 불안감을 느끼며 지엔은 엘레노어의 뒷모습을 보았다.

그러고 보면 엘레노어는 이곳 출신이라고 했다. 자신이나 마리처럼 누가 친인척의 힘을 빌려 꽂아 준 것이 아닌, 백작령 내에서 공고로 하녀를 모집하는 것을 보고 시험을 거쳐 선발된 엘리트라고 할 수 있었다.

하기는, 그러니까 일도 잘하고, 하녀장님께도 예쁨 받고 하는 거겠지. 그렇게 생각하던 지엔은 문득 걸음을 멈추었다.

골목길이 제 터전이라도 되는 양 거침없이 누비고 다니던 엘레노어가 마침내 멈춰선 것이다. 그녀가 멈춰 선 곳은 나무로 된 어느 낯선 건물 앞이었다.

술집? 술집이라고 부르기에도 민망한 낡은 간판이 연신 부는 바람에 삐걱거리고 있었다. 겉보기에도 별로 좋아 보이는 분위기의 건물은 아니었다. 낮인데도 불구하고 두꺼운 커튼을 쳐두고 안은 어두컴컴한 것이 꼭 소설에서 나오는 악의 소굴 같았다.

지엔이 그렇게 생각하기가 무섭게 문이 쾅 열리면서 우람한 체격의 사내 하나가 튀어나왔다.

지엔은 재빨리 몸을 숨기며 사내의 행색을 살폈다.

30대? 40대? 험악한 얼굴이며, 어린애 머리만 한 팔뚝에 얼굴에는 흉터까지 새겨진 것이 아무래도 심상치 않았다.

굳이 너덜거리는 민소매 옷을 걸친 것만 해도 그랬다. 저게 뭐람? 해적도 아니고. 심드렁히 생각하던 지엔은 이윽고 일어난 일에 눈이 튀어나올 뻔했다.

사내가 엘레노어를 끌어안은 것이다. 그것도 힘껏.

"아."

저도 모르게 소리 내어 중얼거린 지엔은 재빨리 몸을 일으켰다.

아무래도 더 보고 있기가 미안했다. 저렇게나 스타일이 다른 남자 친구가 따로 있는데, 나세르에게 눈길을 줄 리 있나.

나세르 님께는 이만 포기하라고 하자. 음……남자친구가 있다는 얘기를 해야 할까? 아니, 엘레노어도 나세르 님이 상처받으실까 안한 모양인데 굳이 내가 할 필요는 없겠지.

정 포기를 못 하겠다고 하시면 그때 고민해 보는 걸로 하고……지엔은 자리에서 일어났다.

본의 아니게 전혀 관련 없는 사람의 사생활을 침해한 게 좀 미안했다. 방해꾼은 이만 사라져야 커플들이 오붓한 시간을 즐길 수 있을 것이다.

지엔이 신발 끈을 고쳐 묶으며 달릴 채비를 하던 그때, 뒤에서 외침이 날아왔다.

그 외침이 지엔의 발을 묶어 놓았다.

"엘렌! 일은 제대로 되어 가고 있어? 그 자식, 너한테 아주 사족도 못 쓴다며. 5년이나 지났는데 아직도 못 잊겠다니, 대단한 사랑 나셨어. 아니지, 대단한 건 우리 엘렌인가?"

5년? 무려 5년이라는 시간 동안 엘레노어를 못 잊은 남자가 나세르 한 사람만이 아닐 수도 있지만…….

애초에 그는 뒷골목 불한당에게 '그 자식' 따위의 호칭으로 불릴 만한 사람도 아니었다.

그래도 혹시 모르니까.

다시 벽에 바짝 붙은 지엔은 숨 죽이고 귀를 기울였다.

루크의 품에 안긴 엘레노어가 까르르 웃으며 외쳤다.

"아이, 참! 루크도! 알 게 뭐야, 구질구질해. 5년 전 흘린 말에 아직도 미련 못 버리는 그런 남자. 그것보다 정보는 잘 흘렸어?"

'정보라니?'

루크가 호탕하게 웃으며 대답했다.

"그럼, 우리 실력 알잖아! 확실하지! 그게 사실인 줄만 믿고 있을 걸? 우리가 정말로 무엇을 노리는지 아무도 모를 거야."

지엔은 이번에도 다시 의문을 가졌다.

'노리다니? 도대체 뭘?'

루크가 웃으며 다시 말했다.

"이번 의뢰만 끝나면 그 자식도 끝이야. 네게 다시는 손끝 하나 대지 못하게 내가 손수 묻어 줄게."

"루크!"

"엘렌!"

그리고 서로를 강하게 껴안으며 요란한 애정 행각을 일삼는 그들 모습에 지엔은 조용히 입을 가렸다. 음, 여기에서 더 버텨 봐야 나올 건 없겠지. 지엔은 은밀한 게걸음으로 그 자리를 벗어났다.

겨우 골목길을 아무에게도 들키지 않고 빠져나온 그녀가 넋 나간 얼굴로 중얼거렸다.

"그러니까 이거, 그거지? 음모지, 음모?"

설마하니 소설에서나 볼 법한 일이 이 작고 재미없는 백작령 한복판에서 일어나고 있을 줄이야.

그것도 자신의 주위 사람들 사이에서.

아니, 지금 이럴 때가 아니지! 누구에게든 이 사실을 알려야 해!

그렇게 생각하며 지엔이 힘차게 뛰어갔다.

한편 그 시각, 나세르는 백작의 서재 의자에 파묻혀 생각에 잠겨 있었다.

그가 집사가 남기고 간 말을 곱씹었다.

"빚을 졌다고?"

그것도 이 영지 내에서도 유명한 불한당인 루크 패거리에게.

사실 도합 11년간 외지에서 사제 신분으로 지내 온 나세르에게는 이 근방에서 아무리 유명한 불한당이라고 해 봐야 잘 와닿지 않았다.

게다가 나세르는 생전 잡아보지도 않은 검으로 무투 대회를 제패한 판이었다. 요컨대 고양이가 쥐들의 강하고 약함을 이해할 수 없는 것과 같달까.

나세르에게는 별로 대수롭지 않게 들리지 않는 일인 반면, 그 정보를 전하는 집사는 표정이 심각했다.

'큰일이군요. 루크 패거리라면 이 일대의 도둑 길드와도 연줄이 닿아있다고 알고 있는데…….'

'도둑 길드?'

'말 그대로 소매치기에서부터 보물이나 중요 서류를 훔치는 의뢰까지 맡아 하는 거대한 어둠의 세력 중 하나입니다. 세상에, 제발 도둑 길드에서 직접 사람이 오진 말아야 할 텐데. 가족도 없는 데다가 하녀 신분이면 쓸 돈도 많지 않을 텐데 어디서 그런 거액의 빚을 져서는…….'

'빚이 얼마지?'

조심스럽게 물은 나세르는 돌아오는 대답에 놀랐다.

'삼천 골드입니다.'

'삼천 골드?'

평민이 일 년을 먹고사는 데 필요한 금액도 기껏해야 20골드를 넘지 않았다. 그런데 삼천 골드라니, 그 정도면 백작가 일부 예산과도 맞먹는 규모의 금액이었다.

도대체 어떤 짓을 하면 그 정도의 빚을 질 수 있는 거지? 집사는 고개를 설레설레 내저으며 덧붙였다.

'엘레노어 본인의 빚이 아닌, 그녀의 도망친 오빠가 진 빚이라는 얘기가 있더군요. 아무튼 큰일입니다. 납기일이 이제 한 달도 채 남지 않았다 하니.'

'갚지 못하면 어떻게 되는 거지?'

'글쎄요. 백작가 이름으로 보증을 서 줄 수는 있겠지만, 엘레노어를 아끼는 저로서도 도저히 나설 수 없는 금액이로군요. 삼천 골드라니…….'

그렇게 말하는 집사의 얼굴에 시름이 더욱 깊어졌다. 나세르는 잠시 말없이 있다가 손짓으로 그를 내보냈다.

집사가 나가고 한참이 지난 지금까지도 머리가 얼떨떨한 건 여전했다.

그가 다시 중얼거렸다.

"삼천 골드라니……."

정말로 무슨 짓을 해야 고작 열여덟 살에 그 액수의 빚을 질 수 있는 걸까. 아, 달아난 오빠가 진 빚이라고 했나? 그렇대도 여전히 납득하긴 어려운 얘기였다.

나세르는 일전에 그녀가 자신의 프러포즈를 거절하며 했던 말을 떠올렸다.

'이렇게 할 수밖에 없는 내 마음도 이해해 줘, 나세르.'

혹시 그때 그 말도 삼천 골드의 빚과 관련이 있던 것일까? 확실히 납기일이 한 달도 남지 않았다면 야반도주를 한 대도 도둑 길드의 추격이 두려울 수밖에 없었다. 그래도 그깟 빚쟁이가 보내오는 패거리들에게 질 자신이 아니거늘.

그러나 결혼과 관련 없이 빚은 일단 변제하는 게 최선이었다. 나세르는 수중의 돈을 가늠했다. 무투 대회 우승 상금은 약 천 골드가량이었다. 어마어마한 금액임에는 틀림없지만, 엘레노어가 진 빚에는 한참 모자랐다.

하지만 백작가 삼남의 신분으로 어떻게든 마련하지 못할 돈은 아니었다. 정 어려우면 신분을 숨기고 용병 일이라도 하면 될 일이었다.

"그것보다도."

나세르는 소리 내어 중얼거렸다. 그의 마음에 걸리는 것은 따로 있었다.

엘레노어의 몸에서 항상 풍기던 꽃향기. 엘레노어가 설마 삼천 골드나 빚을 진 처지에 웬만한 시골 귀족 영애들도 구하기 어렵다는 향수를 뿌리고 다니지는 않을 터였다. 그럼 그건 대체 뭐지?

그 향을 맡을 때마다 머리가 어지러워지고 머릿속이 흐려진다는 것도 마음에 걸렸다. 담요 괴물과 함께 있을 때도 아주 가끔 가슴이 두근거리고 호흡이 짧아지는 건 마찬가지였지만, 그런 식의 반응을 일으킨 적은 없었다.

결국 나세르는 몸을 일으켰다. 역시 그 꽃향기의 정체를 알아내기 전에는 마음이 개운하지 못할 것 같았다.

복도를 성큼성큼 걷는 나세르를 황급히 뒤쫓아 온 집사가 물었다.

"어디 가십니까, 공자님?"

"외출. 오랜만에 영지를 한 바퀴 돌고 올까 한다."

나세르의 무뚝뚝한 대답에도 집사는 '도련님이 드디어 이 영지에 정착할 마음을 가지셨구나.' 하며 겉으로 보일 정도로 기뻐했다.

그가 붙여 주겠다는 기사를 나세르는 모조리 거절했다. 자신의 목적을 생각하면 굳이 시선을 끌 필요는 없었다.

집사는 몹시 아쉬워했지만, 그의 검 실력을 생각하면 오히려 호위가 거추장스러울 수 있으므로 수긍했다.

나세르는 굳이 백작가 정문을 이용하는 대신에 집사에게 고용인이 드나드는 문의 위치를 물어 그리로 향했다.

그곳에서 그는 달갑지 않은 사람과 마주쳤다.

"아."

달갑지 않은 것은 비단 나세르뿐이 아닌 모양이었다. 그를 올려다보는 그녀의 얼굴이 창백해졌다.

나세르가 그녀의 이름을 부르는 게 먼저였다.

"지엔."

도련님이 그 많은 고용인 중에 자신의 이름을 기억하고 있으니 놀랄 법도 한데, 지엔의 표정은 떨떠름했다. 마치 곧 썩어 문드러질 사과처럼.

물론 처음 보았을 때부터 이유도 없이 적대감을 내보인 건 자신이었지만, 그래도 그렇지 저렇게까지 싫어할 필요가 있나? 나세르는 왠지 조금 울컥했다. 그러면서도 한편으로는 고용인 주제에 감정을 저렇게 솔직하게 내보이는 것이 놀랍다는 생각을 했다. 아니, 그냥 숨길 줄을 모르는 건가?

문득 지난 밤을 떠올린 그의 얼굴에 옅은 미소가 피어올랐다. 그러고 보면, 담요 괴물도 항상 그랬지.

마치 감정을 숨기지 않는 게 아니라 숨기는 법을 모른다는 것처럼 짧은 찰나에도 눈동자를 수십 개의 감정으로 물들이곤 했다. 가끔은 그 담요 아래에 감춰진 표정이 얼마나 다채로울까 싶어 담요를 뺏어 보고 싶을 정도로.

그때 지엔이 나세르보다 먼저 정신을 차렸다. 그녀가 재빨리 고개를 숙이며 말했다.

"길을 막아서 죄송합니다, 공자님."

"아, 아니다."

상념에서 깨어난 나세르는 말을 조금 더듬었다. 그런 그를 낯설다는 눈으로 보던 지엔이 지그시 옆으로 비켜났다.

무심코 걸음을 옮기려던 나세르는 지엔 앞에서 다시 걸음을 멈추었다. 눈을 내리깔고 기다리던 그녀가 무슨 문제라도 있냐는 듯 자신을 올려다보는 것을 보며, 그는 입꼬리를 올려 희미하게 웃었다.

"지엔. 이 이름이 맞나?"

"네? 네. 그렇습니다."

"같이 가도록 하지."

그러자 지엔의 표정이 썩어들어 갔다. 나세르는 그 표정을 애써 무시하며 말을 이었다.

"나는 길을 잘 모르니, 길을 안내해라."

"네……. 알겠습니다."

그렇게 대답하는 지엔의 표정은 이제 거의 울 것 같았다.

4. 고민 상담

해가 지려면 고작 한 시간 정도가 남아 있어서, 도성의 지붕과 길 위에는 온후한 붉은 빛이 내려앉아 있었다.

길을 오가는 행인이 적지 않았다. 때문에 나세르와 지엔은 고용인과 피고용인 사이에는 조금 지나치다 싶을 정도로 바짝 붙어서 걸어야 했다.

사람들은 그런 지엔과 나세르를 보며 일제히 수군거렸다.

그들도 이 일대를 다스리는 브리지트 백작가 생김새가 대체로 어떤지는 알고 있었다. 게다가 백금색 머리칼에 회청색 눈동자도 흔한 조합은 아니었다.

결정적으로 나세르에 대한 소문은 이미 그가 돌아오던 날부터 영지 내에 쫙 퍼져 있었다.

"어쩌면, 신관을 지내셨다더니, 정말 천사처럼 생기셨어요……
저런 얼굴로 검을?"

"쉿, 들으실라."

지엔과 나세르가 방금 스쳐 지나간 생선가판대 앞에서도 두 명
이 쑥덕거렸다.

그런 단순한 호기심에서 우러난 시선이 있는 반면, 아예 넋이 나
가 동공이 풀린 사람들도 보였다.

그걸 보며 지엔은 고개를 주억거렸다. 나세르의 미모는 솔직히
말해 잘생김이라든가 아름다움을 넘어서 무시무시하게 여겨질 때
가 간혹 있었다. 무심코 봤다가는 망치로 뒤통수라도 한 대 얻어맞
은 것처럼 쾅 하고 충격을 받는단 얘기다.

백작가 하녀로서의 생활과 달밤의 만남으로 인해 어느 정도 단
련이 된 지엔이 이 정도인데 영지민들의 충격도 충분히 이해가 되
었다. 다들 이마를 짚고 비틀거리고 난리가 났다.

나세르의 존재감이 너무 강해서 다들 옆에서 걷는 지엔에게는
신경도 쓰지 않았지만, 지엔은 지나가는 사람 아무나 붙잡고 '제발
저 좀 살려주세요!' 하고 소리라도 지르고 싶은 심정이었다.

도대체 자신이 뭘 했다고 나세르가 다짜고짜 자신을 영지 시찰
에 끌고 가는지 알 수가 없었다. 아니 물론 죄야 많이 저질렀지만,
다 정체를 숨기고 저지른 게 아닌가?

아니면 설마, 정체를 들키기라도 했나? 새로운 가능성을 떠올린
지엔의 안색이 창백해졌다.

지난날 나세르와 지엔이 만나 떠든 시간이 적지 않았다. 그 정도

라면 아무리 둔한 나세르라고 해도 지엔의 정체를 눈치챘을지도 몰랐다.

정말로 그랬다면 어쩌지? 지엔은 속으로 머리를 부여잡았다. 짐 산더미처럼 들게 시키기? 대련을 빙자한 괴롭힘? 나세르가 자신을 어떤 식으로 괴롭힐지도 걱정이었으나, 그것 이상으로 나세르가 음모에 대한 자신의 말을 믿어 줄지도 걱정이 되었다.

엘레노어와 루크인지 뭔지 하는 패거리의 작당에 대해 얘기해야 하는데! 이대로 가다간 절대…….

지엔이 그런 상상을 하는 동안, 나세르는 그런 상상과는 백만 년 정도 떨어진 생각을 하고 있었다. 그는 조금 뺨이 붉어진 채 거의 닿을 듯 말 듯 한 지엔과 자신의 어깨를 힐끗거리고 있었다.

작네. 자신의 어깨에 닿을 듯 말 듯 한 갈색 정수리를 보며 나세르가 중얼거렸다.

나세르와 지엔은 현재 인파가 산더미처럼 오가는 시장 한복판을 지나고 있었다.

원래 그들이 오늘 이곳에 온 것은 향수 가게를 찾아가 엘레노어가 풍기는 꽃향기의 정체를 알아내기 위함이었다. 나세르는 뛰어난 검사인 만큼 보통 사람보다 몇 배는 예민한 후각을 가지고 있었고, 따라서 그런 향수가 존재하기만 한다면 찾아내는 데는 자신이 있었다.

그렇다고 해도 다짜고짜 향수 가게를 찾아가겠다는 자신의 말에 지엔이 아무런 의문도 품지 않고 순순히 동행한 것은 상당히 의외였다. 아, 하긴. 연인에게 선물할 모양이라고 짐작했는지도…….

아니, 잠깐. 하지만 담요 괴물이라면 모를까, 지엔은 엘레노어의 존재에 대해 눈곱만큼도 모르지 않나? 그 사실을 깨달은 나세르는 걸음을 늦추었다.

그러고 보니 가까이에서 바라본 지엔의 눈높이가 담요 괴물과 거의 비슷한 것도 같았다. 정말 작구나. 지엔을 힐끔거리는 나세르의 눈에 다시금 사심이 섞이고 있었다.

그러다 달빛 아래 자신을 끌어당기던 손끝, 등을 휘감던 두 팔을 떠올린 그가 가만히 고개를 내저었다.

"정말 시도 때도 없군."

나세르의 뜬금없는 중얼거림에 지엔이 그를 돌아보았다.

"뭐라고 말씀하셨어요?"

"아무것도 아니야."

나세르의 아무렇게나 둘러대는 말에도 지엔은 불안감을 누르지 못했다. 뭔가 떠올린 거 아니야?

이윽고 두 사람은 시장이 거의 끝나는 곳에 위치한 향수 가게에 도착했다.

작고 아담한 가게였다. 하긴, 향수는 가격에 비해 크기는 상당히 작은 편이라 큰 건물을 사용할 필요는 없겠지. 지엔은 그렇게 납득하며 가게 안으로 걸음을 옮겼다.

딸랑, 문을 열자 두 사람의 머리 위에서 유리종이 맑게 울었다. 지엔을 따라 가게 안으로 들어가며 나세르가 지엔에게 물었다.

"마을 안에 향수 가게는 이게 다인가?"

"네, 그렇다고 알고 있어요."

"그럼요, 손님! 브리지트 백작령 안에서 유일무이한 향수 가게, 미스 마젠타에 오신 것을 환영…… 어머나."

경쾌한 걸음으로 다가와 그들 사이에 끼어든 여자가 나세르를 보고 말을 뚝 멈추었다. 그녀도 나세르의 파괴적인 외모에 넋이 나간 게 틀림없었다.

역시 영지민들을 위해서라도 이 사람은 속세에 돌아오는 것보다는 신전에 박혀 있는 것이 좋겠어…… 지엔이 다소 무례한 생각을 하는 사이, 간신히 눈에 초점이 돌아온 가게 주인이 떨리는 목소리로 물었다.

"차, 찾으시는 게 있나요?"

"여기 가게 안의 향수, 몇 종이나 되지?"

그렇게 물은 나세르가 가게 안을 둘러보고는 다시 말했다.

"전부 시향해 보고 싶은데."

아니, 나세르 님! 지엔은 그렇게 외치고 싶은 것을 꿀꺽 삼켰다. 어쩌지. 저 공자님이 겉으로는 무척 냉철하고 차분해 보여도 실은 바깥세상의 상식이 거의 없다는 것을 잊고 있었다.

아무리 그래도 그렇지, 향수는 꽤 고가품이다. 무엇을 사겠다는 말도 없이 덜컥 시향부터 하겠다고 나서면…….

"네! 얼마든지요! 당장 준비하지요!"

그래도 되는구나! 지엔은 깨달음을 얻었다.

하긴, 엄연히 브리지트 백작령 안에서 장사를 하는 그녀가 백작가 삼남의 말을 거스르기도 어려웠을 것이다. 지엔은 애써 속으로 그렇게 납득하며 미스 마젠타가 바쁘게 가게 안의 향수를 모조리 모아 한 줄로 나열하는 것을 지켜보았다.

놓인 병은 약 쉰 개였다. 평생 이렇게 많은 향수병은 본 적이 없는 지엔으로서는 살짝 기가 질렸다. 사실 평민으로서는 당연한 반응이었다.

이걸 다 모아서 어떻게 하려는 걸까? 지엔은 살짝 나세르의 눈치를 보았다. 나세르는 얼핏 보기에는 그리 진지해 보이지 않는 태도로 향수병을 하나하나 들었다 놓길 반복했다. 하나를 맡고 바로 다른 걸 맡아 보면 그게 서로 구분은 가나? 미스 마젠타의 눈치를 살핀 지엔은 은근슬쩍 방금 나세르가 내려 놓은 병을 들어 올렸다. 어디, 나도 한 번.

으음, 꽃향기네. 경험이 부족한 지엔으로서는 그렇게밖에 표현할 수 없었다.

옆의 것도.

그리고 그 옆의 것도…….

미스 마젠타의 눈총에 다시 향수병을 얌전히 내려놓은 지엔은 아직도 시향에 열중하고 있는 나세르의 모습을 믿기지 않는다는 듯이 쳐다보았다.

자신이 느끼기에는 다 똑같은 향 같은데, 무려 오십여 가지나 되는 서로 다른 향들을 맡고 구분할 수 있다고? 역시 타고난 검사라 보통 사람과는 오감부터 다르다 이건가?

그때, 마지막 시향지를 내려놓은 나세르가 고개를 내젓고는 중얼거렸다.

"전부 아니군."

"예?"

지엔은 눈을 휘둥그레 떴다.

지엔은 나세르가 엘레노어에게 향수라도 선물할 생각인 줄 알았지, 특정 향수를 찾고 있는 줄은 몰랐다.

어쩐지 가게에 있는 모든 향수를 시향할 정도로 까탈스럽게 굴어서 의외라고 생각했더니, 그런 이유가 있었을 줄이야. 그런 생각을 하는 지엔의 옆에서 미스 마젠타가 두 손을 비비며 나섰다.

"어머, 찾으시는 제품이 따로 있으셨나요? 그렇다면 그 제품에 대해 설명을 해 주신다면 저희가 수도와 오가는 상단에 말을 해서 공급할 수 있는데………."

"아니야. 말로 하기에는 어려운데……."

곰곰이 고민하던 나세르가 다시 입을 열었다.

"꽃향기의 일종이긴 한데, 과연 실제로 이런 꽃이 있을까 싶을 정도로 아주 달콤한 향이다."

"이런, 그것만으로는 조금 특정이 어려울 듯한데요."

"포도 냄새와 꿀 냄새도 조금 섞여 있는 듯하고……."

담담한 얼굴로 나세르가 설명하는 것을 듣던 지엔은 고개를 기웃했다. 나세르의 말을 계속 듣다 보니, 그가 말하는 향을 어디에서인가 맡아 본 적이 있는 것 같다는 생각이 들어서였다.

그러고 보니 같은 숙소에서 함께 생활하는 엘레노어, 그녀가 언제나 풍기던 것이 그가 말한 바로 그 향이었다.

'엘레노어를 갖지 못해서 그 향기라도 가지려고?'

이 도련님 생각보다 진상 아니야? 지엔이 혼자 오소소 소름이 돋아난 팔을 감싸던 그때, 미스 마젠타가 아 하고 탄성을 터트리더니 말했다.

"아! 무엇을 찾으시는지 이제야 알겠네요. 아쉽게도 그런 은밀한 상품은 저희 가게에서는 취급하지 않습니다."

"무슨 소리지? 은밀하다니?"

나세르가 영문을 모르겠다는 듯이 물었다. 지엔도 전혀 예상치 못한 말에 눈을 휘둥그레 뜨고 그쪽을 보았다.

"같은 향기 나는 물건이라도, 그쪽이랑 이쪽은 엄연히 계열이 다르죠. 조금 더 점잖지 못한 곳으로 가셔야 한답니다."

미스 마젠타가 마치 귀족 도련님의 가벼운 일탈쯤 눈감아 주겠다는 듯한 말투로 꺼낸 말에 나세르의 눈썹이 꿈틀 치켜 올라갔다.

"점잖지 못한 곳?"

아차, 지엔은 당황했다.

나세르의 입장에서는 미스 마젠타의 말을 엘레노어가 다소 점잖지 못한 곳에 출입했다는 의미로 받아들일 수도 있었다. 어쨌거나 그런 곳에서 나는 향기를 풍긴다는 것은 엘레노어 역시 그곳에 출입했다는 의미니까.

지엔은 루크 패거리들이 머무르던 판잣집을 떠올렸다. 확실히 거기라면 아주 수상하긴 한데, 지금의 나세르로서 그 사실을 알 리 없지.

'나세르 님이 미스 마젠타에게 느닷없이 행패를 부리면 어쩌지? 나 살려라 하고 일단 도망쳐야 하나?'

그러나 다행히 지엔의 상상과도 같은 일은 일어나지 않았다. 혼자서 바닥을 보며 무언가를 생각하던 나세르는 이윽고 금세 분노를 가라앉혔다.

지엔의 입장에서는 다행스러운 일이기는 했지만 한편으로는 좀 의아했다. 그렇게나 죽고 못 살아서 매일 밤 연애 강습을 받던 분이?

그때 미스 마젠타의 목소리가 다시 들려왔다. 그녀도 방금 이 가게에서 위험한 일이 일어날 뻔했다는 걸 느낌으로 알고 있는 듯했다.

"지, 지도를 그려드릴게요. 시장의 거미줄 같은 골목 중에서도 가장 깊은 곳에 위치해 있는데, 이제 곧 해가 지니까요. 만약 찾는 도중에 해가 진다면 절대 가지 마세요. 도련님처럼 예쁘장한 분이, 그것도 옆에는 젊은 시녀까지 대동하시고 가면 큰일 나요."

"그 물건의 정체가 대체 뭐길래 그러지?"

나세르가 답답한 듯 물었다. 그러자 미스 마젠타는 못내 켕기는 표정으로 대답했다.

이윽고 지엔과 나세르의 입이 일제히 벌어졌다.

"'비너스'라는 이름의 미약이에요."

*　　　*　　　*

가게를 나온 이후로 나세르는 계속 말이 없었다. 그저 넋 나간 사람처럼 한 곳을 향해 걷기만 했다. 그의 손안에는 방금 미스 마젠타가 쥐여 준 약도가 있었다.

지엔은 걱정스러운 눈으로 나세르가 가는 방향과 방금 빠져나온 시장 골목을 번갈아 보았다.

미스 마젠타가 적어 준 가게 위치는 자신들이 나온 시장 골목으로 다시 들어가 한참을 걸어야 하는데, 나세르가 향하는 곳은 그와는 반대 방향이었다.

설마 상심한 나머지 백작 저로 돌아가려는 건가? 그렇다면 이 방향이 아닐 텐데. 타지 생활을 너무 오래 해서 집 가는 길도 까먹었나?

알려 줘야 할까? 지엔은 나세르에게 슬쩍 뻗었던 손을 다시 거두었다. 지금 그에게는 딱 폭풍 전야 같은 분위기가 흘렀다. 무엇이라도 베어 버릴 듯 싸늘한 공기가 그의 어깨 위에서 터질 듯 넘실거리고 있었다. 그래서 차마 한 마디 말도 붙이지 못하고 그를 따라 계속 걸었다.

마침내 그가 발을 멈춘 곳은 강가였다. 대륙 중부에서 시작해 브리지트 백작령을 관통하는 리즈 강이 그들 앞을 유유히 흐르고 있었다.

어느새 하늘은 붉은 기 한 점도 남지 않은 검은 색이었다. 이래서야 미스 마젠타가 말한 '그' 가게에는 도저히 갈 수 없을 것이다. 그렇게 생각하며 지엔은 나세르를 바라보았다. 멍하니 서서 흘러가는 강물을 바라보는 그의 눈빛이 공허했다.

저러다 나세르가 돌연 뛰어내리기라도 하면 어쩌나. 지엔은 괜히 불안해졌다.

결국 그녀가 조심스레 입을 열었다.

"저기, 나세르 공자님."

미스 마젠타가 소상히 가르쳐 준 바에 따르면, '비너스'란 요즘 뒷골목에서 돌기 시작한 향수 형태의 미약이었다. 그런 것들이 대개 그렇듯 출처는 알 수 없었지만, 오랜만에 효과가 아주 강력한 물건이라 뒷골목 약장수들은 신이 났다.

미약이라고는 하지만 특별히 성욕을 부추기거나 하는 것은 아니었다. 그러나 그렇기 때문에 오히려 대놓고 사용하기는 더욱 쉬웠다.

효과는 간단했다. 이성을 마비시키고 심장 박동을 빠르게 한다. 용모가 매력적인 사람에게는, 또는 화술로 사람을 상대해야 하는 상인에게는 이처럼 좋은 도구가 없었다.

이성적으로 생각하기 어려워지고, 귓가에서 울리는 심장 소리가 빨라지면 사람들은 자연히 착각하게 된다.

'내가 사랑에 빠졌구나.'

그게 바로 비너스의 무서운 점이었다. 사랑이 없어도 스스로 사랑에 빠졌다 믿게끔 속일 수 있다.

그러니 아무리 바보 같은 거래를 해도, 바보 같은 실수를 저질러도 사랑에 빠진 제 잘못이고 실수이겠거니 하고 넘어가는 것이다.

그런 효과적인 약인 만큼 가격도 무시무시했다. 일개 백작가 하녀가 함부로 쓸 만한 것이 아니었다.

만약 엘레노어가 그것을 사용했다면……. 지엔은 침을 꿀꺽 삼켰다.

이 음모는 어쩌면 지엔이 짐작한 것보다도 훨씬 오래된 것일까?

하지만 도대체 언제부터?

뒤뜰에서 들었던 나세르의 간절한 목소리가 떠올랐다.

  — 네 약속만 믿고 지난 5년을 버텼어. 설마 기억나지 않는 거야?
  차라리 날더러 죽으라고 해.

그때 엘레노어를 보던 나세르의 얼굴도 떠올랐다. 당시 그에게
호감이라곤 없던 지엔조차 흔들릴 정도로 간절한 얼굴.

그런데 그 모든 게 엘레노어가 미약을 통해 인위적으로 만들어
낸 감정이라니? 그럴 수가 있나? 아무리 효과가 대단하다고 해도
사람을 그렇게까지…….

그때 강가에 서 있던 나세르가 불현듯 비틀거렸다. 화들짝 놀라
며 회상에서 빠져나온 지엔은 황급히 그를 붙잡았다.

단지 두 손으로 붙잡는 것만으로는 불안해서 아예 팔을 뻗어 그
를 단단히 껴안았다.

흠칫 놀란 나세르가 이쪽을 돌아보았지만 지엔은 애써 모른 척
했다. 일련의 일들을 통해 나세르가 예고되지 않은 접촉에 얼마나
민감한지 알고 있었지만 이번만큼은 어쩔 수 없었다.

'공자님이 저랑 단둘이 외출해서 강에 빠지면 돌아가서 맞아 죽
는 건 저예요.'

이것이 아랫것의 서러움이라는 것이다. 자신을 괴롭히고자 외출
에 동행하게 한 사람이 실수로라도 강에 떨어질까 꽉 껴안고 있는
꼴이라니.

다행히 나세르는 지엔에게 화를 낸다거나 그녀를 세게 밀쳐낸다거나 하지 않았다. 대신에 조금 힘겨운 목소리로 말했다.

"이만 떨어져라. 향수 냄새 때문에 잠깐 어지러웠던 것뿐이니까."

"아, 네."

고개를 든 지엔은 나세르의 얼굴이 붉어진 것을 발견했다. 설마 자신 때문은 아니겠지 하며 지엔은 두 손을 번쩍 들고 천천히 물러났다.

그러고 나서야 지엔이 다시 물었다.

"이제 좀 진정되셨어요? 나세르 공자님?"

"아. 응. 덕분에."

그러나 나세르는 직후에 또다시 비척거렸고, 지엔은 어쩔 수 없이 다시 그를 껴안아야만 했다.

'거, 공자님…… 무투 대회 우승도 하신 분이 여기서 이러시면 안 됩니다.'

나세르를 품에 꽉 안은, 그러나 체격 차이 때문에 결과적으로는 나세르에게 폭 안긴 꼴이 된 지엔이 속으로 중얼거렸다.

그러다 주위를 둘러보자, 호기심 어린 눈으로 이쪽을 보며 수군 대는 몇몇 영지민들이 보였다.

아차, 지엔은 자신의 실수를 깨달았다. 영지민들의 시선을 전혀 신경 쓰지 못했다.

나세르가 강에 몸을 던지려고 하더라 같은 소문이 돌아도 백작가로서는 좋을 것이 없었다. 지엔이 황급히 돌아가자고 속삭이자,

순순히 고개를 끄덕인 나세르가 걸음을 옮겼다.

백작가로 돌아가는 둘의 걸음이 아까보다는 살짝 빨라져 있었다.

길에 널린 오물을 피하며 지엔이 조심스레 입을 열었다.

"저기, 공자님. 아까 향수 가게 주인이 꺼낸 비너스인지 뭔지에 대한 얘기 말인데, 저는 공자님이 그렇게까지 신경 쓰실 필요는 없다고 생각해요. 어쨌건 확실한 것도 아니잖아요."

그래, 확실한 건 엘레노어가 비너스를 썼는지 아닌지가 아니라 나세르를 향한 음모가 실시간으로 진행되고 있다는 점이었다.

'당신 이러다 죽을지도 모른다고!'

그러나 여전히 나세르는 깊게 생각에 잠긴 얼굴로 아무 말이 없었다.

그가 말을 꺼낸 것은 마침내 먼 길을 걸어 백작가 저택에 거의 도착했을 무렵이었다.

익숙한 문을 발견하고 환한 얼굴로 걸음을 옮기던 지엔은 갑작스레 날아온 말에 고개를 돌렸다.

"당연히 갖게 되리라 생각했던 것을 갖지 못한 적이 있나?"

"네?"

참으로 뜬금없는 물음이었다.

'진짜 나 들으라고 한 말인가?'

지엔은 저도 모르게 주위를 두리번거렸다. 그러나 근처에 있는 사람이라고는 자신과 나세르뿐이었다.

그제야 지엔은 도피하는 것을 그만두고 대답했다.

"저 같은 평민에게는 당연히 갖게 되는 것 따위는 없는 걸요."

그러자 나세르가 낮게 웃었다.

"내가 괜한 얘기를 했군. 미안하다."

지난밤의 대화는 상상도 할 수 없을 만큼 점잖게 말한 그가 다시 걸음을 옮겼다.

지엔이 그를 따라 걸음을 옮기려던 그때, 작은 목소리가 그녀의 귀에 다시 닿았다.

"오늘, 안내해 줘서 고맙다."

지엔은 잠시 멍해졌다. 설마 하니 고작 외출에 한 번 동행한 것 가지고 감사 인사를 듣게 될 줄은 몰랐지만, 더욱 예상치 못한 것은 저 얼굴이었다.

나세르가 처음으로 보여준 독기 하나 없는 미소는 지엔의 심장을 치다 못해 마구 파헤쳐 놓았다.

한참 만에 지엔이 간신히 대답했다.

"……네."

"네?"

나세르가 별 우스운 것을 보았다는 듯이 지엔을 보며 작게 웃음을 터뜨렸다.

어쩔 줄 몰라 하던 지엔이 꾸벅 인사하고 돌아서려던 찰나, 성큼 그녀에게 다가온 나세르가 그녀의 머리카락 한 줌을 쥐었다.

갈색 머리카락 한 줌을 쥐고 코 가까이에 가져온 그가 중얼거렸다.

"비누 향기. 그리고……."

지엔은 믿을 수 없을 만큼 바짝 다가온 나세르의 회청색 눈을 응시했다. 그러고 보면 밤에는 이런 거리에서 마주 본 적이 드물지 않던 것 같기도⋯⋯.

그때, 그가 작게 중얼거리는 소리가 다시 들려왔다.

"내가 너를 주방에서 본 적이 있던가?"

그 순간, 나세르를 두고 돌아선 지엔은 전심전력으로 도망쳤다.

"헉, 헉."

하녀 숙소에 도착할 때까지 한 번도 쉬지 않고 달려 온 지엔은 가장 먼저 빛의 신에게 기도부터 올렸다.

어쨌거나 무사히 살아 돌아왔다는 게 감사한 하루였다. 엘레노어의 뒤를 쫓아갔다가 음모의 현장을 목격하질 않나, 나세르와 우연히 마주쳐 함께 외출을 하게 되질 않나, 비너스라는 미약에 관련된 전말을 알게 되기까지.

'정말로 살아 돌아왔다는 게 감사한 하루였다.'

그렇게 생각한 지엔은 옆에 있던 장식장에 쾅 이마를 박았다.

'나세르 님이 내 정체를 알아차릴 뻔한 건 전혀 고맙지 않지만.'

어쩌지? 오늘 하루는 만남을 건너뛰어? 이제라도 사랑의 요정은 은퇴해서 다시는 못 오게 됐다고 해?

그러기에는 오늘 알려 줘야 할 정보의 중요성이 너무 막중했다.

— 이번 의뢰만 끝나면 그 자식도 끝이야. 우리 엘레노어에게 다시는 손끝 하나 대지 못하게 오빠가 손수 묻어 줄게.

아니, 그 국보급 얼굴을…… 저도 모르게 발끈한 지엔은 겨우 진정했다. 어쨌거나 루크의 발언으로 보아 그들은 나세르를 살해할 계획까지 세우고 있는 듯한데, 아무리 나세르가 미워도 그 꼴을 모르는 체할 수는 없었다.

담요로 몸을 말고 숨을 죽이던 지엔은 방 안의 모두가 잠든 듯하자 조심스레 문을 열고 빠져나왔다.

오늘따라 마음이 급한 탓에 그녀는 문을 이용하는 대신 2층 창문에서 뛰어내리는 쪽을 택했다.

나세르가 매번 3층에서 가뿐히 뛰어내리는 게 무섭다느니 뭐라느니 하던 것치고는 그녀의 동작도 매우 가뿐했다. 나세르가 괜히 스파이나 암살자 운운한 게 아니었다.

어쨌거나, 발소리를 숨기고 후원을 가로질러 뛰어가던 지엔은 멀지 않은 곳에서 느껴지는 인기척에 화들짝 놀라 엎드렸다. 후원의 분수대 앞에 누군가가 앉아 있었다.

지금까지 2주 정도 밤에 온갖 난리를 피워도 다른 사람이 나타난 적은 한 번도 없었기 때문에, 설마 누가 이미 와 있을 거라고는 미처 상상 못 했다.

이럴 줄 알았으면 절대로 뛰지 않았을 텐데. 지엔의 심장이 쿵쾅거렸다. 이미 들킨 건가?

그러나 그녀는 자리에서 일어나 가까이 오는 인영을 보고 긴장을 풀었다.

"뭐 하나."

나세르였다. 그가 태연한 얼굴로 지엔에게 손을 내밀자, 눈을 깜빡인 지엔은 조심스럽게 그 손을 잡고 일어났다.

흙이 묻은 무릎을 탈탈 털어낸 지엔이 다시 그의 모습을 살폈지만, 평소보다 얼굴이 창백하다는 것 외에는 딱히 달라진 점이 없었다.

지금쯤 거대한 절망의 늪에서 허우적거리고 있을 줄 알았는데. 보기보다 마음이 단단한걸. 오늘 나오면서도 나세르가 과연 부름에 응할까 자체를 걱정하고 있었는데.

설마 이렇게 먼저 나와 기다리고 있을 줄이야.

'그러고 보면 그가 날 기다린 건 처음 아닌가?'

어리둥절하게 생각하는 지엔의 손을 나세르가 서슴없이 끌어당겼다.

정신을 차렸을 때 지엔은 어느새 그와 나란히 분수대에 걸터앉아 있었다.

"……저기요, 공자님."

한참만에 지엔이 간신히 말을 꺼냈다.

평소와 다르게 적극적이기에 뭔가 할 말이 있나 했더니, 평소보다도 더 말이 없는 그 때문에 지엔이 먼저 말을 꺼낼 수밖에 없었다.

옆에 앉은 나세르의 얼굴을 찬찬히 뜯어보며, 지엔이 물었다.

"오늘은 뭘 준비해 왔냐고…… 안 하세요?"

둘이 만날 때마다 나세르가 늘 하던 말이었다. 지엔은 가끔 나세르의 그 말이 마치 우리는 그 이상의 관계는 아니라는 것처럼, 선을 긋는 것처럼 느껴지고는 했다.

그런데 오늘의 그는 일절 그런 말 없이 이쪽을 빤히 쳐다보기만 했다.

꼭 둘이서 흐르는 강물을 가만히 내려다보던 그때가 떠올라 가슴이 불규칙하게 뛰었다.

그가 이대로 어딘가로 떨어져 버릴 것 같아서.

몹시 불안했다.

그때였다. 그녀를 지그시 바라보던 나세르가 마침내 입을 열었다.

"……해 봐."

"네?"

"또 뭔가 황당한 걸 준비한 거지. 아닌가?"

심지어 눈이 마주치자 그는 설핏 웃기까지 했다.

평소의 으르렁대는 말투는 어디로 가고, 독기가 완전히 빠져버린 말투에 지엔은 당황했다.

"화, 황당하다니요, 공자님. 제가 얼마나 열심히 준비한—"

반사적으로 변명하던 지엔은 아차 하며 말을 멈추었다.

하도 옥신각신한 세월이 길다 보니 버릇처럼 말대답부터 튀어나가고 말았다.

지금은 이럴 때가 아닌데. 자책하며 입술을 슬며시 깨물던 그녀에게 나세르가 다시 말했다.

"해 봐. 황당한 말, 이상한 말, 아무거나. 평소 하던 대로."

"네?"

그녀에게 말하는 나세르의 눈이 깊은 절망을 담고 흔들렸다.

"이제는 다 망가져 버려도 상관없으니까."

지엔은 그렇게 말하는 나세르를 굳어진 얼굴로 응시했다. 이윽고 나비 날개처럼 파르르 떨리는 속눈썹이 그 눈을 덮었다.

이어서 나세르의 뺨 위로 흘러내린 것은 한 줄기 눈물이었다.

눈물? 지엔의 머릿속이 새하얗게 비었다.

"해 봐. 이제는 다 망가져 버려도 정말로 상관없으니까."

그가 무엇에 대해 말하고 있는지 지엔은 뒤늦게 깨달았다.

그와 엘레노어의 관계.

5년간 그를 지탱해 온 힘을, 그는 지금 버리겠다고 선언하고 있었다.

지엔의 눈이 세차게 흔들렸다.

무슨 말을 해야 할지 도무지 알 수가 없었다.

어느 날 사제들의 생활이 궁금해 헤카테에게 물어본 적이 있었다. 물론 점지된 미래의 대신관인 그의 생활이 일반 사제들과 같을 리 없지만, 그는 나름대로 성심성의껏 대답해 주었다.

  ─ 고립된 장소, 찾아오지 않는 친인척, 친절하지만 깍듯한 사람들. 그 외에 무엇이 더 있겠습니까?

그리고 헤카테는 단조로운 목소리로 덧붙였다.

  ─ 누구에게나 친절한 사람은 다른 누구의 편도 아니지만 결국 내 편도 아닌 게 아닐까. 간혹 그런 생각이 들더군요.

빛의 사제의 가장 중요한 미덕 중의 하나가 친절함인데도요. 헤카테는 별다른 유감도 없이 그런 말을 했지만, 속세를 늘 그리워했던 나세르에게 그 사실은 다르게 다가왔을 것이다.

늘 외로웠겠지. 뼈가 사무치도록.

그 모든 시절을 엘레노어만 보고 이겨 냈다고 말하던 그였다.

"공자님……. 공자님."

지엔이 황급히 바로 옆에 있던 나세르의 손을 붙잡았다. 다행히 그의 손은 거부 없이 딸려 왔다.

일단 손을 잡기는 했지만, 지엔은 여전히 무슨 말을 해야 할지 몰랐다. 우는 사람, 그것도 우는 남자는 위로해 본 적 없었으니까.

그때였다.

크게 울음을 터트리지도 않고, 소리도 내지 않고 창백한 얼굴로 눈물만 뚝뚝 흘리던 나세르가 갑자기 입을 열었다.

"당연히 갖게 되리라고 생각했던 것이 있어……. 당연하지, 내겐 형이 두 명이나 있었고, 형들은 매일같이 내게 와서 말했으니까. 하루하루 일어나는 새롭고 멋진 일들에 대해. 그러니 나는 당연히 나도 자라면 그 무리에 끼어서 그들이 하는 일을 똑같이 할 수 있을 줄 알았지. 설마 일곱 살이 되자마자 신전에 들어가라는 통보가 떨어질 줄은…… 상상도 못 했었다."

"……."

"일곱 살 생일 날, 나는 생일 축하 대신 책과 옷가지 약간이 담긴 트렁크와 함께 마차에 올라탔다. 내가 소중하게 여겼던 것들은 아무것도 가져가도록 허락되지 않았어, 아무것도. 그러다 열세 살이 되어 처음 집에 다시 돌아왔을 때……."

나세르의 목소리가 갑자기 바뀌었다.

"그 애를 처음 봤어."

그가 말하는 '그 애'가 누구인지는 굳이 묻지 않아도 알 수 있었다. 지엔은 그와 맞잡고 있던 손을 움찔했다.

"다시는 신전에 돌아가지 않겠다는 내 말에 아버지는 화를 냈고, 나는 내가 무슨 수를 써도 그곳으로 돌아가게 되리란 걸 알았어……. 내게는 허락되지 않은 것, 형들에게만 허락된 것들을 생각하면서 내 방에서 혼자 울고 있을 때. 그 애가 창밖으로 보였어."

"……."

"요정 같더군. 맨발로 대야 안에 들어가 이불을 밟으면서 명랑하게 웃고 있었어. 내가 박탈당한 모든 것이 그 안에 있을 것 같았어. 자유, 그리고 사랑……."

나세르가 고개를 푹 숙였다.

"하지만 나는 그 애를 만나러 가긴커녕 저택에 있는 동안 내 방에 틀어박혀 있기만 했어. 나를 보는 고용인들의 동정 섞인 눈빛이 끔찍했으니까. 그 애한테만큼은 그런 눈빛을 받기 싫었어. 다시는 자유롭지 못하게 될 거라고 낙인이라도 찍힌 것 같아서."

"그럼 어떻게……?"

어쩌다 엘레노어와 만나게 되었냐는 지엔의 물음에 나세르가 선선히 대답했다.

"집에 있는 마지막 날에, 견디지 못해서 저택을 뛰쳐나가 강가로 달려갔을 때 마침 거기에 있던 그 애를 만났어."

지엔은 잠자코 입을 다물었다. 왜 약도에 적힌 가게가 아니라 강가로 발을 향했나 했더니, 고작 그런 이유였다.

결국 나세르와 엘레노어가 만났던 것은 5년 전 하루, 단 하루뿐이었다.

그럼에도 그 하루는 나세르에게 있어 신전에서 보냈던 5년보다 더 큰 무게를 지녔다.

어떤 하루가 한 사람의 운명을 바꾸기도 하듯이, 그날 하루로 열세 살 나세르의 운명이 바뀌었던 것이다.

고개를 떨어뜨린 나세르가 낮은 목소리로 다시 말했다.

"이건 운명이라고…… 그때의 나는 그렇게 생각할 수밖에 없었어. 당연히 동정 섞인 눈빛을 받을 거라고 생각했는데, 그러긴 커녕 그 애는 내가 나세르 폰 브리지트인 것조차 알아보지 못했어. 그야 내가 저택에서 지내는 내내 방에만 틀어박혀 있었으니 당연한 일이지만."

"……."

"그 애와 함께 한 단 하루, 나는 사제도, 불쌍한 나세르 도련님도 아닌 채 자유로울 수 있었어. 6년 만의 자유였어. 그 애가 없었다면 결코 느껴보지 못할 자유."

말을 잇던 그가 주먹을 꽉 쥐었다.

"그래서…… 나는 그렇게 말했던 거야. 기다려 달라고. 무슨 수를 써도 다시 돌아오겠다고."

지엔이 조용히 그 말을 받았다.

"결혼해 달라고."

정적이 흘렀다. 나세르는 지엔을 보지 않은 채 고개를 끄덕였다.

풀벌레 우는 소리가 사방에 짙어졌다. 이윽고 그가 다시 입을 열었다.

"그녀는 흔쾌히 허락했고, 나는 다시 떠났지⋯⋯. 떠나 있는 동안 늘 생각했어. 어쩌면 하루 만에 사랑에 빠지는 건 어려울지도 모른다고. 그러니만큼 그 애가 나를 잊고, 다른 사람이랑 행복하게 지내고 있다고 해도 나는 받아들일 자신이 있었어. 다시 돌아온 내게 그녀가 지금 교제 중인 사람은 없다고 했을 때, 희망을 갖지 않기란 힘들었지만."

지엔은 차마 그것이 거짓이라는 소리를 할 수가 없었다. 아무튼 말한다고 해도 지금은 아니었다. 적어도 저 울음이 그친 다음에.

그렇게 다짐하던 그녀에게 나세르가 다시 말했다.

"만약 그녀가 정말로 미약을 썼다면, 나는 어떻게 그녀가 믿게 할 수 있지? 내가 그녀를 사랑하는 건 그깟 미약 때문이 아니라고."

"⋯⋯."

"내가 어떻게 말해야 그녀가 믿을 수 있지? 내가 그녀를 사랑하는 건 틀림없이 5년 전 그날로부터 계속되어 온 일인데⋯⋯. 그 사실을 알고 나조차 내 마음이 진심이었는지 의심되는 지금, 내가 어떻게 그녀에게 사랑한다고 고백할 수 있지?"

지엔은 그런 나세르를 안타까운 눈으로 쳐다보았다.

지금 이 순간조차, 나세르는 엘레노어가 미약을 썼다는 사실에 분노하고 있지 않았다.

그저 그는 지금까지 자신의 마음이 엘레노어에게 전혀 와닿지 않았다는 사실에, 또 그녀에게 자신의 마음을 전할 방법이 도저히 없다는 사실에 상심하고 있었다.

위로의 말이라도 건네고 싶었지만, 이런 상황에서 어설픈 위로는 역효과가 될 뿐이었다. 그래서 지엔은 그냥 아무 말 없이 그의 손만 잡아 주었다.

나세르는 그런 지엔의 손길을 묵묵히 받아들였다.

얼마나 시간이 흘렀을까, 마침내 각오를 다진 지엔이 큰맘 먹고 입을 열었다.

"저기요, 공자님."

그러자 나세르가 젖은 눈을 들어 지엔을 보았다.

지엔은 그의 미모가 새삼 부담스럽게 느껴졌다. 평소에도 천사 같다고 생각했지만, 울고 있으니 왠지 고해라도 해야 할 것 같았다.

지엔은 애써 그의 눈을 외면하며 말을 꺼냈다.

"저기, 만약에 정말로 그 애가 다시 만난 공자님에게 미약을 썼다고 해도…… 아직은 알 수 없는 사실이지만! 하여간 정말 그렇다고 해도, 공자님을 여기로 돌아오게 한 건 사랑이었을 거라고 저는 생각해요."

지엔이 하늘을 바라보며 말을 이었다.

"왜냐하면 공자님은, 음, 정말로 역전의 용사처럼 사제 신분으로 무투 대회에 참가해서는 5년 만에 사제 신분을 벗어던지고 이 저택에 돌아왔잖아요? 그건 보통 사람이 할 만한 짓은 결코 아니죠…… 사랑에 미쳤다면 모를까."

앗, 당사자 앞에서 미쳤다니. 일단 말해 놓고 지엔은 나세르의 눈치를 보았다.

그가 별 반응이 없자, 지엔은 계속 말했다.

"그리고 그건 절대 이상하지 않아요."

'하루 만에 사랑에 빠질 수도 있지, 뭐.'

하루는 무슨, 1초 만에 사랑에 빠지는 것도 놀랍지 않지 뭐.

사랑꾼 지엔의 기준은 몹시 관대했다.

나세르는 여전히 기분 나쁜 눈치가 아니었다. 지엔은 다행이라고 생각하며 계속 말했다.

"사람마다 사랑의 기준이 좀 다를 수는 있어요. 5년 전 첫눈에 반했다는 공자님의 말을 그 애는 믿기 어려울 수도 있죠. 하지만 그렇다고 해도, 애초에 없다고 생각한 그 사랑을 억지로 끌어내서 이용하려고 한 건 그쪽이에요. 존재를 믿지도 않으면서 이용할 생각은 한다? 나쁜 건 분명히 그쪽 아닌가요?"

"……."

"그러니까 일단 제가 하고 싶은 말을……."

어쩐지 조금 놀란 듯한 나세르의 앞에서 지엔은 그의 손을 놓고 두 팔을 벌렸다.

지엔이 웃으며 말했다.

"자유의 몸이 된 거 축하드려요."

지엔을 바라보는 나세르의 표정이 더더욱 이상해졌다. 그런 그의 앞에서 지엔은 아랑곳 않고 말을 이었다.

"음, 신전에서 나오게 된 원동력이 그 애에 대한 사랑이었건 아니건 간에, 이제 나세르 공자님은 자유의 몸이잖아요? 그러니까 만약에 정말로 그 애가 미약을 썼다고 해도, 그 애가 끝까지 공자님의 마음을 믿지 않고 이용하기만 한다면 다른 사람을 찾으면 되는 거 아닌가요? 나세르 공자님의 마음을 의심하지도, 이용하지도 않을 사람이요."

"……."

"이제 공자님은 자유의 몸이니 기회는 많잖아요!"

신나서 외친 지엔은 나세르의 계속되는 침묵에 곧바로 수그러들었다. 그녀가 침울하게 말했다.

"죄, 죄송합니다. 제가 너무 나댔죠. 공자님의 사랑이 위기에 처한 이런 심각한 상황에."

여전히 계속되는 침묵에 그녀가 속으로만 투덜거렸다.

아니, 세상에 반이 여자인데, 다른 사람 찾으랬다고 이렇게 이상하다는 눈으로 볼 것까지야.

짝사랑 도사, 차이기 도사인 것은 물론이고 옮겨 타기까지 자유자재인 지엔으로서는 기껏 나세르의 얘기에 감명받고 위로해주고 싶다고 해도 딱 여기까지였다.

차이셨다고요? 그럼 새로운 사랑을 찾아 나서면 되죠!

나세르와 지엔의 감수성은 아주 약간의 교차점조차 없다는 게 증명되는 순간이었다.

그리고 거의 다 내려가던 지엔의 두 팔을 나세르의 손이 별안간 쥐었다.

엥. 지엔은 눈을 깜박였다.

"공자님?"

"고맙다. 내가 살다 살다,"

"어, 저기, 공자님. 뭔가 오해하신 것 같은데요……."

"담요 괴물한테서 위로를 다 받아 보는군."

뭐, 담요 괴물? 그 황당한 호칭에 화를 낼 겨를도 없이 나세르가 지엔의 어깨에 머리를 기댔다.

기대었다고 해 봐야, 체격 차이 때문에 사실상 지엔이 나세르의 품에 안긴 격이었다. 그것도 무척이나 갑작스럽게.

지엔은 침을 꿀꺽 삼키고는 눈을 데굴데굴 굴렸다.

어깨 위로 흘러내린 나세르의 백금색 머리칼로부터 마른 햇볕 냄새 같은 게 은은히 맡아졌다. 이 공자님은 생긴 것도 기분 좋게 생겨서는, 향기도 말도 안 되게 기분 좋네.

설마 향수 뿌렸나? 아니, 향수 가게를 두리번거리는 꼴을 봐서 그런 것 같진 않았는데.

그리고 지엔은 이윽고 한숨을 내쉬었다.

'공자님, 뭔가 오해하신 것 같은데, 저 댁 안아 주려고 두 팔 벌렸던 거 아닙니다. 그거 그냥 축하한다는 의미로 손 흔든 겁니다.'

그러던 지엔은 나세르가 퍼뜩 고개를 들어 자신을 마주 보자 놀라서 시선을 피했다. 타이밍이 하필 묘해서 꼭 제 생각을 읽힌 것만 같았다.

'그리고 보면 헤카테는 가끔 내 생각을 읽은 것처럼 말하지 않나? 그리고 나세르 님도 빛의 신관 출신이잖아.'

설마 이 사람도……? 의심 섞인 눈으로 그를 바라보던 지엔에게 나세르의 별안간 진지해진 목소리가 들려왔다.

"너…… 말이다."

"예?"

"……아니다."

갑자기 지엔의 품에서 빠르게 벗어난 그가 분수대에서 일어나 걷기 시작했다. 지엔은 고개를 기웃거리면서도 자리에서 일어나 그를 쫓았다.

갑자기 저렇게 떨어져 나가는 게 좀 이상하긴 하지만, 뭐, 정신을 차려 보니 사랑하는 여자에게 속아서 버려진 신세를 한탄하며 담요를 뒤집어쓴 괴인의 품에 안겨 울고 있었…… 는 상황 자체는 확실히 쪽팔릴만 하지. 아무렴.

혼자 납득한 지엔이 멀어져가는 나세르의 뒤통수에 대고 외쳤다.

"나세르 님! 힘냅시다! 세상에는 여자가 반!"

"얼른 들어가라."

대꾸하는 그의 태도가 평소보다 묘하게, 아니, 좀 많이 다정해서 지엔은 다시 고개를 기웃거렸다.

평소라면 뒤를 돌아보고 한숨을 푹 쉬며 '헛소리 좀 하지 마라. 너 때문에 나까지 헛소리가 느는 기분이다.'라고 한탄했을 그였다.

역시 아직은 많이 기분이 안 좋으신가? 대충 납득한 지엔은 창을 넘어 숙소의 제 방으로 돌아왔다.

너무 피곤한 나머지 그녀는 일단 죽은 듯이 잠부터 잤다.

그리고 다음 날, 아침 햇살에 슬며시 눈을 뜨고 나서야 지엔은 중요한 사실을 깨달았다.

"아차. 망했다."

엘레노어랑 산적 두목같이 생긴 놈이 음모 어쩌고저쩌고하던 거,
전해 주는 걸 깜빡해 버렸다.

그러나 이미 날은 훤히 밝아 버렸다. 담요 괴물이 활동하기에는
너무 이른 시각이었다.

5. 예상치 못한 활약과 예상치 못한 오해

하녀 숙소의 아침이 밝았다.

그 누구보다도 빨리 일어난 엘레노어는 후다닥 욕실로 들어갔다.

으음, 기척에 잠이 깬 귀 밝은 몇 명이 신음했지만 엘레노어는 그들을 배려해 줄 겨를이 없었다. 그녀에게는 그래야만 하는 이유가 있었다.

젖은 머리로 자리로 돌아온 엘레노어는 잘 개어 놓았던 제 하녀복에서 보라색 다이아몬드 모양의 병 하나를 찾아 꺼냈다.

뒷골목에서 그 이름도 유명한 비너스였다. 동료 하녀들에게 이걸 들켰다가는 향수의 일종인 줄 알고, 한 번만 뿌려 보자며 난리가 날 것이다. 그럴 순 없지.

복도로 나오며 재빨리 제 목덜미에 비너스를 뿌린 엘레노어는 병을 다시 품 안에 숨겼다. 그리고 앞치마 끈을 단단히 묶고는 서재로 향했다.

새벽빛 속에서 복도를 걷던 그녀의 눈이 이윽고 가늘어졌다. 그녀가 중얼거렸다.

"오늘은 말해야겠어."

나세르의 태도가 이상했다. 매일같이 찾아와 삼류 소설에서나 나올 법한 말을 부끄러움도 없이 지껄일 때는 언제고, 갑자기 그런 행동이 뚝 끊겼다.

아침에 그가 단둘이 있을 드문 기회를 무시하고 서재를 나가 버릴 때만 해도 엘레노어는 대수롭잖게 생각했다. 설마, 마음이 그렇게 쉽게 바뀌었을 리 없어. 그냥 바쁜 일이 생긴 것뿐이겠지.

엘레노어는 사람 성격을 파악하는 데 무척 능했다. 그런 의미에서 그녀가 파악한 나세르는 이용하기 몹시 쉬운 타입이었다. 쉽게 마음을 열진 않지만, 한 번 마음을 열면 전적으로 믿어 버린다. 자신이 비너스를 사용하기는 했지만 그러지 않았더라도 나세르를 이용하긴 쉬웠을 것이다. 시간이 조금 더 걸렸겠지만.

그런데 서재를 나간 뒤로 나세르는 내내 그녀에게 무관심으로 일관했다.

엘레노어와 단둘이 있지 않더라도, 단순히 그녀가 주위에 있거나, 다른 고용인들과 떠들고 있기만 해도 시선을 떼지 못하고 주변을 맴돌던 나세르였다.

모든 일에 무심하게 반응하는 회청색 눈동자가 집요하게 자신만을 쫓을 때는 오르기 어려운 산을 정복한 것 같은 일종의 희열마저 느껴졌다.

그래서 엘레노어는 패거리에게 선언했다. 계획을 당장 실행해도 좋다고. 그만큼 나세르는 자신에게 푹 빠져 있노라고.

그런데 만약 그게 아니라면? 어제 그가 보였던 태도가 우연이 아니라면? 엘레노어는 입술을 아득 깨물었다.

"낌새를 눈치챘을지도 모르지만, 그래 봐야 완전히 마음을 돌리지는 않았을 거야. 서두르는 수밖에."

그렇게 중얼거리며 서재로 들어간 엘레노어가 문을 쾅 소리 나게 닫았다. 창가로 다가간 그녀가 책상 위에 있는 가늘고 붉은 화병을 조심스럽게 들어 올렸다.

그녀는 그것을 서재에 하나뿐인 창문 위에 올려 두었다. 누군가 발견한다 해도 정리 중에 그만 실수했나 보다고 변명하면 그만이었다.

"결행일은 오늘이야."

그렇게 중얼거리는 그녀의 눈이 서늘했다.

신호를 보냈으니, 이제 남은 건 나세르에게 정보를 흘리는 것뿐. 여전히 창가를 서성이며 엘레노어는 시간을 죽였다.

나세르는 언제 오는 거지? 아침에 엘레노어가 있는 서재로 찾아오는 것은 나세르의 정해진 일과였다.

묵묵히 쓸고 닦으며 엘레노어는 때를 기다렸다. 하녀장이 여느 때처럼 일을 감독하기 위해 들렀다가 벌써부터 나왔냐고 감탄의 말을 던질 때는 쑥스러운 얼굴로 웃기만 했다. 하녀장이 돌아가자 그즉시 웃는 얼굴을 집어치웠지만.

그녀는 불만스런 얼굴로 책상 위에 놓인 시계를 힐끗거렸다. 그래서 나세르는 언제 오는 거람?

맘속에 가득하던 확신에 점차 구름이 끼었다. 벌써 아홉 시는 족히 넘은 시각이었다. 너무 시간이 늦으면 복도를 오가는 사람들이 많아지기에, 언제나 만남은 이른 시각에 이루어지곤 했다.

그러다 문득, 불안한 예감이 엘레노어의 머리를 스쳤다.

"설마…… 다른 여자가 생긴 건?"

그녀가 중얼거렸다.

애초에 그녀는 왜 나세르가 그날 처음 보았던 자신에게 청혼했는지도 알지 못했다. 처음 만난 날 청혼 얘기를 꺼냈으니 그저 한눈에 반했나 싶을 뿐.

'그런데 막상 다시 저택에 돌아와 보니 나 외에도 예쁜 여자가 너무 많았나?'

아니야, 엘레노어는 고개를 내저었다.

이 저택에서 가장 예쁜 건 분명 자신이었다. 아무리 눈 씻고 찾아봐도 자신보다 예쁜 여자는 없었다. 그런데 왜…….

결국 불안감을 이기지 못한 엘레노어는 자리를 박차고 나왔다.

늘 얌전하던 엘레노어의 걸음걸이가 난폭하자 다들 의아해하며 그녀를 힐끗거렸다. 그에 전혀 개의치 않고, 그녀는 빠른 걸음으로 저택을 샅샅이 뒤졌다.

후원, 응접실, 테라스, 심지어 위험을 무릅쓰고 나세르의 침실에도 가 보았지만 그 어디에도 그는 없었다.

대체 어디 있는 거야? 으득, 이를 갈던 엘레노어의 눈에 마침내 나세르가 들어왔다. 그러나 전혀 예상치 못한 장소, 전혀 예상치 못한 상황이었다.

지엔의 소매를 나세르가 잡아끌고 있었다.

지엔. 엘레노어의 동료로 언제나 시큰둥한 표정과 시큰둥한 태도가 특징이었다. 고작 열여덟인 주제에 또래 특유의 이성에 대한 관심이라든가, 인생의 목표라든가 하는 건 전혀 느껴지지 않아서 인상적이었다.

하지만 그뿐, 옆을 지나쳐도 뒤돌아 눈길을 다시 줄 만큼 특별한 외모는 결코 아니었다.

그런 지엔을 나세르가 왜? 이것만으로 놀라기에는 충분했는데, 그녀를 더욱 놀라게 한 것은 따로 있었다.

"주방으로 가지."

"아악, 공자님! 왜 이러세요!"

"네가 칼질하는 모습을 보고 싶다. 지금껏 너만 한 번도 본 적이 없어."

미쳤나 봐, 경악한 표정의 지엔이 입 모양으로 뻐끔거렸다. 같은 심정인 것은 그들을 둘러싼 다른 하녀들도 마찬가지였다.

칼질이라니? 설마 지금까지 주방을 참관하던 게…….

"칼 잘 쓰는 여자가 취향?"

"말도 안 돼, 그럼 우리로서는 희망이 없잖아."

엘레노어도 기절할 것 같은 심정은 매한가지였다. 칼질을 잘하는 여자가 취향이라니, 그럼 5년 전 자신에게 청혼의 말을 꺼낸 건 대체 어째서인지…….

하여간 이러고 있을 때가 아니었다. 나세르가 자신이 아닌 다른 여자의 팔을 잡고 단둘이 어디로 가는 광경을 보고만 있을 수는 없었다. 아무리 그 상대가 고작 평범하기 짝이 없는 지엔이라고 할지라도.

"공자님!"

군중 사이로 끼어들며 엘레노어가 외쳤다. 자연히 나세르와 지엔을 비롯한 모두의 시선이 그녀에게 쏠렸다.

"백작님께서 부르십니다."

무려 백작의 이름을 빌린 간 큰 거짓말이었다. 그러나 효과는 확실했다. 순식간에 군중들이 물러나며 길이 트였다.

보통 나세르에 대한 일은 집사가 전담하고 있기에 몇몇 이들은 이 상황을 눈치챌지도 모르지만, 입술을 깨문 엘레노어가 중얼거렸다.

상관없어. 나는 이번 일만 끝나면 부자가 되어 상상도 못 할 대접을 받고 살 테니까.

이딴 집구석도, 이들의 지긋지긋한 얼굴도 더는 볼 일이 없다. 그렇게 생각하자 소리를 좀 더 높일 수 있었다.

"나세르 님, 이리로!"

그렇게 말하며 엘레노어가 손을 내밀자, 나세르의 눈이 흔들렸다. 그러나 그가 결코 발을 떼진 않는 광경을 보며 엘레노어는 입술을 깨물었다.

역시 뭔가 이상했다. 나세르라면 지금 엘레노어가 거짓말을 했다는 것도, 실은 독대를 청하고 있다는 것도 눈치챘을 텐데.

그런데 기뻐하며 제게 오기는커녕 중요도를 가늠하듯 자신과 지엔을 번갈아 보는 꼴이라니.

입술을 으득 깨문 엘레노어가 다시 외쳤다.

"공자님!"

그러자 몇몇 하녀들이 수군거렸다. 쟤 지금 소리 지른 거야?

결국 나세르의 손이 지엔의 소매에서 떨어졌다. 그가 엘레노어를 따라 천천히 걸음을 옮겼다.

복도를 걷는 내내 아무 말도 없던 그는 서재에 단둘이 되자마자 입을 열었다.

"무슨 일이지?"

너무나도 여상한 그의 목소리에 엘레노어는 다시금 입술을 깨물었다.

도대체 어제부터 왜 이러는 거지?

애써 표정을 갈무리한 그녀가 두 손을 맞잡고 애원하는 듯한 표정을 지으며 말했다.

"나세르."

서재의 침묵을 가르는 자신의 목소리가 스스로 듣기에도 꽤 애절하게 들렸다. 그러나 눈앞의 나세르는 여전히 목석같은 표정을 짓고 있을 따름이었다.

도대체 어떻게 하루 아침에 이렇게 변할 수가 있지? 아무리 단순히 자신의 얼굴에 반한 것뿐이래도…… 속으로 얼굴을 파삭 구긴 엘레노어가 덧붙였다.

"나, 어쩌면 오늘이 너와 마지막 날일지도 몰라……."

"……."

다행히 이번에는 반응이 있었다. 나세르의 무표정이 조금 흐트러진 것이다.

때를 놓치지 않고 엘레노어는 재빨리 소매로 눈물을 훔쳤다. 어머, 중얼거린 그녀가 힘없이 웃었다.

"나 좀 봐. 울지 않기로 결심해 놓고서……."

"엘레노어. 대체 무슨 일이지?"

"오늘 오후 이후로는 절대 나를 찾지 마."

친절한 시간 명시! 엘레노어는 거기서 한술 더 떴다.

두 손으로 얼굴을 가리며 흐느낀 그녀가 개미만 한 목소리로 중얼거렸다.

"하다못해 빛의 검만 있었어도……. 아니, 하지만, 그건 브리지트 가문의 가보인걸. 어떻게 나 같은 하녀가 감히 ……."

개미만 한 목소리였지만 귀 바로 옆에 대고 말했으니 듣지 못했을 리 없었다.

과연 한동안 망연자실하던 그가 멍하니 중얼거렸다.

"빛의 검?"

됐다. 회심을 담아 눈을 반짝인 그녀는 빠르게 몸을 돌렸다.

나세르가 손을 뻗으며 무슨 말을 하려고 했지만, 엘레노어는 가차 없이 그를 뿌리치고 서재를 나왔다.

그가 지엔과 단둘이 있는 걸 보았을 때부터 과연 계획대로 할 수 있을지 몹시 불안했지만, 이제는 아무것도 걱정할 필요가 없었다.

좀 전의 그 말을 들은 이상 그는 이별의 말을 하기 위해서라도 찾아올 수밖에 없을 테니.

그러면 모든 일이 알아서 잘 풀릴 것이다. 오늘 밤 이후, 브리지트 백작령의 인적 없는 숲에는 작은 무덤 하나가 생겨날 것이다.

엘레노어는 뛰듯이 걸음을 옮겨 백작 저에서 모습을 감추었다.

한편, 서재에 홀로 남겨진 나세르는 머리칼을 쓸어 넘겼다. 엘레노어가 떠난 자리에 짙게 남은 꽃향기가 그의 가슴을 어지럽혔다. 허나 머릿속까지 어지럽히진 못했다.

그는 방금 짝사랑 상대를 떠나보낸 것치고는 퍽 차분한 눈길로 바닥을 응시했다.

그의 귓가에 어젯밤 들었던 목소리가 메아리쳤다.

— 다른 사람을 찾으면 되는 거잖아요. 나세르 공자님의 마음을
의심하지 않을 사람.

다른 사람…… 입 속으로 천천히 그 말을 되뇐 그가 이윽고 걸음을 옮겼다.

그 시각, 나세르와 비슷한 혼란을 겪고 있는 사람이 하나 더 있었다.

"이런 미친, 그게 오늘이었어?"

재빨리 서재 앞에서 달아나며 두 손으로 얼굴을 감싼 이의 정체는 지엔이었다.

하도 거창하게 계획이 어쩌고 하길래 아직 준비가 더 필요할 줄 알았더니, 결행일이 당장 오늘이었을 줄이야.

아침 댓바람부터 자신을 붙잡고 주방에 가자는 나세르 때문에

기겁한 지엔은 엘레노어의 도움으로 구사일생으로 살아났다. 그 뒤에는 도대체 엘레노어가 무슨 바람이 불었나 싶어, 수상하게 여겨 둘을 뒤쫓은 건데…….

이런 얘기를 듣게 될 줄이야. 지엔은 다시 한 번 머리를 감쌌다.

"아아아."

내일 밤 만나면 말해 주려고 했는데, 일 났네……. 그녀는 머리를 감싸고 계속 끙끙거렸다. 이걸 어쩐다.

결국 오전 내내 지엔은 아기 오리가 엄마 오리를 쫓아다니듯이 나세르와 엘레노어 뒤를 졸졸 따라다녔다. 나세르가 그 사실을 눈치챘다면 바로 지엔의 정체를 의심했겠지만, 다행히 그는 엘레노어의 말에 정신이 팔려 있어 눈치채지 못했다. 대신에 평소보다 배는 예민했던 엘레노어가 지엔의 시선을 눈치챘다.

'쟤는 갑자기 왜 이러는 거야? 되도 않는 견제?'

나세르에게 손목이 붙잡혀 있을 때만 해도 그에게 관심이라고는 조금도 없는 것처럼 굴더니, 막상 놓친 물고기가 되자 아쉽다 이건가?

'흥, 그래 봐야 너는 오늘 이후로 나세르 님을 다시는 보지 못할걸.'

그렇게 중얼거린 엘레노어는 새침하게 고개를 휙 돌렸다.

평소에도 의욕 없는 말투라던가 멍한 태도가 종종 신경에 거슬리곤 했지만, 어차피 일이 잘된다면 다시는 볼 일이 없었다. 자신은 오늘부로 브리지트 백작 저를 떠날 테니까.

만약 저 애가 계속 자신들의 꼬리를 밟다가 뭔가 눈치챘다고 해도…….

"그래 봐야 저 하찮은 계집애가 내 계획을 망가뜨릴 수는 없어. 머리로든, 미모로든, 쟤는 내 상대가 못 된다고."

엘레노어가 확신을 담아 말했다.

마침내 정오가 되자 엘레노어는 행동을 개시했다. 하녀 숙소로 돌아간 그녀는 돌연 서럽게 울기 시작했다. 그러자 금세 동료 하녀들이 주위에 구름 같이 몰려들었다. 평소에 감정을 잘 드러내는 그녀가 아니다 보니 반응은 더했다.

"얘, 무슨 일이니?"

"그렇게 울지만 말고 말 좀 해 봐."

걱정이 가득 담긴 물음에 엘레노어는 속으로만 회심의 미소를 지으며 품에서 주머니를 꺼냈다. 그동안 소중하게 여겼던 머리핀이나 브로치 등의 작은 장신구가 담긴 주머니였다.

"저기, 이거. 너희 가져도 돼……. 나한텐 이제 더 이상 필요 없거든."

덥석 집어갈 만도 하건만 다들 그러긴커녕 그녀의 등을 두드리며 격려했다.

"세상에, 엘레노어! 이 머리핀이 얼마나 너한테 잘 어울리는데 이걸 우리한테 주겠다는 거니? 네가 계속 쓰면 되잖아!"

"이 목걸이도! 네가 가장 아끼던 건데……."

"도대체 무슨 일이 있기에 이러니? 많이 큰일이야?"

그러는 와중에도 몇몇 약삭빠른 이들은 시선이 딴 데 쏠린 틈에 반지며 브로치 등을 자신의 품속에 쏙쏙 집어넣었다.

그 모습을 보며 엘레노어는 속으로 한껏 비웃었다.

그래, 마음대로 가져가시지. 나는 그보다 좋은 걸 가질 테니까.

그렇게 생각한 그녀가 입을 열었다.

"아니야, 너희가 그동안 나한테 정말 잘해 줬잖아…… 그래서 뭔가 주고 싶었는데, 아무리 찾아봐도 줄 게 이것밖에 없어서. 가치 없는 것들뿐이라서 너무 미안한걸……."

"엘레노어, 왜 아까부터 죽거나 어디론가 떠날 사람 같은 말을 하는 거야? 여기가 얼마나 좋은 직장인데. 동료들도 그렇고……."

"나 잠깐 나갔다 와도 될까? 감정이 너무 격해진 것 같아서. 잠시 혼자 있고 싶어."

처량한 미소를 띠고 자리를 떠나는 그녀를 감히 아무도 말리지 못했다. 그렇게 수월하게 하녀 숙소를 빠져나온 엘레노어는 드디어 백작 저 밖으로 향했다.

구석에서 그 모습을 지켜보던 지엔의 안색이 창백해졌다.

그녀가 중얼거렸다.

"저게 기어이 일을 치는구나."

그녀는 기척을 죽이고 엘레노어가 밟은 길을 계속 따라갔다.

후드를 뒤집어쓰고 품에는 뭔가를 안은 나세르가 저택의 뒷문으로 빠져나간 건 그로부터 얼마 안 지나서였다.

*　　　*　　　*

저택을 나온 나세르는 시장 골목으로 향했다. 방향을 꺾고, 꺾고, 또 꺾는 그의 발걸음에는 한 치의 망설임도 없었다. 미로처럼 얽혀 있어 외지인은 물론 여기서 몇 년간 살았던 사람들도 간혹 헤매곤 하는데도 그랬다.

이윽고 후드 아래로 드러난 그의 입가에 쓴웃음이 떠올랐다.

"5년 전에 와 본 곳인데, 길이 아직도 기억나다니."

둘이 처음 만났던 그때 엘레노어는 휴가를 받아 마을의 집으로 잠시 돌아온 상태였고, 때문에 둘의 대화가 끝나고 나세르는 그녀를 집 앞까지 데려다주었다. 그때 단 한 번 가 보았던 길인데 이토록 잘 떠오를 줄이야.

품 안에 숨긴 것을 움켜쥔 나세르가 작게 중얼거렸다.

"이게 대체 왜 필요하다는 건진 알 수 없지만⋯⋯."

만에 하나, 정말로 만에 하나 그녀가 진 3천 골드의 빚과 그걸 해결하기 위해 빛의 검이 필요하다는 게 사실이라면⋯⋯.

나세르의 걸음이 우뚝 멈추었다. 어느새 그는 익숙한 건물 앞에 서 있었다.

엘레노어의 집 앞이었다. 험상궂은 사내 몇 명이 엘레노어를 둘러싸고 서서 위협하고 있었다.

"배짱도 좋지! 돈을 삼천 골드나 빌려 놓고서 이제 와 하는 말이 한 푼도 없다고? 각오는 하고 하는 말이겠지? 일단은 그 썩어빠진 정신머리부터 고쳐 주마!"

"오늘 똑똑히 알려 주겠다. 이 위대한 루크 패거리가 얼마나 무서운지⋯⋯."

어쩐지 지나치게 과장된 연극조의 대사에 나세르가 눈썹을 찡그렸다. 특히 '위대한 루크 패거리'를 강조하는 부분이.

그러나 나세르는 내색하지 않고 골목 밖으로 나섰다. 그러자 그를 발견한 '위대한 루크 패거리'가 일제히 반색했다.

"호오, 이게 누구야. 이런 뒷골목을 혼자 다니기엔 귀한 몸 같으신데……."

"위험한 곳에는 혼자 다니면 안 된다고 부모님이 가르쳐 주지 않았나? 응?"

그들이 손에 든 단검을 혀로 할짝거리며 대꾸했다. 여전히 누군가의 시선을 의식하는 게 다분한 행동이었다.

파상풍이 염려되는 그런 짓 따위 그만둬 줬으면 좋겠다. 나세르가 속으로 바라는 동안, 그들이 다시 물었다.

"굳이 이 먼 곳까지 찾아오다니, 이 년의 애인이라도 되나?"

"그렇다면?"

굳이 부정할 필요 없다고 생각한 나세르가 간단히 대꾸했다.

이렇게 말해야 이들의 관심이 엘레노어로부터 자신에게 쏠릴 것이고, 또 자신이 이 일에 끼어드는 당위성도 생긴다.

그런 의도에서 꺼낸 말이었건만 엘레노어는 새삼 고백이라도 받은 것처럼 감동한 얼굴이었다. 그녀가 눈물을 글썽거리며 외쳤다.

"나세르……!"

마치 연극 도중에 갑자기 끼어든 관객이라도 된 기분에 나세르는 말없이 고개를 돌려 버렸다. 상황이 괜찮았다면 가서 달래 주었겠지만 지금은 영 여의치 않았다.

그러자 우두머리의 맨 앞에 서 있던 남자가 호탕하게 웃으며 말했다.

"하하, 패기는 좋군! 좋아, 나부터 얘기하지! 나는 이 녀석들의 대장을 맡고 있는 루크다."

멀리서 봐도 무시무시한 체격이었지만 가까이서 보니 더더욱 몬스터 같았다. 나세르는 그런 감상을 입 밖으로 꺼내진 않았다.

루크가 엘레노어를 가리키며 외쳤다.

"아까 들었다시피 이 여자가 우리에게 빚을 좀 져서 말이야. 그것도 무려 삼천 골드나! 이 여자는 물론 이 여자의 자식과 그 자식들까지 대대로 부려먹어도 받지 못할 돈이지."

"그래서?"

"뭘, 간단하지. 여기서 이 여자를 데리고 가고 싶다면, 이 여자가 빚진 삼천 골드를 그쪽이 대신 내줘야겠어. 그리고 만약 그게 어렵다면……."

목소리를 은밀하게 낮춘 루크가 물었다.

"빛의 검으로 대신해도 되는데?"

"브리지트 백작가에 대대로 보관되어 온 성물을 도대체 내가 어떻게 손에 넣을 줄 알고 그런 말을 하는 거지?"

대꾸하는 나세르의 목소리는 태연했다.

"이봐, 지금 후드로 머리카락과 얼굴을 제대로 다 가리지도 않고서 그런 말을 하는 건가? 백금발과 푸른 눈, 얼마 전 무투 대회에서 우승을 하고 돌아온 브리지트 백작가 셋째, 나세르 폰 브리지트 공자님."

"나에 대해 아주 잘 알고 있군."

나세르의 목소리가 조금 낮아졌지만, 루크는 그 기색을 전혀 눈치채지 못하고 대답했다.

"뭐, 이 영지민이라면 누구나 다 그렇지."

그가 쾌활하게 말을 이었다.

"얼마 전 브리지트 가문에 대대로 보관되어 온 빛의 검을 삼천 골드, 아니, 그 이상을 주고 사겠다는 미친놈이 나타났다. 평범한 명검도 아니고, 삼대 성물 중의 하나를 훔쳤다가는 팔아먹지도 못할 뿐더러 브리지트 백작가와 빛의 신전 전체를 적으로 돌리게 될 텐데 말이야."

그리고 씨익 웃은 그가 어깨를 으쓱하며 덧붙였다.

"뭐, 왜 비싼 돈을 주고 그런 미친 짓을 시키는지는 모르겠지만, 내 알 바 아니잖아? 그저 돈이 된다면 할 뿐."

"하."

"그래서, 빛의 검을 우리 대신 가져와 줄 생각이 있나?"

바람 빠진 웃음소리를 낸 나세르가 가만히 고개를 내저었다.

그러자마자 날카로운 끝이 일제히 엘레노어의 목에 겨누어졌다.

검을 든 사내들에게 포위당한 엘레노어가 비명을 질렀다.

"꺄아악! 나, 나세르! 제발 살려……."

엘레노어의 눈이 생존본능과 두려움으로 젖어 있었다. 그 순간만큼은 나세르도 당장 나서고 싶은 생각이 간절했다.

애써 평정심을 유지한 나세르가 루크를 노려보았다.

루크가 비열하게 웃으며 물었다.

"자, 어때. 이제는 빛의 검을 좀 넘겨줄 마음이 드나?"

"검이라면 가져왔다."

"뭐?"

나세르의 말에 루크를 비롯한 공터에 있던 일당들의 얼굴에 일제히 화색이 돌았다.

나세르는 엘레노어의 눈에도 일순 기쁨의 빛이 어리는 것을 놓치지 않고 바라보았다.

그리고 그가 품에서 조심스럽게 검 한 자루를 꺼냈다.

"엥?"

눈을 휘둥그레 뜬 일당들이 저희들끼리 모여 수군수군거렸다.

"이봐, 어떻게 된 거야? 빛의 검은 장검이라며? 저건…… 단검이잖아?"

"그래, 이건 빛의 검이 아니다."

그것을 용케 들은 나세르가 대답하자 모두의 얼굴에 분노가 서렸다. 그들이 신경질적으로 소리쳤다.

"저게, 우리를 가지고 놀아……?!"

"이건, 너희를…….."

아랑곳하지 않고 나세르가 말을 이었다.

짧은 순간, 한때나마 사제였던 자의 양심으로 망설인 그가 다시 말했다.

"……조지려고 가져온 검이다."

"……."

잠시 침묵이 흘렀다.

기세가 흉흉해진 루크 패거리가 일제히 엘레노어에게 향하고 있던 검 끝을 나세르에게로 돌렸다. 어차피 엘레노어 따위 언제든 처리할 수 있으니 나중에 손 쓰겠다는 태도였다.

일이 원한 대로 돌아가자 나세르는 속으로 안도의 한숨을 내쉬었다.

그리고 그가 금방이라도 달려들려는 패거리를 향해 한 손을 들어 보였다.

"아, 잠깐."

이제 와서 항복이라도 하려는 건가? 가소롭다는 표정의 패거리 앞에서 그가 냉큼 돌아섰다.

"엥?"

설마 도망치려는 건가? 그들의 기대를 배신하고 나세르는 이미 문이 열려 있던 엘레노어의 집 안으로 천천히 걸음을 옮겼다. 그러면서 그가 말했다.

"다른 사람이 휘말릴지도 모르니 이 안에서 싸우도록 하지. 엘레노어, 집 수리비는 나중에 청구해라."

"네, 네?"

엘레노어가 어리둥절하게 되묻는 가운데, 힘껏 당겨진 활시위처럼 팽팽하게 흐르던 긴장감이 모조리 사라졌다.

혼자 씨근거리며 분을 삼키던 일당이 이윽고 일제히 집 안으로 들이닥쳤다.

"이야아아아—!"

그러자마자 한 사내가 그대로 문밖으로 튕겨 나왔다. 다섯 바퀴쯤 흙먼지를 일으키며 데굴데굴 구르다가 벽에 부딪힌 그의 모습을 보고 패거리들이 일제히 멍한 표정을 지었다.

이윽고 그들이 중얼거렸다.

"방금 대체 뭐였어?"

"집 안에 함정이라도 준비한 거 아니야?"

"에이, 설마."

무엇보다도 저 집의 주인인 엘레노어가 우리와 한 편인데…… 믿기지 않는다는 눈으로 엘레노어를 힐끔거리던 그들이 곧 마음을 다잡았다.

"다들 진정해! 우리는 스물이 넘고 저쪽은 하나야! 게다가 신전에서만 살아온 샌님. 그런데 우리가 저 샌님 하나 못 당한다는 게 말이 안……."

퍼억! 그렇게 말하며 집 안으로 한 발을 내딛던 자가 요란한 소리와 함께 우당탕 날아갔다.

이제 패거리들은 질린 얼굴로 문 안을 쳐다보았다. 도대체 저 집 안에서 무슨 일이 벌어지고 있는 걸까?

눈빛을 교환하며 호흡을 가다듬은 그들이 일제히 무기를 치켜들며 달려들었다.

"다 없애!"

"이렇게 된 이상 죽여! 죽여 버려!"

그러나 온 힘을 다해 내지른 기합 소리는 아쉽게도 별 효과를 보지 못했다. 집 안으로 다 함께 쳐들어간 그들은 그제야 그 안에서 무슨 일이 벌어지고 있는지 알 수 있었다.

가장 먼저 나세르에게 접근한 남자가 손에 든 망치를 휘둘렀다. 빗맞아도 치명상을 입을 게 분명한데, 나세르는 그 공격을 태연하게 고갯짓 한 번으로 피해 냈다. 그리고 그가 남자의 명치에 단검

손잡이를 박았다.

"커억."

단검 날도 아니고 손잡이로 얻어맞은 남자가 신음을 흘리며 바닥에 고꾸라졌다.

"하나."

태연히 중얼거린 그가 곧바로 돌아서서 머리 위에서 떨어지는 바스타드 소드를 한 손으로 막았다. 사내는 눈을 부릅떴다. 이상하다. 위에서 장검으로 찍어 누르는 자신이 아래에서 단검으로 막는 그보다 배는 유리한 게 당연한 일인데, 손가락 두 개만 한 얇은 검날은 도무지 뒤로 밀리지 않았다.

결국 정공법을 포기한 그가 바스타드 소드를 옆으로 쳐내고 다시 검을 휘둘렀다.

그러나 그로 인해 생긴 짧은 간극이 승부처가 되었다. 한순간 무방비하게 드러난 그의 가슴에 날카로운 발차기가 꽂혔다.

"크허억."

신음과 함께 나가떨어지는 남자를 본 나세르가 차분히 중얼거렸다.

"둘."

그걸 본 루크가 이마에 식은땀을 흘렸다. 설마, 정말 우리 모두를 혼자 다 처치해 버릴 셈인가?

이대로라면 정말로 그럴 것 같아서 두려웠다. 무투 대회 우승자라는 건 그저 허명이 아니었나?

그새 그의 부하들은 낙엽처럼 우수수 쓰러져 이제 실내에 서 있는 거라고는 자신과 나세르, 그리고 엘레노어뿐이었다.

눈앞에서 벌어지는 일에 정신을 차리지 못하고 있는 건 엘레노어
도 마찬가지였다.

그녀는 거한들에게 협박당하는 가련한 빚쟁이라는 자기 역할조
차 잊은 채, 루크의 등 뒤에 붙어 몸을 달달 떨고 있었다.

눈물을 글썽거린 그녀가 중얼거렸다. 말도, 말도 안 돼.

몇몇 이들이 나세르를 두고 쑥덕대는 것을 들은 적이 있다.

— 우승이라고? 그런 생김새로? 게다가 검이라고는 생전 쥐어 보지
도 않았잖아! 브리지트가의 삼남으로 태어난 탓에 사제로 일찌감치
내정되어서, 가문에서도 검이고 뭐고 귀족 자제로서 기본적인 것도
가르치지 않았다며? 그런데 우승이라니, 말도 안 돼. 신전이 무슨 수
련관도 아니고.

— 운이었을 거야. 아니면, 나세르 공자님이 너무 예쁘게 생겨서 적
들이 의욕을 잃었다거나?

그들뿐만 아니라 그녀가 오며 가며 만난 영지민들도, 그리고 루
크 패거리들도 하나같이 그렇게 말했다.

그러니 그녀는 당연히 그 말을 믿었다. 그런데…….

그게 진짜였단 말이야? 일곱 살에 신전으로 들어가 여태껏 사제
로 자라 온 자가 일찍이 천재로 이름이 높던 황태자를 꺾은 게 거짓
이 아니라고?

미친 거 아니야? 엘레노어는 그 말밖에 할 말이 없었다.

그러나 지금 그보다도 중요한 건 따로 있었다. 그녀는 루크의 옷자락을 움켜쥔 손에 다시금 힘을 주었다.

'만약 내가 한 일이 들킨다면 나는, 나는…….'

뒤늦게 자신이 루크를 붙잡고 있다는 걸 깨달은 그녀가 화들짝 손을 놓았다.

그러나 이미 때는 늦어, 둘을 제외한 나머지를 모두 처리한 나세르가 지그시 그녀를 바라보고 있었다.

그의 눈빛에 루크도 이제 모든 일이 틀려먹었다는 것을 깨달았다. 하지만 여전히 살 구석은 남아 있었다.

그가 돌아서서 엘레노어의 머리채를 우악스럽게 틀어쥐었다.

"다, 다가오지 마! 내게 조금이라도 손을 댄다면 이 여자의 목숨은 없다!"

"아까는 삼천 골드의 빚을 갚거나 빛의 검을 가져다주지 않는 한 그 여자의 목숨은 없다며?"

나세르가 조롱조로 물었다. 그러자 얼굴을 시뻘겋게 붉힌 루크가 대답했다.

"시, 시끄러워! 하여간 가만히 있지 않으면─"

그때였다. 루크에게 머리채를 잡혀 흔들리던 엘레노어가 울먹거렸다.

"흐윽, 루크, 아파. 아프단 말이야."

화들짝 놀란 루크가 외쳤다.

"다, 닥쳐! 넌 인질이야! 인질 주제에 함부로 입을……."

그러자 엘레노어가 아예 대성통곡을 시작했다. 이러면 안 된다는 걸 알지만 상황이 이렇게 되니 억울해서 도저히 견딜 수가 없었다.

"이건, 흐윽, 이건 약속이랑 다르잖아, 루크. 말만 잘 흘리면 단단히 한몫 챙겨주겠다고, 분명히 그렇게 말했으면서……."

"무, 무슨 말도 안 되는 소리야!"

"나는 그 말만 믿었는데……."

훌쩍거리던 그녀가 뒤늦게 나세르를 바라보았다. 아차, 그의 앞에서 모든 전말을 까발렸다는 생각에 그녀의 얼굴이 창백해졌다.

루크의 얼굴 또한 백지장처럼 창백해지긴 마찬가지였다.

그들을 바라보는 나세르의 얼굴은 차가웠다. 마치 얼음으로 깎아서 만든 조각상처럼.

이윽고 그가 한쪽 입꼬리를 비틀어 웃었다.

역시 그랬군. 나세르는 조용히 납득했다. 어제의 일로 인해 어느 정도 마음의 각오는 되어 있었다. 아니, 되어 있다고 생각했다.

그게 자신의 착각이었다는 걸 이제야 알 수 있었다.

심장에서 들끓는 열이 이마로 몰려왔다. 머리는 뜨거워지고 눈앞은 흐려졌다. 차라리 소리 내어 웃고 싶었다. 그러지 않으면 머리가 이상해질 것 같아서.

그러나 이 일의 원흉을 앞에 두고 차마 소리 내어 웃을 수는 없었다.

무표정한 나세르가 천천히 다가오자, 루크는 기겁하며 엘레노어의 머리를 던지듯이 놓았다.

그에 풀려난 엘레노어가 휘청거리는 것도 아랑곳 않고 그는 바닥에 무릎부터 꿇었다.

그가 고개를 깊게 조아리며 말했다.

"가, 감히 대단하신 분께 제가…… 큰 잘못을 저질렀습니다. 부디 선처를……."

"네 알량한 위대함은 고작 무력의 강함으로 정해지나?"

나세르의 목소리는 바늘 하나 들어가지 않을 것처럼 단단했다.

그러자 루크는 궁여지책으로 제 옆의 엘레노어를 끌어들였다. 그가 그녀를 손가락질하며 외쳤다.

"머, 먼저 일을 계획한 건 저년입니다! 자기가 한때 나세르, 아니. 나세르 님께 청혼을 받았다며, 아직도 자기에게 마음이 있다면 이용하는 건 어렵지 않을 거라고…… 그런 주제에 자신이 없었는지 값비싼 신종 미약을 받아 갔지만요!"

"뭐, 뭐? 내가 언제! 루크, 그건 네가 억지로 내 손에 쥐여 준 거잖아!"

마찬가지로 바닥에 무릎 꿇고 있던 엘레노어가 앙칼지게 외쳤다.

갈수록 가관이라는 생각에 나세르는 이마를 짚으며 신음을 흘렸다.

둘의 말 중 사실이 어느 쪽이건 간에, 그들이 협력해서 비너스를 구하고 그걸 자신에게 사용하려 했다는 건 달라지지 않았다. 뒤늦게 그걸 깨달았는지, 둘의 안색이 창백해졌다.

나세르는 애써 화를 참으며 루크를 돌아보았다.

"네가 아까 내게 하려 했던 짓을 하지."

"네?"

"일단 몇 대 맞자."

주먹을 세게 쥐고 자신에게 성큼성큼 걸어오는 나세르를 본 루크의 눈이 절망으로 새카맣게 물들었다.

"폭력이 마음을 다스리는 데 얼마나 도움이 되는지 나도 한 번 시험해 봐야겠으니까."

네가 툭 하면 휘두르는 걸 봐선 효과가 꽤 좋은 모양인데, 아닌가? 나세르가 음산하게 덧붙인 말에 주춤주춤 물러나던 루크가 배에 주먹을 한 대 맞고 멀리 날아갔다.

"커헉!"

신음과 함께 날아간 그의 몸이 문짝에 부딪혀 쿵 하고 쓰러졌다. 엘레노어가 비명을 질렀다. 아랑곳 않고 성큼성큼 걸어가 루크의 위에 올라탄 나세르가 이번에는 그의 뺨에 주먹을 휘둘렀다.

"커어억."

깔끔한 기절이었다. 고작 두 대 때려놓고 혀를 체 하고 찬 나세르가 몸을 일으켰다.

"역시 나로서는 도무지 알 수가 없군."

아직도 사람을 때린 감촉이 남아 있는 듯한 손을 그는 찝찝한 눈으로 쳐다보았다.

"도대체 이런 짓에서 어떤 마음의 위안을 느낄 수 있다는 건지."

그가 사람을 때리는 것을 좋아하지 않는 건 사실이었다. 그랬기 때문에 그는 사실상 나가면 우승하는 게 당연하다고 여겼던 무투 대회를 자격 요건이 갖추어진 열네 살 이후로도 4년간이나 미루었다.

정당한 대련에서 승리하는 것은 그리 나쁘지 않았지만, 그럼에도 불구하고 승패가 정해진 뒤 돌아서고 나면 갑옷의 표면을 긁던 검의 감촉이 손에 남아 있었다.

"뭐, 그래도 이번에는…… 내가 싸울 줄 안다는 게 조금은 도움이 되었나."

그렇게 중얼거린 나세르가 고개를 돌렸다. 그때 이미 엘레노어는 자리에서 일어나 도망치고 있었다.

나세르가 전심전력을 다 해 쫓기 시작하면 얼마 못 가 잡힐 거라는 사실은 그녀도 잘 알고 있었다. 다만 한때나마 사랑했던 여인에게 그가 자비를 베풀어 주기를 간절하게 빌 뿐이었다.

'제발, 제발!'

그렇게 외치며 그녀가 문을 밀어젖혔다. 자기 집 바닥에서 구르고 있는 루크 따위 신경도 쓰이지 않았다. 어차피 마지막 순간에 자신을 배신한 것은 그도 마찬가지 아닌가.

그러나 마침내 문을 열었을 때, 그녀의 앞에 나타난 것은 새카만 암흑뿐이었다.

엘레노어의 눈이 커졌다. 암흑이라고? 시간이 아무리 지났다고 해도 체감상 길게 느껴졌을 뿐, 분명히 아직은 한낮일 텐데…….

그때 웃음소리가 들렸다. 아이처럼 천진하면서도 어딘지 음산한 웃음소리는 파문처럼 퍼져 그녀의 주위를 감쌌다.

문득 엘레노어는 잠에서 깨어난 것처럼 파드득 몸을 떨었다. 아이처럼 천진하고 사악하며, 어둠을 몰고 다니는 존재를 그녀는 책에서나마 본 적이 있었다.

하지만 그들은 여기에서는 한참 떨어진 대륙 북쪽에나 남아 있다고 들었는데, 왜 여기에?

의문을 길게 품을 새도 없었다. 그녀의 몸이 천천히 추락했다.

아무것도 없던 어둠 속에서 툭 튀어나온 팔이 그런 그녀의 허리를 가뿐히 안아 들었다.

이윽고 어둠 속에서 목소리가 들려왔다.

"이런, 조심해야지."

몹시 청량하고도 아름다운 목소리였으나, 엘레노어는 이미 기절한 뒤였기에 감탄할 수가 없었다.

그를 바라본 나세르가 물었다.

"넌 또 누구지?"

그는 정체를 드러내는 대신 한 팔로 안고 있던 엘레노어를 아무렇게나 휙 던졌다.

그에 나세르의 눈썹이 꿈틀거렸다.

아무리 엘레노어가 자신을 둘러싼 음모에 연루되었음이 모조리 밝혀졌다고 해도, 한때 사랑했던 여자.

그런데 갑자기 나타난 수상쩍은 이가 그녀를 저런 식으로 다루는 게 달가울 리 없었다.

그때 마침내 수수께끼의 남자가 어둠 밖으로 모습을 드러냈다. 가뿐가뿐한 걸음으로 발소리조차 내지 않고 천천히 걸어왔다.

아름다운 남자였다. 애초에 눈썰미가 없고, 따라서 미의식이랄 게 없어 신전의 수많은 조각품과 회화를 보고도 한 번도 감탄하지 않았던 나세르의 눈에도 그렇게 보였다.

깨끗한 남색 머리칼이 어깨 위로 보기 좋게 흘러내렸다. 피부는 귀족들처럼 희고 고왔다.

눈매는 청순하면서도 살짝 웃음기를 머금어 요요로웠고, 단정하면서도 붉은 입술 또한 마찬가지였다. 꼭 가시 돋친 장미 같은 외모의 사내였다. 아름답기는 하지만 위험하고, 또 날카로운.

몸에 걸친 사제복이 그의 인상에 모순을 더했다. 순백의 긴 사제복은 그의 생김새에 지독히 어울리지 않는 듯하면서도 또 어울렸다. 도저히 인상을 종잡을 수 없었다. 퇴폐적이면서도 순수하고, 천박한 듯하면서 고결했다.

한편, 나세르가 남자를 탐색하는 동안 남자도 나세르를 탐색했다. 이윽고 머리칼을 쓸어 넘기며 웃은 남자가 주변을 둘러보며 말했다.

"아아, 개판이네."

집안 여기저기에 쓰레기처럼 널린 패거리들을 두고 한 말이 틀림없었다. 그에 나세르의 눈이 가늘어졌다.

남자가 계속 중얼거렸다.

"내가 나서지 않으면 이 꼴인가? 미덥지 못하다고는 생각했지만, 상대방의 전력도 파악 못 하고 덤벼들다니. 우습군, 우스워……."

"이들과 같은 편인가?"

나세르가 날카롭게 물었다. 그러나 그렇게 보기에는 의구심이 드는 점이 여럿 있었다.

일단 사내의 복장은 틀림없는 빛의 사제 차림이었다. 그런데 빛의 신전에 몸담고 있는 사제가 삼 대 성물 중 하나인 빛의 검을 가져오게 한다? 그것도 도둑 패거리들을 시켜서?

나세르의 물음에도 사내는 감흥 없는 눈으로 쓰러진 패거리를 둘러보기만 했다.

이윽고 뒤늦게 그의 말뜻을 이해한 것처럼 사내가 천천히 고개를 들었다. 스스로 빛을 내는 것처럼 맑은 새파란 눈동자와 눈이 마주친 나세르는 어깨를 흠칫했다.

사내가 돌연 웃음을 터트렸다.

"풋, 하하, 하하하!"

말도 안 되는 농담이라도 들었다는 듯 웃음을 그치지 못하는 그의 모습에 나세르가 다시 물었다.

"뭐가 그리 우습지?"

"아, 미안하군. 사제냐고? 유감스럽지만 전혀 아니야. 이건 그저……."

흰색 사제복 소매를 들어 보인 남자가 놀리듯이 웃었다.

"성격 나쁜 동생 놀리기의 일환일 뿐이라서. 그 애는 내가 자기랑 같은 옷을 걸치기만 하면 아주 질색하니까."

성격 나쁜 동생? 동생이 사제인가 보지? 나세르는 눈을 찡그리고 다시 입을 열었다.

"사제 사칭은 범죄다."

굳이 자신처럼 한때 빛의 신전에 몸담고 있지 않았더라도 상식적으로 생각해 보면 당연한 일이었다.

그런데 사내는 홀로 남색 머리카락을 매만지더니 중얼거렸다.

"흐음, 사칭이라니. 그 말은 별로 기분이 좋진 않군."

"그게 무슨 소리지?"

"이 내가 고작⋯⋯."

사내가 웃으며 양쪽 입꼬리를 귀기스럽게 올렸다. 문득 나세르는 주위가 조금 어두워진 듯한 착각이 들었다.

그것은 착각이 아니었다. 이윽고 시야가 획 하고 뒤집히며, 그는 순식간에 바닥에 처박혔다.

"크윽."

믿을 수 없이 중얼거리는 그의 위를 엄청난 압력이 짓눌렀다.

빠득, 빠드득, 그를 중심으로 바닥 판자 곳곳에 균열이 일어나고 있었다. 도대체 이게 어떻게 된 거지? 나세르는 힘겹게 눈만 굴려 사내를 올려다보았다. 바닥에서 올려다보는 그의 얼굴은 천장에 걸린 것처럼 까마득하게 보였다.

남자가 태연하게 웃으며 중얼거렸다.

"이 내가 고작 빛의 신의 종을 자처하기 위해 사칭했다는 소리를 듣다니⋯⋯아무래도 기분이 좋지 않아."

그리고 그가 단정적으로 말했다.

"아무래도 여기서 죽어 줘야겠다."

"누구 맘대로⋯⋯."

그렇게 말했지만 나세르는 손 하나 까딱하지 못했다.

그런 나세르를 보던 사내의 눈이 가늘어졌다. 그가 입속으로 중얼거렸다.

"아아, 시시해."

그도 여기에 오기 전에 무성한 소문을 듣고 온 차였다.

빛의 교단의 신실한 신도로 '빛의 검'을 대대로 보관해 온 브리지트 백작가. 그런 브리지트 백작가에서 느닷없이 사제 신분으로 무투 대회에서 우승을 차지하는 이가 나오다니.

세간에서는 그것을 두고 빛의 검의 주인이 탄생할 징조라고 떠들어댔다. 정말로 몇백 년 만에 빛의 검의 주인이 탄생한다면 남자로서는 오래 계획해 온 일에 차질이 생긴다. 그러니 귀찮더라도 직접 와보지 않을 수 없었다. 그런데…….

'역시 빛의 검의 주인이니 뭐니 하던 건 기우였던 것 같군.'

발아래에서 바르작거리는 나세르는 아무리 봐도 다른 벌레 같은 인간들과 그리 다르지 않았다.

흥미 없는 눈으로 나세르를 보던 남자가 손에 힘을 주었다.

마력도 다룰 줄 모르는 인간치고는 꽤 오래 버텼지만, 이제 슬슬 끝낼까. 어쨌건 불안 요소는 하나라도 제거해두는 편이 나으니…….

그의 손안에서 기다란 자줏빛 창이 생겨나자 나세르의 눈이 커졌다. 그도 이 사내가 진심으로 여기서 자신을 죽일 생각이라는 것을 알 수 있었다.

"자, 그럼. 잘 가라."

그리고 자줏빛 창끝이 나세르를 겨누었다.

젠장, 나세르가 입술을 깨물었다. 그야말로 일촉즉발의 상황.

그때였다. 돌연 덜컹하고 문이 열리며, 환하게 쏟아지는 빛이 남자와 나세르를 동시에 비추었다.

발밑에 번지는 빛을 본 남자의 얼굴이 당황으로 물들었다.

그런 그의 뒤통수로 누군가의 멋진 날아 차기가 작렬했다. 빠악!
효과음도 경쾌했다.

"크윽!"

남자의 허리가 앞으로 푹 꺾였다.

육체적인 공격에는 내성이 없는 건가? 이때다 싶어 나세르는 황급히 몸을 일으켰다. 방금까지는 그렇게 강하던 압력이 씻은 듯이 사라져 있었다.

쓰러지려던 남자의 몸을 그림자 속에서 튀어나온 손들이 바로 세웠다. 덕분에 남자는 곧바로 균형을 찾을 수 있었다.

간신히 바로 선 남자가 뒤를 돌아보며 외쳤다.

"누구냐! 감히, 감히 이 몸에게!"

그리고 극한의 분노 속에서, 뜻밖의 것과 마주친 남자의 얼굴이 멍해졌다.

멍한 표정이 된 것은 나세르도 마찬가지였다. 그가 중얼거렸다.
네가 왜 여기 있어?

펄럭, 갈색 머리칼 뒤로 담요가 휘날렸다. 급하게 뛰느라 제대로 묶지 못한 모양이었다. 얼굴은 가렸으니 아무래도 좋다는 건가.

담요 아래는 여전히 백작가 하녀복 차림이었다.

급하게 달려온 기색이 역력한 그녀가 외쳤다.

"나세르 공자님을 구하러 달려온 담요, 아아니 파멸, 아니 사랑의 요정입니다!!"

"……"

흐르는 침묵 속에서 나세르는 조용히 두 손을 들어 제 얼굴을 감쌌다. 왜 부끄러움은 자신의 몫인가.

'아니, 그건 둘째 치고, 너도 방금 사랑이랑 파멸 중에 헷갈렸지?'

해 온 짓을 생각하면 지금까지 안 헷갈린 게 용하긴 했다.

이제 남자는 이게 꿈이기를 바라는 듯한 표정, 정확히는 '내가 저딴 것에게 한 대 얻어맞다니 꿈이라고 해 줘.' 하는 듯한 표정을 짓고 있었다.

그때까지도 멍하니 있던 나세르가 뒤늦게 정신을 차리고 외쳤다.

"담요, 아니, 사랑의 요정! 피해! 저 자, 이상한 힘을 쓴다!"

"예?"

등 뒤로 쏟아져 내리는 햇살 속에서, 지엔은 새카만 어둠을 망토처럼 두르고 자신에게 짓쳐들어오는 남자의 얼굴을 보았다.

그리고 지엔의 눈이 커졌다.

"헤카테?"

그 중얼거림은 이윽고 다가온 어둠에 삼켜졌다.

*　　*　　*

사방이 어두웠다. 두 사람은 광활한 어둠 속에 밤하늘의 별처럼 두둥실 떠 있었다.

지엔은 말똥말똥한 눈으로 남자를 쳐다보았다.

남자가 조심스레 물었다.

"어떻게 들어온 거지?"

"엥?"

어떻게 들어온 거냐니? 아니, 그보다도…….

'너 헤카테 아니냐?'

지엔은 그렇게 묻고 싶은 것을 애써 삼켰다. 눈앞의 남자는 분명히 헤카테와 아주 닮게 생겼을지언정 그가 아니었다. 그렇다기엔 말투도 표정도, 행동도 미묘하게 달랐다.

일단 헤카테는 저런 식으로 머리를 쓸어 넘기지 않는다.

'저랬다가는 너무 요염해서 신전에서 진작 파문당했을 거야.'

그리고 지엔은 다시 고개를 기우뚱했다. 어떻게 들어온 거냐니?

지엔이 엘레노어의 집까지 찾아오게 된 경위는 대략 이랬다. 어젯밤 나세르한테 엘레노어와 그 일당들의 음모에 대해서 까먹고 말해 주지 않았다는 데 생각이 미친 지엔은 오전 내내 그들을 감시했다. 그리고 엘레노어가 백작 저에서 나가는 것을 보고 그녀를 따라나섰다.

그러나 얼마 못 가 길을 잃어버려 거미줄 같은 골목길을 헤매다 소란스러운 소리가 들려 뛰어갔더니, 엘레노어 앞에서 나세르가 스무 명도 더 되는 패거리를 상대로 용감하게 기 싸움을 하고 있었다. 아니, 이 경우에 용감한 건 나세르가 아니라 수만 믿고 나세르에게 덤빈 패거리 쪽이었다. 인간들이 자기가 더 수가 많다고 드래곤에게 덤비는 꼴이 아닌가.

하여간 위풍당당한 모습의 나세르를 보며 '아이고, 역시나 도와줄 일 따위 조금도 없구나. 괜히 왔네.' 하고 코밑을 훔치던 지엔은 나세르와 패거리가 집 안으로 들어가기에 잠시 기다렸다.

역시나 집 안에서는 빡, 빡 하고 나세르가 누군가를 처리하는 소리밖에 들려오지 않았다. 용건을 마친 그가 두 발로 걸어 나오는 것만 보고 갈 생각이었는데…….

갑자기 밑도 끝도 없이 새카만 어둠이 그 집을 둥글게 삼켰다. 으응? 눈을 휘둥그레 뜬 지엔이 달려와 어둠 속으로 겁도 없이 무작정 뛰어든 결과가 지금의 이 상황이었다.

그러니까 간단히 정리하자면…….

"그냥 문 열고 들어왔는데."

지엔이 명쾌하게 대답했다. 그러나 남자는 전혀 들리지 않는 눈치였다.

그가 경악 어린 눈으로 지엔을 바라보며 말했다.

"너, 설마."

그가 성큼성큼 지엔에게 다가왔다. 아니, 잠깐. 왠지 모를 부담감에 지엔은 뒷걸음질 치려 했다.

아무리 오래 알고 지낸 헤카테와 같은 얼굴이라고는 해도, 아니, 오히려 그와 같은 얼굴이기 때문에 이 상황이 더욱 부담스러웠다. 게다가 어두운 곳에 단둘이라니, 자각 못 한 마음이 싹틀지도 몰라…… 조심스럽게 담요를 추어올리는 손길에도 아랑곳 않고 남자가 담요를 낚아챘다.

담요는 손쉽게 벗겨졌다. 이윽고 그 사실을 알아차린 그녀의 얼굴이 당황으로 물들었다.

"아니, 지금 뭐 하신 거……."

당신이 내 얼굴을 본다고 해서 알긴 알아? 서로 이름도 모르는 판국에 얼굴을 봐서 뭐 어쩌자고?

그럼에도 남자는 홀로 수긍한 듯이 고개를 끄덕였다.

"그런가."

엥? 지엔은 이번에도 의아한 표정을 지었다.

자신의 외모에 그를 납득하게 할 만한 어떤 요소, 그러니까 마법에 재능이 있게 생겼다거나, 특별한 힘이 있어 보인다거나, 신비로운 종족의 혼혈처럼 생겼다거나 하는 특징이 있다면 모르겠지만, 그런 게 전혀 없다는 걸 지엔은 너무 잘 알고 있었다.

지난 18년간 절절히 깨달아 온 바, 지엔은 딱 평균 인간 여성의 얼굴을 갖고 있었다. 그런데 이 이해했다는 듯한 태도는 어디에서 나오는 건지.

그때 더욱 경악할 일이 일어났다. 헤카테를 빼닮은 아름다운 얼굴에 희미한 미소를 띤 남자가 천천히 한 손을 들어 지엔의 볼을 감쌌다.

그의 입에서 다시 튀어나온 영문 모를 말에 지엔의 고개가 기울었다.

"그런가, 정말로, 의심했지만, 정말로 당신이었나……."

도대체 아까부터 무슨 말을 하는 거냐고 묻고 싶었지만, 자신을 바라보는 남자의 눈빛이 너무 아련한 나머지 지엔은 아무 말도 못했다.

의미심장한 미소를 띤 남자가 마지막으로 말했다.

"우리는 처음 만나는 것도 아니고, 마지막으로 만나는 것도 아닙니다."

그리고 지엔의 볼에서 손을 뗀 남자가 미련 없이 뒤돌아섰다.

"다시는 놓치지 않을 겁니다."

그 말을 마지막으로 어둠이 갑자기 부서졌다. 천장에서부터 쩌적, 하고 금이 가더니 유리창처럼 한꺼번에 깨졌다. 후두둑 떨어져 내리는 유리 조각 같은 파편을 보던 지엔이 고개를 돌렸다.

어느새 남자가 사라진 집 안 곳곳에는 여전히 어둠의 잔재가 남아 있었다. 한낮인데도 집 안은 여전히 기이할 정도로 어둡기만 했다. 바닥에 누운 사람들의 얼굴이 잘 분간 가지 않을 정도였다. 여러 사람의 얼굴을 손끝으로 더듬어 본 끝에 지엔은 간신히 나세르를 찾아낼 수 있었다.

지엔은 제 얼굴에서 담요가 벗겨졌다는 것도 잊어버렸다. 재빨리 그의 머리를 제 무릎에 받친 그녀가 기겁하며 외쳤다.

"공자님!"

나세르는 그 부름에 힘겹게 눈을 떴다. 흔들리는 배 위에 누운 것처럼 시야가 자꾸만 일렁거렸다.

나세르가 탈진한 것은 남자로 인해 죽을 고비를 넘겼기 때문이 아니었다. 지엔과 남자가 더욱 짙은 어둠 속으로 단둘이 사라지고, 나세르는 그걸 뚫기 위해 미친 듯이 검을 휘둘렀다. 그러나 견고한 막에는 작은 금조차 가지 않았다.

그러다 마지막 순간, 그는 자신의 검이 옅은 빛에 휩싸이는 것을 보았다. 그와 동시에 막에 아주 작게나마 금이 가는 걸 보았던 것도 같지만, 확실치는 않았다.

어쨌거나 그런 건 중요한 게 아니었다. 중요한 건 담요 괴물이 무사히 돌아왔다는 것이었다. 아니, 사랑의 요정인가? 하여간 정체가 뭐든 간에……

나세르는 흐려진 시야에 신경을 집중했다. 그러자 어둠을 등지고 무릎을 꿇고 자신을 걱정스럽게 내려다보는 누군가의 얼굴이 희미하게 보였다.

그가 입술을 달싹거렸다.

"너는⋯⋯."

"공자님, 도대체 뭐가 어떻게 된 거예요? 아까 그 사람은 뭐고, 엘레노어는? 루크 패거리는 어떻게 된 거예요?"

"이봐."

사람이 이제 좀 말하려고 하는데⋯⋯ 나세르의 중얼거림에도 불구하고 다시 주위를 둘러본 지엔이 외쳤다.

"앗, 엘레노어! 저기 있다. 기절했잖아?"

자신이 상대의 이름을 가르쳐 준 적이 없는데 도대체 어떻게 알고 있는 건지.

게다가 루크 패거리가 이 일에 연관되었다는 걸 알고 있는 건 어찌 된 영문이고?

하지만 그런 건 별로 중요치 않았다. 어쨌건 담요 괴물은 뒤늦게나마 자신을 구해 주러 왔고, 그것도 모자라 인간인지 아닌지 의심스러운 존재에게 덤벼들기까지 했으니까. 그러니까 여러 의심스러운 점들은 일단 묻어 두자. 그보다⋯⋯.

그는 손을 뻗어 자신의 가슴을 연신 토닥이던 손목을 움켜쥐었다.

"엇."

반사적으로 놀란 소리를 내는 그녀에게 나세르가 말했다.

"축하해 줘."

"네?"

"축하해 줘. 위로는…… 동정 따위는 이제 신물이 나. 그러니까 그냥 축하해 줘, 그때처럼."

졸린 듯한 말투로 나세르의 말이 이어졌다.

"나는 자유라고. 그러니, 새로운 사랑을 찾아 떠나면 된다고. 미련 가질 필요도 없는 게 밝혀졌으니 괜찮을 거라고…… 그냥 그때처럼, 그렇게 말해 줘."

"공자님."

지엔이 안타깝다는 듯 중얼거렸다. 이윽고 나세르의 귓가에 입을 붙인 그녀가 속삭였다.

"그럼 엘레노어가 루크 패거리와 작당해서 공자님을 위험에 빠트리려고 한 게 진짜로……."

"그래. 내 마음을 있는 그대로 믿지 못해서 비너스라는 미약까지 이용하려고 한 것도, 그래. 다 사실이야."

그렇게 말한 나세르가 웃었다. 아까는 미처 터트리지 못했던 웃음이 이제야 나왔다.

루크를 패서 분이 어느 정도 풀렸기 때문이 아니었다. 그의 마음을 빽빽이 뒤덮고 있던 먹구름이 깨끗하게 걷힌 건, 분명히 그녀가 등장하고 나서였다.

그녀와 처음 만났던 그 날이 떠올랐다. 그때도 나세르는 절망의 한복판에 있었다. 그리고 달빛이 쏟아져 내리는 테라스에서, 또 정원에서 새롭게 밝혀진 사실에 혼란스러워하고 있을 때도.

"날 구해 주는 건 언제나 너로구나."

나세르가 저도 모르게 소리 내어 말했다.

지엔은 아무런 대답이 없었다. 설마 못 들은 건가? 그렇다면 그것으로 족할 것이다. 애초에 남에게 전할 만한 성질의 인사도 아니니. 그리고 그는 다시 고개를 돌렸다.

지엔의 얼굴은 여전히 보이지 않았다. 사방을 둘러싼 어둠이 아직도 가시지 않은 탓이었다.

그때 자신의 뺨 위로 후두둑 떨어져 내리는 뜨거운 액체에 나세르는 흠칫 놀랐다.

황급히 손을 들어 뺨을 닦아 낸 뒤 중얼거렸다.

"눈물?"

그리고 그는 상체를 일으켜 지엔에게 조심스레 손을 뻗었다.

"이봐, 갑자기 왜……."

"흐으윽."

맙소사, 진짜였다.

지엔이 울고 있었다. 어둠 속에서 희미한 빛을 머금은 눈물이 바닥으로 툭툭 떨어졌다. 어둠 속에서 둥근 어깨의 실루엣이 간헐적으로 떨리고 있었다.

나세르는 일단 그녀의 어깨에 손부터 얹었다. 그러나 머릿속은 여전히 새하얗게 굳어 아무 말도 나오지 않았다.

지엔이 눈물을 훔치며 중얼거렸다.

"아니기만을, 바랐는데……."

그 말을 들은 순간, 나세르는 심장에 커다란 못 하나가 콱하고 박힌 듯한 느낌이었다.

너무 깊게 박혀서 평생 다시는 빠지지 않을 듯한.

어쩌면 엘레노어를 처음 만났던 그때보다도 더 깊게.

천천히 숨을 들이쉬고 내쉰 그가 조심스럽게 손을 들어 지엔의 눈가에 가져다 댔다. 그의 손가락이 눈물을 서툴게 닦아 주었다.

"울지 마."

나세르는 고작 그 말밖에 못 했다. 자신을 위해 이렇게 울어 줘서 고맙다거나, 더 근사한 다른 말이 있을 텐데.

속으로 후회하는 그에게 지엔의 목소리가 들려왔다.

"하지만, 공자님. 엘레노어가, 엘레노어가……."

"축하해 달라고 했지, 누가 대신 울어 달라고 했나."

"흐어엉."

지엔은 아예 두 손을 들어 얼굴을 감싸 버렸다. 그런 지엔의 모습을 보며 나세르는 다시금 한숨을 내쉬었다. 눈물을 그치게 하려던 시도가 오히려 그녀를 더 울려 버렸다.

"후우."

깊게 한숨을 내쉰 그가 서툴게 지엔의 어깨를 감싸 안는 가운데, 주위가 차차 밝아왔다.

이제 조금만 더 기다리면 담요 괴물의 정체를 확인할 수 있었다.

그러나 그토록 고대했던 일 앞에서 나세르의 마음은 거세게 흔들렸다.

이윽고 마음을 다잡은 그가 천천히 입을 열었다.

"이봐."

"……."

지엔은 여전히 흐느껴 우느라 대답하지 못했다. 나세르는 한숨을 푹 내쉬고 그런 지엔을 다시 감싸 안았다.

그러나 이번에는 두 손이 그녀의 뺨을 감쌌다는 것이 달랐다. 그리고 그의 입술이 조심스럽게 그녀의 이마 위에 안착했다.

새의 깃털처럼 가벼운 입맞춤이었다.

지엔의 눈이 커졌다.

단지 한 동작만으로 지엔에게 가장 큰 놀라움을 선사한 그가 몸을 일으켰다. 아쉬운 마음을 뒤로하고 밖으로 걸음을 옮기며 그가 말했다.

"빚을 졌다. 그러니, 이번에는 네 정체를 확인하지 않고 넘어가지."

"……."

"하지만 언젠가는, 꼭 널 찾아낼 거다. 그리고 그때는 네게 말하겠다."

내게 새로이 찾아온 이 감정들에 대해.

반드시……

입속으로만 그렇게 중얼거리고, 나세르는 성큼성큼 걸어서 바깥으로 나갔다. 그것과 동시에 마침내 집 안에서 어둠이 완전히 사라졌다.

집안의 모든 것이 마침내 되찾은 빛 속에서 따뜻하게 빛났다. 심지어 곳곳에 널브러진 검을 비롯한 무기, 그리고 험상궂은 이들의 얼굴도.

그 가운데 지엔은 창백한 안색으로 제 얼굴을 더듬어 보았다.

그리고 보니 없었다. 담요가.

도대체 언제부터 사라진 거지? 그보다도 더 이상한 것은 분명히 자신의 정체를 확인할 수 있었는데도 그러지 않고 사라진 나세르였다.

그녀는 나세르가 나간 문을 보며 중얼거렸다.

"언젠가 나를 찾아내겠다고 그랬지. 그리고 내게 말하겠다고. 그 말은……."

죽여 버리겠다는 말? 되갚아 주겠다는 말?

둘 중 어느 쪽일까? 둘 다 너무나 그럴듯해서 쉽게 고를 수가 없었다.

그러다 문득 또 다른 가능성을 떠올린 지엔은 기절이라도 하고 싶어졌다. 아까 패거리와 대치할 때 나세르가 꺼낸 말이 떠오른 탓이었다.

설마 사제 신분으로 그런 파격적인 단어를 꺼낼 줄이야.

지엔이 중얼거렸다.

"역시 조져 버린다 쪽인가?"

목숨 한 번 구해 준 걸로는 모자라다는 거냐. 지엔이 계슴츠레한 눈으로 문을 노려보았다.

그러나 더 큰 문제는 따로 있었다. 나세르가 다가와 지엔의 이마에 깃털 같은 입맞춤을 남겼을 때, 그녀의 머릿속으로 낯선 기억들이 폭포수처럼 쏟아져 들어왔다.

가장 먼저 떠오른 건 눈부신 흰 공간. 그곳에 모인 네 사람과, 그리고 인간이 아닌 존재. 위대한…….

그의 위엄 실린 목소리.

― 너희의 소원은 모두 이루어질 것이다.

너무나 많은 정보가 쏟아져 들어온 탓에 지금으로서는 도저히
이해할 수 없었다.

결국 그것에 대해 생각하기를 포기한 지엔은 다시 현실의 일로
돌아왔다.

이윽고, 그녀가 펑펑 울기 시작했다.

* * *

거리를 뛰는 헤카테의 발걸음이 다급했다. 발에 신겨진 사제용
샌들이 뛰는 데는 적합하지 않아서 그는 몇 번이고 휘청거리다 넘
어질 뻔했다. 평소라면 지나가는 이들이 '아이고, 신관님.' 하며 그
를 부축해 주었겠지만, 거리의 사람들은 그에게 관심조차 주지 않
았다. 다만 수상한 사람 하나가 뛰어간다고만 생각했다. 헤카테는
지금 검은 후드를 뒤집어쓴 채였으니까.

'그'와 관련된 일에 모습을 대놓고 보이는 건 좋지 않았다. 그렇
게 생각한 헤카테가 속도를 높였다.

아무리 그래도 그렇지, 요즘 들어 불안하다 했지만 설마하니 마
을 안에서 권속들을 불러 모을 줄은 몰랐다.

'도대체 무슨 생각인 거야?'

원래는 이렇게 생각 없이 일을 벌이는 성격은 아니었는데.

골목 안은 미로 같았지만 발을 내딛는 헤카테에게 망설임은 없

었다. 단지 악취처럼 남은 어둠의 잔재를 따라가면 되는 일이니까.

몇 번이나 모퉁이를 꺾은 그의 앞에 마침내 문제의 건물이 나타났다.

이미 어둠이 안개처럼 흩어지고 있는 것을 보니 일이 마무리된 뒤인 모양이었다. 부디 죽은 사람이 없어야 할 텐데. 그렇게 기도하며 헤카테가 집 안으로 한 걸음 내디뎠다.

실내는 엉망이었다. 검이나 곡괭이 같은 날카로운 무기로 인해 집안 곳곳에 흔적이 나 있었고, 그걸로도 모자라 바닥에는 거인이 주먹으로 세게 내려친 것 같은 흔적이 있었다. 그 주위의 바닥에 거미줄 같은 금이 새겨져 있었다. 인간의 힘으로는 도저히 불가능한 그 모습에 헤카테의 뺨이 하얗게 질렸다.

그는 태풍의 피해자처럼 집안 곳곳에 아무렇게나 쓰러져 있는 정체불명의 거한들을 일일이 확인했다. 다행히 죽은 사람은 없는 모양이었다. 그러다 구석에 처박혀 우는 이를 발견했을 때, 그의 표정이 변했다.

그가 믿을 수 없다는 듯이 중얼거렸다.

"지엔?"

세상에, 지엔이 대성통곡을 하고 있었다.

헤카테가 보아 온 지엔은 지난 8년간 그녀의 어머니가 돌아가셨을 때, 그리고 헤카테를 데려왔던 사제님이 돌아가셨을 때를 제외하고는 운 적이 없었다.

그런데 대성통곡이라니? 도대체 무슨 일이 있었길래? 단숨에 달려간 그가 손을 뻗어 지엔의 어깨를 붙잡았다.

예상치 못한 활약과 예상치 못한 오해 187

"지엔, 무슨 일입니까. 지엔? 고개 좀 들어 보세요."

그러나 지엔은 울음을 멈추지 않았다. 그것도 모자라 맨주먹으로 바닥을 통통 두드리기까지 했다. 얼마나 분하면…… 헤카테의 얼굴이 일말의 안타까움을 담고 흐려지던 그때였다.

지엔이 마침내 입을 열었다.

"엘레노어……."

"네? 말해 보세요."

드디어 말문을 열리나 싶어 안색이 조금 밝아진 헤카테가 지엔의 입에 귀를 가져다 댔다.

다음 순간, 그는 하마터면 귀가 떨어져 나갈 뻔했다.

"엘레노어, 이 고야아안!!"

지엔이 고함을 질렀다. 불시에 고막을 기습당한 헤카테가 비틀거리며 뒤로 물러났다.

"지엔?"

그의 망연자실한 중얼거림에도 아랑곳하지 않고, 지엔이 거침없이 말을 이었다.

그걸 듣던 헤카테의 표정은 점차 흐려졌다.

"엘레노어, 이 괘씸한 것! 내가, 나세르 공자님을 꼭 좀 데리고 야반도주해 달라고 그렇게나 빌었건만……."

아. 그럼 그렇지. 제 버릇 개 못 준다고 했다.

헤카테가 지엔의 등을 두드리며 차분하게 중얼거렸다.

"그럴 줄 알고는 있었지만, 정말로 공감이라든가 이해라든가 하는 것과는 하등의 상관도 없는 눈물이로군요……."

지엔은 헤카테가 그러거나 말거나 계속 외쳤다.

"나세르 공자님과의 그 심상치 않은 분위기가 전부 계획된 거였다니! 어떻게 내 희망을 이렇게 짓밟을 수가 있어? 게다가!"

눈물을 줄줄 흘린 그녀가 다시 고개를 처박았다.

"연애 상담에 쏟은 내 시간은 또 어떡하고…… 내가 밤잠도 줄여 가며 얼마나 고생했는데, 흐윽…… 아이고, 내 인생은 이제 어쩌나……."

"네네, 고생하셨습니다. 다 끝났지 않습니까? 다 끝났어요. 다 끝났을 겁니다."

"으흑, 공자님, 혼자서라도 야반도주해 주시지 않는 걸까……."

"네네, 희망은 가지라고 있는 겁니다."

드물게 아무 말이나 주워섬기며 헤카테는 지엔의 등을 두드렸다. 지엔은 현실도피의 달인이니 이제 곧 진정하리란 사실을 잘 알고 있었기 때문이었다.

그런 둘의 짐짓 다정한 모습을 구석에서 실눈을 뜬 채 지켜보는 이가 있었으니, 엘레노어였다.

그녀는 정체불명의 사내에게 내팽개쳐진 이후로 내내 기절한 척하고 달아날 틈만을 기다리고 있었다.

그러는 사이에 그녀는 본의 아니게 나세르와 지엔의 대화를 엿듣게 되었고, 헤카테와 지엔의 대화도 엿듣게 되었다.

그녀가 경악하며 생각했다.

'뭐야, 저 애? 사제님이랑도 아는 사이에, 나세르와도 어쩐지 친한 듯하고. 아니, 나세르는 저 애의 정체조차 모르는 것 같지만…….'

애초에 지엔이 날아 차기를 하며 등장하여 사랑의 요정 어쩌고 하던 그 적부터, 누구와는 달리 목소리를 식별하는 능력이 뛰어난 엘레노어는 그 정체가 지엔이라는 것을 알 수 있었다.

그리고 엘레노어는 일전에 제가 했던 생각을 떠올렸다.

— *그래봐야 저 하찮은 계집애가 내 계획을 망가뜨릴 수는 없어.*
머리로든, 미모로든, 쟤는 내 상대가 못 된다고.

정정한다. 완전히 정정하겠다. 엘레노어가 다시 중얼거렸다.
'저 애 도대체 뭐 하던 애야?'
폭군이다.

메인 챕터 I.
에필로그

그날 백작가에는 하루 만에 다 일어났다고는 도저히 믿을 수 없을 정도로 많은 일들이 일어났다. 일단 엘레노어와 루크, 그 일당이 백작가 사병들에 의해 검거되었다.

별다른 협박도 하지 않아도 줄줄이 실토하는 범죄의 실체는 들으면 들을수록 놀라운 것이었다. 사람을 하도 패서 손맛이 더럽다며 방에만 틀어박혀 있던 나세르는 그 소식을 듣고는 어처구니없어하며 중얼거렸다.

"하, 숲에 매장이라고? 정말 갈 데까지 갔었군."

그리고 나세르는 그것으로 엘레노어에 대한 미련을 훌훌 털어 버렸다. 저 죽일 생각까지 했다는데, 아무리 과거의 감정이 어쩌고 해도 계속 붙들고 있을 정도로 미련하지는 않았다.

그리고 그날, 헤카테의 현실 도피성 짙은 위로 덕에 간신히 침착함을 회복하고 저택으로 돌아온 지엔은 그날 내내 불안해했지만 끝내 아무 일도 일어나지 않음에 안도했다.

그러나 역시 방심은 금물이었다.

여름도 끝나 어느덧 선선해 오는 가을, 브리지트 백작 저의 뾰족한 지붕 위로 물감으로 그린 듯이 새파란 하늘이 걸렸다.

주방은 저택의 4층이었다. 덕분에 바깥으로 내다보이는 울긋불긋해진 산의 풍경은 한 폭의 명화 같았다.

그러나 이른 아침부터 주방으로 모여든 사람들은 바깥 풍경에는 조금도 관심을 주지 않았다. 그들이 관심 갖고 유심히 보고 있는 것은 오직 하나였다. 얼마 전에 백작가를 떠들썩하게 했던 해프닝의 연장전.

눈 뜨고 하녀 숙소에서 나오자마자 주방으로 끌려 온 지엔이 울상을 지으며 외쳤다.

"공자님, 사실! 사실 전…… 칼에 대해 안 좋은 추억이 있어서."

"나도 칼 싫어해."

대꾸하는 나세르의 얼굴은 지극히 담담했다. 그에 그 자리에 모여 있던 모두의 얼굴이 일제히 창백해졌다.

'거짓말.'

세상에, 저 말도 안 되는 거짓말이라니, 얼마나 지엔에게 칼을 잡게 하고 싶었으면!

나세르의 반박에 할 말이 없어진 지엔이 마침내 바들거리는 손으로 칼을 쥐었다. 그리고 그녀는 비장한 표정으로 눈앞에 산더미처럼 쌓인 감자를 바라보았다.

한편 그 광경을 지켜보는 주방장으로 말할 것 같으면, 그는 몹시 마음이 급했다. 어서 아침 식사를 만들어야 하는데, 막내 도련님께서 아침 댓바람부터 웬 하녀의 소매를 잡아끌고 주방으로 쳐들어와 칼질을 시켜 보겠다고 하는 통에 도무지 일할 수가 없었다.

할 거면 얼른 하라고! 지엔을 노려보며 두툼한 눈썹을 꿈틀거리던 주방장은 이윽고 표정을 바꾸었다. 주방에서는 별로 본 적이 없는 얼굴을 빤히 보다 보니 마침내 떠오르는 것이 있었다.

이윽고 간신히 잊었던 기억을 떠올린 주방장이 비명을 질렀다.

"안 돼!"

그러나 비명이 무색하게도 지엔의 칼은 이미 감자 껍질에 닿아 있었다. 그리고 서걱, 하는 소리와 함께,

감자가 두 동강이 났다.

"……."

뭉텅, 뭉텅, 지엔이 초점 없는 눈으로 칼을 움직일 때마다 감자 껍질이 살덩이와 함께 잘려 나갔다. 마침내 완두콩 한 알만 해진 감자 덩어리를 쥔 지엔이 그것을 나세르에게로 들이밀며 환하게 웃었다.

"짜잔, 완성입니다~!"

발랄한 말투와는 다르게 지엔의 눈에는 초점이 없었다. 자신 어린 나세르의 눈빛이 그에 흐려진 것은 당연지사였다. 혼란스러워진 그는 주춤주춤 손을 뻗어 지엔에게 감자 하나를 더 쥐어 주었다.

"하, 하나 더 해 봐. 하나만 더……."

"이건 미친 짓이에요! 지엔, 저 녀석은 무시무시한 감자 학살자라 구요!"

마침내 그 광경을 더는 볼 수 없어진 주방장이 눈물을 뿌리며 앞 으로 나섰다.

"쟤가 칼질해서 뭐가 살아남는 걸 본 적이 없어요! 저 애의 칼이 지나가면 먹을 수 있었던 것도 전부 쓰레기로 변해 버린다구요!"

눈물 섞인 주방장의 절규에 '맞아, 맞아.' 하고 고용인들은 일제 히 고개를 끄덕였다.

사실 나세르가 지엔의 소매를 붙들고 칼질을 시켜 보려 했을 때, 그들은 지엔이 정말 나세르의 이상형이면 어쩌지 하는 걱정은 눈곱 만큼도 하지 않았다.

운동 신경이 멀쩡한, 심지어 가끔은 사람이 아닌 것 같은 민첩함 과 반사 신경, 체력을 보여 주는 지엔은, 이상하게도 칼만 들면 얼 뜨기가 됐다.

칼을 움직이는 지엔의 표정에는 여전히 초점이 없었다. 그런 지 엔을 바라보는 나세르의 눈에서도 점차 초점이 사라졌다.

껄껄, 이번에는 대추만 해진 감자알을 높이 들어 올리며 지엔이 영혼 없이 외쳤다.

"여러분! 이번에는 대추 알만 합니다! 저 성공했어요!"

침묵이 흐르는가 싶더니, 잠시 후 감동의 박수가 일제히 터져 나 왔다.

그 속에서 하인 하나가 중얼거렸다.

"신께 저주라도 받은 거지."

무심코 내뱉은 그 말이 놀랍게도 진실에 닿아 있었다.

한편 그렇게 칼질 시연을 성공적으로 마친 지엔은 하핫 웃으며 칼을 쥔 채 뒷걸음질로 주방 문을 나섰다.

"그럼 여러분, 안녕히 계세요!"

지엔의 경쾌한 인사에 주방장이 눈물을 흩뿌리며 외쳤다.

"함께해서 더러웠고, 다신 보지 말자!"

저도 그러고 싶네요! 까르르 웃으며 뒷걸음질하던 지엔은 그대로 문턱에 걸려 뒤로 넘어갈 뻔했다.

기겁하며 한 손을 뻗어 그녀의 팔을 붙든 나세르가 중얼거렸다.

"일단, 그 녀석은…… 차라리 진짜 요정이었던 걸로 치자."

파멸인지 사랑인지 뭔지.

그렇게 사랑의 요정의 정체를 밝히려던 나세르의 시도는 결국 실패로 끝이 났다.

메인 챕터 2.
두 번째 여인과 길 위에서의 만남

아침, 지엔은 여느 날과 마찬가지로 하녀 숙소에서 반짝 눈을 떴다. 맞은편에 마리의 빈 침상이 보였다.

나세르가 저택에 머무르게 된 지도 벌써 두어 달이 지났다. 그동안 브리지트 백작가에는 꽤 많은 변화가 있었다.

엘레노어 일당의 범행이 밝혀지고 한 달, 사람들은 나세르가 실망하여 당장 고행하는 사제처럼 신전으로 돌아가리라고 생각했지만 그런 일은 없었다.

— 괜찮으십니까?

집사가 주저주저하다가 물은 말에 나세르의 대답은 이랬다.

― 사랑은 다시 찾으면 되는 거고. 어차피 나는 이제 자유가 아닌가?

그리고 그 말이 낳은 파문은…….

지엔은 하녀 숙소 문을 덜컹 열고 나갔다.

이른 아침인데도 다들 거울 속 자신의 모습을 보고 단장하기에 여념이 없었다. 지엔은 곳곳에 널린 옷가지와 장식들을 피해 욕실로 들어갔다.

"지엔, 좋은 아침!"

그렇게 말하는 마리조차 거울을 보고 평소보다 심혈을 기울여 머리를 땋기에 열심이었다. 지엔은 열없이 손만 흔들고 거울을 보았다.

요 한 달 새 퀭해진 자신의 얼굴을 바라보며 지엔은 중얼거렸다.

"공자님은 왜 혼자서라도 야반도주라든가 자유 기사 수행이라든가, 하다못해 마물 토벌에라도 나서 주시지 않는 걸까."

요즘 북부가 마물 때문에 그렇게 난리라던데. 대륙 남쪽에 위치한 이곳 브리지트 백작령까지 들려올 정도면 그 심각성은 알 만했다.

세상에는 공자님을 필요로 하는 곳이 많은 것 같습니다만! 본인은 자유네, 어쩌네 하면서도 집에 껌딱지처럼 눌어붙어 있었다. 그 것도 모자라서…….

후, 후후, 지엔은 음산하게 중얼거렸다.

"설마 눈치채신 걸까. 아냐, 설마, 아닐 거야. 그럴 리가 없지."

그렇게 말하는 지엔의 눈 밑이 새까맣게 죽어 있었다. 엘레노어가 죄인 신분이 되어 저택을 나가고 어언 한 달, 나세르는 지엔에게 심상찮은 관심을 보이고 있었다.

무거운 것을 들고 있으면 어디선가 불쑥 나타나 도와주지를 않나, 이 넓은 저택 안에서 마주치는 횟수도 심상치 않고, 무엇보다 환장할 노릇인 것은,

"내게 칼질을 가르치려 한다는 거지."

그것도 주방에 나란히 앉아서 말이다. 이러니 주방장을 비롯한 주방 식구들이 기겁하는 것도 당연한 일이었다.

봐라, 이렇게 하면 된다. 나세르가 안쓰러운 표정으로 말하면서 쥐고 있던 칼로 감자를 돌려 깎는데, 그 솜씨가 과연 칼질의 신에 비견될 만한 것이기는 하더라. 주방에서는 다시 한 번 감동의 박수갈채가 파도칠 정도였으니까.

그러나 그건 그거고, 사람이 못하도록 태어난 것을 어쩌겠는가? 미칠 노릇인 것은 지엔이었다. 그렇게 수없이 이어진 강습에도 불구하고 지엔이 여전히 칼질을 못하자, 나세르는 급기야…… 주방에 나란히 앉아서 지엔이 깎을 몫까지 대신 깎아 주고 있었다.

거기까지 회상한 지엔이 두 손으로 눈을 가리며 괴상한 신음을 흘렸다.

"끼에에엑…… 끄으윽……."

이렇듯 나세르의 행동은 무척 수상했다. 그나마 다행인 것은 자신을 바라보는 나세르의 회청색 눈동자에서 동정심 외의 다른 감정은 찾을 수 없다는 정도일까. 그러니 그가 사랑의 요정이 자신이라

는 것을 눈치챈 건 아닐 터였다.

'그럼 대체 뭐지?'

설마, 설마…… 아니겠지. 그렇게 생각하는 지엔의 이마에 주름이 움푹 파였다.

'설마 아닐 거야. 나처럼 전생을…… 떠올렸다던가.'

지난날, 엘레노어와의 사건에서 나세르가 지엔의 얼굴을 확인할 수 있음에도 방이 어두워지기 전에 이마에 키스만을 남기고 사라졌던 그때.

지엔의 머릿속에 쏟아지듯 흘러들어 온 선명한 장면들.

그것이 전생의 기억이라는 것을 지엔은 나중에야 깨달았다.

모든 기억이 돌아온 것은 아니다. 그저 죽기 전에 텅 빈 공간에서 신과 세 명의 여인을 만나 토론한 것 정도가 떠올랐을 뿐.

그들이 나누는 대화를 통해 지엔은 알 수 있었다.

'잘은 모르겠지만 전생의 나, 무지 나쁜 놈이었구나.'

여자들은 안개에 한 겹 둘러싸인 듯 얼굴이 잘 안 보였지만, 실루엣만으로도 하나같이 상당한 미인임을 알 수 있었다. 그리고 그중에 단 하나, 얼굴이 선명한 여인이 있었다.

꿈에서 본 그 여자였다. 자신과 나세르가 맹렬하게 말다툼하던 그 꿈. 그 꿈의 끝에서 나세르가 그 여자로 변했었다.

지엔은 확신했다.

'나세르가 전생의 그 여자야, 분명해.'

검은 머리칼과 검은 눈, 작은 체구에도 불구하고 무척 강인해 보이는 인상.

그 여인은 신에게 말했다.

— 그의 그 검 솜씨 때문에 제 아버지와 오라버니가 크게 고통받았나이다. 그의 검 솜씨를 빼앗아 제게 주시고 그는 감히 아무에게도 해 끼치지 못할 힘만을 갖고 내려가게 하소서.

그 말을 생각하면 지금의 상황, 그러니까 지엔이 칼만 잡으면 얼뜨기가 되는 상황도 다 설명이 된다. 더불어 나세르가 난생처음 쥐어 본 검으로 무투 대회를 제패한 것도 설명할 수 있다.

얼굴을 씻어내며 지엔이 중얼거렸다.

"잘은 모르겠지만 전생의 나, 엄청나게 강했던 모양이지……."

착잡했다.

나세르가 자신게서 빼앗아 간 것은 뛰어난 검 솜씨와 힘. 그리고 나머지 두 여인이 각각 미모와 강철 심장.

전생의 자신은 대체 뭘 얼마나 많이 갖고 있었던 건지. 하지만 그보다…….

"가장 망한 것은 따로 있지."

한 층 더 창백해진 얼굴의 지엔이 중얼거렸다.

— 너희의 소원은 모두 이루어질 것이다.

여인들이 원하는 것을 말하고, 신이 그렇게 말할 때까지만 해도 지엔의 기분은 괜찮았다. 제 전생이 아무리 사악하고 위대하고 어쩌고 했다고 해도, 그래서 뺏긴 것이 많다고 해도 지엔 입장에서는 어쨌든 태어나서부터 없이 살았다. 딱히 필요성을 느껴 본 적도 없으니 억울하다거나 슬프다거나 하지도 않았다. 그래도 싼 놈이었던 듯하고.

지엔을 환장할 노릇으로 만든 것은 그다음에 이어진 대화였다.

신이 전생의 자신을 돌아보며,

— 이 심판이 끝나는 즉시 너는 저들이 말한 그대로의 몸으로 지상 세계로 내려가게 될 것이다. 너도 그들에게 하고 싶은 말이 있느냐?

하고 물었을 때.

거기서 입을 다물었어야 했다.

— 예, 있습니다.

그렇게 말하며 남자, 아니, 전생의 자신이 입꼬리를 끌어올려 삐뚜름하게 웃었다. 그리고 그는 고개를 들어 사뭇 당당한 눈으로 세 여인들을 쏘아보았다. 눈이 마주친 세 여인이 '뭐 저런 게 다 있어?' 하는 표정을 지었다.

— 얼굴이 아름답게 태어난 것이, 검 솜씨가 뛰어나도록 태어난 것이, 아무도 사랑하지 않도록 태어난 것이 내가 선택한 것이더냐? 나는 태어난 대로 산 것밖에는 죄가 없다.

그리고 남자의 웃음이 짙어졌다.

— 만약, 너희들이 내 힘을 가지고 있었더라면 나처럼 이리하지 않
았을 것 같으냐?

그가 여인들을 향해 그렇게 말했을 때만 해도, 지엔은 '오호라,
전생의 나 굉장하군. 굉장히 양심이 없어.' 정도의 생각만 하고 있
었다. 거기까지만 해도 괜찮았다.
남자가 이렇게 말하지만 않았어도.

— 너희들이 그것들을 가지고서 나와 같은 죄를 저지른다면, 너희
들은 다음 생에도 나의 것이다.

너 방금 뭐라고 했냐. 지엔의 얼굴이 딱딱하게 굳었다.
한참의 시간이 지난 뒤, 신이 침묵을 깨고 힘겨운 듯 입을 열었다.

— 너희의 소원은, 모두…… 이루어질 것이다.

"젠장."
결국 참지 못한 지엔이 이마를 거울에 박았다.
왜 똥을 싼 것은 전생의 자신인데 엿을 먹는 것은 현생의 자신인
가.
'내 것? 내 거엇?'

그렇다면 그들이 무슨 잘못만 저지르더라도 그들이 자신과 엮여 버리는 상황이, 심지어는 그들 세 명 모두가 자신과 엮여 버리는 상황이 생길 수도 있다는 소리였다.

자신은 하녀이고 상대는 백작가 삼남인데? 게다가 나머지 이들은 어떤 신분을 가지고 태어난지도 모르는 데다 초면엔 일방적인 악의를 품고 있을 게 뻔한데, 그들과 이번 생에서도 엮인다고?

상상만 해도 그냥 콱 죽어 버리고 싶은 심정이었다. 지엔이 백 번째 찾아온 충동을 곱씹던 그때, 욕실 문이 달칵 열렸다.

"지엔!"

욕실 문이 열리고, 불쑥 들어온 마리가 자신을 부르는 바람에 지엔은 충동에서 간신히 빠져나왔다. 그녀가 비척거리는 걸음으로 숙소를 나섰다.

나오자마자 반사적으로 주변을 경계했지만, 다행히 나세르는 아직 보이지 않았다. 아직 주무시는 모양이군. 지엔이 안도의 한숨을 내쉬던 그때였다.

현관문이 열리는 소리가 나더니 사람들이 모여들고, 안내하는 집사의 말이 들려왔다.

"응접실은 이쪽입니다."

누구지? 지엔은 눈을 동그랗게 뜨고 계단 난간 사이로 1층을 내려다보았다. 아쉽게도 소란의 주인공은 이미 응접실로 들어가 모습을 감춘 뒤였다.

고용인들이 상기된 얼굴로 서로를 마주 보며 뭔가를 속닥대고 있었다. 그들 중 하나를 붙잡은 지엔이 대체 무슨 일이냐고 물었다.

이윽고 그녀의 얼굴이 환해졌다.

나세르는 억지로 깨우는 것을 무척 싫어하는데, 중요한 일이라 꼭 깨워야 하기는 해서 목숨을 걸고 가위바위보를 하던 하녀와 하인들은 지엔의 등장으로 구원받았다.

그녀가 손을 번쩍 들며 나세르를 자신이 깨우겠노라 말하자, 모두는 일제히 허락했다. 거기엔 이유는 모르겠지만 나세르가 지엔을 특별하게 여기는 듯하니 다른 사람들이 가는 것보다는 나을 것이란 계산도 조금 깔려 있었다.

그렇게 아침부터 검 솜씨가 무시무시하기로 위명이 난 도련님 방문을 벌컥 열고 들어가는 지엔은 그 모습도 너무나 화사하고 당당했다.

인기척에 화들짝 몸을 일으킨 나세르는 눈을 뜨자 처음 보이는 것이 지엔의 얼굴인 데다, 그녀가 늘 의욕이 없던 평소와는 달리 무척 화사한 미소를 짓고 있자 놀랐다.

그가 눈썹을 찡그리며 물었다.

"무슨 일이지?"

덜 트인 목소리나 헝클어진 백금색 머리칼, 풀어헤친 옷깃 사이로 드러난 쇄골이 평소의 금욕적인 분위기와는 조금 다른 분위기를 풍겼다. 하녀는 물론이고 하인들마저 이 모습 앞에선 잠시 멍해졌겠지만, 지엔은 지엔이었다.

그녀가 여전히 해맑게 웃으며 대답했다.

"황성에서 보낸 사절이 찾아왔습니다."

"황성? 용건이 대체 뭐지?"

몇 가지 짚이는 건 있지만, 머릿속에서 후보가 쉽게 좁혀지지 않았다. 그러자 지엔이 도저히 기쁨을 감추지 못한 목소리로 외쳤다.

"황성에서 공자님을, 3주 뒤에 열리는 황실 사냥 대회에 초청하시겠대요!"

황실의 초청이니만큼 거절은 거절!

속으로 하하 웃는 지엔과는 달리, 나세르의 얼굴은 느리게 굳어졌다.

*   *   *

"그러니까, 내가 이 저택을 떠나야 한다는 소식을 직접 전하고 싶어서 굳이 자원해서 찾아온 거군."

몸단장을 마치고, 지엔과 나란히 계단을 내려가며 나세르가 말했다.

하인들이 가장 두려워하는 것 중에 하나가 자신을 깨우러 오는 것이라는 것을 나세르는 잘 알고 있었다. 그런데 웬일로 담당 하녀도 아닌 지엔이 자원하여 나섰나 했더니, 이런 이유가 있었을 줄이야.

그에 대답하는 지엔의 얼굴에서는 여전히 그늘 한 점도 찾아볼 수 없었다.

"어머, 공자님. 그렇게 말씀하시면 제가 공자님을 싫어하는 것 같잖아요. 하하하!"

그럼 아닌가? 차마 그렇게 묻지는 못한 나세르는 속으로만 한숨을 푹 내쉬었다.

소식을 전한 이후로 내내 방실방실 웃기만 하는 저 얼굴이 얄미운데, 자꾸만 다른 누군가가 그 위로 겹쳐 보여 맘 편히 혼낼 수도 없었다.

'담요 괴물.'

나세르가 중얼거렸다.

일전에 같이 마을에 나갔을 때도 유난히 작은 체구라던가, 체향이 전부 같다는 점이 마음에 걸렸다. 하지만 지엔은 칼질을 처참할 정도로 못한다는 것이 밝혀졌다.

'어느 모로 보나 전문적으로 훈련받았음에 분명한 담요 괴물이 지엔과 동일 인물일 리는 없지만…….'

"왜 자꾸만 동일인처럼 느껴지는 건지."

"네?"

앞서 걷던 지엔이 나세르를 돌아보았다. 아무것도 아니다, 나세르가 고개를 내젓자 곧장 앞을 돌아보고는 콧노래까지 부르며 걷는 것이 얄미웠다.

그 모습을 보던 나세르의 한숨이 좀 더 짙어졌다.

"하아."

수도로 떠나게 된다면, 앞으로 적어도 석 달은 이곳으로 돌아올 수 없게 된다. 게다가 그는 엄연히 무투 대회 우승자. 제국은 언제나 뛰어난 무인을 필요로 했다. 언제 수도로 불러올릴지 모르는 일이다.

이래서 어서 확인하고 싶었는데. 나세르는 조용히 빈손을 내려다보았다. 아니, 사실 확인할 방법은 있다.

딱 한 번만 껴안아 보면 될 것 같은데. 그러면 알 수 있을 것 같은데.

참으로 뺨 맞을 소리였다. 결국 고개를 절레절레 내저은 나세르는 한숨을 내쉬고는 마저 걸음을 옮겼다.

* * *

응접실에는 침묵만이 흘렀다. 그 안의 구성 인원은 조금 특별했다. 차를 따르고 있는 하녀들이야 그렇다 치고, 소파 가운데 앉은 화려한 옷차림의 황실 사절이 하나, 소파 뒤에 기립하고 선 은색 갑주 차림의 호위 기사가 둘.

사절의 눈은 시종일관 한데 못 박힌 채였다. 그는 아까부터 맞은편 소파에 앉은 사제님에게서 눈을 도통 떼지를 못했다. 그런 그들 곁으로 다가온 집사가 속삭이듯 말했다.

"죄송합니다. 응접실이 하나뿐이라. 하지만 사절님은 물론이거니와, 저분은…… 빛의 신의 사제 중에서도 특히 고위 사제이신지라."

빛의 교단이라면 브리지트 가문에서는 대대로 섬기고 있는 무척 큰 교단이자 제국의 국교이기도 했다. 황실 사절이라고 하더라도 신과 제국 중 하나를 택하라고 윽박지를 정도로 경우가 없지는 않았다.

"괜찮다."

그렇게 대답하는 사절의 시선은 여전히 사제에게 고정되어 있었다.

사제님인 주제에 참으로 진기한 미모로구나. 사절은 생각했다. 희고 맑은 얼굴은 황성에서 일하며 유명한 미인들을 꽤 만나 본 그로서도 일순 정신이 혼미해질 정도로 예뻤고, 어깨 위로 가볍게 흘러내리는 남색 머리칼은 초저녁의 하늘빛이었다.

새파란 눈동자가 내내 바닥을 향해 있는가 싶더니 마침내 시선을 느낀 듯, 눈을 들어 사절을 보았다. 아차, 사절은 황급히 묵례했다.

"아, 미안하오. 너무 예…… 흠흠, 아름답게 생기셔서 그만."

그러면서 사절은 생각했다. 만약 그가 악마라면 어떠했을까? 그 유혹 끝이 파멸이라는 것을 알면서도 기꺼이 제 발로 뛰어들 것만 같았다. 퇴폐적인데도 고결하게 느껴진다는 게 무척 신기했다. 그래서 더 매혹적이었다, 톡 쏘는 이국의 향신료처럼.

그런 사절을 향해 사제, 헤카테는 눈을 접으며 빙긋 웃었다.

"빈말이라도 감사합니다. 사절님도 아름다우십니다."

어쩌면, 목소리조차 천상의 악기가 연주하는 음률 같았다. 혼미해지는 정신을 애써 붙든 사절이 물었다.

"예? 제가요?"

저런 얼굴로 그런 말이라니, 농담이 따로 없다. 그러자 헤카테의 웃음이 짙어졌다.

"세상 만물은 빛의 신의 섭리 아래 모두가 저마다의 아름다움을 갖도록 만들어졌죠. 아름답지 않은 존재는 없습니다."

말을 마친 헤카테가 두 손을 모으고 고개를 숙였다.

"빛의 인도가 있기를."

사절과 기사들이 허둥지둥 그 모습을 따라 했다.

"빛의 인도가 있기를."

그리고 사절은 결심했다. 집에 돌아가는 대로 빛의 신전에 기부금을 올리겠노라고.

속으로 감동의 눈물을 흘리고 있기는 사절의 뒤에 선 기사들도 마찬가지였다. 아름다운 얼굴의 사제님이 성스럽기 그지없는 목소리로 천사 같은 말만 속닥거리니 그들은 단체로 감화될 수밖에 없었다.

그렇게 순식간에 세 사람의 열혈 신도를 생산한 헤카테가 문을 돌아보았다. 덜컹, 소리와 함께 문이 열리고 훤칠하니 키 큰 인영 하나가 곧장 응접실을 가로질러 왔다.

갖춰 입은 복식은 완벽했지만 백금색 머리칼은 자다가 일어난 듯 헝클어져 있었다. 그 모습에도 불구하고 사절은 일순 감탄했다.

'소문대로 천사라는 말이 그린 듯 잘 어울리는 청년이로군.'

이런 모습으로 무투 대회 우승이라니, 도저히 믿기지 않는다. 그렇게 생각하던 사절은 맞은편에서 헤카테가 일어나자 당황했다. 아무리 그래도 자신이 먼저 용건을 말할 때까지 기다려 주는 것이 도리 아닌가?

그런데 헤카테는 성큼성큼 걸어가 그대로 나세르의 옆을 지나갔다. 그 전에 간단히 묵례를 나누기는 했다.

"좋은 아침입니다, 공자님. 빛의 인도가 있기를."

"빛의 인도가 있기를."

무덤덤한 인사에 생긋 웃기만 한 헤카테는 그를 망설임 없이 지나쳐 그때까지 사절은 있는 줄도 몰랐던 하녀에게로 다가갔다.

하녀는 무척 존재감이 없었다. 평범한 갈색 머리칼에 갈색 눈동자. 곧 비슷한 사람을 떠올려 낼 수 있을 듯한 생김새였다. 그런 하녀의 앞에 우뚝 멈춘 헤카테가 웃으며 말했다.

"좋은 아침입니다, 지엔. 하녀인 줄은 알고 있었지만 막상 아침부터 눈뜨고 있는 모습을 보니 꽤 놀라운데요."

"야, 헤카테…… 가 아니라 헤카테 님, 지금 대체 무슨 소리이시어요? 호호, 성실한 저는 알 수가 없네요."

"평생 모르십시오. 가시죠."

그렇게 말한 헤카테가 지엔을 응접실 바깥으로 떠밀었다. 곧 작은 소리와 함께 응접실 문이 닫혔다. 그리고 찾아온 정적 속에 나세르와 사절은 멍한 눈으로 그 둘이 나간 문을 응시했다.

그러다 퍼뜩 제 할 일을 깨달은 사절은 옆을 돌아보았다. 이러면 안 되지. 그가 입속으로 되뇌었다. 아무리 눈앞에서 하녀와 사제가 친근하게 농담을 주고받는 놀라운 일을 목도했다고 하나, 그는 황제 폐하께 명받은 본분이 있다. 그렇게 생각하며 그가 마음을 다잡는 그때였다.

"……이야?"

"음?"

딱히 제게 한 말이 아닌 듯했지만, 중얼거리는 듯 흘러나온 나세르의 목소리에 사절은 옆을 돌아보았다. 나세르의 회청색 눈에서 줄기줄기 뻗어 나오는 살기를 본 그는 졸도할 것 같은 심정이 되었다.

'방금까지만 해도 어떻게 저런 생김새로 무투 대회를 우승했나 했는데!'

정제되지 않고 흘러나오는 패도적인 기운이 이제까지 그가 보았던 그 어떤 기사보다도 더 흉포했다.

이렇듯 사절이 압박받고 있는데도 섣불리 몸을 움직이지 못하는 것은 호위 기사들도 마찬가지였다. 대체 뭣 하는 사람이지? 그들은 생각했다.

나세르가 내뿜는 패도적인 기운에서 마나는 전혀 느껴지지 않았다.

마나. 마법사에게는 마법을 쓸 수 있게 하고 검사에게는 검기를 쓸 수 있게 하는 바로 힘.

만물의 근원이고 그러니만큼 어디에나 존재하지만 느낄 수 있는 사람은 한정된 극소수에 불과했다.

게다가 느낄 수 있다고 해도 그걸 제대로 다루기 위해서는 많은 노력과 시간이 필요했다.

때문에 마법사와 검기를 쓰는 검사의 수는 지극히 적었다.

그런데 나세르는 마나를 다루는 법을 전혀 모르는 데도 불구하고 이 정도 기세라니?

'아무리 무투 대회에서는 마나를 사용하는 게 금지된다고는 하지만……'

기사들의 눈빛이 마치 괴물을 보는 것 같은 눈빛으로 변했다.

그들의 시선을 전혀 눈치채지 못한 나세르는 다만 이를 갈며 중얼거렸다.

"저 둘, 대체 무슨 사이이지?"

응접실을 나와 뒤뜰로 가는 내내 헤카테와 지엔은 존댓말로 툭탁거렸다.

"그러는 사제님께서는 참으로 부지런하셔서 한 달이 지난 이제야 방문하셨습니다."

"워낙 중요한 일이라 본단과도 연락을 취해야 했고, 이리저리 돌아다녀야 했습니다. 그렇게 혼란스러우셨다면 직접 찾아왔으면 될 일 아닌가요?"

"쉬는 시간만 되면 제 손을 붙들고 즐거운 칼질 교실을 열어 주려는 친절한 공자님 덕에 틈이 없었습니다. 시간이 안 났다고요."

"지엔."

후원으로 들어선 헤카테가 돌연 우뚝 걸음을 멈추었다. 지엔도 따라서 멈추었다.

하려던 말을 멈추고 빤히 올려다보는 지엔에게 헤카테가 말했다.

"중요한 전할 말이 있습니다."

"그게 뭔데요."

지엔이 무미건조하게 물었다.

헤카테는 최대한 진지한 말투로 대답했다.

"지엔 인생에서 이제 평화라는 단어는 다신 볼 수 없게 됐습니다."

"아."

실로 파격적인 선언이었으나 지엔의 얼굴은 여전히 담담하기만 했다.

그 모습을 본 헤카테의 표정이 심각해졌다.

너무 큰 충격에 할 말을 잃은 건가? 평소에 하는 것만 봐도 인생 대충 포기하고 사는 것 같기에 그냥 돌직구로 말했건만.

한 손을 그녀의 어깨에 올린 헤카테가 걱정스러운 말투로 물었다.

"지엔? 괜찮습니까?"

"응."

"왜 반응이 이렇게 담담합니까?"

"요즘 많이 들어 본 소리라서."

지엔이 뒤통수를 긁적이며 아무렇지 않게 대꾸하자 그의 눈빛이 기묘해졌다.

둘은 돌담에 등을 기대고 나란히 앉았다. 둘 다 옷이 더러워진다든가 하는 걱정은 조금도 하지 않았다. 그러기에는 헤카테는 지엔의 일로 머릿속이 복잡했고, 지엔은 어차피 이제부터 막 나가는 인생, 옷 따위 상관없었다.

갑자기 떠올라 버린 전생의 기억으로도 모자라 빛의 신에게서도 '네 인생 엿 됐다' 2연타를 먹은 참이었다.

'이제 정말로 어찌 되어도 상관없어.'

후후 웃은 지엔이 옆을 바라보았다. 곧 죽을 건 곧 죽을 거고, 궁금한 건 궁금한 거였다.

"그래서 헤카테? 너 그때 나한테 안 알려 줬어. 그, 너랑 똑같이 생긴 수상한 놈에 대해서 말이야."

그에 헤카테는 미간을 구겼다. 눈썹을 슬쩍 찡그린 그가 답했다.

"아직도 그 얘기입니까? 당신이 알아서 좋을 게 없다니까요. 웬만한 인간이 알아봤자 마음만 복잡해질 뿐, 어찌 할 수 있는 상대가 아닙니다. 차라리 모르는 게 맘 편해요."

"엥? 하지만 그 남자, 나한테 엄청 집착할 것 같던걸?"

"……."

두 손으로 입을 가리며 조용해지는 헤카테에도 아랑곳하지 않고, 지엔이 입술을 비죽 내밀며 투덜거렸다.

"아니, 솔직히 말해서 웬만한 사람이 다 따라다닌다고 해도 나는 다 이해할 수 있다? 왜냐하면 그건 지금까지 내가 해 온 짓이니까! 그런데 이번에는 무시할 수 없는 게, 그 사람이 너랑 진짜 똑같이 생겼다니까."

"……."

"너랑 똑같이 생긴 스토커라니……. 그러다 고백이라도 받아 봐. 그 사람이랑 사귀다가 너랑 헷갈리기라도 하면—"

"그럴 일은 없습니다!"

잠자코 듣다 말고 버럭 성을 내는 헤카테에게 놀란 지엔이 말을 멈추었다. 그리고 그녀는 조금 풀이 죽은 어조로 중얼중얼 대꾸했다.

"으응, 알았어. 그러니까, 내 말은, 네 뜻이 정 그렇다면 만약 사귀게 되어도 보자마자 달려드는 건 자제하도록……."

"제 말은 그런 뜻이 아니라, 그자가 '다시는 놓치지 않겠다'고 말한 건 그 뜻이 아니었다는 얘기입니다."

"앗, 나도 드디어 연애 좀 해 보나 싶었더니."

그렇다, 그 눈부신 짝사랑 경력에도 불구하고 지엔은 모태솔로였다.

그러니까 지금, 그 죽도록 수상쩍은 사내에게 고백받으면 사귈 생각이었습니까……. 그렇게 중얼거린 헤카테는 이마를 짚으며 잠시 조용해졌다. 그에 지엔은 대답하지 않았다.

한숨만 푹푹 쉬던 헤카테가 다시 입을 열었다.

"제 쌍둥이 형입니다."

그러자 고개를 푹 숙이고 있던 지엔의 눈이 반짝 커졌다.

"형?"

헤카테는 담담히 고개를 끄덕였다.

"네, 형이요. 게다가 쌍둥이이니만큼 얼굴이 한 치도 다르지 않게 생긴 것은 어쩔 수 없지 않습니까?"

그러자 지엔은 대답도 없이 헤카테의 얼굴만 빤히 들여다보았다. 헤카테가 눈을 찡그리며 물었다.

"뭡니까."

"너같이 생긴 사람이 둘이라니, 이 세상 꽤 살 만하다 싶어서."

"……아무튼,"

골치 아프다는 표정으로 헤카테가 말을 이었다.

"제 형이고, 아무리 하나뿐인 가족이라고 해도 참 골치 아픈 사람입니다. 저랑 똑같은 얼굴인 주제에 빛의 성물들을 모으겠답시고 사방으로 설쳐대고 있으니까요. 제가 당장 빛의 신전의 적으로 수배되어도 할 말이 없습니다."

"엥? 빛의 성물, 그거 어디서 많이 들어 본 얘기인데?"

중얼거리는 지엔의 눈앞에 헤카테가 손가락 세 개를 펼쳐 보였다.

"빛의 검, 빛의 지팡이, 빛의 펜던트."

"오."

"이 제국의 건국 초창기에 만들어진 고대의 유산입니다. 빛의 검은 성스러운 검기를, 빛의 지팡이는 성스러운 낙뢰를, 마지막으로 빛의 펜던트는 단 한 번이라면 죽은 사람도 살려낼 수 있다고 하죠. 빛의 신에게 그 뿌리를 둔 물건들로 알려져 있지만, 그 성물을 사용할 수 있는 사람이 마지막으로 나타난 지도 공식적으로는 몇백 년이 흘렀어요. 그 사이에 여러 가지 일이 있었고, 지금은 본단이 아닌 제국 각지에서 보관하고 있죠."

"잘은 모르겠는데 정말 많이 들어 본 얘기 같다."

"그거야, 빛의 검을 보관하고 있는 게 다름 아닌 브리지트 백작가니까."

제발 본인이 모시는 가문에 대한 관심이라든가 하는 걸 좀 가져 주지 않겠습니까? 헤카테의 물음에 지엔은 어색하게 웃었다. 헤, 헤헤.

"성스러운 검기라니, 뭐야. 그거 쓰면 감자 잘 깎을 수 있냐?"

"내가 말을 말자……."

성물로 감자 깎을 생각이라니. 포기한 투로 중얼거린 헤카테가 고개를 돌렸다.

자리를 털고 일어난 그가 물었다.

"아무튼, 궁금증이 해결되셨다면 이제 당신 얘기를 해 보죠."

"응? 내 얘기?"

지엔을 내려다보며 헤카테가 턱을 조금 치켜들었다. 후원의 나뭇잎 사이로 내리쬐는 빛이 그의 머리칼을 밝은 파란빛으로 물들였다.

"당신 인생이 망했다는 제 말에 요즘 많이 들어 본 소리라니, 제 형 뒤통수를 날아 차기로 간 것 외에 또 무슨 일이 있었습니까? 그리고 무엇보다……."

"무엇보다?"

맹한 얼굴로 되묻는 지엔을 본 헤카테의 눈썹이 다시 꿈틀댔다.

"당신네 도련님, 나세르 폰 브리지트. 대체 무슨 짓을 했기에 그자가 당신이 저랑 얘기하는 내내 제 등을 죽일 듯이 쏘아봅니까?"

엥? 지엔은 당황했다. 헤카테가 방금 말한 건 지엔으로서도 짐작 못 한 일이었다.

그간의 태도를 통해 그가 여전히 자신에게 호감인지 적의인지 모를 특별한 감정을 가지고 있단 건 알았지만, 관계없는 제삼자에게까지 화풀이할 정도로 철없는 사람은 아니었다. 그러긴커녕 원한 관계로 얽인 사람에게도 꽤 무른 태도를 보여서, 이 거친 세상 어떻게 살아갈까 걱정될 정도인데.

고개를 기울인 지엔이 물었다.

"뭔가 잘못 안 거 아닐까?"

"그렇다면 매일 신전에서만 지내는 제가 브리지트 백작령에 돌아오고 한 번도 신전에 걸음하지 않은 그에게 모종의 이유로 쥐도 새도 모르게 원한을 샀다고 봐야겠군요."

"으음."

역시나 그럴 리는 없었다. 그렇다면 그 원인이 자신이긴 한다는 건데…….

지엔은 추론 끝에 가장 합리적인 결론에 도달했다.

"역시 그건가 봐."

"그거라니요?"

"내가 얼마 전에 전생의 기억이 조금 돌아온 것처럼 공자님도 그런 거지. 내가 전생에 미쳐서 공자님의 아빠랑 오빠를 다 쥐어팼으니, 당연히 내가 싫을 만도……. 앗, 이제 곧 내가 마시는 공기조차 같이 마시기 싫어지시는 거 아니야? 그렇게 저택에서 숨이 막혀 돌아가시면 어쩌지?"

말도 안 되는 말을 계속 지껄여대는 지엔의 어깨를 헤카테가 덥석 붙잡았다.

"뭐라고요?"

"으음, 공자님. 조만간 숨 안 쉬어서 돌아가실지도 모르니 송덕문을 미리 작성해 놓을까……."

"전생? 방금 전생이라고 했습니까?"

헤카테가 씨근거리며 다그쳤다.

"기억이 돌아왔습니까? 전생에 대해 기억나신 겁니까?"

"어? 어어. 그, 나세르 공자님이 내 이마에 키스한 적이 있거든. 그때 조금 돌아왔는데, 다 기억나는 건 아니고 그냥 내가 개새끼였다는 거랑, 환생하기 전에 신이랑 대화한 것 정도……."

이마에 키스라니? 그건 전생의 원한과는 무관해 보이는 데다가, 분노와는 더욱 거리가 멀어 보이는데.

아니야, 신경 쓰지 말자. 지금은 그게 중요한 게 아니야. 고개를 내저은 헤카테가 다시 물었다.

"그게 뭡니까?"

"응, 내가 전생에 여자 셋을 무지 괴롭혔는데 말야. 아, 나세르 님도 그중 하나인 듯. 아무튼 그래서 그녀들이 신께 부탁해서 각각 내게서 하나씩을 앗아 갔어. 첫째 여인이 미모를, 둘째 여인이 검술이랑 힘을, 아, 그게 나세르. 그리고 셋째 여인이 아무도 사랑하지 않는 강철 심장."

생소한 표현에 헤카테가 되물었다.

"강철 심장이요?"

"응. 아, 그리고 마지막 내기가 있었는데……."

"그게 뭡니까?"

지엔이 머리를 부여잡으며 외쳤다.

"걔네가 현생에서 죄를 저지르면 나랑 전부 엮일지도 몰라! 지금 나세르 공자님만 등장하셨는데도 벌써부터 감당이 안 되는데! 내 인생은 망했어."

역시 지금 죽는 게 나을까? 그렇겠지? 그렇게 말하며 소매에 매달려 오는 지엔을 보며 헤카테는 한숨을 푹 내쉬었다.

미모, 그리고 강철 심장이라……. 그 이야기를 듣자마자 떠오르는 사람들이 있었다. 하지만 헤카테는 그 생각을 애써 부정했다.

'아니겠지, 설마.'

전생의 악연은 현생의 관계에도 당연히 영향을 미친다. 나세르가 지엔을 보자마자 이유도 없이 싫어했던 것에서도 잘 알 수 있지만.

그런데 지엔은 지금 하녀 신분이었다. 반면에 그가 방금 떠올린 사람들은……

착잡해진 얼굴의 헤카테가 마침내 입을 뗐다.

"지엔?"

"응."

"아무튼 이번 생은, 정말로 편하게 살기는 포기하는 게 좋겠어요……"

침묵 끝에 지엔이 풀밭 위에 엎드리며 꺼이꺼이 울었다.

웬만해서는 헛소리 말고 그냥 살라며 등을 때릴 헤카테마저 이렇게 말하다니, 차라리 진짜 죽는 편이 나을까? 망연자실하게 중얼거리는 지엔을 남겨 두고 헤카테는 그 자리를 떴다.

헤카테가 이번에 향한 곳은 다름 아닌 백작의 집무실이었다. 그를 맞이하는 브리지트 백작의 얼굴은 무겁게 가라앉아 있었다.

"오오, 사제님. 오셨습니까. 그동안 교단에서 협의 중이던 것에 대해 연락은 받고 있었습니다. 그렇다면, 정말로……?"

"네."

헤카테는 고개를 끄덕였다.

"빛의 검을 수도로 옮깁니다."

그렇게 말하한 헤카테가 품에서 뭔가를 꺼내었다. 분명히 특별히 뭔가를 숨기고 있는 것 같지 않았는데, 흰 천에 감싸인 길쭉한 무언가가 그 안에서 튀어나왔다.

헤카테가 천을 풀어 헤치자 순백의 검이 그 모습을 드러내었다. 검집은 물론이고 손잡이, 검날에 이르기까지 모두 눈처럼 새하얬

다. 복잡한 무늬가 금으로 새겨져 있었고, 힐트 부분에서는 주먹만
한 사파이어 하나가 찬란한 푸른빛을 발했다.

경탄할 만한 아름다움에도 헤카테는 표정을 바꾸지 않았다. 브
리지트 백작만이 감탄한 얼굴로 말했다.

"오, 정말 정교한……."

침을 꿀꺽 삼킨 백작이 말을 이었다.

"가짜로군요."

헤카테가 고개를 끄덕였다. 가짜 검을 매만지며 그가 말을 이었다.

"그들로 하여금 여전히 빛의 검이 이곳에 있다고 믿게 만들고, 실
제 빛의 검은 수도의 본단에서 지킬 겁니다. 신성한 힘뿐만 아니라
검과 마법, 모든 수단을 동원해서 말입니다."

"예, 그렇다면, 운반은 어떻게 하기로……?"

"나세르 공자님이 이번에 사냥 대회를 위해 수도로 올라가지 않
습니까?"

백작은 두려운 듯 천천히 두 눈을 깜빡였다. 아무리 나세르가 무
투 대회에서 우승했다 해도, 백작에게 나세르는 사제로 길러진 셋
째 아들에 불과했다.

조금 두려운 듯한 얼굴로 그가 말했다.

"하지만, 많이 부족한 제 자식이 정말로 그렇게 중요한 일을 맡
아도……?"

대답하는 헤카테의 얼굴은 평온했다.

"제가 가져갈 수도 있습니다. 저도 동행할 거니까요. 대사제 서
품을 받기 위해, 저도 수도까지 동행할 겁니다."

잠시 멈칫한 헤카테가 덧붙였다.

"일단은, 그런 명목이죠. 그리고 수도에서도 사람을 더 보내오기로 했습니다."

"사람이라니요?"

"마법사라더군요."

그에 백작의 얼굴이 환하게 펴졌다.

"아아, 그렇군요! 사제님이 동행하신다니, 그거 다행입니다. 게다가 그 귀하다는 마법사까지!"

비로소 안심한 기색으로 자리에서 일어난 백작은 헤카테에게서 가짜 빛의 검을 조심스럽게 건네 받고 책상 아래를 두들겼다. 그러자 집무실 바닥이 열리며 궤짝 하나가 들어갈 만한 공간이 튀어나왔다.

그 안에 흰 천에 감싸인 검을 조심스럽게 보관한 백작이 다시 문을 닫았다.

그가 말했다.

"그러면, 출발하는 날 뵙겠습니다."

"빛의 인도가 있기를."

"빛의 인도가 있기를."

평화로운 가운데 조용히 인사를 주고받은 헤카테가 문으로 향했다.

그때, 등 뒤에서 느닷 없이 백작의 목소리가 날아왔다. 헤카테는 뒤돌아섰다.

"저, 사제님. 한 가지만, 여쭤도 되겠습니까?"

잠시 의아한 표정을 지었던 헤카테가 선선히 고개를 끄덕였다.

"물론입니다. 무엇입니까?"

"요즘, 대륙 북부의 마물들이 심상치 않다는 소리가 여기까지 들려오고 있습니다. 그리고, 그……."

"그?"

백작이 감히 입에 담기도 두렵다는 듯이 떨리는 목소리로 말했다.

"마왕에 대한 소문도……. 그동안 잠들어 있던 마왕이 긴 잠에서 깨어나서는 그만 미쳐 버렸다고, 그래서 마물들이 통제 불능으로 날뛰는 거라고."

"……."

헤카테의 표정이 싸늘해졌다.

두려운 듯한 눈으로 그의 표정을 살피며, 백작이 말을 이었다.

"사실입니까? 정말로? 이번 빛의 검을 노리는 사악한 무리들도 그들과 관련이 있습니까? 그러니까, 마……."

"마왕 같은 건 없습니다."

단호하게 자신의 말을 자르는 헤카테의 대답에 백작이 입을 작게 벌렸다.

"예?"

"그는 빛의 신의 섭리하에 있는 존재가 아닙니다. 그러므로 그는 아예 존재하지 않는 것입니다. 존재하지도 않는 것을 두려워 마십시오."

"하지만……."

백작은 당혹스러웠다.

원래 헤카테의 평소 말투는 이렇지 않았다. 그는 고위 사제임에도 불구하고 나이가 어려선지 대부분의 교리를 다른 사제들보다도 무척 융통성 있게 받아들이는 편이었다. 그랬기에 그는 으레 고위 사제들은 깐깐할 거라는 편견과 달리 평민들과 신앙심이 깊지 않은 자들에게도 인기가 높았다. 그런데 그가 이런 화법이라니? 백작은 고개를 기웃했다.

　그를 뒤에 남겨 놓고, 기분이 더러워진 헤카테는 성큼성큼 방을 나섰다.

　복도를 걸으며 신경질적으로 머리카락을 쓸어 넘긴 그가 중얼거렸다.

　"그놈의 마왕, 마왕…… 누가 들으면 뭐 대단한 것이라도 되는 줄 알겠어."

　몇 차에 걸친 침공으로 인해 대륙 전체에 악명이 높은 마왕에게 이런 언사라니, 누가 들었다면 경을 칠 만한 소리였다.

　그대로 저택을 나서려던 헤카테의 눈에 현관 근처에서 서성거리던 지엔이 눈에 띄었다. 그녀도 자신을 발견했는지 헤벌쭉 웃으며 한 손을 들어 보였다.

　"지엔."

　헤카테가 무심코 (연민을 담아) 웃으려던 그때, 송곳처럼 날카로운 살기가 그의 목덜미를 찔렀다.

　헤카테는 퍼뜩 뒤를 돌아보았다. '무투 대회 우승자의 가문인 브리지트 백작가에서 감히 누가?' 하고 생각했건만 나세르 본인이었다.

2층으로 통하는 계단, 아무도 신경 쓰지 않을 만한 그곳에 서서 나세르는 이쪽을 향해 무시무시한 살기를 내뻗고 있었다.

자신이 살기를 뿌리는 줄 알기나 하는 걸까? 헤카테의 가늘어진 눈이 나세르를 향했다. 허공에서 시선이 맞부딪혔지만 누구 하나 시선을 피하지 않았다.

그 태도를 본 헤카테의 입꼬리가 삐뚜름하게 올라갔다. 그가 속으로 중얼거렸다.

'무투 대회 우승이라고 해 봤자, 아직 마나도 다룰 줄 모르는 애송이가.'

그리고 입을 연 헤카테는 소리 내어 말했다.

"당신은 당신의 힘을 증명해야 할 겁니다. 지킬 수 있는지."

속삭이듯 작은 목소리였지만 나세르의 귀에는 들렸다. 그걸 들은 나세르의 표정이 의아해졌다.

"지키다니, 뭘?"

헤카테는 여전히 웃는 얼굴로 말을 이었다.

"당신이 정말 그녀의 곁에 있기를 바란다면. 그건 지금의 당신으로는 택도 없는 일이지만……."

거기까지 말한 헤카테가 성큼성큼 저택 밖으로 걸음을 옮겼다. 홀로 남겨진 나세르는 잠시 멍해졌다.

한참을 멍하니 서 있던 나세르가 이윽고 중얼거렸다.

"저 녀석, 사제 맞아?"

그때 엘레노어의 집에 나타났던 정체불명의 괴인이 헤카테의 모습을 하고 있었던 것에 대해서는 그도 나중에 사람들에게 설명을 들었다. 다른 빛의 사제들로부터 헤카테와 그가 절대 동일인일 수 없다는 알리바이까지 확인했다. 그럼에도 소름끼칠 만큼 같은 얼굴을 보니 본능적인 반감이 들지 않을 수 없었다. 그런데 저런 수상쩍은 태도라니.

나세르는 정체불명의 남자가 남긴 마지막 말을 상기했다.

'성격 나쁜 동생이라고 했지, 그 남자가.'

눈을 가늘게 뜬 그가 중얼거렸다.

"정말 성격 나빠 보이는군."

*   *   *

다음 날, 나세르가 황실 사냥 대회를 위해 수도로 올라가야 한다는 것이 공식화되었다.

하녀들 모두가 눈시울을 붉혔다. 우리 공자님, 수도에서 어느 영애라도 데리고 돌아오시면 어쩌나……!

그래도 희망은 있었다.

"사정상 여행에 텔레포트 게이트는 이용할 수 없게 되었다. 그러니만큼 동행을 잘 정해야 할 것이야. 일 잘하는 사람 하나 정도는 데려가는 게 낫겠지."

강력한 에너지를 품은 성물을 지니고 있으면 텔레포트 마법에 영향을 미쳐 어디로 날아갈지 모르기 때문이었지만, 사정을 모르는 사람들로서는 다소 의아할 수밖에 없었다. 그러나 덕분에 희망이 생긴 하녀들은 일제히 손을 들었다.

"그래서, 누가 함께 가겠느냐?"

"저요오오!"

"몸이 부서져라 일하겠습니다!"

"공자님!"

물음을 던졌던 백작이 그 기세를 이기지 못하고 한 발짝 물러날 정도의 열기였다. 이글이글 불타오르는 하녀들에게 밀려 상경의 꿈을 안고 있던 하인들은 조용히 몸을 움츠렸다. 그래, 수도, 다음에 언제 한번 가 보면 되지. 아무튼 지금은 아니야……

그 아수라장 속에서 한 사람만이 유독 조용했다. 그것은 나세르를 떠나보낼 생각에 기쁨으로 부푼 지엔이었다.

'공자님, 안녕!'

지엔은 벌써 공자님 떠나실 때 흔들 손수건이나 하나 사자는 생각을 하고 있었다.

고용인들을 훑던 나세르의 눈이 그런 지엔에게 잠시 머물렀다. 이윽고 그의 입가에 삐뚜름한 미소가 떠올랐다.

그가 옆에 서 있던 백작에게 속삭였다.

"제가 정해도 되겠습니까, 아버지?"

"응? 그러려무나."

"저기 갈색 머리 하녀로 하겠습니다."

응?

모든 아우성이 일제히 멎었다. 하녀들이 일제히 제 주변의 갈색 머리 동료를 바라보았다.

나세르가 다시 말을 이었다.

"가운데 근처에 있는 하녀요."

후보가 줄었다.

"시종일관 멍한 표정을 짓고 다니고,"

거기서 이미 후보가 하나밖에 남지 않았다.

"칼을 못 씁니다."

더 말할 것도 없었다.

하녀들의 시선은 이제 정확히 지엔에게 꽂혀있었다. 그 가운데에 선 지엔의 얼굴이 곧 죽는다 해도 믿을 정도로 창백해졌다.

백작이 심각한 얼굴로 물었다.

"굳이 그런 하녀와 동행할 필요가 있느냐?"

"칼질을 잘할 때까지 옆에 끼고 가르쳐 주려고 합니다."

"……."

드물게 기분 좋은 듯이 웃는 나세르를 백작은 알 수 없다는 눈으로 쳐다보았다. 이윽고 그가 중얼거렸다.

"그래, 네 마음대로 해라……."

자신을 둘러싸고 혼란스러운 침묵만이 흐르는 가운데, 지엔은 멍하니 생각했다.

'헤카테, 그냥 지금 죽으라는 네 말 들을걸.'

정말 살기 싫었다.

그렇게 며칠 뒤, 지엔을 포함한 나세르 일행이 수도로 출발했다.

6. 미남인데 미친 마법사

처음에는 기사들을 포함하여 스무 명 정도로 출발했던 일행이었다. 그러나 일행의 수는 날이 거듭될수록 점차 적어졌다. 습격이나 불의의 사고를 당한 것이 아니었다. 매일 밤 서너 명씩 무리 지어 내보낸 탓이었다. 빛의 검을 노리는 추적자들이 언제 눈치채고 쫓아올지 모르니 시선을 분산시키겠다는 계획이었다.

일행의 수는 하루하루 적어졌지만, 어쨌든 지엔은 일개 하녀일 뿐인 자신이 여정 중에 눈에 띄는 역할을 맡을 일은 없으리라고 믿고 있었다. 그러니 헤카테나 나세르, 둘 중 하나와 마주치는 시간이 그리 길어지지도 않을 거라고.

그런데 여행 사흘째가 되었을 때, 여관방에서 눈을 떠 비척거리는 걸음으로 계단을 내려간 지엔은 테이블 하나를 차지하고 앉아 저를 기다리는 헤카테와 나세르와 마주쳤다.

한참 동안이나 눈을 깜박인 그녀가 의아한 소리를 냈다.

"엥?"

다른 사람들은 다 어디로 갔어?

이렇듯 사태는 지엔이 전혀 예측할 수 없는 방향으로 흘러갔다.

일이 이렇게 된 경위는 이랬다.

일전에 헤카테와 백작이 상의했던 대로, 빛의 검은 나세르가 운반하기로 결정되었다. 사실 헤카테 자신이 할 수도 있었겠지만 헤카테는 그 일을 나세르에게 '양보' 하겠다고 생긋 웃으며 말했고, 나세르는 그 웃음이 무척이나 찝찝하다고 여겼다. 당신의 힘을 증명 어쩌고 했던 헤카테의 의미 모를 말이 귓가에 맴돌기도 했다.

어쨌거나 그들은 수도에서 보내 준 사람 대여섯, 그리고 백작가 사병 대여섯과 지엔을 포함한 고용인 셋 정도와 다 같이 길을 나섰다.

매일 세 명씩 무리 지어 떠나는 것도 계획대로 착착 진행되었다. 무리에는 각각 마법으로 나세르나 헤카테와 머리 색을 비슷하게 바꾼 사람이 한 명씩 끼어있었다.

그러나 가장 중요한 지표인 헤카테와 나세르가 분산되는 대신 굳이 함께 가는 쪽을 택한 건, 합리적인 이유가 있어서가 아니라 둘 다 꿍꿍이를 가지고 있기 때문이었다.

일단 나세르는 지엔을 헤카테와 함께 보낼 마음이 없었다. 둘이 왜 저렇게 친한 건지는 잘 알 수 없었지만, 나세르로서는 저 성격 나쁜 사제가 지엔에게만 잘해 주는 게 몹시 수상했다.

'무슨 목적이 있는 게 분명해.'

게다가 지엔은 담요 괴물과는 달리 칼질 하나 제대로 못 할 정도로 연약하지 않은가? 자신이 곁에서 지켜 주지 않으면 안 된다.

나세르는 대단한 착각을 하고 있었다.

한편, 헤카테도 나세르와 지엔을 같은 무리에 둘 생각은 전혀 없었다.

'저 녀석 마음에 흑심이 가득한 게 훤히 보이는데, 같이 뒀다가 무슨 사달이 나려고?'

게다가 나세르에게는 지엔을 지킬 힘이 없었다. 그는 이번 여정에서 그것을 스스로 증명하게 될 것이다.

그런 자신들의 심정은 쏙 빼놓고 겉으로 보이는 계획에 대해서만 지엔에게 설명을 마친 둘의 눈이 우연히 마주쳤다.

그들은 일제히 눈을 가늘게 떴다.

'사이비 같은 사제 놈.'

'약해빠진 주제에.'

만난 지 얼마나 됐다고 죽이 참 잘 맞는 그들이었다.

한편, 이야기를 다 듣고 난 지엔은 무언가 마음에 들지 않는 듯 눈을 찡그렸다.

헤카테가 그런 지엔의 모습에 눈을 동그랗게 뜨며 물었다.

"왜 그러십니까? 이래 봬도 꽤 오래 준비했고, 백작가와 신전에서도 심사숙고하여 승인한 계획입니다."

나세르도 지엔 가까이 상체를 기울였다.

지엔이 허둥지둥 두 손을 내저으며 말했다.

"아, 아니. 그, 좋은 계획이라고 생각은 하는데……."

"그?"

"헤카테 너랑 나세르 공자님, 두 사람이 눈에 띄지 않고 평범한 여행자인 척한다는 게 과연 가능할지……."

말을 잇던 그녀가 자신 없이 말꼬리를 흐렸다. 그러자 헤카테와 나세르는 서로를 돌아보며 의아한 얼굴을 했다.

이윽고 헤카테가 그때까지 뒤집어쓰고 있던 후드를 홀렁 벗으며 말했다.

"이거 보세요, 지엔. 별문제 없을 겁니다. 미리 마법사에게 부탁해서 머리 색을 흔한 색으로 바꾸었거든요. 한 달은 무리 없이 유지되니까 그 안에만 수도에 도착하면 됩니다."

과연 헤카테의 머리카락은 인상적인 초저녁 하늘의 남색이 아닌 붉은 색이었다. 말이 붉은색이지 적갈색에 가까워 나름 흔한 색이라고 할 만했다.

나세르도 후드를 벗었다. 그를 돌아본 지엔이 저도 모르게 감탄했다.

"아."

드러난 나세르의 머리칼은 먹구름처럼 짙은 회색이었다. 조금 머쓱한 듯한 표정을 지으며 뒷목을 매만진 그가 말했다.

"어떤가?"

일순 앞머리를 자르거나 귀걸이를 바꾸고 나서 나 뭐 달라진 거 없냐고 묻던 동료 하녀의 모습이 그 위로 겹쳤지만, 지엔은 애써 그 생각을 지우고 고개를 내저었다. 그리고 그녀가 조심스레 입을 열었다.

"네, 거참……."

"거참?"

헤카테가 맞은편에서 드물게 관심 있는 표정으로 물어왔다.

"예쁘, 아니, 멋지시네요……."

지엔의 멍한 목소리에 나세르의 귀가 빨갛게 달아올랐다.

지엔은 그걸 눈치채지 못했지만 헤카테는 눈치챘다.

그가 눈을 가늘게 뜨며 중얼거렸다.

'지엔, 아무래도 널 싫어하니 어쩌니 하는 건 전적으로 네 착각 같은데.'

그러나 저 감정이 설령 다른 것이라 해도 지엔의 인생길이 고달 파지는 것은 마찬가지였다.

쑥스러운 듯 머리칼을 매만지며 나세르가 되물었다.

"아, 그래?"

고개를 주억거린 지엔이 덧붙였다.

"하지만 역시 평범한 여행은 역시 글러 먹었어요……."

그 말에 눈을 동그랗게 뜬 헤카테와 나세르가 일제히 테이블을 짚고 지엔에게 몸을 기울였다.

"네?"

"왜 그렇게 생각하지?"

예상치 못한 미모 공격에 반사적으로 얼굴을 찌푸린 지엔이 되물었다.

"그럼 두 분이 눈에 띄는 걸 설마 머리 색의 문제로 생각하셨어요?"

"그럼 뭐가 문제입니까?"

"말해 주면 고치겠다."

그 대답에 지엔은 가만히 한 손으로 이마를 짚었다.

'아……. 여기서 미적 감각이 멀쩡한 사람은 나뿐이지.'

그리고 고개를 든 그녀가 비장한 어조로 말했다.

"출발하죠. 갈 길이 멀지 않습니까."

그녀의 필사적인 말 돌리기에 둘은 얌전히 고개를 끄덕였다.

붉은 머리카락의 헤카테는 지나치게 요염하며, 짙은 회색 머리의 나세르는 지나치게 잘생겨서 여행에 여러모로 차질이 생길 거라고 지엔은 차마 말할 수 없었다.

*　　*　　*

수도까지는 마차를 갈아타고 어쩌고 해도 어림잡아 2주 정도가 걸렸다. 애초에 브리지트 백작령은 바다와 접해 있지 않을 뿐 대륙 남쪽 끝에 가까웠고, 수도는 대륙의 정중앙에 있었으니까.

대신 교통편은 나쁘지 않았다. 빛의 신의 고위 사제로서 수도와 백작령을 여러 번 오갔던 헤카테는 한 달 안에는 무조건 도착할 수 있노라 호언장담했다.

그러나 여행길은 생각보다 순탄치 않았다.

헤카테와 나세르, 지엔 모두가 무리에 끼어 있어 서로 얼굴 볼 일이 별로 없을 때는 문제가 없었다. 그러나 셋만 남으니 사정이 달라졌다. 헤카테와 나세르가 하루가 멀다 하고 싸우기 시작한 것이다.

오늘도 발단은 별거 아니었다.

오늘 나세르와 지엔, 헤카테는 농가에서 인근 도시로 가는 짐 마차 하나를 얻어 타게 되었다.

탈탈탈, 망아지 두 마리가 끄는 짐 마차는 시골길을 평화롭게 가로질렀다. 양옆으로 펼쳐진 너른 들판과 언덕은 낙엽 빛 주황색이었다. 날씨는 무척 좋아서 마차 위에 앉아서 선선히 불어오는 바람을 맞고 있노라면 이대로 눈이나 좀 붙이고 싶어졌다.

마차 자리가 조금 좁은 것이 아쉬웠지만, 농부의 부인에 딸 둘, 그리고 무까지 잔뜩 실려 있으니 어쩔 수 없었다. 지엔과 헤카테, 나세르는 이 정도면 감지덕지했다.

하지만 문제는…….

"보세요, 지엔. 별문제 없을 거라고 제가 말했잖습니까. 얼마나 평화로운 여행입니까?"

옆에 있던 헤카테가 지엔의 귀에 바짝 대고 귀엣말을 했다. 그 말에 지엔은 애써 어색하게 웃었다.

글쎄, 맞은편 아가씨들의 마음은 그렇지 않은 것 같은데…… 그렇게 중얼거리며 지엔이 맞은편을 보았다.

오늘 처음 본 농부의 두 딸들이 가까이 얼굴을 맞대고 소곤거리는 지엔과 헤카테를 향해 원망 어린 시선을 보내고 있었다. 물론 여태껏 시골에서 평화롭게 살아왔을 그녀들에게 난데없이 나타난 폭력적인 미모의 소유자, 헤카테가 미친 폐해에 대해 지엔은 지나칠 정도로 잘 알고 있었다. 나세르를 처음 보았을 때 자신의 심정이 그랬으니까.

물론 나세르도 구석에 얌전히 앉아 농부의 아내와 딸들에게 간혹 선망 어린 시선을 받고 있었다.

그러나 행동이 얌전하다고 해서 표정까지 얌전한 건 아니었다.

'댁은 또 왜 그래.'

나세르가 헤카테를 맹렬히 쏘아보고 있었다. 맞은편의 농부의 두 딸들보다도 더 뜨거운 시선이었다.

그가 헤카테를 노려본 건 오늘 아침부터 계속된 일이었다. 도무지 이유를 짐작할 수 없는 그의 행태에 지엔이 한숨을 푹 내쉬자, 그가 대뜸 물었다.

"지엔, 이마는 좀 괜찮나?"

"네?"

"오늘 아침 여관에서 다친 거 말이다."

"아아. 네. 뭐, 별로 세게 부딪치지도 않았는걸요."

그렇게 말하며 지엔은 앞머리를 걷어 이마를 드러내 보였다. 약간 붉게 달아올라 있었지만 흉이 질 정돈 아니었다.

그것을 본 헤카테가 혀를 쯧 찼다.

"그러게 아침 잠 좀 줄이라니까요. 눈 좀 뜨고 다녀요."

그러자 나세르의 살벌한 시선이 다시 헤카테를 향했다. 지엔은 어색하게 웃으며 앞머리를 도로 내렸다.

헤카테의 말대로 이건 다 자기 탓이었고, 그걸 부정할 마음은 없었다. 여기가 눈을 감고도 훤히 돌아다닐 수 있는 백작가가 아니라 낯선 곳이라는 걸 잊고 잠이 덜 깨어 눈을 감고 여관을 돌아다닌 것이다. 그러다 그만 계단에서 구르고 말았다.

헤카테는 다른 곳은 다 치료해 줬지만, 이마의 상처만은 그대로 뒀다.

'상처 생기는 대로 다 치료해 주면 경각심이 사라질 거 아녜요. 그러다 나중에 제가 없어지면 그땐 어떻게 하려고 그래요.'

예전이라면 '평생 나랑 살면 되지!'라며 되도 않는 수작질을 부렸겠지만, 이제는 그럴 나이도 아닐뿐더러 나세르가 보는 앞이다 보니 좀 그랬다.

헤카테가 자신에게만 엄격하게 하루 이틀도 아니기에 그냥 그러려니 하고 넘어갔는데, 나세르의 표정은 그 이후로 내내 좋지 않았다.

지엔은 다시 그를 흘끔 보았다. 설마 지금 걱정해 주는 건가? 하지만 걱정을 굳이 저렇게 무서운 얼굴로 할 필요가 있나······.

그렇게 생각하기가 무섭게 헤카테를 돌아본 나세르가 물었다.

"그냥 치료해 주지 그러나? 부어서 보기에도 꽤 아파 보이는데."

"안 됩니다. 그러다 버릇 나빠져요."

헤카테가 그를 돌아보지도 않고 딱 잘라 말했다. 그러자 나세르의 미간이 구겨졌다.

지엔은 위기감을 느꼈다.

'아, 이런, 분위기가 좋지 않은데.'

그때, 마찬가지로 이상한 기류를 느낀 농부의 아내가 어색하게 웃으며 포대 하나를 풀었다. 그녀가 애써 쾌활한 목소리로 말했다.

"자, 여러분. 점심이 머지않았네요! 다들 점심 준비하는 것 좀 도와주시겠어요?"

그녀의 지혜로 인해 일행 모두는 구원받았다. 평소의 침착한 태도로 돌아온 나세르와 헤카테가 대답했다.

"아, 네."

"그러겠습니다."

"어머, 정말 고맙게도!"

그렇게 말하며 농부 아내가 포대 안에 있던 것을 우르르 마차 바닥에 쏟았다. 익숙한 형체를 본 지엔의 얼굴이 소리 없이 일그러졌다.

'하필 감자야?'

농부 아내가 쾌활하게 외쳤다.

"점심은 감자 수프랍니다!"

정적 속에서 세 사람은 칼 하나씩을 나누어 받았다.

사실 단순히 점심 식사를 위해서는 이렇게 많은 감자가 필요하지도 않을 것이다. 차라리 할 일이라도 주면 입 닥치겠지. 그런 생각인 것 같았다.

맞은편에서 농부의 두 딸이 감자를 깎기 시작했다. 익숙한 사람들답게 빠른 솜씨였다.

한숨을 푹 내쉰 지엔이 무겁게 입을 열었다.

"저……."

"네?"

"저, 제가, 처참할 정도로 감자를 못 깎아서요……."

그러자 농부의 아내는 까르르 웃으며 답했다.

"에이, 좀 못생기게 깎으면 어때요? 삶으면 다 같은데."

못생기고 말고의 문제가 아닙니다만. 지엔이 속으로 중얼거렸다.

옆을 보니 이미 그녀의 화려한 전적을 잘 알고 있는 나세르와 헤카테는 이걸 말려야 하나 말아야 하나 하는 표정을 짓고 있었다. 그러다 서로를 바라본 둘은 같은 표정을 짓고 있다는 데서 기분이 나빠진 듯했다.

짜증스러운 얼굴로 나세르가 칼을 움직였다. 스르륵, 스스로 껍질을 벗은 것처럼 감자는 순식간에 알맹이만 남았다. 무심코 그를 보던 농부의 두 딸이 입을 살짝 벌리고 박수를 쳤다.

그 옆에서 헤카테도 잠자코 감자를 깎기 시작했다. 좀 느리긴 했지만 아무튼 결과물은 무척 깔끔했다.

그리고 그 옆에서 지엔은,

"어이쿠, 죄송합니다."

"아, 괜찮네……."

손이 미끄러지는 바람에 들고 있던 감자로 마부석에서 짐 마차를 몰던 농부의 머리를 맞혔다. 그쪽을 향해 몇 번이나 사과한 지엔은 잠시 후, 두 번째로 농부의 머리를 맞혔다.

한동안 다들 감자를 깎느라고 마차 안이 조용해졌다.

먼저 입을 연 것은 나세르였다. 헤카테를 힐긋 바라본 그가 물었다.

"그냥 좀 치료해 주지?"

"버릇 나빠진다고 했을 텐데요."

아까와 마찬가지로 헤카테가 고개도 돌리지 않고 말했다. 그러자 나세르의 이마가 와락 구겨졌다.

"그놈의 버릇, 버릇. 지엔이 개도 아니고."

"개가 아니니까 걱정하는 겁니다."

"뭐?"

감자 깎던 것을 멈춘 헤카테가 눈을 들어 나세르를 매섭게 쏘아보았다. 그가 날카롭게 물었다.

"그럼 공자님이 데리고 사실 겁니까?"

헤카테가 실수로 나세르를 '공자님'이라고 불렀는데도 아무도 그 사실을 알아차리지 못했다. 왜냐하면, 그 직후 자리에서 벌떡 일어난 나세르가 당황한 얼굴로 외쳤기 때문이다.

"미쳤어?! 데리고 살다니, 누가 누구를……!"

"예, 그러니까 제가 지엔이 사람처럼 사는 버릇 좀 들이겠다는 거 가만히 좀 지켜봐 주시겠습니까?"

"아무튼 나는 데리고 살겠다는 생각은 절대로……."

"공자님, 제 말 듣고 계세요?"

덜컹, 덜컹. 연신 흔들리는 마차 속에서 농부의 두 딸이 그런 두 사람을 보며 이상한 표정을 지었다. 이 사람들, 잘생기긴 했는데 좀 이상해…….

그때, 지엔의 손에서 다시 한 번 미끄러져 날아간 감자가 농부의 머리를 정통으로 맞혔다.

뒤를 돌아보며 인자하게 웃은 농부가 말했다.

"다 내려."

탈탈, 세 사람을 내려놓은 마차가 전보다 경쾌한 소리를 내며 언덕 저편으로 굴러갔다. 그 모습을 멍하니 바라보던 세 사람은 마차가 언덕을 넘어 사라지고 나서야 간신히 정신을 차렸다.

헤카테가 품에서 지도를 꺼내 위치를 확인했다.

"아, 저기 보이는 평야가 발터 산맥이로군요."

과연 그들 바로 왼쪽에 펼쳐진 초록색 평야 위에 거대한 산맥의 그림자가 희미하게 솟아 있었다. 어디에서나 보인다는 소문이 있을 만큼 길고 높은 대륙의 등뼈였다.

다시 지도를 본 헤카테가 중얼거렸다.

"그럼 이 오른쪽 길이…… 다행히 저희가 목적했던 도시와 통하는군요."

"앗, 정말?"

지엔은 반색했다. 고개를 끄덕인 헤카테가 지엔과 나세르에게도 지도를 건네주어 직접 확인할 수 있도록 했다. 하지만 여행 경험이 거의 전무한 그들로서는 지도를 본다고 해도 알 수 있는 건 거의 없었다.

다시 지도를 뺏은 헤카테가 말했다.

"계속 걷다가 처음 나오는 양 갈래 길에서 오른쪽으로 꺾죠. 원래는 그 마차를 타고 하말이라는 중간 지점에서 하루 쉬고 갈 계획이었지만, 이렇게 된 이상 바로 페릴로 가는 게 낫겠어요. 조금 많이 걷더라도 그게 더 빠르겠군요."

"그럼 그러지."

나세르의 대답에 지엔도 고개를 끄덕였다. 셋은 나란히 걷기 시작했다. 그렇게 두어 시간 쯤 지나자, 어느새 저만치 앞서 나간 지엔의 모습을 보고 나세르와 헤카테는 허탈하게 웃었다. 나세르가 중얼거렸다.

"이래서 걷기 싫었던 건데."

"동감입니다."

대답하는 헤카테의 목소리도 이번만큼은 순순했다. 지엔을 보던 둘의 눈이 다시금 가늘어졌다.

"체력만 좋군."

"사람이 아니죠."

그리고 둘은 한숨을 푹 내쉬었다. 그러거나 말거나, 지엔은 여전히 지친 기색도 없이 홀로 씩씩하게 앞서갔다.

땅에 누운 그림자가 점차 길어졌다. 어느새 땅거미가 질 시각이었다. 사납게 번쩍이던 노을은 어느덧 어두운 보랏빛으로 변했다.

세 사람은 말없이 걷기만 했다. 지친 것은 둘째 치고, 이제 슬슬 마을이 나와 주지 않으면 위험했다. 밤에는 이 근방에도 마물이 활동하니까.

가장 먼저 체력이 떨어진 사람은 헤카테였다. 제멋대로 앞서가는 것을 그만두고, 두 사람과 속도를 맞추어 걷던 지엔이 입을 열었다.

"업힐래, 헤카테?"

"당신께 업혀서 마을에 들어가는 것만은 사양하고 싶네요."

"에엥, 어째서? 말 탄 개선장군 같은 느낌으로 가자."

"개선장군이라니요, 제가 당신 학대하는 것 같을 겁니다. 제발 제 발로 걷게 해 주시지 않겠습니까?"

더 투덜거리려던 지엔은 나세르가 '그쯤 해 둬라.' 하고 말하자 잠자코 걸음을 옮겼다. 헤카테가 조용히 나세르를 향해 감사의 눈빛을 보냈다.

그리고 말없이 걷기를 또 한참, 이번엔 나세르가 입을 열었다.

"헤카테."

"네?"

"왜 신성력을 써서 체력을 회복하지 않는 거지? 그러면 좀 더 걷기가 수월할 텐데."

그 물음에 헤카테가 쓰게 웃었다.

"공자님께서는 그토록 오래 신전에서 지내셨으면서도 여행 중 빛의 사제의 의무에 대해서는 알지 못하시는군요?"

"음?"

나세르가 눈을 크게 떴다. 확실히 그건 그랬다. 그는 한때 빛의 사제였지만, 수습 사제에서 그만두었기에 그런 건 배울 일이 없었다.

"빛의 사제는 여행길에 크게 다친 사람이 나타나면 그게 누구건 간에 즉시 치료해야 할 의무를 가집니다. 그러니 제게는 혹시 모를 환자를 위해 신성력을 아낄 필요가 있지요."

그걸 들은 지엔이 고개를 기웃하며 물었다.

"하지만 이제 곧 마을이고, 괜찮지 않을까?"

그걸 들은 헤카테의 눈에 갈등이 어렸다. 사실 그런 교리가 유야무야된 지 꽤 오래긴 했다. 오히려 그 교리로 인해 문제가 촉발된 적도 많았다. 결국 결심을 마친 그가 슬그머니 품에서 앙크를 꺼내려던 그때, 먼 곳에서 외침이 날아왔다.

"거기 다 비켜 봐!!"

어느덧 캄캄해진 들판 너머에서였다. 헤카테는 재빨리 앙크를 꺼내어 그곳으로 내밀었고, 나세르는 반사적으로 지엔을 제 등 뒤에 숨겼다. 얼떨결에 나세르의 등 뒤에 숨게 된 지엔은 고개만 쏙 내밀었다.

어둠 속에서 사람 그림자와 그를 뒤쫓는 거대한 그림자가 점차 가까워졌다.

속도가 말도 안 되게 빨랐다. 거대한 그림자는 보폭 때문에 그렇다 쳐도, 사람의 경우에는 눈으로 보고도 믿기지 않을 정도였다.

엘프 아닌가? 달리기에 특화되어 있다는 신비의 종족을 떠올린 지엔은 그런 생각을 했다.

그 정체가 괴물과 괴물에게 쫓기고 있는 사람이라는 게 확실해지자 나세르는 검 손잡이에 손을 얹었다.

헤카테가 나선 것은 그때였다.

"공자님, 검기를 사용하실 수 있습니까?"

"아니."

검기는 마나를 다룰 수 있는 검사들만이 사용할 수 있는 건데, 그것을 무슨 시장에서 파는 과일이라도 되는 양 말하는 헤카테의 태도에 나세르는 조금 질렸다.

"그럼 비켜 보세요."

의아한 표정으로도 나세르는 순순히 비켜 주었다. 그리고 그는 제 뒤에 멀뚱멀뚱 서 있던 지엔을 한 팔로 안아 더욱 가까이 당겼다. 조심스럽기 그지없는 동작이었지만 지엔의 얼굴은 살짝 일그러졌다.

'공자님, 안 하던 짓 좀 하지 마세요……. 진짜 돌아가실까 겁나요…….'

앙크를 한 손에 쥔 헤카테가 그것을 천천히 자신의 가슴 가까이 가져오더니 노랫말 같은 기도문을 읊었다. 그러자 그가 디딘 땅속에서 솟아난 초록색 원이 환한 빛을 뿜으며 빙글빙글 돌았다.

방해하면 안 된다는 걸 알면서도 나세르는 자기도 모르게 중얼거렸다.

"처음으로 사제 같아 보이는군."

"집중 깨실 겁니까?"

신성 마법을 사용하는 도중에 말을? 놀란 표정의 나세르와 달리, 대수롭지 않다는 태도의 헤카테가 앙크를 쥐고 있지 않은 손을 내저었다. 그러자 헤카테를 감싸고 있던 초록색 원이 원반처럼 날아가 괴물과 남자를 덮쳤다.

초록색 원이 괴물의 발을 묶었다. 헤카테의 일은 거기서 끝나지 않았다.

"빛의 심판."

어느새 기도를 마친 그가 중얼거리자, 괴물 위의 하늘이 열리며 거기에서 뻗어 나온 한 줄기 흰 벼락이 괴물의 정수리에 내리꽂혔다. 과연 이름과 딱 맞는 신성 마법이었다.

그토록 거대하고 흉악하던 괴물은 회색 잿가루만 남기고 사라지고 말았다. 그 순간만큼은 여태껏 헤카테에게 사제로서의 존경심은 한 번도 품어 본 적이 없던 지엔과 나세르도 가만히 입을 벌렸다.

그들의 시선을 알아차린 헤카테가 말했다.

"저 이래 봬도 고위 사제입니다만."

"음, 저, 나는."

"잊고 있었단 말만 마세요."

그러자 지엔은 아예 아무 말도 하지 않았다. 옆에서 나세르가 황당하다는 눈으로 그런 둘을 보았다. 대체 뭐 하는 녀석들이야?

지엔은 헤카테가 방금 한 일이 얼마나 대단한지 모르고 있는 것이 틀림없었다. 그러니 금방 평소의 모습으로 돌아가 저렇게 헤카테와 농담 따먹기나 하는 게 아닌가.

방금 그건 나세르가 알기로는 분명 트롤의 한 종류였다. 그러니 재생할 기회를 아예 주지 않고 강력한 마법이나 검기로 단번에 끝내 버려야 한다는 헤카테의 판단은 옳았다. 그러나……

나세르는 조용히 제 옆구리에 매달린 검을 바라보았다.

'당신은 당신의 힘을 증명해야 할 겁니다.'

설마 헤카테가 자신에게 바라는 게 검기를 쓸 수 있을 만큼의 무력이었나?

그러나 나세르에게 있어 검술은 여전히 신에게 우연히 받은 별로 필요치 않은 선물인 동시에, 집으로 돌아오기 위한 수단에 불과했다. 그런데 자신에게 그런 수준의 무력을 갖추라고 말해 봐야……

"뭘 어쩌라는 건지."

"네?"

어쩌다 튀어 나간 중얼거림에 뭔가를 상의하던 지엔과 헤카테가 눈을 동그랗게 뜨고 그를 바라보았다.

아무것도 아니라는 뜻으로 고개를 내저은 나세르는 그제야 멀지 않은 곳에 서서 숨을 고르고 있는 한 남자를 발견했다.

멀리서 봤을 때도 키가 꽤 커 보인다고 생각했지만 가까이에서 보니 키가 큰 편인 나세르와도 머리 반 개 정도 차이가 났다. 검은 후드를 뒤집어써서 얼굴은 전혀 보이지 않았다. 아무리 여행길에 옷이 더러워지는 걸 막기 위해서라고 해도 좀 과했다.

나세르의 태도가 절로 뾰족해졌다.

"감사 인사를 하기 전에 후드는 좀 벗지 그래?"

"아? 아아, 그렇지! 감사 인사부터 해야 하겠지! 아무리 내가 도와 달라고 부탁한 적 없다지만."

행색이 아니라 말투 또한 수상한 남자였다. 도와 달라고 부탁한 적 없다니, 설마 빛의 사제가 목숨을 구해 준 것에 대해 값을 매길 거라 생각해서 하는 말인가? 게다가 다 비키라면서 굳이 이쪽으로 뛰어와 먼저 휘말리게 한 게 누군데?

후드를 쓴 남자가 계속 쾌활하게 떠들어 댔다.

"정말 큰일 날 뻔했지 뭐야! 이 근처에 오크도 아니고 트롤이라니, 말도 안 되잖아? 용병 열 명이 달려들어도 간신히 상대할까 말까인데!"

그즈음에서 대단하다는 둥의 공치사가 나오리라 생각했던 셋은 이어진 남자의 말에 얼굴을 구겼다.

돌연 골치 아프다는 표정을 지은 그가 고개를 설레설레 저으며 말했다.

"너무 잘생기면 트롤마저 눈이 돌아가서 달려든다니까……. 휴, 피곤하군."

"……."

지엔과 나세르, 헤카테가 착잡한 얼굴로 시선을 교환했다. 사람을 살린 것까지는 좋은데 알고 보니 미친놈인 것 같았다.

게다가 그놈의 잘생겼다는 얼굴은…….

나세르가 그에게 턱짓을 하며 물었다.

"후드 좀 벗지?"

후드 때문에 보이지도 않았다.

아앗, 남자가 이상한 소리를 내며 한 발짝 물러났다. 그에 세 사람의 표정은 한층 더 괴상해졌다.

후드 자락을 매만진 남자가 중얼거렸다.

"으음, 후드는 마법사의 생명인데."

"마법사라고요?"

눈을 동그랗게 뜬 지엔이 앞으로 나서자, 남자가 고개를 끄덕이며 말했다.

"그래, 마법사!"

나세르와 헤카테는 그제야 남자의 수상한 행색이나 왜 밤중에 숲에서 튀어나왔는지 등에 대해 간신히 이해했다.

마법사는 대체로 희귀한 재료나 연구 자료를 얻으려고 목숨 걸고 위험에 뛰어드는 인종인 데다, 대체로 마탑에 틀어박혀 저들끼리만 교류해서 일상적인 대화가 어려운 이들이 많았다.

"하지만 마탑에서 외모를 신경 쓰는 게 유행이라는 소문은 들어본 적 없는데."

헤카테가 중얼거리던 그때, 갑자기 남자가 후드를 홀렁 벗었다.

결 좋은 갈색 머리칼이 아래로 후두둑 떨어졌다. 유난히 결이 좋을 뿐 어디까지나 평범한 갈색이라서 그러려니 하던 세 사람의 눈이 이윽고 커졌다.

흰 얼굴에 박힌 한 쌍의 눈동자는 피를 굳혀 만든 보석처럼 아주 진한 붉은색이었다. 뿐만 아니라 짙고 수려한 눈썹과 선명한 눈매, 깎은 듯한 콧날을 갖고 있었다. 트롤이 제 얼굴에 반해서 쫓아왔느니 어쩌니 할 때는 미친 사람이라고 생각했는데 이제 보니 그럴 이유가 있었다.

물론 그렇게 생각한 것은 지엔뿐으로, 나세르와 헤카테는 상당히 인상적인 외모의 사람이라고만 생각하고 있었다.

이제 지엔은 남자가 후드를 다시 써 주었으면 하고 속으로 몰래 바랄 지경이었다. 나세르가 천사 같은 얼굴이고 헤카테는 좀 더 선이 옅은 요정 같은 얼굴이라면, 남자는 '미남'의 조건을 가장 정확히 충족하는 얼굴이었다. 그것도 그냥 미남이 아니라, 세상 모든 미남들을 보석으로 치더라도 다이아몬드쯤.

그러니 아무리 입만 열면 깨는 미친 사람이라도 지엔의 갈대 같은 마음이 흔들리지 않을 수…….

아니…….

'안 설레네.'

지엔은 가만히 손을 들어 자신의 돌덩이 같은 심장 위에 얹었다.

'하나도 안 설레네.'

이럴 수가. 도대체 어떻게 된 영문이지?

지엔이 생각에 잠겨 조용해진 것을 남자는 다른 뜻으로 해석한 모양이었다. 그가 여전히 경쾌한 목소리로 말했다.

"아아, 이게 얼마나 비싼 얼굴인데. 다들 함부로 반하지 않도록 주의해 줘. 더 피곤해지기는 싫거든."

"……."

세 사람은 정말 싫다는 눈으로 남자를 바라보았다. 그의 보기 좋은 입술에는 시종일관 삐뚜름한 미소가 걸려 있었다. 낙천적이고 자신감이 흘러넘치는, 그러면서도 약간은 짓궂게도 보이는 미소였지만 기품이 흘러넘쳐 가볍다는 느낌은 전혀 주지 않았다.

저런 언사를 하면서도 왠지 모를 기품이 느껴지다니, 도대체 어떤 환경에서 자란 건지. 세 사람의 머릿속에 같은 의문이 동시에 떠올랐다.

그때 지엔이 속으로 비명을 질렀다.

'앗, 저 남자!'

처음엔 표정과 눈빛이 하도 달라서 알아보지 못했는데, 이제 보니 언젠가 보았던 얼굴과 매우 닮아 있었다.

'꿈에서 봤던 전생의 내 모습이잖아!'

머리색 하나만을 빼고는 꿈속의 남자를 거의 오려 붙인 수준이었다. 짙고 강렬한 눈매도, 준수한 콧날도, 날렵하고 단단한 턱선도. 아니, 하지만…….

'그 사람은 분명 죽었을 텐데?'

그러니 그 사람이 죽고 나서 자신이 새로운 몸으로 다시 태어난 게 아닌가?

그렇다면 이 남자는 누구지? 설마 자신의 후손? 생각만 해도 어색해지는 느낌이었다.

그때 그도 지엔을 바라보았다. 마치 길가의 풀이나 돌처럼 별 관심도 주지 않고 지나치는 게 아니라, 제대로 응시했다.

그리고 그의 눈에서 장난기가 씻겨 나가는 것은 순식간이었다. 가면을 벗어 던진 듯, 갑자기 싸늘하게 굳는 얼굴을 보고 헤카테와 나세르 또한 반사적으로 긴장했다.

그 가운데, 남자가 천천히 입을 열었다.

"어."

이제까지와는 전혀 다른 분위기에 지엔의 어깨가 빳빳이 굳었다.

그 순간, 지엔은 전생에서 첫째 여인과 자신이 처음 대면했던 순간을 떠올렸다.

그때 자신이 꺼냈던 말은 분명······.

― 못생겼군.

지엔을 무감정한 눈으로 한참 동안 들여다보던 남자가 이윽고 천천히 웃었다.

꿈결처럼 아름다운 미소를 띤 남자가 달콤한 목소리로 속삭였다.

"너, 참 못생겼구나."

설마, 설마, 이 사람의 정체는······.

불안한 예감은 왜 틀리지를 않나. 지엔은 절망하며 머리를 감쌌다.

정적 속에서, 나세르가 살벌한 얼굴로 물었다.

"방금 뭐라고 했나."

그리고 그의 손이 남자의 멱살을 틀어 올렸다.

*　　　*　　　*

한바탕 소동 끝에 지엔은 나세르와 남자를 간신히 떼어놓을 수
있었다.

나세르의 살기가 여간 사람이 견뎌 낼 만한 것이 아닐 텐데도,
남자는 멱살을 잡힌 내내 '질투인가? 이래서 잘생긴 건 피곤하다니
까.' 어쩌고 하면서 나세르의 속을 더욱 뒤집어 놓았다.

아무튼 상황은 간신히 수습되었지만, 그렇다고 해서 모든 일이
끝난 것은 아니었다.

"나 같은 미모의 사람이 죽으면 인류의 손실이라고 생각 안 해?"

"안 합니다."

헤카테가 냉랭하게 답했다. 그러자 남자는 이번에는 나세르를
보며 물었다.

"게다가, 봐, 나는 얼굴 빼고는 뛰어난 게 아무것도 없는 사람이
라고. 마법도 별 볼 일 없어. 이런 나를 방치하고 그냥 가겠단 거
야?"

"물론."

나세르의 대답은 더욱 가차 없었다. 그러자 마지막으로 남자가
지엔을 향해 외쳤다.

"못난아! 동행하는 대가로 키스해 줄까?"

"저게 진짜!!"

대답하지 않는 지엔을 대신해 다시 폭발한 것은 나세르였다. 결국 지엔과 헤카테가 나세르를 2차로 뜯어말린 끝에, 남자는 지엔 일행으로부터 오십 걸음 정도 떨어진 곳에서 졸졸 따라오게 되었다.

그 와중에도 남자는 내내 투덜거렸다. 심심하다, 혼자 가기 무섭다, 세상인심이 이렇게 각박해서야…… 그냥 중얼거려도 될 것을 꼭 들으라는 듯 외쳐대는 그의 행동에 한참을 말없이 걷던 헤카테가 이마를 짚었다.

"교리만 아니었어도……"

그 말에 지엔과 나세르는 동시에 오싹해졌다.

'잠깐, 헤카테. 그럼 너 교리만 아니었어도 저 남자가 트롤에게 죽든 말든 그냥 내버려 뒀을 거라는 얘기냐……'

평소에도 사제답지 않은 마인드로 사는 것은 알고 있었는데 이 정도일 줄은 몰랐다.

나세르가 작게 중얼거렸다.

"그나저나, 복장 긁는 기술 하나만큼은 대륙 일인자라고 해도 되겠군."

"네……"

지엔은 멍하니 대답했다. 사실은 그녀도 '저 자식이 전생의 내게서 가져간 것은 사실 복장 긁는 기술이 아닐까' 하고 계속 고민하던 참이었다.

그렇게 한 시간 정도, 체감상으로는 긴긴 시간이 지난 후에야 그들은 마침내 페릴에 도착했다. 완전히 밤이 되기 전에 성으로 들어가려는 행렬들이 줄을 서 있었다.

아기를 안은 여인, 지엔이 얻어 탔던 것과 비슷한 짐마차, 험상궂은 용병들도 여럿 보였다. 순식간에 주변이 복작복작해진 것을 보며 지엔은 마음을 놓았다. 만약 저 남자가 자신을 지켜 줄 사람을 필요로 했던 거라면, 여기에는 나세르나 헤카테보다 훨씬 듬직하게 생긴 사람이 많았다.

'이제 갔겠지.'

그렇게 생각하며 주위를 두리번거리는 지엔의 눈에 한 남자가 눈에 띄었다. 그는 병사들과 성문 앞에서 한참 실랑이를 하고 있었다. 그의 목소리와 태도는 매우 절박했다.

"제발요! 영주님께 요청드려서 병사를 보내 주십시오! 이대로 가다간 우리 상단이, 상단이……."

"에잇, 이 근처에 살면서 그 저택에 가선 안 된다는 걸 모르는 사람도 있나? 하물며 상인이라는 자가……. 저리 가지 못해?"

"나으리!"

무릎을 꿇고 그들의 다리를 끌어안는 남자를 병사들이 가차 없이 걷어찼다. 안 그래도 옷자락에 피가 엉겨 붙고 너덜너덜하던 그의 몰골이 더욱 엉망이 되고 있었다. 그런데도 사람들은 자기들끼리 수군거리며 누구 하나 관심을 주지 않았다.

그나마 나선 것은 헤카테였다. 줄에서 벗어나 남자에게 다가간 헤카테가 가만히 그에게 손을 내밀었다.

"저는 여행 중인 빛의 사제입니다. 상처를 치료할 테니 가만히 계세요."

"아아, 사제님. 가, 감사합니다. 제발 저희 가족들, 상단 식구들을……."

"그건 제가 판단할 일이 아닌 듯하군요. 제게도 일행들이 있어서……."

"흐으윽……."

어깨를 축 늘어뜨리고 가늘게 떨던 그 남자는 치료가 끝나자마자 비틀비틀 일어나더니 성문 앞에 길게 줄 서서 기다리는 사람들을 노려보았다. 그가 외쳤다.

"난 분명 봤어! 아주 많은 수의 유령들……그들이 우리를 포위하고 짐이 실린 수레는 물론 사람들까지 모조리 끌고 가 버렸어! 가만히 뒀다간 너희도 똑같은 일을 당하게 될 거야! 두고 봐, 날 돕지 않은 걸 후회하게……."

애원이라기보다는 저주에 가까운 말을 날린 남자가 성문 사이로 비틀비틀 걸어가 사라졌다.

지엔과 나세르는 서로를 보며 어깨를 으쓱했다. 남자의 사정이 딱하긴 했지만 트롤 같은 몬스터도 아니고 유령이 짐과 사람들을 전부 끌고 가 버렸다니, 아무래도 믿기 어려운 이야기였다. 그럼에도 여기에 모인 사람들은 마치 그에 대해 짐작 가는 바가 있는 양 수군거렸다.

고성…… 파티? 그런 단어가 띄엄띄엄 지엔의 귀에 들려왔지만 진상을 알 수는 없었다. 그리고 지엔과 나세르, 헤카테도 마침내 차례가 되어 안으로 들어갔다.

페릴은 유명한 교역 도시 중 하나였다. 이웃하고 있는 하말보다는 규모가 작았지만, 교역세를 비롯한 세금이 적은 덕에 상인을 비롯한 인구 유입이 활발했다.

'아마 성문 앞에서 울부짖던 그 남자도 그중의 하나였겠지.'

헤카테를 돌아보니 그 역시도 아까 그 일에 대해서는 이미 깨끗이 잊은 눈치였다. 남자의 몰골은 보통이 아니긴 했지만 목격자가 하나뿐이니 아무래도 하는 얘기를 그대로 믿기에는 어려웠다.

그가 근처에 있는 큰 여관 하나를 가리키며 물었다.

"저기로 괜찮겠습니까? 예상치 못하게 걷느라고 시간을 많이 낭비했으니, 대충 들어가서 눈부터 붙이죠."

짐 마차에서 쫓겨나는 데 일조한 지엔과 나세르가 슬그머니 눈을 떨구었지만 헤카테는 전혀 개의치 않았다. 앞장서서 걷는 그를 두 사람이 허둥지둥 쫓았다.

큰 도시답게 여관도 시설이 깔끔하고 넓었다. 용병들도 돈만 받으면 뭐든 한다는 다른 마을의 불량배들보다는 수준이 훨씬 높아 보였다. 술 마시는 패거리들이 한가득 부대끼는데도 싸움은 일어날 기미가 보이지 않았다. 가족으로 보이는 사람들도 많았다.

열쇠를 받아 위층으로 올라간 세 사람은 복도에서 헤어졌다.

"그럼, 내일 보자."

"네, 안녕히 주무세요."

지엔은 방으로 들어가자마자 침대에 털썩 누웠다. 웬만해서는 잘 지치지 않는 지엔으로서도 꽤 피곤한 하루였던 만큼 꿈도 안 꾸고 죽은 듯이 잘 거라 예상했지만, 그렇지 않았다.

[아.]

지엔은 조용히 탄성을 터트렸다.

하얀 공간이었다. 일전에 나세르의 전생, 검은 머리칼에 검은 눈의 여인과 만났던 바로 그 공간.

그러면 여기서 기다리고 있으면 또 전생의 여인 중 하나가 나타나 자신과 싸우기 시작하는 걸까? 그건 좀 싫은데. 차라리 깨고 싶다고 생각하며 지엔이 허공을 노려보던 때였다.

뚜벅뚜벅, 발소리가 들려왔다. 얼마 지나지 않아 아무것도 없던 흰 공간에서 한 여자가 안개처럼 스르르 나타났다.

옅은 금색 머리칼은 추수기의 황금빛 들판 같았다. 눈동자 또한 갓 녹인 듯한 황금빛. 마치 빛의 신이 국교가 되기 전 민간에서 성행했던 추수의 여신 같았다.

지엔은 가만히 중얼거렸다. 전생의 나, 이런 여자를 못생겼다고 깐 거야?

[내가 미쳤지.]

자신의 눈은 진짜 하늘 끝에 달려 있던 게 분명했다.

찬찬히 뜯어 보면 눈꼬리는 조금 우울한 듯이 처져 있었고, 코와 입술은 낮고 흐릿했으나 그 나름의 독특한 매력이 있었다. 수수하

고 깨끗한 인상이었다. 어디서 많이 본 얼굴이다 했더니 이목구비
만큼은 자신과 아주 조금은 닮은 듯도 했다.

　지엔이 그렇게 생각하는 사이, 마침내 지엔의 코앞까지 다가온
여인이 걸음을 멈추었다. 그녀가 걸친 하얀 드레스 자락이 바람에
나부꼈다.

　한참이나 지엔을 응시하던 여인이 물었다.

　[좋았나요?]

　[뭐?]

　지엔의 입을 움직인 것은 지엔 자신의 의지가 아니었다. 지엔은
얼굴을 굳혔다. 또다. 또 꿈에서 그녀의 의지와는 상관없이 말도 안
되는 대화가 이루어지려 하고 있다.

　　[아름다운 당신. 그토록 아름답고 무자비한 당신. 나를 비웃고,
　무시하고, 없는 사람 취급했죠. 그래서 좋았나요? 행복했나요?]
　　[네가 내 눈을 사로잡지 못한 것을, 나더러 어쩌라는 거지?]

　이번에도 자신의 의지와 관계없이 흘러나온 말에 지엔은 긴장했
다. 자신을 향한 말이 아닌데도 너무 싸늘한 나머지 숨이 막힐 지경
이었다.

　한참이나 우울한 눈으로 지엔을 보던 여인이 다시 말했다.

[태양 옆의 별들은 왜 진작 자살하지 않고 붙어 있나 모르겠더군요.]

[태양 옆에서 기생해야만 그들은 그나마 빛날 수 있기 때문이지.]

[나는 빛나는 건 바라지도 않았어요. 사랑받고 싶었을 뿐.]

[그렇다면 그거야말로 불가능한 일이라는 걸 알 텐데.]

지엔의 대답에 여인의 입술에 그나마 걸려 있던 옅은 미소마저 사라졌다. 그리고 그녀의 키가 불쑥 커졌다.

지엔은 이 광경을 알고 있었다. 나세르가 여자의 모습으로 바뀔 때와 비슷했다. 이번에는 순서가 달랐을 뿐이다. 여인이 지엔보다도 먼저 남자로 바뀌었다.

낮에 보았던 바로 그 얼굴이었다. 후드를 뒤집어쓰고, 되지도 않는 헛소리를 지껄이던 그 미남자.

딱딱하게 굳어진 지엔의 앞에서 남자가 이제는 훌쩍 커진 몸을 굽혀 지엔과 눈높이를 맞추었다. 머리 색은 낮에 본 것과는 달리 매혹적인 짙은 보라색이었다.

요요로운 붉은 눈이 이윽고 즐거운 듯이 휘어졌다. 몸을 조금 더 굽힌 남자가 낮게 속삭였다.

[그리고 이제 빛나는 건 나로군요.]

[……]

[나는 당신처럼 될 거예요. 아름답고, 무자비하게.]

그리고 지엔은 꿈에서 깨었다. 숨을 몰아쉬기를 잠시, 여관의 천장을 하릴없이 바라보던 지엔이 중얼거렸다.

나처럼 살겠다고? 그 말인즉, 전생의 자신과 같은 죄를 짓고 싶다는 얘기인가?

제정신인가? 전생에 신과 나눈 마지막 대화를 기억하지 못하는 거냐고!

 — 너희들이 그것들을 가지고서 나와 같은 죄를 저지른다면, 너희
 들은 다음 생에도 나의 것이다.

그런 짓을 했다간 이번 생에서도 자신과 엮이게 될 텐데, 왜 굳이 그런 해롭기만 하고 소득 없는 짓을 하려는 걸까?

비명을 지르며 머리를 감싸 안고 침대를 구르던 지엔은 마침내 힘이 탁 풀려 천장을 바라보며 속삭였다.

"역시 죽자……."

앞으로의 인생이 더더욱 귀찮아질 것만 같았다.

*　　　*　　　*

해가 중천에 뜨도록 헤카테가 일어나지 않아 방으로 들어간 지엔과 나세르는 전혀 예상치 못한 상황에 부딪혔다. 헤카테가 몸져누워 있었다. 침상에 가만히 누운 그를 건드려 봐도 괴로운 신음만 나올 뿐이었다.

"윽, 으으윽……."

지엔이 착잡한 표정으로 말했다.

"그러게 그냥 업히라니까."

"조용히…… 윽, 해요……."

그렇게 말하며 자리에서 일어난 헤카테는 제 어깨를 부여잡으며 도로 눕고 말았다.

그 모습을 지켜보던 나세르도 한마디 했다.

"몸살이 제대로 났군. 치료는 안 되는 건가?"

"몸살에는 신성력…… 안 들어요."

"결정적인 순간에 쓸모가 없군."

"당신은 어떻게 신전 출신이면서 그것도 모를 수가……."

발끈하며 자리에서 일어나던 헤카테가 다시 풀썩 쓰러졌다. 지엔이 고개를 절레절레 내저으며 중얼거렸다.

"헤카테만은 별문제 안 일으킬 거라 믿었는데."

역시 여행이란 예정대로 흘러가지 않는 법이다.

이 일행의 실질적인 지도자였던 헤카테가 드러누우니 지엔과 나세르는 아무것도 할 수가 없었다. 그냥 하루빨리 헤카테가 자리를 털고 일어나기를 기다릴 수밖에.

그나마 아직 예정일까진 시간이 많이 남아서 다행인가…… 지엔이 창밖을 보며 중얼거리던 그때, 헤카테가 말했다.

"마법사, 데려오세요……."

"마법사?"

지엔이 휙 하고 고개를 돌리며 물었다. 나세르도 두 귀가 번쩍 뜨였다. 수도에서 보내 준다던 마법사와 합류하기로 한 곳이 여기였다니.

아무리 여행엔 별 기대가 없는 둘이라고 할지라도 마법사라는 단어가 주는 특유의 울림이 있기 마련이었다. 물론 세상의 모든 마법사가 어제 보았던 미남처럼 정신 나간 작자가 아니라는 법은 없지만⋯⋯.

힘겹게 고개를 끄덕인 헤카테가 말했다.

"저희가 하말을 거치지 않는 바람에 예정보다 하루 정도 일찍 도착했으니 아직 오지 않았을 수도 있지만, 그래도 혹시 모르니⋯⋯ 마탑 지부로 가서 칼이라는 마법사를 찾으면 될 겁니다."

"칼⋯⋯."

어쩐지 마법사의 이름치고는 영 낭만이 없는 어감이었다. 그 말과 함께 헤카테가 목적을 달성한 파발처럼 장렬하게 정신을 잃었다. 그를 착잡한 눈으로 보던 지엔과 나세르는 그의 이불을 목 끝까지 꼼꼼히 덮어 주고 방을 나왔다.

그러면서 지엔이 중얼거렸다.

"다음엔 강제로라도 업어야겠어요."

"차라리 내가 업게 해 주겠나?"

"으음, 그렇지만 제가 공자님보다 체력 더 좋잖아요?"

"⋯⋯."

대답할 말이 없어진 나세르는 그냥 말없이 걸음을 재촉했다.

페릴은 아침인데도 활기찼다. 과연 상업의 도시란 건가, 주목받지 않도록 후드를 여미면서 나세르는 다시금 생각에 잠겼다.

어젯밤 헤카테와 나누었던 대화가 저절로 귓가에 떠올랐다.

— 무슨 꿍꿍이입니까?

지엔이 잠든 뒤 나세르가 그녀의 방에 들린 일이 있었다. 별 이유
는 아니었다. 그저 지엔의 방 탁자 위에 이마에 바를 약을 올려 두
기 위함이었다. 다녀오니 헤카테가 잠들지 않고 문 옆에 기대어 서
서 그를 기다리고 있었다.

뜻밖의 상황에 나세르가 멍하니 있자, 헤카테가 다시 물었다.

— 무슨 꿍꿍이냐고 물었습니다.

그제야 정신을 차린 나세르가 대답했다.

— 이상한 일을 하러 간 건 아니다. 그냥…….
— 약을 갖다주러 가셨다는 건 압니다. 제 말은, 지엔에게 그렇게
까지 잘해 주는 이유가 뭐냔 말입니다.

추궁하는 헤카테의 목소리가 몹시 싸늘했다. 다른 꿍꿍이가 있
다면 가만두지 않겠다는 듯한 그 시선에 나세르는 속으로 마른 침
을 삼켰다.

그러나 수상할 정도로 지엔에게 잘해 주는 것은 저쪽도 마찬가

지가 아닌가? 그렇게 생각하며 나세르가 조심스럽게 물었다.

— ……그러는 너는?

픽 웃은 헤카테가 대답했다.

— 오래된 친구입니다. 이유가 더 필요합니까?
— 단지 그뿐이라고? 오래된 친구, 그뿐?
— 이해하지 못하시는군요. 지엔과 저는 이미 8년 동안이나 보아 온 사이입니다. 지금 이 상황에서 저보다 명백히 이상해 보이는 건 공자님이 아닙니까? 고용인과 피고용인의 관계일 뿐인데, 어째서……

그때였다. 잠자코 듣고 있던 나세르가 다시 입을 열었다.

— 어렸을 때 널 본 적이 있어.

방의 어둠을 가르고 유난히 낮게 떨어진 말이었다. 의도를 가늠하는 듯 나세르를 의미심장한 눈으로 쳐다보던 헤카테가 이윽고 온화하게 웃었다.

— 그렇습니까?

갑자기 나긋나긋해져서 오히려 수상하게 느껴지는 태도였다. 나세르는 전혀 긴장을 풀지 않고 말을 이었다.

― 그래. 나는 네가 오래 머무른 브리지트 백작령의 신전에는 가본 적이 없지만…… 네가 내가 지내는 곳으로 온 적이 있었지. 수도의 본단으로.

― ……

― 빛의 대사제, 오웬 님의 장례식에서였어.

오웬. 빛의 신에게 몸담고 있다면 누구나 아직도 기억할 이름이었다.

그는 역사상 가장 젊은 나이에 대사제가 된 사람이었고, 가장 오래 그 자리를 지킨 사람이기도 했으니까. 본래는 너무 늙기 전에 수도로 올려 주교 자리를 주려 했다는 소문이 있었으나, 모종의 이유로 그는 그것을 거절하고 브리지트 백작령에서 말년을 보냈다.

그가 젊은 시절을 보낸 수도의 본단에는 아직도 그를 그리워하는 사람들이 많았다. 그래서 나세르도 하루에 한 번꼴로 그의 얘기를 들었다.

빛의 신께서 세상의 빛이 부족하여 내려 주신 사람. 그게 사람들의 오웬에 대한 평가였다.

수도에 잠시 올라온 그와 우연히 처음 마주쳤을 때, 그 말이 사실이라는 걸 눈으로 알 수 있었다.

햇살로 짠 비단처럼 부드러운 광채가 그의 주위를 따뜻하게 감싸고 있었다. 누구나 마음을 열고 기꺼이 기대고 싶어지는 그런 광채였다.

그의 옆에는 그런 분위기와는 유독 어울리지 않는 어린아이 하나가 서 있었다. 표정이 유난히도 없는 남색 머리칼의 쌀쌀맞아 보이는 남자아이였다.

봄볕이 찬란하게 흐르는 본단의 후원에서, 자신 또래로 보이는 남자아이는 꽃나무 위를 멀뚱멀뚱 쳐다보았다. 무엇을 보나 싶어 나세르가 따라서 고개를 들자 뱀에게 습격당하는 새의 둥지가 눈에 들어왔다. 어미 새가 자리를 비운 틈에 탐욕스럽게 입을 벌린 뱀이 알을 하나하나 삼키는 광경을 남자아이는 경악도, 연민도 없이, 그저 고요한 눈으로 바라보았다.

그건 생과 사에 완전히 달관한, 무에 가까운 눈이었다. 그렇기에 그 눈빛은 나세르의 기억 속에 아주 오래도록 남았다.

몇 년이 지나 대사제 오웬의 장례식에서 다시 그 남자아이를 보았을 때, 수년이 흘렀지만 나세르가 단박에 그를 알아볼 수 있었던 것은 그런 이유에서였다. 그는 여전히 달관한 얼굴로 관계없는 이를 바라보듯 관 안에 누운 오웬의 얼굴을 바라보고 있었다.

그때 후원에서 손을 잡고 있던 오웬과 남자아이에게는 마치 할아버지와 손자처럼 친근한 분위기가 흘렀는데도.

그가 여전히 표정 없는 얼굴로 입을 연 것은 그때였다.

— 모르겠어, 오웬.

나세르는 반사적으로 기둥 뒤에 숨었다. 남자아이의 목소리가 벽을 따라 차갑게 울려 퍼졌다.

— 당신은 당신 죽음으로써 내가 외로움을 알게 되기를 바란다고 했지. 상실을, 그로 인한 고독을. 인간들의 감정의 근원이란 바로 거기 있다면서.

그렇게 말하는 목소리에는 아주 오래 살아 온 괴물이 끝내 사람을 따라 하길 실패했을 때나 보일 법한 슬픔이 깃들어 있어, 나세르는 조금 섬뜩해졌다. 그것이 그가 처음으로 본 남자아이의 감정 표현인데도 불구하고.

마치 겉껍데기만 사람인 전혀 다른 존재를 보는 것만 같은 느낌.

남자아이가 다시 중얼거렸다.

— 나는 모르겠어, 오웬. 내가 그걸 배울 수 있을 것 같지 않아.

그리고 그는 끝내 고개를 숙였다.

— 당신의 삶으로도, 죽음으로도 끝내 깨우치지 못한 그 감정을, 내가 배울 수 있을까?

한참을 그 자리에 못 박힌 듯 서 있던 그는 마침내 발을 떼어 그

자리를 벗어났다. 그러면서 그가 중얼거렸다.

  — 이제 내게 그걸 가르칠 수 있는 존재는 단 하나 남았어, 오웬.
단 하나.

그날 엿들은 대화는 나세르의 머릿속에 아직까지 남아 있었다.
  나세르가 대략적으로 늘어놓은 얘기를 들은 헤카테가 입꼬리를
비죽 올렸다. 이제는 숨길 것도 없다는 듯한 태도였다.

  — 청력은 물론이고 기억력까지 대단히 좋으시군요. 차라리 첩자
를 해 보시는 건 어떻습니까?
  — 너야말로 사제치고는 감탄스러울 정도의 빈정거림이지만, 말 돌
리려고 하지 말았으면 좋겠군.
  — ……

나세르의 반격에 헤카테의 입술이 꾹 다물렸다. 그때를 놓치지
않고 나세르가 물었다.

  — 이제 누가 더 수상한지는 가려진 것 같은데.
  — ……
  — 넌 대체 정체가 뭐지? 저 녀석의 곁에는 대체 왜 붙어 있는 거
지?

그러자 나세르를 보던 헤카테의 눈이 깊게 가라앉았다. 이윽고 한숨을 내쉰 헤카테가 성큼 뒤돌아섰다.

— ……당신이 알 필요 없는 일입니다. 감당 못 할 일이기도 하고.
— 뭐? 먼저 추궁한 게 누군데?

끝내 대답하지 않고 침대에 털썩 눕는 헤카테를 보며 나세르는 어처구니없어했다.

그러나 이불을 걷고 멱살을 잡고 흔들어 봐도, 검을 들이밀어 봐도 헤카테는 아무 말도 하지 않았다. 결국 싱거운 결말에 불만스러워하며 잠자리에 든 것이 어제의 일이었는데.

거기까지 생각한 나세르가 작게 중얼거렸다.

"오늘 저러는 꼴을 보니, 저놈도 사람이긴 했단 생각이 들어 좀 허무해지는군……."

"네?"

지엔이 돌아보며 묻자 나세르는 가만히 고개만 내저었다. 그리고 그들은 정면을 보았다.

아직 가시지 않은 새벽안개를 뚫고 아무런 창문도 장식도 없이 문만 뚫린 검은 탑 하나가 우뚝 솟아있었다.

마탑 지부였다.

"바보와 마법사는 높은 곳을 좋아한다지."

예로부터 유명한 마법사에 대한 속담을 떠올리며 나세르가 문을 열어젖혔다. 내부는 밖에서 보고 예상한 것보단 훨씬 넓었다.

그래 봤자 테이블이 여남은 개 있는 평범한 주점의 내부처럼 보일 뿐이었다. 그나마 테이블에 모여 있는 사람들이 제 키의 세 배 정도 되는 길이의 스크롤을 읽고 있다거나, 손바닥에 올려놓은 도마뱀과 대화를 나누고 있다거나 하는 모습 덕분에 마탑이라는 걸 알아볼 수 있긴 했다.

이름도 알아들을 수 없는 이론을 놓고 토론하는 남자들을 지나친 나세르와 지엔이 접수대로 다가갔다.

"사람을 찾고 있습니다."

"네?"

"칼이라고 하는데, 본래대로라면 내일 여기서……."

과연 이런 흔한 이름 한 글자 가지고 사람을 찾을 수 있을까 의심스러웠는데, 접수대의 여자는 그 말을 듣자마자 흔쾌히 외쳤다.

"아, 마침 방금 오셨는데 불러드릴게요. 칼 씨!"

그렇게 말하는 그녀의 뺨이 아주 약간 붉었다.

뭐지? 의아하게 여기며 고개를 돌린 지엔과 나세르는 창가에 앉아있는 익숙한 인영을 발견하고 눈을 구겼다. 으악, 설마.

설마가 설마였다. 후드 차림의 남자가 방정맞게 손을 흔들며 인파를 헤치고 다가왔다.

"아, 어제 날 길가에서 죽으라고 방치하고 간 그 사람들 아니야?"

말하는 것도 여전히 제멋대로였다. 어제도 트롤이 제게 반해서 달려들었다느니 어쨌느니 하는 소리를 잘도 하더라니!

지엔은 불만스러운 표정을 지으며 대꾸했다.

"죽으라고 방치했다니요, 엄연히 살려드렸거든요."

"아, 그랬나?"

"됐고, 이름이 칼이라고?"

옆에서 마찬가지로 골치 아프다는 표정을 짓고 있던 나세르가 물었다.

아무튼 중요한 일을 위해 수도에서 보낸 마법사, 헤카테의 동의도 없이 이 일행에서 빼고 말고를 그들 마음대로 정할 수는 없었다.

아니, 마음만 같아선 정말 빼고 싶지만. 칼이라는 이름의 마법사는 못 찾았다고 말하고 그냥 다른 마을로 떠나 버리고 싶지만.

그 와중에 지엔은 홀로 생각했다. 이거 비밀 엄수가 중요한 임무 맞아?

'그러기에는 지나치게 눈에 띄는 외모의 사람들만 일행이 되고 있는뎁쇼!'

어쨌거나 지금은 이 자리를 벗어나는 게 급선무였다. 이 남자의 후드가 실수로 벗겨지기라도 한다면 시선이 모이는 건 시간 문제니까.

이름이 칼이냐는 나세르의 물음에 남자가 냉큼 고개를 끄덕였다. 부정할 여지 없이 본인이었다.

지엔은 속으로 그 이름을 되뇌었다. 칼, 칼이라. 생김새와는 썩 어울리지 않는 이름이네. 좀 더 길고 화려한 이름일 줄 알았더니.

어쨌건 자신이 알 바는 아니었다. 애써 고개를 돌리는 지엔의 옆에서 나세르가 말했다.

"일단 우리가 머무르는 여관으로 가지. 네가 우리가 찾는 마법사인지 확인해 줄 사람이 그곳에 있으니."

"아, 그 사제님? 그러네, 그 무지 센 사제님은 뭐 하느라 여기 안 와?"

지엔과 나세르의 표정이 일제히 구겨졌다. 한참 후에야 나세르가 입을 열었다.

"……앓아누웠다."

그 즉시 칼이 박장대소했다.

"하, 하하! 정말이야? 그거 걸작이네!"

그러면서 그가 나세르의 어깨에 친근한 척 팔을 걸쳤다.

"뭐야? 일이 어떻게 된 건데?"

인상을 찌푸린 나세르가 그 손을 쳐내며 대꾸했다.

"내 몸에 함부로 손대지 마. 그리고 가능하다면 존댓말을 쓰지 그러냐?"

오랜 신전에서의 생활 때문인지 나세르는 누가 제 몸에 손대는 걸 유독 싫어했다. 옷을 갈아입거나 씻는 등의 수발이 필요한 일도 전부 하인을 물리고 직접 할 정도였다.

그런 그의 성격을 잘 알고 있는 지엔으로서는 그런 그가 어째서 요즘 자신에게 접촉이 잦아진 건지 의문이었다.

그때 남자가 다시 물었다.

"하지만 비밀스러운 일이라며? 그러면 어차피 너도 신분 숨겨야 하는 거 아냐?"

"……."

나세르의 불만이 쏙 들어갔다.

지엔은 새삼 칼을 바라보며 생각했다. 그래도 이게 비밀스러운 임무라는 자각은 있구나.

어쩌면 일상생활을 할 때와 일을 할 때의 성격이 다른 사람일지도 모른다. 그렇다면 이 여행이 좀 더 편해질지도…….

지엔이 속으로 한 줄기 희망을 품는 그때, 칼이 지엔을 돌아보더니 방긋 웃었다. 그녀가 속으로 몹시 불길한 예감을 느끼던 그때, 칼이 외쳤다.

"아, 어제 봤던 못난이잖아? 안녕! 아침에 봐도 못생겼네!"

이제 겨우 두 번 만난 사이치고는 참으로 파격적인 인사였다. 못 참고 칼의 멱살을 낚아챈 나세르가 으르렁댔다.

"진짜 죽어 볼 텐가?"

"아니, 그럼 못난이를 못난이라고 부르지 뭐라고 부르란 말이야?"

"제 이름은 지엔이에요."

칼의 능청스러운 물음에 지엔이 뭐 씹은 표정으로 대꾸했다. 그러자 고개를 주억거린 그는 다시 말했다.

"이름 외우기 어려우니까 못난이로 통일하자."

"그냥 널 죽이고 다른 마법사를 데려가는 걸로 하지."

마탑에서 대놓고 싸움을 벌이려는 두 사람을 지엔은 임무를 들먹이며 필사적으로 뜯어말렸다.

간신히 소란이 진정된 뒤에 기진맥진한 지엔은 칼과 나세르를 각각 한 팔에 끼고 여관으로 향했다.

그러는 내내 그녀의 얼굴은 울상이었다.

이미 자신과 나세르와 헤카테, 셋만 다닐 때만 해도 상황이 그리 좋지 않았는데. 나세르와 헤카테는 하루가 멀다 하고 사소한 이유로 싸우곤 했으니까. 그런데 여기에 심상치 않은 성격의 인물이 하나 더 끼어들다니.

"내가 미쳐……."

지엔은 한숨을 푹푹 쉬며 고개를 떨어뜨렸다.

지엔과 나세르가 칼과 함께 문으로 들어오는 것을 본 헤카테의 반응도 두 사람과 별반 다르지 않았다. 다들 곧 죽을 사람처럼 우울한 표정을 짓는 데 반해 칼만이 여전히 명랑했다.

"여어, 사제님! 그 심상찮은 신성 마법을 볼 때부터 우리가 이럴 운명이라고 믿고 있었지."

헤카테가 싸늘하게 대꾸했다.

"그런 소리는 저기 운명의 사제에게나 가서 하시겠습니까? 교구 신전은 여관에서 나가서 오른쪽으로 꺾으면 있습니다."

굳이 위치까지 읊어 줄 정도면 그도 칼을 방에서 내쫓고 싶은 마음이 간절한 게 분명했다. 하지만 칼은 아랑곳하지 않고 명랑하게 웃었다.

그리고 그가 꺼낸 말에 지엔은 눈을 휘둥그레 떴다.

"하지만, 어제 사제님이 쓴 주문은 빛의 고위 사제 정도가 아니고선 못 쓰는 주문이잖아? 그런 나이에 그런 신성력을 가진 사람은 흔치 않지."

그가 눈을 찡긋하며 물었다.

"그렇지? 빛의 인도자, 헤카테 사제님."

"……."

팔을 가만히 부여잡은 채 침상에 누워 있던 헤카테가 눈을 가늘게 떴다. 나세르와 지엔은 가만히 시선을 주고받았다.

'이 인간, 대체 뭐 하는 인간이지?'

지엔이 생각했다.

어제 트롤에게 쫓겨 달려올 때만 해도 분명 마음의 여유 따위는 없어 보였는데, 그 와중에 헤카테가 쓰는 주문을 보고 정체까지 알아 두다니. 담력이든 정보력이든 보통내기는 아니었다.

지엔은 방금 하나 더 알게 된 사실을 자그맣게 중얼거렸다.

'그건 그렇고, 빛의 인도자?'

참으로 안 어울리는 이명이었다.

이윽고 칼을 지그시 노려보던 헤카테가 조용히 대꾸했다.

"수도에서 입만 산 반편이를 보낸 게 아니기를 바랍니다."

그 귀하다는 마법사를 대하는 헤카테의 태도는 여전히 가차 없었다. 반면 칼의 태도는 무척이나 여유로웠다.

"실망하지 않을걸."

자신만만한 그의 태도에 나세르가 물었다.

"어쩌다 당신이 오게 된 거지?"

칼은 활짝 웃으며 대답했다.

"응, 사촌 동생과 가위바위보 해서 졌거든!"

"……."

혹시나 뭔가 다른 이유가 있을까 해서 주목했던 지엔과 헤카테
는 다시 고개를 돌려버렸다.

　정말로 믿음 가지 않는 마법사였다. 침상에 누운 헤카테의 시름
이 좀 더 깊어졌다.

7. 전생의 뒷수습

 하루 정도는 어떻게든 버텨 볼 생각이었다. 차라리 내일 출발하는 대로 일정을 강행군으로 잡으면 지쳐서 떠들지도 못하지 않을까? 그게 지엔과 나세르의 공통된 의견이었다.

 정체가 들통나서 적을 상대하는 것보다 칼의 주둥이를 상대하는 것이 더 두려웠다. 오죽하면 나세르는 지엔과 단둘이 있을 때 이런 말까지 했다.

 "이미 우리의 계획이 들통났는지도 몰라."

 "네?"

 "그들 측에서 우리를 복장 터져 죽이려고 저 마법사를 보낸 거다."

 "......"

참으로 신빙성 있게 들리는 말이라 지엔도 차마 부정할 수가 없었다.

게다가 지엔에게는 한 가지 문제가 더 있었다. 저 칼이라는 남자와 자신이 전생의 악연으로 단단히 묶였다는 사실.

그러니 여정 중에 틀림없이 제게 해코지를 하려 할 텐데…….

— 나는 당신처럼 될 거예요. 아름답고, 무자비하게.

아닌가? 그냥 이제는 자신의 것이 된 미모를 온 세상에 자랑하고 다니겠다는 뜻인가?

차라리 그런 뜻이라면 좋겠다.

잠깐, 당신처럼 되겠다고 했지. 설마 그 말인즉 저 칼이라는 남자의 말과 행동이란 게 모두 다…….

'설마 내가 전생에 저러고 살았던 건가……?'

그렇다면 지엔이라도 복수를 위해 365일 따라다니며 저런 식으로 복장을 긁지 않을 수 없을 것 같았다.

암, 저런 걸 전생에서 내내 당했다니. 절대 제정신으로는 못 버티지.

아니, 그런데 위대하고 사악한 존재였다며? 위대하고 사악하게 복장이라도 긁고 다닌 거야? 그게 대체 뭔데?

아악! 아침부터 번뇌에서 빠져나오지 못한 지엔이 열심히 고개를 내저었다. 지엔의 옆에서 그 꼴을 지그시 구경하던 칼이 고개를 숙이며 물었다.

"못난아, 뭘 그렇게 중얼거려?"

"아니요, 인생에 대한 생각을 좀."

"그렇게 한숨 계속 쉬면 더 못생겨져, 못난아."

이 사람은 한 문장에 한 번씩 못난이라는 말을 넣지 않으면 혀에 가시라도 돋는 건가?

나세르도 비슷한 생각을 했는지 날카로운 말투로 말했다.

"못난이라고 부르지 말랬지."

그러거나 말거나, 칼은 계속 턱을 괴고 지엔을 보며 싱글싱글 웃었다. 누굴 꼬시려고 작정이라도 한 것 같은 화사한 미소였다.

그러나 입에서 나오는 말은 그와는 영 반대였다.

"왜? 내가 널 못난이라고만 불러도 설레지 않아?"

"아니요."

지엔은 최대한 차갑게 대꾸했다. 마법사의 화를 사서 개구리가 되는 게 아닐까 무서웠지만, 나세르나 헤카테가 어떻게든 해 줄 것이다.

그러자 칼이 믿을 수 없다는 듯 눈을 동그랗게 떴다.

"정말? 내 주위 사람은 다들 좋아하던데?"

"진짜요?"

"말을 걸어 주신 것만으로도 영광이랬어. 하긴, 나라도 그렇겠지만……."

지엔은 입술을 매만지며 그렇게 말하는 칼을 참 싫다는 눈으로 쳐다보았다. 저 미친 자신감은 그렇다 치고, 저게 사실이라면 외모 외에도 분명히 이유가 존재할 텐데…….

마법 실력이 대단히 뛰어난 건가? 그런 건 평민인 자신으로서는 알 수가 없으니 원……. 그렇게 생각하던 지엔이 조심스레 물었다.

"저기, 그럼 호칭에 특별한 악의는 없다는 거죠?"

그러자 칼이 싱긋 웃으며 대꾸했다.

"글쎄?"

"……."

지엔은 그냥 입을 다물었다.

'그래, 희망을 가진 내가 잘못이지…….'

전생의 죄를 생각하면 이깟 일쯤 못 견뎌 낼 것도 아니었다. 그냥 인과응보라고 생각하지 뭐. 하지만…….

조용히 테이블을 내려다보던 그녀의 눈에 이윽고 눈물이 고이기 시작했다. 그걸 본 칼의 눈이 조금 흔들렸다.

"어, 저기……."

거침없이 막말을 쏟던 것은 언제고, 조심스럽게 묻는 그의 눈을 피해 지엔은 고개를 돌렸다. 그녀가 깊이 잠긴 눈으로 바닥을 보며 중얼거렸다. 그래도…….

'못난이라고 부르지 말란 말야.'

지엔이 가슴 아파하는 것은 물론 못난이라고 불린 사실 자체와는 대단히 거리가 멀었다.

전생에 그들과 했던 마지막 내기가 아직도 그녀의 머릿속에 떠돌고 있었다.

— 너희들이 그것들을 가지고서 나와 같은 죄를 저지른다면, 너희들은 다음 생에도 나의 것이다.

'나와 같은 죄를 저지른다.'

그 뜻은 이와 같았다.

검술을 가져간 두 번째 여인은 그 검술을 이용해 다른 사람에게 해를 끼칠 때.

강철 심장을 가져간 세 번째 여인은 아무도 사랑하지 않고 도리어 남들의 자신을 향한 사랑을 이용할 때.

그리고 첫 번째 여인의 경우에는.

'다른 사람에게 못생겼다고 욕을 할 때겠지.'

즉, 지금 칼의 행동은 이번 생에서 자신과 얽히기에 딱 좋은 행동이었다.

'우리 전생에서 충분히 많이 봤잖아요! 그런데 왜 제 발로 싫은 사람의 손에 들어오려고 하는 건데요!'

눈을 질끈 감는 지엔의 눈에서 기어이 눈물 한 방울이 또르르 흘러내렸다. 그걸 본 순간, 나세르가 자리를 박차고 일어났다.

"따라 나와라."

"응? 어딜? 잠깐, 우는 애부터 달래야 할 거 아니⋯⋯."

"그 울고 있는 애가 네가 울린 애라고는 생각 안 하나?"

"공자님을⋯⋯."

제발 싸우지 좀 마세요⋯⋯. 지엔의 힘없는 만류에도 두 사람의 다툼은 한동안 멈추지 않았다.

불행하게도 헤카테는 다음날도 자리에서 일어나지 못했다. 어제처럼 여관 1층 식당에 모인 나세르와 지엔의 얼굴이 하나같이 초췌했다.

머리카락에 걸린 마법이나 일정에는 여전히 여유가 있다. 게다가 수도에서 마법사가 왔으니 그까짓 마법쯤 풀려도 다시 걸면 그만이다.

하지만 차라리 마법사가 없는 게 나았을 거란 생각이 계속 드는 건 왜일까?

지엔이 한숨을 푹푹 쉬며 말했다.

"걷고 싶어요."

나세르도 고개를 끄덕였다. 그가 진지하게 대꾸했다.

"기왕이면 기절할 지경으로 걷고 싶군."

"기절하시면 제가 업어 드릴게요."

"그거 고맙군."

나세르는 거절하지 않았다. 두 사람의 속도 모른 채 맞은편에서 생글생글 웃던 칼이 물었다.

"왜 그렇게 마음들이 급해? 못…… 아니, 지엔."

'그야 나세르 공자님이 기절할 정도면 댁은 진작 기절하고도 남았을 테니까.'

지엔은 속으로만 중얼거렸다.

못난이라고 부르지 않겠다고 맹세한 지 고작 하루가 지났는데도 칼이 부르는 호칭은 여전히 지엔과 못난이 사이를 오가고 있었다. 나세르의 눈빛이 살벌해지는 것을 본 지엔은 두통을 누르며 자리에서 일어났다.

"저기, 기왕 이틀째 머무르게 된 거, 오늘은 마을 구경을 좀 하는 게 어떨까요?"

지엔의 제안에도 나세르의 반응은 시큰둥했다.

"볼 게 뭐 있다고."

칼의 반응도 별다르지 않았다.

"여기까지 내려오는 여정이 너무 스펙터클해서 이제 좀 쉬고 싶은걸?"

"너 역시 실력 없지?"

"갑자기 무슨 소리야? 섭섭하게."

"가위바위보로 뽑혔다면서."

두 사람은 또 그새 싸울 기세였다. 그들을 간신히 여관 밖으로 밀어낸 지엔이 중얼거렸다.

'헤카테, 제발 빨리 좀 일어나…….'

갈수록 감당이 안 된다.

*　　*　　*

처음에는 볼 게 뭐 있느냐며 불만 일색이던 나세르는 금세 조용해졌다. 하긴, 아무리 나세르가 화려하다 알려진 수도 출신이어도 그는 신전에서 대부분의 시간을 보냈다. 그런 그가 도시의 문물이나 거리에 익숙할 리 없었다.

한편 칼의 경우에는, 그도 나름대로 이 구경이 꽤 흥미로워진 모양이었다. 눈을 휘둥그레 뜬 그가 중얼거렸다.

"오, 사람이 살려면 이렇게도 살 수 있구나."

"……."

별로 감탄이 아닌 것 같기는 했지만, 어쨌든 둘 다 서로에 대한 관심은 거둔 것 같아서 지엔은 한시름 놓았다.

헤카테가 없으니 기상 시간도 갈수록 늦어져서, 서너 시간 돌아다니다가 정신을 차려보니 어느덧 오후였다. 지붕 위로 보이는 서쪽 하늘이 옅은 주황색으로 물들어 있었다.

상당히 힘든 상행을 마친 듯 보람찬 얼굴로 떠드는 상단 직원들을 보니 지엔의 머릿속에 떠오르는 생각이 있었다. 그 남자는 아직 여기에 있을까? 그제 성문 앞에서 보았던, 유령에게 당해 전 재산과 가족들을 모두 잃었다던 그 남자.

그때 광장 한쪽에서 소란이 일어났다. 지엔과 나세르, 칼은 걷던 것을 멈추고 일제히 고개를 돌렸다.

그때 그 남자였다. 아직 옷도 갈아입지 못했는지 옷에 묻었던 피는 새카맣게 변색되어 있었고, 몸의 드러난 곳곳이 상처로 가득했다. 산발인데다 신발도 어디서 잃어버렸는지 맨발이 된 남자가 지나가는 사람마다 붙잡고 외쳤다.

"아무나 좀 도와주십시오! 가진 돈을 다 털어서라도 용병들을 고용하겠습니다! 이대로 이곳을 떠날 수는 없어요. 적어도 가족들의 유해는 챙겨야 해요. 어떻게 해서든지……."

그러나 사람들의 반응은 매정할 정도로 차가웠다. 다들 봐선 안 되는 것이라도 본 듯이 빠르게 그를 지나쳤다. 간혹 몇몇이 동정 어린 시선으로 걸음을 멈추고 그를 보기도 했다. 그때 남자가 품에서 뭔가를 꺼내며 외쳤다.

"아직 제 가족들이 죽지 않았을지도 몰라요! 비겁한 겁쟁이인 저는 생사를 확인하지도 않고 저 혼자만 달아났습니다. 다시 돌아가야 해요. 하지만 혼자서는……. 제발, 가진 돈을 다 드릴 테니."

그러면서 그가 허공에 흔들어 보인 것은 묵직해 보이는 주머니였다. 두둑이 찬 모습을 보아 제법 많은 돈이 담겨있음을 알 수 있었다. 그럼에도 여전히 아무도 나서지 않았다.

구경꾼 중의 누군가가 고개를 내저으며 중얼거렸다.

"미친 짓이야. 엘레나의 이야기를 아는 사람들에게는, 아무렴. 아무도 나서지 않을걸."

"엘레나?"

뭔가 얘기가 시작되려는 낌새에 나세르를 비롯한 세 사람이 귀를 기울였다.

외지 출신으로 보이는 누군가의 태연스런 물음에 남자가 자리에서 펄쩍 뛰며 속삭였다.

"쉿! 저주를 받을지도 모르네. 그 이름을 너무 크게 말하지 말게. 자네는 엘레나의 전설을 모르나? 하긴, 이 도시에 온 지 얼마 안 됐으니……."

지극히 조심스러운 말투로 남자가 말을 이었다.

"이 근방에서는 아주 유명한 이야기지. 원래 이 페릴의 주인은 지금의 페릴 남작이 아니라 마티아스라는 남작이었네. 그것도 족보가 없던 신흥 귀족이라서 그가 원래 무얼 하는 사람이었는지는 아무도 몰랐다나 봐."

다른 남자가 대답했다.

"상인이었겠지, 돈으로 작위를 샀다면 얘기가 간단해지지 않나."

"아니야! 마티아스 남작의 정체는 그런 시시한 게 아니었네. 소문에 따르면, 그는 무려 마법사였다고 해."

마법사? 지엔과 나세르의 눈이 데구르르 굴러 칼을 향했다. 칼은 어깨만 으쓱했다.

"세상 사람들은 나쁜 일이나 이상한 일이 일어나면 다 마법사를 탓하더라."

그의 중얼거림 뒤로 남자들의 말소리가 다시 이어졌다.

"마법사였다고?"

"그래! 그것도 어둠의 힘에 관심을 가진 마법사…… 하지만 위험한 만큼 그의 힘은 엄청나서, 나라에서도 힘을 빌리는 대가로 그에게 작위를 내릴 수밖에 없었다네. 비록 이런 지방 영주 자리이기는 했지만. 그렇게 그는 이곳에서 연구에 몰두하고, 또 가족을 꾸렸네."

"그래서?"

"얼마 안 가 그에게 두 딸이 생겼네."

아하, 지엔이 중얼거렸다. 그렇다면 엘레나라는 이름은 그 두 딸 중 하나의 것이었겠군.

남자가 격양된 어조로 말을 이었다.

"아내는 두 딸만 남기고 얼마 못 가 죽어 버렸어. 장례식조차 치러지지 않았네. 때문에 마티아스가 아내에게 금지된 마법을 썼다가 그만 죽여 버렸다는 소문이 돌았지."

"저런……."

"한때 그런 소문이 돌 만큼 마법사는 아내는 물론이고 두 딸에게도 관심이 없었어. 하지만 재산만은 마음껏 쓰게 해 주었지. 그래서 혼기가 차자, 딸들은 매일 밤 파티를 벌였어. 저기, 저 성에서 말이야."

그렇게 말한 남자가 손을 뻗어 어딘가를 가리켰다. 따라서 그곳을 돌아본 세 사람은 감탄했다.

어느새 산 중턱에 우뚝 솟아난 검은 고성의 그림자가 붉은 해를 반쯤 가리고 있었다.

"저 성은 밤에도 불이 계속 꺼지지 않았지! 그래서 마치 파리지옥처럼 지나가는 여행자들을 유혹했어. 간혹 길 잃은 빈털터리 여행자들이 머물러도 딸들은 언제나 환대했지. 그리고 그중에 특히 젊고 잘생긴 남자가 있었어. 그게 바로 비극의 시작이었어……."

지엔은 그 다음 이어질 얘기를 알 것만 같았다.

"언니와 동생이 한 남자를 동시에 좋아하게 되었으니까. 그중에 언니의 이름이 엘레나였어. 엘레나……."

여관 식사에도 질린 지엔과 나세르, 칼은 해가 질 무렵 적당히 인근 식당으로 들어갔다.

칼이 후드를 벗으려는 것을 지엔이 죽을힘을 다해 막느라 한바탕 소동이 벌어졌지만, 결국 칼은 신기에 가까운 실력으로 얼굴을 조금도 드러내지 않고 식사를 마쳤다.

'저럴 수 있는 걸 왜 굳이 후드를 벗으려고 했나 몰라.'

그렇게 투덜거린 지엔은 빈 접시를 보다가 어느새 까매진 밖을 바라보았다.

마티아스 남작과 그 가족들이 살았다던 거대한 고성은 이제 완전히 어둠에 묻혀 보이지 않았다. 보라색 하늘 위로 윤곽만이 어슴푸레하게 떠올라 있었다.

그 모습을 보던 지엔이 중얼거렸다.

"그 남자는 결국 성에 갔으려나."

끝내 아무도 나서지 않자, 그는 혼자라도 가겠다며 돈 자루를 내팽개치고 자리를 떴다. 이윽고 머뭇머뭇 그 자리에 몰려든 사람들이 금화를 주웠다. 그 금화를 주인에게 다시 돌려주려고 주운 사람은 아마 아무도 없을 것이다. 다소 씁쓸한 일이었다.

지엔은 전설의 결말을 생각했다. 두 딸에 이어 마티아스 남작이 어딘가로 사라지고, 그렇게 일가가 모두 떠난 뒤에도 엘레나의 고성에는 여전히 가끔 불이 켜진다 하였다. 마치 자매들이 살아서 파티를 열던 밤처럼, 성의 불들이 일제히 켜지며 화려한 파티가 열린다고.

잔 부딪치는 소리, 파도처럼 홀을 한바탕 휩쓰는 요란한 웃음소리, 밤새 춤추는 무도회장의 뜨거운 열기……. 주연들이 산 자가 아니라 죽은 자가 되었을 뿐, 그들은 그렇게 매일 밤 파티를 열어 산자들을 홀린다고 하였다. 아마도 그 남자와 상단들이 모조리 당한 것도 그 때문이리라.

멀리 보이는 성은 여전히 어둡고 잠잠했다. 오늘은 파티가 열리지 않는 건가? 아니면 전설은 전설일 뿐?

같은 것을 기다리듯 창 너머로 고성을 빤히 보던 나세르가 중얼거렸다.

"역시 그냥 폐가일 뿐이로군. 성을 그저 한 바퀴 둘러보고 올 뿐이라면 함께 가 주는 편이 나았을지도 모르겠어. 그러면 실상은 산적이나 어느 끔찍한 괴물에게 당한 것일 뿐, 유령의 소행이 아니었다는 걸 알 수 있을지도 모르지."

"그러네요."

지엔이 대수롭잖게 대꾸하던 그때, 칼의 목소리가 끼어들었다.

"과연 그럴까?"

나세르와 지엔은 고개를 돌렸다. 칼은 입가에 빙글빙글 미소를 떠올리며 술잔을 흔들고 있었다. 그의 잔 안에서 찰랑거리는 술은 흔한 곡주인데도 몹시 고급스러워 보였다.

잔을 들어 한 모금 목을 축인 칼이 다시 말했다.

"저 성의 전 주인인 마티아스 남작 말이야. 마법사였다며? 그것도 어둠의 힘을 다루던."

"그래서?"

나세르가 되묻자, 칼의 미소가 좀 더 짙어졌다. 테이블에 잔을 내려놓은 그가 손가락을 까딱거렸다.

"어둠의 힘이라. 추상적으로 말하긴 했지만, 별 희한한 연구 다 하는 마법사한테 유독 어둠을 강조해서 부른다면 그거지, 그거."

"그거?"

"어둠에서 태어난 마족들의 힘, 혹마법 말이야."

그러자 화들짝 놀란 나세르가 황급히 몸을 바로 세웠다. 지엔 또한 놀라긴 마찬가지였다.

하지만 둘이 놀란 이유는 조금 달랐다. 나세르의 경우에는 신전에서 배워 흑마법에 대해 조금이나마 알고 있어서였고, 지엔의 경우에는 이 칼이라는 마법사가 간만에 쓸모 있는 소리를 해서였다.

태도가 진지해진 나세르가 중얼거렸다.

"흑마법은 보통 어둠을 재료로 하지만, 인간들의 부정적인 감정을 이용하기도 하지."

"잘 알고 있네? 그걸 아는 사람은 검사 중에는 몇 없는데. 그리고 흑마법에 좋은 재료라면 하나 더 있지."

"그게 뭔가요?"

지엔이 눈을 깜빡이며 물었다. 칼은 명쾌하게 대답했다.

"사념."

"사념?"

"인간이 죽은 자리에 남은 감정의 부스러기들. 생전에 해소되지 못했으니만큼 그 감정은 더욱 강력하지."

그리고 칼이 눈을 내리깔며 낮게 읊조렸다.

"그리고 그 성에 남아 있던 마법사의 남아 있던 유산이 그와 만난다……안 됐지만 그 남자는 내일 아침 해를 못 볼 가능성이 높아."

"젠장."

나세르가 드물게 험한 소리를 하며 자리를 박차고 일어났다. 이미 쫓아가 봤자 소용없는 걸 알았는지, 초조한 눈으로 식당 밖을 보던 그가 다시 칼을 돌아보며 외쳤다.

"그럼 못 가게 말렸어야지!"

"그 남자가 어디 가지 말란다고 들을 표정이던가? 아서라, 그랬다간 흑마법이 있다는 증거를 대 보라며 우리도 같이 그 성에 끌려 가게 됐을걸. 그들에게 흑마법은 유령이나 마찬가지야. 실체를 알 수도 없고 믿을 수도 없는."

"그래도……!"

칼은 나세르의 절박한 외침에도 약지로 귀를 후비적대는 시늉만 했다. 다시 외치려던 나세르가 입을 꾹 다물었다. 여기서 이래 봤자 아무 소용 없다는 걸 깨달았기 때문이었다.

대신에 그는 아직 다 비우지도 못한 접시들을 남겨 놓고 일어나 며 말했다.

"그 남자가 아직 떠나지 않았으면 좋겠군."

"정말 찾으러 가시게요, 공자님?"

"성안이라면 설득할 방법은 있어. 아마 말로 해서는…… 안 되겠 지만."

기절이라도 시켜서 밧줄로 묶어 두겠다는 소리를 참 우아하게도 하시는군.

그러나 그의 말이 온전한 선심에서 비롯된 걸 알기에 지엔은 차 마 반대할 수 없었다. 그와 만난 지도 어언 두 달, 그녀는 이제 나세 르라는 사람에 대해 어느 정도 파악했다. 그는 차분하고, 매사에 무 관심해 보이지만 실은 전혀 그렇지 않았다. 아마 비너스를 둘러싸 고 일어났던 사건에서, 엘레노어가 나세르를 아예 죽일 계획이었다 는 게 밝혀지지만 않았어도 나세르는 어떻게든 그녀의 빚을 갚아 주었을 것이다. 아무리 그녀가 제게 마음이 없다는 게 드러났다고 해도. 나세르는 그런 사람이었다.

칼이 고개를 절레절레 내저었다.

"나 참, 귀찮은 일을 사서 하는 도련님이로군."

지엔과 나세르는 우뚝 서서 그를 지그시 노려보았다. 아무리 자기와 관계없는 사람의 죽음이라고 해도 그렇지.

"아, 알았어. 알았어."

결국 그들의 시선을 이기지 못한 칼은 식기를 놓고 자리에서 일어났다.

세 사람은 나세르를 필두로 온 마을을 헤집었지만, 문제의 남자는 코빼기도 보이지 않았다. 마지막으로 봤던 몰골이 산발에 옷은 피투성이였으니, 분명히 아직 마을에 남아 있다면 눈에 띄었을 것이다. 사람들에게서도 저녁 이후에 그런 남자를 보았다는 말은 없었다.

나세르의 얼굴이 일그러졌다.

어느새 그나마 남아 있던 빛도 사라져서 완연한 밤이었다. 지엔은 실의에 차 있는 나세르의 등을 슬쩍 잡아당겼다.

시선이 마주치자, 그녀가 고개를 작게 가로저었다.

"공자님. 그 사람 사정이 딱하기는 하지만, 이미 성으로 떠났다면 어쩔 수 없잖아요."

"……."

"만약에 그 저택에 그 흑마법인지 뭔지가 깃들어 있지 않다면 갔어도 무사히 돌아올 테고, 아니라면 어차피 저희로서는 감당 못 하잖아요. 저희는 할 만큼 했어요."

그제야 발을 뗄 기미가 안 보이던 나세르가 겨우 한 발을 떼며 대답했다.

"그래."

지엔은 안도하며 그를 따라 여관으로 향했다. 그러면서 그녀는 못내 무거워 보이는 나세르의 발걸음을 응시했다.

'으음, 좀 맘 편히 살아도 될 텐데. 아무리 힘이 있다고 해서 이 세상 모든 비극을 책임질 순 없는 노릇이고.'

하지만 그렇다고 해서…….

"오, 여기도 밤에 시장이 열리잖아? 수도도 아닌데 야시장이 있다니."

이 세상 모든 비극이 자기와는 전혀 상관없다는 듯한 저런 태도도 결코 바람직한 태도는 아닐 것이다.

지엔은 게슴츠레해진 눈으로 옆에서 걷고 있는 칼을 노려보았다.

칼은 그 남자의 목숨이 위험할 거란 가능성을 처음 제시한 장본인이었다. 적어도 그가 그런 가능성을 일찍 말하기만 했어도 나세르와 지엔은 한발 빨리 남자를 제압할 수 있었을 것이다. 물론 목숨을 걸고 가족과 상단의 죽음에 얽힌 비밀을 찾아내는 것과 찾아내지 못하는 것, 어느 쪽이 더 좋은지는 모르겠지만.

'하긴, 자기 목숨을 걸고 그 사실을 확인할지 말지는 그 사람이 정해야 하는 거겠지.'

지엔은 새삼 새로운 결론에 도달했다. 그녀가 이채를 띤 눈으로 칼을 보며 생각했다.

'그렇다면 칼 님은 단순히 우리가 간과하고 있던 가능성을 일깨워 주신 건가?'

그때였다. 반짝거리는 눈으로 야시장을 둘러보던 그가 별안간 어디론가 향했다.

"나 잠깐 어디 좀 다녀올게."

"네?"

아는 사람이라도? 갑자기 인파 사이로 거침없이 파고든 칼이 흔적도 없이 사라졌다.

북적이는 인파 사이에 멍하니 남겨진 지엔과 나세르에게 그가 다시 돌아온 건 몇 분도 안 지나서였다.

그는 웬 사람 머리만 한 걸 덥석 지엔에게 안겨 주었다.

"선물이야, 못난, 아니, 지엔아. 너 닮았길래."

"……."

지금도 호칭 문제는 여전히 현재진행형이었다. 지엔은 복잡한 눈으로 제 품에 안긴 것을 바라보았다.

인형이었다. 그렇게 부를 수만 있다면.

눈에 달린 맑은 유리구슬이나 옷의 섬세한 레이스 자수를 보아, 한때는 꽤 고급품이었음이 분명했다. 그러나 노란 머리칼은 반절이 뜯겨 나가 두피가 휑하게 드러나 있었고, 얼굴 전체가 숯으로 문지른 듯 새까맣게 때가 타 있었다. 옷도 별반 다르지 않아서, 낡고, 좀이 슬고, 한마디로 멀쩡한 데가 하나도 없었다. 설상가상으로 얼굴 일부가 깨져 있었다.

총체적으로 평가하자면…….

"버려라. 곁에 두고 잤다가는 분명히 악몽을 꿀 거다."

옆에서 나세르가 심각한 얼굴로 말했다. 지엔도 속으로 동의했다.

그의 단호한 태도에 칼이 투덜댔다.

"거참, 방금 선물한 사람 면전에서 정말 너무하는군. 자세히 봐봐, 꽤 닮지 않았어?"

"눈이 어떻게 된 거 아닌가?"

가차 없이 혹평하는 나세르의 뒤에서 지엔도 고민했다. 바로 버릴까? 이건 아무래도 선물이라기보다는 저주에 더 가까운 것 같은데.

그러나 결국 지엔은 인형을 품에 꼭 안았다. 그러면서 그녀가 그때까지도 나세르와 입씨름을 하던 칼에게 말했다.

"칼 씨. 선물 고마워요."

"어?"

칼의 눈동자가 이런 반응은 예상치 못했다는 듯 흔들렸다. 역시 이건 화내거나 실망하는 반응을 의도한 거겠지.

그렇게 생각하면서도 지엔은 내색하지 않고 담담히 웃으며 말했다.

"어쨌든 칼 씨가 처음으로 저한테 주신 선물이잖아요. 감사히 받을게요."

그러자 지엔을 멍하니 보던 칼이 허둥거리며 답했다.

"어, 응, 그, 그래……."

"왜 그러세요?"

지엔은 조용히 눈을 찡그리며 칼을 쳐다보았다. 이제까지 무슨 일이 일어나도 눈 하나 깜짝 않더니……. 갑자기 이제 와서?

칼이 더듬더듬 대답했다.

"그, 그래. 내가 준 첫 선물이지……. 못난이 주제에 받게 된 걸 가문의 영광으로 알고…… 좋아, 이만 숙소로 돌아갈까?"

뻣뻣하게 걸음을 옮겨 딴 곳으로 향하는 칼의 팔을 지엔이 붙들었다.

"저기, 그 방향 아닌데요."

"아, 알고 있었어!"

그렇게 외친 칼이 여전히 뻣뻣한 걸음으로 이제는 올바른 방향을 향해 나아가기 시작했다.

지엔과 나세르는 그 모습을 황당하게 쳐다보았다. 이윽고 나세르가 지엔의 귓가에 속삭였다.

"갑자기 왜 저러는 거지?"

"글쎄요."

사람으로서의 염치를 배우기로 했나 보죠.

속으로만 생각한 지엔이 나세르를 따라 걸음을 옮겼다.

*　　*　　*

여관에 돌아와 다시 확인한 헤카테는 여전히 기절한 상태였다. 그래도 어제보다는 잠든 표정이 덜 고통스러워 보이는 것이, 내일이 되면 출발할 수는 있을 것 같다고 지엔은 판단했다.

본의 아니게 휴식이 길어졌군. 아니, 휴식이라고 부를 만한 시간은 결코 아니었지만…….

지엔은 피곤한 눈으로 칼이 있는 바깥을 바라보았다. 그래도 오늘 바깥을 돌아다니며 한가지 깨달은 사실이 있었다.

성으로 간 남자를 찾기 위해 탐문을 하면서 알게 된 건데, 칼은 지엔을 제외한 다른 여자들에게는 퍽 멀쩡히 굴었다. 못난이라느니 뭐라느니 하는 무례한 호칭을 쓰지도 않고, 귀부인이나 귀족 영애를 대하듯이 손에 정중하게 입 맞추기까지 했다.

화려한 미남이 정중하게 말을 걸자 다들 대체로 좋아했다. 몇몇 이들이 이름이나 나이, 사는 곳을 무례할 정도로 집요하게 캐묻기도 했지만, 칼은 유들유들하게 잘 대처했다.

사실을 말하지도 않고, 그렇다고 그녀들의 기분을 상하게 하지도 않으면서.

즉, 지엔은 좀전의 일들을 생각하며 결론 내렸다.

'나한테만 이따위로 군다는 거지.'

참으로 다행인 일이 아닐 수 없었다. 아니, 사실 다행이라고 생각해서는 안 되겠지만⋯⋯ 뭐 어떤가, 자신이 이런 일을 당하는 건 제 업본데.

다른 사람에게도 이런 식으로 굴어서 이번 생에서 자신과 엮이지만 않으면 참 좋을 것 같았다.

그리고 지엔은 아직 옆에 남아 있던 나세르에게 꾸벅 인사했다.

"저도 이만 자러 갈게요."

"그거 정말 가지고 잘 건가?"

나세르가 인형을 가리키며 묻자 지엔은 고개를 끄덕였다.

'그럼 뭐 어떡해요, 이걸 버릴 수도 없고.'

물론 버리려면 버릴 수야 있겠지만, 칼과 이번 생에 엮이지 않기 위해선 그가 자신을 괴롭히는 걸 그만두게 하는 게 먼저였다. 그러기 위해선 이런 거라도 간수해서 호감을 살 필요가 있었다. 말로든 폭력으로든 도저히 설득될 것 같지 않으니.

"그럼 안녕히 주무세요."

그대로 방에 돌아온 지엔은 인형을 옆의 의자에 앉혀 놓고 잠자리에 들었다. 오늘만큼은 꿈을 꾸지 않았으면 좋겠다고 그녀는 생각했다.

그러나 오늘도 어김없이 꿈을 꾸게 되었다.

화려한 무도회의 꿈이었다.

＊　　＊　　＊

칼과 나세르, 헤카테, 세 사람이 있는 방.

고요한 숨소리 사이에서 칼은 홀로 잠들지 못하고 뒤척였다. 머리만 대면 잠들던 그로서는 이런 적이 처음이었다.

맞은편 침상에서 나세르가 나지막이 욕하는 소리가 들리는 바람에 칼은 뒤척이는 것을 그만두었다.

그가 바로 누우며 중얼거렸다. 이거 서러워서 원. 돈도 썩어날 만큼 많은데 방이 없어서 한 방에서 자게 된 게 이렇게까지 불편할 줄은. 내일은 다른 여관에라도 방을 따로 잡든가 해야지.

그리고 그는 달빛에 물든 천장을 보며 생각에 잠겼다.

― *못난아!*

그렇게 부를 때마다 일그러지는 얼굴이 보기 좋았다. 원래 자신에게 그런 가학적인 취미는 없었는데. 아니, 오히려 외모에 대해 왈가왈부하는 사람들을 그는 속으로 꺼렸다. 그 자신부터가 가장 많이 당해 온 일이라서였다.

그런데 왜 그 여자만은 다르지? 스스로 물었지만 쉽사리 답을 내진 못했다. 다만 그녀와 처음 눈이 마주쳤을 때, 자신의 피 안에 잠들어 있던 어떤 잔혹성이 처음으로 깨어나는 걸 느꼈을 뿐.

그녀가 못난이라는 호칭에 울상을 지을 때마다 머릿속은 스스로에 대한 경멸로 차게 굳었지만 심장은 크게 뛰었다.

그녀와 자신은 그제 처음 본 사이가 분명한데. 야시장에서 망가진 인형을 닮았다며 사서 안겼을 때도 미안하기는커녕, 그녀가 눈썹을 찡그리는 것을 보며 속으로는 더한 반응을 원했다.

그런데 어째서…….

— 어쨌든 칼 씨가 처음으로 저한테 주신 선물이잖아요. 감사히
받을게요.

그렇게 말하며 자신을 향해 웃어 주는 건지.

울고 화내고 소리 지르는 대신 품 안의 인형을 내려다보며 어쩔 수 없다는 표정을 짓는 건지.

칼은 도무지 지엔의 머릿속을 알 수가 없었다. 그녀의 표정은 아랫사람이 윗사람의 횡포에 체념하는 그것과도 조금은 달랐다. 대체 무슨 생각인 거지?

그때 갑자기 떠오른 장면이 칼의 상념을 집어삼켰다. 칼은 그대로 아득한 기억 속으로 빨려 들어갔다…….

천장 높이 매달려 별처럼 밝은 빛을 뿌리는 샹들리에. 금방이라도 무너질 듯이 탑처럼 높게 쌓인 수천 개의 유리잔. 맨 위의 유리잔으로부터 황금빛 술들이 흘러내리자 사람들은 손뼉을 치며 어린아이처럼 기뻐했다. 일류 연주자들의 훌륭한 연주가 홀 안을 흥겹게 들썩였다.

그 날은 칼의 열세 번째 생일날이었다.

모든 것이 완벽했다. 자신을 둘러싸고 일제히 웃는 사람들도, 품에 다 안지 못할 만큼 쏟아진 선물도, 재기발랄한 또래 소년 소녀들과의 대화도.

개중에 제일 예쁘다고 생각했던 소녀가 자신의 손을 잡고 홀 가운데로 가서 춤을 췄을 때 그날 중에 가장 많은 찬사가 쏟아졌다. 칼과 소녀는 마주 보고 웃으며 빙글빙글 돌았다.

빠르게 도는 시야에 비친 사람들은 계속 웃고 있었다. 웃고, 웃고, 웃고. 오려 박은 듯 똑같이 웃는 얼굴들을 보며 칼이 약간의 이질감을 느끼던 그때다.

그 속에서 검은 양 떼 속 흰 양처럼 혼자 우울한 얼굴을 한 여자가 칼의 눈에 띄었다.

그는 눈을 크게 떴다.

— 어머니?

그가 중얼거렸다.

— 방금 뭐라고 했어?

소녀가 눈을 동그랗게 뜨며 속삭인 말에 칼은 고개를 내저었다. 그의 어머니가 세상에 하나뿐인 아들의 생일날 혼자서 우울한 표정을 짓고 있다는 얘기를 해서 좋을 건 없을 것이다.

그가 이 춤이 끝나자마자 어머니에게 가 봐야겠다고 다짐하던 그때, 소녀가 그의 귀에 입술을 붙이고 속삭였다.

— 나랑 정원에 단둘이 가면, 입 맞춰 줄게.

그것은 고작 열셋 소년이었던 칼에게는 뿌리치기 힘든 제안이었다. 볼에 하는 입맞춤은 자주 받았지만, 또래 소녀에게 그런 말을 들은 것은 처음이었다.

어머니의 우울한 표정이 떠올라 마음이 흔들렸지만 아주 잠시였다. 이윽고 마음을 정한 그가 말했다.

— 좋아, 둘만 빠져나가자.

정원에서 나눈 첫 키스는 상상 이상으로 달콤했다.

칼의 이마에 자신의 이마를 댄 채, 옅은 숨소리를 내쉬며 여운을 음미하던 소녀가 불쑥 말했다.

— 넌 참 잘생겼어. 그리고 그분과 정말 똑같이 생겼어. 아마 어른
이 되면 너도 그분처럼 될 거야.

— 갑자기 무슨 소리야?

— 이 제국 역사상 가장 위대한 분이잖아. 이런 말을 들으면 기쁘
지 않아?

칼은 부루퉁한 얼굴로 소녀를 작게 밀쳐 냈다. 당황하는 얼굴로
떨어지는 그녀에게 칼이 말했다.

— 전혀.

그가 여전히 부루퉁한 어조로 말을 이었다.

— 다들 나한테 그분과 정말 똑같이 생겼다느니, 알맹이도 똑같을
거라느니 그런 소리 하는데, 얼마나 부담스러운지 알아? 다들 정작
내가 어떤 사람인지는 관심도 없고, 알려고 하지도 않잖아.

— 이런, 미안해. 그런 생각은 전혀 못 했어.

— 게다가 다들 벨과 싸움 붙이려고 하니까 더 정말 싫어. 벨 그
자식은 내가 이길 수 있는 상대도 아닐뿐더러, 이기고 싶은 마음도
없다고.

— 네가 이런 얘기를 싫어하는 줄은 정말 몰랐어. 용서해 줄래?

소녀가 긴 속눈썹을 처연하게 깜빡이며 애처롭게 말하자, 그녀를 지그시 보던 칼은 이윽고 씩 웃으며 손을 뻗어 그녀의 뺨을 매만졌다. 그가 속삭였다.

— 그래. 넌 예쁘니까.

그리고 둘은 다시 입 맞추었다. 전보다도 더 따스하고 친근해진 입맞춤이었다.

그러고도 한참이나 따뜻한 눈으로 칼의 얼굴을 빤히 보던 그녀가 다시 말했다.

— 그래도 있지, 칼.
— 응.
— 그 얘기를 너무 싫어하지는 마. 다들 너와 그분이 너무 아름다워서 그렇게 얘기하는 걸 거야. 가끔은 정말로 우리와 같은 사람이 아닌 것 같은걸.

기분이 좋아진 칼은 그녀에게 조금 더 너그럽게 굴 수 있었다. 그렇게 달콤했던 시간이 끝나고, 그는 늦지 않게 방으로 돌아갔다.

어둠 속을 걷던 그에게 부모님 침실의 불빛이 환히 켜진 것이 보였다. 칼은 고개를 기웃했다.

아버지는 아직 무도회장에 남아 계실 텐데? 그가 그리로 다가갔다. 하녀들 몇 명이 침실 문 앞에 모여 어쩔 줄 모르고 있었다. 칼이 그들에게 비키라는 시늉을 하자, 그들은 당황하면서도 순순히 자리를 비켜주었다.

— 어머니?

문 앞에 서서 칼이 말했다. 그리고 그가 본 건…….

콰아앙!

난데없는 소음이 칼의 정신을 뒤흔들었다. 헉, 숨을 급하게 들이쉰 그가 주위를 두리번거렸다. 대체 무슨 일이 일어난 거지?

뭔가가 우지끈 부서지는 소리, 와장창 깨지는 소리가 바로 옆방에서 들려왔다.

칼이 몸을 일으키기도 전에 나세르가 문밖으로 달려나갔다. 지엔의 방이 있는 방향이었다.

"지엔! 무사한 건가? 지엔!"

뒤늦게 나세르를 쫓아 방으로 들어간 칼은 잠시 할 말을 잃었다.

지엔이 있던 방 한쪽에 뻥 하고 구멍이 뚫려 있었다. 어른 다섯 정도는 너끈히 들어갈 듯한 구멍이었다. 뿐만 아니라 침대 다리는 부서져 주저앉아 있었고, 의자도 바닥에 나뒹굴고 있었다. 무엇보다 있어야 할 사람은 온데간데없었다. 여관 벽이 무너진 것보다도 그 사실에 충격받은 그들은 멍하니 서 있었다.

"누가 납치한 건가? 설마, 그자들이……!"

홀로 추측하는 나세르 옆에서 칼이 조용히 수인을 맺었다. 이윽고 그의 주위에 보랏빛 안개가 떠올랐다. 이 근처에서 흑마법이 사용되었다는 뜻이었다.

하지만 흑마법을 구사하는 자는 결코 흔치 않은데. 칼이 얼굴을 찡그렸다. 그런 자가 굳이 정체를 드러내고 우연히 이 마을에 들어온 여행자를 납치한다? 그것도 한낱 하녀를?

만약 그자가 정말로 성물 빛의 검을 노렸다고 하더라도, 그렇다면 그가 노려야 하는 상대는 나세르나 헤카테였다.

게다가 헤카테는 계속 무방비 상태였으니 납치하려면 그쪽이 가장 쉬웠을 것이다. 그런데 굳이 지엔을, 그것도 이 야심한 시각에 벽까지 무너뜨려 가면서…….

아무리 생각해도 계획적이라기에는 이상한 일에 칼의 눈이 점차 가늘어졌다. 그러다 뭔가를 깨닫고 다시 방 안을 둘러본 그가 중얼거렸다.

"없어."

"없다니? 설마 지엔을 말하는 건가?"

그걸 이제야 알아차려? 그런 나세르의 눈빛에 칼이 가만히 고개를 저었다.

"아니, 못난이 말고."

그가 의자를 가리키며 말했다.

"인형. 내가 밤에 사 준 인형 말이야. 못 봤어? 잘 찾아봐."

"너는 이 상황에서 고작 인형이……!"

나세르가 마침내 못 참고 분통을 터트리려던 그때, 경악한 외침이 그들 사이로 끼어들었다.

"이게 대체 무슨 일입니까? 왜 벽이…… 방 안이…… 그리고 지엔은?"

문가에 기대어 있는 건 몹시 놀란 표정의 헤카테였다. 확실히 모르고 계속 자기에는 너무 큰 소음이기는 했다.

칼이 뒤를 돌아보며 대답했다.

"못난이가 사라졌어. 인형과 같이."

"네?"

입술을 깨문 칼은 가만히 고개를 돌렸다. 벽 너머를 응시하는 그의 시선에 나세르와 헤카테의 시선이 따라서 그쪽을 향했다. 이윽고 그들의 얼굴이 차갑게 굳어졌다.

검은 하늘 위로 우뚝 솟은 그림자 속, 고성의 창문들이 환히 빛나고 있었다. 수십 개의 창문에서 일제히 별보다도 더한 빛을 뿜어내는 모습은 도무지 수백 년 전 버려진 성이라고는 믿기지 않았다.

칼이 창백한 얼굴로 중얼거렸다.

"그 인형…… 엘레나의 고성에서 나온 거였어."

"뭐라고?"

나세르가 제대로 설명하지 않으면 가만두지 않겠다는 듯이 눈을 부라렸다.

"어떤 젠장맞을 치가…… 낮에 우연히 그 성에 들어갔다가 쓸만해 보이는 것들을 발견하고 내다판 거야. 그게 손님들을 기다리다 못해 직접 손님을 찾으러 가려는 악한 것들의 계략인 걸 모르고…….."

"그렇다면…….."

자조 가득한 얼굴을 가리고 있던 손을 치운 칼이 말했다.

"그래, 지엔은 지금 저 성에 있어."

"저 성이라니요? 영주성은 분명히 다른 곳에 있는 걸로 알고 있는데 저 성은 대체……?"

헤카테의 물음에 아무도 제대로 대답하지 않았다. 대신에 결심을 마친 나세르가 그를 돌아보며 물었다.

"헤카테, 뛸 수 있나?"

"뛰는 건커녕 걷는 것도 무리입니…… 잠깐, 지금 뭐 하는 겁니까?"

"일단 가지."

헤카테의 얼굴에 드러난 격한 거부에도 불구하고 나세르가 그를 달랑 들어다 옆구리에 끼웠다.

헤카테의 안색이 금방이라도 토할 듯이 창백해졌다.

그를 옆구리에 끼고 돌아선 나세르가 다시 말했다.

"상대는 상단 전체를 궤멸시킨 악령이다. 그것도 며칠 전에. 지금까지 죽인 사람의 수는 셀 수도 없을 테니, 사제인 네 도움이 반드시 필요해."

"댁들 대체 제가 자는 동안에 무슨 짓을 하고 다닌 겁니까?!"

못 살겠다는 듯이 외치는 헤카테의 물음을 무시하고 나세르가 여관 벽에 뚫린 구멍으로 몸을 날렸다.

한편, 칼은 그보다는 정상적인 방법으로 여관 밖에 도달했다. 그가 계단을 내려가 여관 1층을 지나자, 갑작스러운 소란에 서성거리던 사람들이 그에게 물었다.

"이봐, 대체 무슨 일이야? 밖에서 듣자니 심상치가 않던데."

"벽이 무너진 건 아닌가?"

"보상은 해 주시는 거겠죠?"

불안한 듯 묻는 여관 주인을 무시하고 주위를 둘러보던 그가 갑자기 입을 열었다.

"미안한데 마구간에서 말 좀 빌려도 되겠나?"

"뭐?!"

다들 말도 안 된다는 표정을 지었다. 특히 상인들이 그랬다.

"아무리 급해도 그럴 순 없어! 말을 빌려주면 우리는 내일 당장 어찌하겠나?"

"새로운 말을 구하느라 하루 정도 늦어져서 손해를 보는 게 문제라면 그건 내가 보상하지."

그렇게 말한 칼이 품에서 꺼낸 자루에서 동전 하나를 밖으로 튕겼다. 거기 모인 사람들의 눈이 일제히 휘둥그레졌다.

칼이 꺼낸 것은 그냥 금화도 아니고, 백금화였다. 일반 금화 백 개의 가치가 있는.

평민은 평생 만져 볼 일도 없는 거액의 돈을 칼은 동화라도 되는 것처럼 휙휙 뿌렸다. 그러고 나서야 문밖으로 나서며 그가 외쳤다.

"자, 그럼 내가 누구 말을 타고 가든 원망은 말라고! 그럼 이만!"

벼락이라도 맞은 듯 멍해진 사람들을 두고 마구간으로 간 칼이 말 두 필을 끌고 나왔다.

헤카테를 옆구리에 낀 나세르가 그중에 한 마리에 올라탔다. 칼도 승마가 취미인 귀족 자제처럼 능숙하게 말에 올랐다. 셋은 달리는 말에 박차를 가해 빠르게 고성 쪽으로 향했다.

어둠 속으로 사라지는 세 사람의 뒷모습을 그새 우르르 몰려나온 마을 사람들이 지켜보았다. 그들이 일제히 서로를 보며 수군거렸다.

"도대체 무슨 일이래? 에그머니나, 여관 벽이 뻥 뚫렸잖아?"

"저걸 보상은 하려는 걸까?"

"놔둬, 저 손님들, 무려 백금화를 꺼내 주고 갔대. 진짜일지 가짜일진 모르겠지만…… 진짜라면 저런 여관쯤은 사들일 수도 있는 부자인 거지."

"그런데 어딜 저렇게 급하게 가는 거람?"

목을 길게 빼고 세 사람이 사라진 방향을 기웃거리던 그들이 이윽고 비명을 질렀다.

"저, 저건……!"

누군가의 외침이 밤하늘 위로 유독 높게 솟았다.

"파티가 시작됐어! 엘레나의 파티가!"

8. 엘레나의 파티

말을 달리며 나세르와 칼은 헤카테에게 낮에 있었던 일에 대해 간단히 설명했다.

유령에게 당해 가족과 재산 전부를 잃은 그 남자가 혼자 몸으로라도 성에 가 보리라 외쳤던 것, 마티아스 남작의 두 딸들에게 얽힌 이야기, 그리고 야시장에서 칼이 지엔에게 수상쩍게 생긴 인형을 사서 안긴 것까지……

그 대목에서 헤카테는 칼을 싸늘하게 노려보았다. 고개를 푹 숙인 칼이 머뭇거리며 말했다.

"미안. 정말로 반성하고 있어."

"만약 지엔이 죽으면 그 반성도 다 소용없는 겁니다."

"그런 불길한 말 하지 마라."

잠자코 말을 몰던 나세르가 창백해진 얼굴로 대꾸했다.

얼마 안 가 세 사람은 굳게 닫힌 성문에 도달했다. 경비병들이 아무도 내보내 주지 않겠다는 듯이 굳게 자리를 지키고 있었다.

나세르가 칼의 품 안을 흘깃거렸다.

"돈 좀 있나?"

그도 방금 칼이 말 주인들에게 백금화를 던져 주고 왔다는 것은 들어서 알고 있었다.

"물론 백금화 한 닢이면 이 제국에는 열리지 않을 문이 없겠지만, 뇌물을 주고받고 실랑이하는 시간도 아깝군."

"그럼 어쩌자는 거지?"

"나를 믿고 계속 달려!"

"대체 뭘 보고?"

삐딱하게 물은 것과는 달리, 나세르는 말이 달리는 속도를 늦추지 않았다. 이러다 그대로 성문에 부딪힌다면 그거야말로 개죽음이 따로 없겠으나, 칼의 당당한 태도가 뭔가 숨겨진 수가 있음을 짐작하게 했다.

반면 헤카테는 여전히 칼이 영 못 미더운 모양이었다. 그가 급기야 이렇게 말했다.

"제가 빛의 심판을 써서 성문을 날리면 어떨까요? 사람에게는 해가 가지 않을 겁니다."

그때, 드디어 세 사람을 발견한 경비병이 소리를 질렀다.

"뭐, 뭐하는 건가, 자네들! 어서 말을 멈추고 내려오지 못해?! 이대로 달리다간 문에 부딪힌다!"

"뭐 이런 미친놈들이……!"

직접 막아 세울 각오로 창을 들고 달려오는 병사들을 보며 칼이 수인을 맺었다.

"플라이(fly)."

그 모습을 본 헤카테가 눈을 동그랗게 떴다. 겹수인? 하나의 손으로 두 개의 수인을 동시에 그려내는 고급 마법 기법이었다. 겹수인을 구사하는 자는 마탑의 마법사들 중에서도 많지 않은 것으로 아는데…….

세 사람을 실은 말이 허공에 두둥실 떠올랐다. 달을 배경으로 밤하늘을 가로질러 날아가는 세 사람과 두 마리의 모습을 경비병들은 넋을 잃고 멍하니 바라보았다. 그가 중얼거렸다.

"저놈들 뭐야?"

순식간에 자신이 '저놈들'로 격하당한 것도 모르고, 칼은 머리를 쓸어넘기며 잘난 척을 했다.

"하하, 마법이면 되는데 괜한 돈을 쓸 필요는 없단 말이지."

그를 지그시 보던 헤카테의 눈이 가늘어졌다. 그는 이번만큼은 그의 말을 부정하지 않았다.

"수도에서 어중이떠중이를 보내지는 않았군요."

칼이 여전히 웃으며 대꾸했다.

"그럼, 그럼. 이래 봬도 한때는 천재 소리 듣던 몸이니까."

"그런데 트롤들한테는 대체 왜 쫓기신 겁니까? 그 대단한 실력으로 처리하지 못할 정도는 아닐 텐데요."

"……."

가만히 고개를 돌려 딴 곳을 본 칼이 달리는 말에 박차를 가했다.

그런 칼을 보던 헤카테의 눈이 다시금 가늘어졌다. 마법 실력이 제법 훌륭한 건 인정하겠지만, 어딘가 보이지 않는 곳에 하자가 있는 게 분명했다.

타닥 소리와 함께 다시 지면에 발을 디딘 말들이 빠르게 나아갔다. 어느새 거대한 고성의 실루엣이 가까워지고 있었다.

가까이에서 바라본 고성의 모습은 더욱 장관이었다. 그들은 얼마 떨어지지 않은 곳에서 말에서 내렸다. 단순히 길이 험해서가 아니라, 이 이상은 말들이 경기를 일으키며 거부해서 데려갈 수 없었기 때문이었다.

나세르는 비로소 유령에게 가진 모든 걸 빼앗겼다던 그 상인이 평범한 상인은 아닐지도 모른다고 생각했다. 말들마저 들어가길 거부하는 곳을 굳이 어르고 달래 짐마차를 끌고 갈 이유가 없다. 어쩌면……그들도 이 성이 빈 걸 알고 약탈하려 했는지도.

말들이 도망치지 않도록 나무에 말고삐를 묶은 세 사람이 고성으로 다가갔다. 삐죽삐죽 솟은 침엽수 사이로 솟은 지붕은 달을 찌를 듯 위협적이었다. 걸음을 옮기는 그들의 귓가에 자꾸만 기이한 소리가 들려왔다.

흐으으…… 콸콸콸. 전자는 여인의 우는 소리에 가까웠고, 뒤에 따라붙는 것은 거센 물소리였다.

한동안 귀를 기울이던 헤카테가 말했다.

"산 뒤가 계곡인가 보군요. 저건 울음소리가 아니라 계곡 벽 사이로 바람이 부딪혀서 나는 소리입니다."

나세르가 중얼거렸다.

"기분 나쁜 소리인 건 여전하군."

"적대감을 들켜서 좋을 것은 없으니 안전하게 가죠. 침입을 들키지 않으면 좋겠지만, 만약 들킨다고 해도 당황하지 말고 길을 잃어 흘러들어 온 여행객인 척하세요. 절대로 그들이 죽은 자라는 것을 아는 티를 내서는 안 됩니다."

헤카테의 말을 잠자코 듣던 칼이 대꾸했다.

"이미 사람을 몇백이나 죽였는데, 우리가 모르는 척한다고 해 봐야 곱게 보내 줄까?"

"……."

지금 저기에 들어가게 된 게 다 당신 때문 아니냐는 듯한 둘의 시선에 칼은 두 손을 들고 뒤로 물러났다.

"아, 알았어. 알았어."

작게 투덜거린 칼이 마법으로 작은 빛을 만들며 앞장섰다. 지엔이 안에 있는 것이 거의 확실한 이상 그들에게 다른 선택지는 없었다.

금방이라도 신기루처럼 꺼져 버릴 것 같았던 창문 속 빛은 가까이 갈수록 오히려 짙고 환해졌다. 전설을 모르는 이들은 물론이고 전설을 아는 이들조차 깜빡 속을 수밖에 없는 빛이었다.

창 너머로 사람 그림자가 바쁘게 오가고, 잔 부딪치는 소리와 흥겨운 웃음소리가 들렸다.

그들은 어제 들은 전설의 결말을 떠올렸다.

— 그래서? 두 자매가 동시에 잘생긴 여행자를 사랑하게 되었다고 했지. 그다음은 어떻게 되었나?

— 언니인 엘레나는 추했어. 하지만 그녀의 여동생은 일대에 소문이 자자한 미녀였지. 엘레나는 남자에게 구애하고 매달렸지만, 남자는 이전까지의 남자들과 별반 다르지 않은 선택을 했어. 엘레나 대신 그녀의 여동생을 선택한 거야.

— 그리고?

— 여동생은 본래 남자들을 홀리고 버리기를 밥 먹듯이 했지만 그때만큼은 그러지 않았어. 아마 그만큼 그 남자가 마음에 들었던 모양이지. 엘레나는 여동생이 변심하기를, 남자가 버려지기를 기다렸지만 그런 일은 일어나지 않았고, 마침내 두 사람은 약혼했어. 엘레나는 질투심에 미쳐 버렸다더군. 두 사람의 약혼을 축하하는 연회가 열리던 밤, 엘레나는 연회 도중에 사라졌어. 다음날 아침 엘레나가 사라진 걸 알고 애타게 찾는 사람들 앞에 그녀는 계곡에 떠내려가는 시체로 발견되었지. 결혼식보다도 장례식이 먼저 치러졌어……

거기까지 말한 남자가 침을 꿀꺽 삼키고는 덧붙였다.

— 정말 이상한 일이 일어난 건, 그다음이었어.

— 이상한 일이라니?

— 결혼한 여동생과 남자는 그 뒤에도 계속 파티를 열었지. 그런데 그 파티장에서, 엘레나를 목격한 손님들이 나타나기 시작한 거야. 군중 속에서, 때로는 조용한 달밤의 테라스에서, 그렇게 엘레나의 유

령은 불쑥불쑥 모습을 드러내었다더군. 춤을 추다가 상대의 정체를 알아차리고 혼절하는 사람도 있었어.

— 세상에, 그래서?

— 손님들이 하나둘 행방불명되기 시작했어. 엘레나와 단둘이 사라졌다가 다음날 시체로 발견되는 걸세……. 그런 일이 이어지자 파티는 멈추었고, 사람들은 그 성을 떠났지. 딸과 딸의 남편이 그 성을 떠날 때 마티아스도 따라서 그 성을 떠났어. 그렇게 그 성은 완전히 버려진 거야.

음산한 목소리로 얘기가 마무리되었다.

— 그런데도 파티는 계속되고 있어. 산 사람들을 홀리기 위한 엘레나의 파티가.

안에서 파티를 벌이고 있는 유령인지 괴물인지의 시선을 끌고 싶은 마음은 조금도 없었기 때문에, 세 사람은 정문과 가장 거리가 먼 테라스를 골라 조용히 올라갔다.

산 사람이 모두 떠난 지 백 년은 족히 되었을 텐데도 성을 둘러싼 모두가 새것 같았다. 난간에 새겨진 장식은 정교했고, 유리창에는 손자국 하나 없었다. 좀 하나 슬지 않은 커튼은 선명한 진홍빛이었다.

가장 먼저 테라스 위에 올라간 나세르가 헤카테와 칼의 손을 잡고 끌어올려 주었다. 그들은 홀과 테라스를 분리하고 있는 커튼을 조심스럽게 걷어 올렸다.

홀 안은 만원이었다. 샹들리에의 환한 빛 아래 물결처럼 파도치는 색색의 드레스, 서로의 손을 맞잡거나, 빙글빙글 돌거나, 잔을 부딪치며 이야기를 나누는 사람들…… 세 사람 중 연회에 가장 익숙한 칼의 얼굴이 굳어졌다.

"이건, 산 사람의 연회나 다름이 없잖아."

그가 중얼거리던 그때였다.

음악 소리가 뚝 멎었다. 동시에 샹들리에의 불이 일제히 꺼졌다. 여전히 환한 빛이 머무르는 곳은 나세르와 헤카테, 칼, 세 사람이 발 딛고 선 테라스 근처뿐이었다. 마치 조악한 연극 무대 같은 연출이었다.

세 사람의 얼굴이 일제히 굳는 그때, 카랑카랑한 여자 목소리가 홀을 가로질러 날아왔다.

"여행자분들이 오셨군요! 기나긴 방랑에 지친, 몸 누일 곳을 찾는 분들이!"

어둠 속에서 이에 화답하는 소리가 났다.

"어쩌면, 생김새도 근사하셔라!!"

"우리가 그들의 마음도 쉬게 해 드릴 수 있을까요?"

"그럼요!"

처음의 여자 목소리가 다시 대답했다. 세 사람의 시선이 일제히 소리가 들려온 방향을 향했다. 2층으로 향하는 계단 위였다.

두 갈래로 나뉘어 난간으로 이어지는 계단 바로 위에는 거대한 초상화가 걸려 있었는데, 성의 예전 주인인 마티아스와 그 딸들로 보였다.

초상화 가운데에 있는 남자, 마티아스 남작은 흑마법의 대가라는 위명이 아깝지 않게 유령처럼 창백한 낯빛에 깡마른 체격이었다.

그러나 그의 딸들은 달랐다. 남작의 왼쪽에 선 여인은 허리를 꼿꼿이 세우고 도전적인 시선으로 정면을 바라보고 있었다. 이목구비가 화려한 당당한 미인인 데다가, 무엇보다도 스스로에 대한 자신감이 느껴졌다. 그들의 시선이 이번에는 남작의 오른쪽을 향했다.

남작을 닮아 창백한 낯빛의 여인이었다. 결핍, 우울, 그 모든 것이 그녀의 불안정한 눈빛 안에 녹아 있었다.

아마도 그녀가 엘레나.

그리고 그와 같은 모습의 여인이 초상화 바로 아래에 서 있었다.

녹색의 긴 벨벳 드레스, 해묵은 유물임에 분명하지만 조금도 빛바래지 않은 옷을 걸친 여인이 잔을 높이 쳐들고 있었다.

분명히 같은 사람일 텐데도 입가에 떠오른 미소는 자신감이 넘쳐서 전혀 다른 사람처럼 보였다.

그때 창으로 쏟아진 달빛이 엘레나를 비추었다. 그녀의 발아래엔 그림자가 없었다.

번들거리는 눈빛으로 아래를 내려다보던 그녀가 외쳤다.

"신사님들! 단지 여행자라고만 부르기에는 너무나 근사하신 모습들인걸요. 신사님들은 저희와 긴 밤을 즐겨 볼 맘이 있나요?"

"밤은 길지만, 사랑하는 여인과 함께라면 찰나와 같죠!"

"저희와 어울려 놀아요! 찰나를 즐겨요!"

꾀꼬리처럼 노래하는 목소리가 따라붙었다. 그에 슬쩍 인상을 쓴 나세르가 중얼거렸다.

"진작 관짝에 들어가 시간 개념이고 뭐고 없을 자들이……."

그러나 자신들이 엘레나의 고성에 대한 전설을 듣기 전에 이곳에 찾아왔더라면, 산 자와 구분해 낼 수 있을 거라는 확신이 서진 않았다.

샹들리에 불빛이 꺼지고, 벽에 걸린 촛불과 달빛만 남은 이 와중에도 어둠 속에서 부채로 얼굴을 가린 채 키들거리는 여인들은 전부 진짜 같았다. 달아오른 뺨에 흐르는 광택들, 친근한 몸짓과 속삭이는 소리.

그러다 무언가를 본 세 사람의 안색이 변했다. 사람 허리까지밖에 오지 않는 인형들이 그 사이사이에 숨어서 키들키들 웃고 있었다.

그 속에 유난히 익숙한 인형이 하나 있었다. 지금은 멀쩡한 모습이지만, 한때 머리가 반쯤 뜯겨 나가 있었던 금발 인형. 칼이 지엔에게 선물한 것이었다.

식은땀을 흘린 칼이 중얼거렸다.

"지엔이 이 성에 있다는 건 확실하군."

"그래."

나머지가 일제히 고개를 끄덕였다. 다시 주위를 둘러본 헤카테가 입술을 슬며시 깨물며 속삭였다.

"그렇다고 해도 이 수는 말이 안 됩니다. 만월도 아닌데 이 정도 수의 유령들이 실체를 지니고 있다니. 마티아스 남작이라는 자, 상당한 수준의 흑마법사였음이 틀림없어요."

칼을 힐끗 본 헤카테가 다시 말했다.

"본래 마법사라는 족속들은 두 수, 세 수 너머를 준비하는 자들, 이 외에도 뭘 준비했을지 모릅니다. 앞으로는 항상 조심해야 해요."

너는 달리 준비한 게 없냐는 듯한 헤카테의 말에 칼이 슬쩍 고개를 돌렸다.

그때 눈에 들어온 광경에 그의 얼굴이 차게 굳었다.

홀의 바닥이 온통 붉게 칠해져 있었다. 갈색으로 칙칙하게 변색되었지만 끈적임과 불쾌한 냄새가 틀림없는 피였다. 일부는 얼마 되지 않은 듯, 신발로 문지르자 그대로 자국과 함께 닦여 나왔다.

그 모습을 본 헤카테가 다시 말했다.

"역시 상단 일가도 여기서 당했나보군요. 여기에서 죽거나 죽을 만큼 공격당한 이후에 어디론가 끌려간 게 분명해요. 대체 어디로 간 걸까."

"젠장."

나지막이 뇌까리는 그들 위로 엘레나의 목소리가 다시 날아왔다. 그들은 고개를 들었다.

연극배우처럼 두 팔을 높이 치켜든 그녀가 물었다.

"자, 어서 알려 주세요. 과연 신사님들의 선택은?"

세 사람은 조용히 시선을 교환했다. 이윽고 헤카테가 떠밀리듯 한 걸음 앞으로 나섰다.

옅은 빛 아래 헤카테의 모습이 언뜻 드러나자 유령들은 일제히 환호했다. 붉게 찰랑이는 머리카락, 난처한 듯 미간을 살짝 찌푸린 그 모습마저 아름답기 그지없었다. 후드를 뒤집어쓰고 있어 유령들은 그의 후드 아래 가려진 사제복을 볼 수 없었다.

몇몇 이들이 속삭였다.

"우리와 비슷한 냄새가 나!"

"아냐, 비슷하지 않아! 좀 더 순수하고, 근원에 가까운, 하지만 친숙한……."

"장미꽃처럼 아름다운 신사님, 신사님께서는 저희와 어울려 노실 건가요?"

수군거림 속에서 엘레나가 미소를 머금고 물었다. 골치 아프다는 듯 관자놀이 부근을 꾹꾹 누른 헤카테가 입을 열었다.

"연회의 불청객들을 이렇게 환대해 주시니 감사할 따름이지만, 저희는 일행을 찾고 있습니다. 보다시피 어두운 밤인지라, 아무래도 그 일행을 찾기 전까진 초대에 응하기는 어려울 것 같군요. 찾고 난다면야, 기쁜 마음으로 아름다운 분들과 어울리겠습니다만."

헤카테의 옆에서 나세르가 경악한 얼굴로 그를 보았다. 그는 헤카테가 자신과 지엔을 제외한 이들에게 친절하게 대하는 것을 거의 처음 보았다. 무슨 말을 하고 싶은지는 알겠지만 닥치세요. 헤카테가 입 모양으로 그렇게 말했다.

지엔을 찾은 다음이라면야 헤카테는 그들과 기꺼이 어울려 놀아줄 마음이 있었다. 물론 그것은 목숨을 건 술래잡기의 형태에 더 가깝겠지만. 어쨌건 지엔을 찾고 무사히 빠져나가기 위해서는 시간을 조금이라도 더 벌어야 할 필요가 있었다. 그러기 위해서라면야 이깟 공치사 따위야.

그렇게 생각한 헤카테가 더욱 진한 미소를 입가에 걸자, 그걸 본 유령들이 한차례 술렁였다.

그들이 서로를 돌아보며 속삭였다.

"아름다운 분들이래."

"우릴 더러 아름답다고 해 줬어……."

음? 그제야 헤카테는 무언가 이상한 점을 깨닫고는 주변을 다시 한번 둘러보았다.

홀 안을 가득 채운 유령들은 전부 여자였다. 이 저택에 끌려 온 이들은 남녀를 불문하고 모두 몰살당한 것 같은데. 죽은 남자의 영혼은 어디에 있지? 고민하는 그에게 다시 유령들의 목소리가 들려왔다.

"이번만은 다를지도 몰라."

"아냐, 남자들은 다 똑같아. 얼굴밖에는 볼 줄 모르는 족속들이라고."

그 말에 헤카테가 짐짓 서운한 표정을 지어 보였다. 그가 유령들을 향해 처연하게 물었다.

"저를 의심하시는 겁니까? 저를 의심하는 것은 괜찮습니다만, 여러분의 아름다움까지는 의심하지 마십시오."

상대를 향해 아름답다는 말은 늘상 해 오던 헤카테였다. 제국 사절도 단 한 번에 보내 버린 그 말에 유령이라고 해도 흔들리지 않기는 불가능했다.

다시 한 번 분위기가 크게 술렁이더니 새된 목소리가 커졌다.

"이번에는 다를 거야! 저분만은 달라."

"아냐! 다 거짓말이야!"

"닥쳐!"

"속지 마!"

홀 안은 쉽게 혼란의 도가니가 되었다. 애초에 살아생전의 이지를 상실하고 알 수 없는 힘에 이끌려 모인 망령들이었으니 당연했다. 이대로라면 쉽게 분열시킬 수 있을지도 모른다고 헤카테가 생각하던 그때, 나세르와 칼은 그를 보며 중얼거렸다.

"저게 사제냐, 사기꾼이지."

"사이비 같다 했다."

다른 쪽으로 전직하면 대성할 가능성이 다분해 보였다.

그때 갑자기 쩡 하는 소리가 홀을 울렸다. 엘레나가 들고 있던 잔을 바닥에 집어 던진 것이었다. 그걸로도 모자라 홀을 둘러싸고 있던 유리창 몇 개에 쩌적 하고 금이 갔다.

자신을 보라는 듯한 시위에 유령들이 일제히 그녀를 돌아보았다. 시선을 받은 엘레나가 크게 외쳤다.

"여자들은 동료로 만들고, 사내들은 죽여 버려! 저 자들에게도 똑같이 해!"

그 말에 유령들의 얼굴에서 순식간에 망설임이 사라졌다. 헤카테는 점차 포위망을 좁혀 오는 유령들을 바라보며 얼굴을 찌푸렸다.

'젠장, 어울려 놀자는 말을 하기에 선택의 여지가 있는 줄 알았는데. 결국 이 모양인가?'

나세르와 칼이 유령들에게 어떤 공격이 통할지 몰라 망설이는 가운데, 품에서 앙크를 꺼낸 그가 외쳤다.

"빛이여!"

가장 간단한 신성력의 발현이었지만 효과는 굉장했다. 앙크가 환한 빛을 발하자 유령들은 저마다 살이 타는 것처럼 괴로워했다.

"사제다! 그것도 빛의 사제야!"

"안 돼, 우리의 얼굴을 비추지 마!!"

"어째서! 분명 아주 친숙한 기운이었는데……."

나세르와 칼은 눈앞에 나타난 참상에 정신을 차리지 못 했다. 방금만 해도 복숭앗빛 뺨으로 깔깔대던 여인들의 얼굴이 썩어 있었다. 몸도 마찬가지였다. 무릎 아래가 사라지고 관절이 비틀려 있었다. 살점의 일부는 녹아내린 것처럼 떨어져 나가고 없었다.

헤카테가 등을 떠미는 바람에 그들은 간신히 정신을 차렸다.

헤카테가 다급히 외쳤다.

"여긴 제가 맡을 테니, 일단 달리세요! 지엔을 찾는 게 급선무입니다!"

여자는 죽여서 동료로 만들란 말을 그들도 똑똑히 들은 차였다. 그들이 고개를 끄덕였다.

"알겠다!"

성큼 대담한 나세르가 계단을 올라갔다. 다행히 엘레나는 빛을 본 이후로 구석에 숨어 얼굴을 감싸 쥐고 있었다.

2층으로 올라간 그들에게 헤카테가 다시 외쳤다.

"결계를 찾아야 합니다!"

"결계라고?"

나세르는 전혀 이해하지 못한 반면, 칼은 금세 그의 말뜻을 파악했다.

그가 나세르의 손목을 잡아당기며 물었다.

"주위를 둘러 봐. 이게 과연 백 년이 넘게 방치되었다는 성의 모습이야?"

그 말에 주위를 둘러본 나세르가 고개를 내저었다. 유령들의 거짓된 모습은 신성한 빛 아래 산산이 부서졌지만 홀 안은 여전히 그대로였다. 좀이 슬지 않은 진홍빛 커튼, 번쩍번쩍 빛나는 금빛 액자, 청소할 하인이 없는데도 천장에는 거미줄 하나 없었다.

헤카테가 다시 외쳤다.

"저희는 이 성에 들어올 때부터 거대한 결계 속에 갇힌 겁니다! 만약 지엔이 살아 있다면, 여기가 아니라 결계 바깥의 진짜 성에 있을 겁니다! 이 유령들은 산 자를 질투하여 결코 파티에 끼워 주려 하지 않을 테니까요!"

"그래서?!"

"매개를 찾아야 합니다! 그래야만 이 결계에서 빠져나갈 수 있어요!"

그리고 등 뒤에서 더욱 눈부신 빛이 터져 나왔다. 그에 다시 돌아선 나세르와 칼이 달리기 시작했다. 저쪽을 혼자 맡기고 떠난다는 게 마음에 걸렸지만, 지금은 지엔을 찾는 게 무엇보다도 우선이었다.

성은 무식하게 넓었다. 계단을 지나 복도에 들어선 두 사람은 나타난 문의 개수를 보고 할 말을 잃었다. 그나마 칼이 나세르보다 먼저 정신을 차렸다.

그가 이마를 짚으며 중얼거렸다.

"그나마 우리 집보단 좁아서 다행이군."

그에 나세르가 의문을 표할 새도 없이, 칼이 그의 등을 떠밀었다.

"일단 가까운 곳부터 뒤져 봐! 난 내 가설을 확인해야겠어."

태클 걸고 싶은 마음은 굴뚝 같았지만 나세르는 주저 없이 가장 가까운 방 안으로 뛰어들었다. 그 모습을 본 칼은 복도를 빠르게 오가며 머릿속 실마리를 더듬었다. 이 넓은 성을 손에 잡히는 대로 수색하다간 못난이는 틀림없이 그사이에 죽고 말 것이다.

"결계라."

결계의 매개체는 크기와는 상관없었다. 시전자에게 중요하고 오래된 것, 이 두 가지 조건만 충족한다면 매개체는 대체로 강력한 힘을 발휘했다. 보석이나 장신구 같은 게 그 대표적인 예였다.

거기까지 생각한 칼이 중얼거렸다.

"일단은 그 여자의 방을 찾아야겠어."

엘레나에게 의미 있고 중요한 것이 무엇이었든 간에, 그건 아마도 본인의 방에 보관되어 있을 것이다.

지극히 상식적인 추리였다.

여러 개의 문을 여닫은 끝에 그는 엘레나의 방으로 보이는 곳을 찾았다. 물론 그녀의 동생 마릴라의 방일 수도 있었지만, 침대에 널린 옷의 색이 하나같이 칙칙하고 어두웠다.

"빙고."

그렇게 중얼거린 칼이 바깥을 향해 외쳤다.

"나세르!! 나세르, 이리 좀 와 봐!! 아마 매개는 여기 있을 거야!"

"뭐?"

복도에서 희미한 물음이 들려왔지만 칼은 대답하는 대신 말없이 방을 뒤졌다.

가장 가능성이 높은 건 역시 일기장과 보석함이었다. 책상 서랍을 뜯어내어 찾아낸 일기장에서는 아쉽게도 별 마법이 느껴지지 않았다. 고개를 돌린 칼은 옷장에 딸린 보석함을 보았다. 열쇠가 달려 있었지만 다행히 서랍은 열려 있었다. 마치 연회를 준비 중인 여인의 방처럼. 칼은 그리로 가까이 다가갔다. 보석함을 통째로 꺼내어 전부 침대 위에 쏟아 버린 그가 보석을 하나하나 살피기 시작했다.

엘레나가 짝사랑하던 남자나, 아버지에게 브로치나 반지라도 받았다면 얘기가 빨라지지……. 그러나 그런 건 보이지 않았다. 가장 값나가는 것부터 살피던 칼의 얼굴이 점차 일그러졌다.

"여기에도 아무것도 없잖아."

턱을 매만진 그가 중얼거렸다. 이 방에 있는 것만은 분명한데……. 옷장인가? 이번엔 옷을 하나하나 살펴보려던 그가 문득 스스로 고개를 내저었다.

"아니야, 하나하나 확인하기에는 충분한 시간이 없어."

가장 높은 가능성을 염두에 두고 행동해야 해. 그렇게 중얼거린 그가 그 자리에 서서 눈을 감았다.

중요한 것. 가장 중요한 것……. 스스로 아름답지 못해서 사랑받지 못했다고 비관한 여인이 집착할 수밖에 없는 것…….

눈을 번쩍 뜬 그가 방의 구석을 휙 돌아보았다. 거기에 거울이 달린 화장대가 놓여 있었다.

화장대 상판 위를 두 손으로 짚은 칼이 매끈한 거울 표면을 보며 속삭였다.

"이면 탐지."

이윽고 거울 속 비친 칼의 모습이 일렁이며 변했다. 안개 낀 밤하늘과 총총히 어린 별들이 거울 속에 나타났다.

이윽고 그와 함께 드러난 형체를 보고 칼이 얼굴을 굳혔다. 그가 거울 앞으로 고개를 들이밀며 외쳤다.

"못난아!"

그의 눈에 비친 것은 정신을 잃고 의자에 묶여 거울을 마주 보고 있는 지엔과 그런 그녀의 어깨를 두 손으로 누르고 있는 유령이었다.

*   *   *

콸콸콸…….

가장 먼저 귓전을 때린 것은 세찬 물소리였다. 잠에서 덜 깨서 몽롱한 채로 지엔이 중얼거렸다.

'으음, 웬 물소리람……. 강가에서 야영이라도 했었나…….'

아니지, 나는 어제 분명 여관에서 잠들었는데 그게 무슨 뚱딴지같은 소리야?

그제야 지엔은 눈을 반짝 떴다. 그녀는 주위를 둘러보았다. 다행히 산채 같은 건물에서 산적 같은 사람들이 자신을 둘러싸고 있는 최악의 상황은 아니었다.

다만 난데없이 어둡고 낡은 방 의자에 앉아 있는 이 상황이 어리둥절할 뿐.

지엔은 눈 닿는 곳부터 살폈다. 어두워서 잘 보이지 않았지만 천장이 꽤 높고 큰 방이라는 건 알 수 있었다. 바닥에는 카펫이 깔려 있고 곳곳은 장식이 되어 있었다. 그러나 천장에서는 거미 가족이 10대손 정도 한꺼번에 거주하고 있었고, 커튼과 장식도 낡은 것 일색이라 성안이라고 해도 실감이 나지 않았다.

대체 왜 여관에서 잠들었는데 갑자기 이곳에 와 있는 걸까? 그렇게 생각하며 고개를 돌린 지엔의 눈에 정면으로 마주 보도록 놓여 있는 거울이 달린 화장대가 들어왔다.

귀부인들이나 쓰는 것이었다. 백작가 고용인으로서 물론 그런 물건이 존재한다는 걸 알고는 있었지만, 당연히 직접 사용해 본 적은 없어 지엔은 고개를 기웃했다. 그때 거울에 비친 지엔 위에 반투명한 그림자가 언뜻 보였다.

반사적으로 창백해진 지엔의 뺨을 차가운 한기가 담긴 손이 쓸어내렸다. 지엔은 그대로 바짝 굳어버렸다.

[애. 우리는 널 지켜봤어.]

두 눈이 구멍 뚫린 여자 유령이 속삭였다. 아, 예, 그러세요. 지엔은 전혀 반갑지 않았다.

[계속 천대받더구나, 불쌍하게도. 네 일행 중에 있던 눈이 번쩍 뜨일 만한 미남자가 너를 가리켜 못난이라며 깔보고 무시하는 걸 보았다.]

"아, 그건……."

다 전생의 제 업보 때문이랍니다……. 그러니 친절하게 위로해 주시지 않으셔도 된답니다…….

그나저나 여관에서 자고 있던 자신을 정말 위로나 하자고 여기로 끌고 온 건 아닐 테고.

지엔이 고민하던 그때, 유령이 뼈만 남은 손으로 지엔의 턱을 움켜쥐었다. 그리 세지 않은 힘이었지만 반사적으로 긴장한 지엔의 온몸이 뻣뻣해졌다.

그때 어제 보았던 상인과 엘레나의 고성에 대한 전설이 떠올랐다.

'그 고성에서 온 가족과 상단이 괴멸당했다고 했었지!'

그렇다면 이 유령도 그 상단을 괴멸시킨 유령들과 한패일까? 지엔은 그렇게 생각하며 두려운 눈으로 유령의 텅 빈 눈을 올려다 보았다.

유령이 물건이라도 권하듯 은근한 말투로 속삭였다.

[우리처럼 못생긴 여자들이 그들의 마음속에 영원히 남는 방법이 뭔 줄 아니?]

'별로 궁금하지 않은데요.'

지엔은 속으로 생각했지만, 그렇게 말하면 수틀린 유령이 당장 자신을 그녀와 같은 꼴로 만들지도 모르는 일이기에 참기로 했다.

"뭔데요?"

지엔이 어색하게 웃으며 묻자, 전혀 바라지 않던 대답이 돌아왔다.

[간단해. 그들의 눈앞에서 죽는 거야.]

완전히 미친 소리였다.

'한마디로 이거 아니야?'

너, 내 동료가 돼라!

지엔은 고작 칼의 마음속에 남자고 죽고 싶은 마음도, 게다가 죽고 나서도 이 유령처럼 여길 떠나지도 못한 채 같은 처지의 사람들을 꼬셔서 죽길 권유하고 싶은 마음은 없었다.

"어, 저기, 저는 그렇게까지 하면서 그 사람에게 기억되고 싶은 마음은 없네요……."

그러자 유령이 눈을 번뜩였다. 그녀가 지엔의 턱을 더욱 세게 틀어쥐며 외쳤다.

[하지만 넌 못생겼잖아! 이것 보라고, 이 형편없는 얼굴을!]

볼이 눌려 입술이 툭 튀어나온 지엔이 반항했다. 우부붑. 그 와중에도 그녀는 기분이 미미하게 나빠졌다.

강제로 거울을 바라보게 된 지엔의 눈코입을 유령이 차례로 짚었다.

[이걸 똑똑히 봐! 이 의욕이라고는 찾아볼 수 없는 흐리멍텅한 눈! 그리고 낮고 뭉툭한 코! 그저 뚫린 게 다인 입!]

'야, 잠깐.'

[전체적으로 신이 대충 빚은 것이 분명한 이 생김새!!]

'야.'

지엔의 이마에 힘줄이 선명하게 돋았다.

'아무리 산 사람과 대화한 지 오래됐다고 해도 그렇지, 기본적인 대화 예의를 전부 까먹으면 어떡해.'

"보자 보자 하니까 이미 죽은 몸이라고 막말이 심하시네요……."

견디다 못한 지엔이 입을 여는 찰나, 유령이 지엔의 말을 다시 가로막았다.

[죽자! 죽고 새로운 생명을 얻자! 달빛 아래서 우리는 생전보다 아름다워질 수 있어. 엘레나 님의 아버지, 마티아스 님이 남겨 주신 힘으로! 너도 우리와 같이 춤추는 거야! 파티! 매일 계속되는 파티! 너에게 홀린 여행자들은 바보같이 계속 춤을 청하겠지…….]

'아, 안 되겠다.'

이 유령은 이미 어떻게든 자신을 동료로 만들기로 결심한 게 분명했다.

그러나 지엔에겐 아직 반박할 말이 남아 있었다.

소용없다고 생각하면서도 지엔은 손바닥을 내밀며 단호하게 말했다.

"아, 저기."

[응?]

"뭔가 오해하시는 것 같은데요."

'애초에 칼이 나로 하여금 죽고 싶어지게 할 정도로 중요한 존재도 아니지만.'

지엔이 칼에게 바라는 건 그저 하루빨리 자기 삶에서 꺼져주는 것뿐이었고, 그걸 위해서라면 자기를 못난이라고 부르든 예쁜이라고 부르든 코끼리라고 부르든 아무 상관 없었다.

그리고 그것보다도.

그렇게 생각한 지엔이 다시 말을 이었다.

"전 결코 신이 대충 빚은 것 같은 생김새가 아니에요."

[응?]

유령의 눈이, 눈이 있다면 말이지만, 하여간 멍해졌다.

스스로 얼굴을 가리킨 지엔이 당당하게 말을 이었다.

"저도 자세히 보면 꽤 매력 있는 얼굴이에요."

[……]

"이 절묘함, 이 조화로움! 절대 대충 만든다고 해서 끌어낼 수 있는 그런 아름다움이 아니에요."

[……]

"그, 왜, 가끔 시대를 잘못 타고난 예술품들은 예술가의 사후에야 가치를 인정받고는 하잖아요? 제 얼굴도 그런 경우거든요. 뛰어난 안목을 지닌 사람이 어린애 장난 같은 겉모습 뒤에 숨은 이면을 볼 수 있는 거죠. 그쪽도 자세히 좀 보세요. 혹시 눈이 없어서 안 보이세요?"

그렇게 말하며 친절하게 얼굴을 가까이 대주기까지 하는 지엔의 행동에 유령은 할 말을 잃었다.

그녀가 입술을 경련하며 중얼거렸다.

[애, 애 뭐야?]

사정은 이랬다.

지엔이 잘 기억도 안 나는 시절, 그녀는 어린 시절 스스로 외모를 보며 몹시 우울해했다.

매일같이 그녀가 거울을 붙들고 중얼대던 말이 있었다.

― *아름답지 못한 나는 죽어야 해……*

그럴 때마다 지엔의 감시를 일임받은 헤카테는 사색이 되어 달려와 그녀를 달래야만 했다.

전생의 모습을 알게 된 지금이야, 아, 그렇게 절세의 미모를 가졌던 사람이 평범한 모습으로 태어났으니 그 충격이 적지 않았겠구나 싶지마는.

아무튼 곁에서 지켜보던 헤카테로서는 이러다 지엔이 까딱해서 '나 너무 못생겨서 죽고 다시 태어나러 간다! 안녕!' 할 가능성을 고려하지 않을 수 없었다. 그래서 헤카테가 내놓은 해결책은 간단하고, 또 뒷수습은 전혀 생각 안 한 것이었다.

사실 지엔이 이렇게 뒤가 없는 사람이 된 건 반쯤은 헤카테에게 그 원인이 있었다.

하여간 그가 내놓은 해결책은 이랬다.

　　— 지엔, 당신은 아름다워요.

　　— 거짓말…….

　　— 아니에요.

그렇게 헤카테는 수년에 걸쳐 지엔을 세뇌했다.

지엔, 고흐라는 화가에 대해 아시나요? 시대를 잘못 타고 난 예술품들의 슬픔에 대해서요.

지엔, 천천히 봐야만 보이는 아름다움이라는 것이 있기 마련이에요.

지엔, 지엔…….

헤카테가 아무렇지 않게 공치사를 하는 지금의 성격이 된 것도 반쯤은 지엔이 원인이었다.

하여간 다년간의 세뇌로 무장된 지엔의 머릿속엔 유령의 공격이 파고들 틈이라고는 조금도 없었다.

'이, 이러면 안 되는데?'

유령은 당황했다. 그녀가 자신의 외모에 대해 의심을 품기 시작해야만 세뇌가 먹힐 텐데…….

지엔의 태도가 하도 당당한 나머지 유령은 스스로의 미적 기준이 처음으로 의심될 지경이었다.

바로 그때였다. 지엔과 유령 사이로 커다란 외침이 불쑥 파고들었다.

"못난아!"

지엔과 유령이 동시에 고개를 돌렸다. 먼지가 쌓여서 흐릿하게 사방을 비추던 거울 위로 어느새 칼의 모습이 떠올라 있었다.

그것을 본 지엔이 반색했다.

"칼 씨!! 여기에요! 여기!"

그러다 표정이 변한 지엔이 중얼거렸다. 앗, 잠깐.

지금 어쨌거나 거울 밖에 있는 건 자신이고, 거울 속에 갇혀있는 건 칼이잖아.

'이건 설마 내가 그를 구해 줘야 하는 상황?'

일개 하녀인 자신에게 어쩌자고 이런 중요한 임무가 돌아온 걸까? 아니, 그보다도. 그럼 그를 거울 속에 버리고 떠나도 되는 걸까?

지엔이 사심을 담아 생각하던 그때, 또 다른 익숙한 목소리가 들려왔다.

"지엔!"

나세르였다.

'앗, 공자님도 같이 계셨구나.'

그러면 완전 범죄 계획은 접어 두자. 지엔이 속으로 아쉽게 생각하던 그때, 팔 하나가 거울 속에서 불쑥 튀어나왔다.

생각을 마친 그녀는 그들이 거울 밖으로 나오는 걸 돕기 위해 손을 뻗고 잡아당겼다.

그러나 둘의 손이 채 맞닿기도 전에, 뒤에서 뻗어 나온 손이 그녀의 머리채를 휙 낚아챘다.

우당탕 뒤로 넘어진 지엔은 순간 두 눈에 비친 것을 보고 경악했다.

"밤하늘?"

천장은 어디 가고 휑뎅그렁한 밤하늘이 반기는 거지?

그러고 보면 아까 거울에 별이 조금이나마 비친 것도 같았다. 상체를 일으킨 지엔이 뒤를 돌아보았다.

화장대 반대편 벽이 완전히 무너져 내린 채였다. 마치 거인이 통째로 잡아 뜯기라도 한 듯이.

사라진 벽과 바닥 너머에 솟은 바위들 사이로 물소리가 들려왔다.

아까부터 들려오던 그 물소리였다. 뿌연 물안개가 계곡 위를 가득 덮고 있었다.

그제야 지엔은 상황을 파악할 수 있었다.

이 거대한 저택은 원래 계곡 위에 지어졌다. 그러다 오랜 세월이 지나 습기로 인한 침식이 계속되자, 저택 일부가 견디지 못하고 무너져 내린 것이다.

지엔은 침을 꼴깍 삼켰다. 어두워서 아래가 잘 보이지 않았지만, 거센 물소리와 물안개를 보아 높이가 상당한 게 틀림없었다. 만약 저 나무판자로 된 낭떠러지에서 떨어지기라도 한다면…… 그땐 정말 뼈도 못 추리겠지.

불안한 예감은 곧 현실이 되었다. 지엔에게 성큼성큼 다가온 유령이 다시 그녀의 뒷덜미를 끌고 낭떠러지 쪽으로 질질 끌고 가기 시작했다.

"으윽……."

지엔은 반항해 보려 했지만 쉽지 않았다. 유령은 그녀를 아무렇지 않게 쥐고 있는 반면, 그녀의 손은 유령에게 아무런 타격도 주지 않았다. 자꾸만 뒤로 빠져나갈 뿐이었다.

어떻게 이럴 수가 있지? 정말 이대로 죽는 건가? 이제까지 이 저택에서 죽었던 모든 사람과 같은 방식으로?

그때 뒤에서 외침이 날아왔다.

"지엔!!"

동시에 또 다른 외침이 지엔의 귀에 박혔다.

"플라이(fly)! 홀드(hold)!"

질질 끌려가던 지엔의 몸이 그 자리에 우뚝 멈추었다. 지엔은 눈을 커다랗게 뜬 채 뒤를 보았다.

어느새 여기로 건너온 칼의 손에서 뻗어져 나온 금빛 밧줄이 자신을 묶고 있었다. 그걸로 모자라 자신의 몸은 두둥실 떠올라 있었다.

두 개의 마법을 동시에 쓰는 것이 매우 어렵다는 것을 지엔은 몰랐지만, 칼의 색다른 면모에는 순순히 감탄했다.

"오, 과연 마법사……."

그러던 그녀의 얼굴이 순식간에 굳어졌다. 그녀가 뒤를 향해 외쳤다.

"칼 님!!"

동시에 어디선가 날아온 은잔이 칼의 뒤통수를 맞혔다. 으윽, 신음과 함께 그가 푹 고꾸라졌다.

어느새 몰려온 유령들이 눈을 희번덕 빛내며 나세르와 칼을 포위하고 있었다.

자신을 묶고 있던 금빛 밧줄이 사라지자 지엔은 다시 유령에 의해 끌려갔다.

나세르가 유령들을 벗어나 황급히 달려갔다. 필사적으로 손을 뻗은 그가 외쳤다.

"지엔! 잡아라!"

그러나 지엔은 이미 낭떠러지로 떨어지기 일보 직전이었다. 지엔을 나무판자 밑으로 던진 유령이 비웃듯이 나세르를 바라보았다. 그는 자기 손으로 처리할 필요도 없다는 듯이. 혹은 동료의 죽음을 무력하게 구경하라는 듯이.

낭떠러지로 떨어지던 지엔의 손을 나세르의 손이 아슬아슬하게 스쳤다. 그러나 결국 잡지 못한 그가 포기하지 않고 다른 손에 든 것을 지엔에게 내밀었다. 지엔은 반사적으로 그것을 붙잡았다.

빛의 검이었다. 한 번도 본 적이 없는데도 알 수 있었다. 그것의 일부를 감싸고 있던 흰 천이 사라지자, 순백의 검신과 금색으로 음각된 무늬, 힐트에 박힌 커다란 사파이어가 드러났다.

그것을 본 지엔의 눈이 커다래졌다.

주인이 아니면 뽑을 수 없는 터라, 검은 결코 검집에서 뽑히지 않았다. 그 덕에 지엔은 검집을 잡고서도 아래로 떨어지지 않을 수 있었다.

하지만 문제는 그런 게 아니었다. 두 사람의 무게를 졸지에 감당하게 된 널빤지가 견디지 못하고 삐걱대고 있었다.

이대로라면 금세 무너져 내려 함께 떨어질 판이었다.

"공자님!!"

기어코 널빤지가 갈라지는 걸 본 지엔이 다급하게 외쳤다.

"차라리 그냥 놓으세요!"

하지만 나세르는 그러긴커녕, 이미 지엔의 손을 끌어올려 단단히 붙잡은 채였다. 이래서는 지엔이 떨어지고 싶어도 그럴 수도 없었다.

지엔은 다시 발아래를 보았다. 까마득한 아래로 콸콸 물 흐르는 소리가 들려왔다. 이윽고 불어온 바람에 물안개 일부가 걷히면서 마침내 계곡이 그 모습을 드러내었다.

송곳처럼 끝이 뾰족한 바위가 울퉁불퉁 끝도 없이 솟아 있었고, 그 사이사이에 무너져 내린 저택의 잔해와 수도 없이 쌓인 뼈들이 보였다. 틀림없이 한때는 사람이었을…….

그 광경을 보며 마른 침을 삼킨 지엔이 다시 위를 보았다. 이대로라면 둘 다 저들의 일부가 될 뿐이었다.

지엔이 재차 설득했다.

"공자님. 이만 놓으세요."

"널 이 여행에 데려온 건 나야."

"……."

"그러니 내가 책임져야 해."

지엔은 안타깝다는 눈으로 나세르를 올려다보았다.

"공자님, 그렇다고 해서 같이 죽는 건 아무런 도움 안 돼요."

"……."

원망스러운 마음이 아예 없진 않았지만, 그녀는 애써 침착하게 말을 이었다.

"둘 다 살 방법이나 하다못해 저 혼자라도 살 방법이 있으면 전 그걸 따랐을 거예요. 하지만 아무리 생각해도 그런 건 없잖아요. 전 여기까지예요. 그러니 미련한 짓 그만하고 이 손 놓으세요."

지엔은 다시 발아래를 보았다. 저 뼈 더미 중의 하나가 되는 것은 아무래도 달갑지 않지만, 지엔에게는 다행히 어려서부터 함께 자라온 사제가 있었다.

'헤카테가 그래도 꽤 고위 사제인 듯하니 나중에 나를 찾으러 다시 와 주지 않을까?'

시체라도 찾아서 성불시켜 주면 더는 바랄 게 없을 것 같았다. 그 전까지 이 우중충한 성에 갇혀 생전에 외모에 불만을 가졌던 유령들과 매일 밤 회합을 가져야 한다니, 그건 사양하고 싶지만.

'전생의 나는 위대하고 사악한 존재였다고 하니, 전투 본능을 발휘하면 어떻게든 되겠지 뭐.'

지금 자신이 유령에게 손을 쓸 수 없는 것도 다 자신이 산 사람이어서일 테니.

그렇게 생각한 지엔이 슬쩍 손을 빼냈다.

상심한 나세르의 손에서 긴장이 풀린 그 순간을 지엔은 놓치지 않았다.

"담요 괴물!!"

뒤늦게 상황을 깨달은 그가 외쳤을 때, 지엔은 이미 허공 속으로 떨어져 내리고 있었다. 거친 바람 사이로 흩어지는 외침을 들은 지엔이 중얼거렸다.

'마지막치고는 좀 너무한 호칭인데…….'

꼭 이런 식으로 마지막 이별을 해야만 할까? 그리고 체념을 담아 눈을 감는 그녀의 귓가에 바람 소리가 빠르게 스치다가…….

갑자기 멈추었다.

'응?'

지엔은 다시 눈을 떴다. 발아래에서 콸콸 흐르는 물은 자신의 몸에 닿지도 않은 채였다.

그녀는 멍하니 고개를 들었다. 어느새 스르르 떠오른 그녀의 몸이 나세르를 지나 방의 바닥에 안착했다.

이를 으득 깨문 유령이 뒤를 돌아보며 외쳤다.

[그 마법사를 처리해!!]

기절한 척 몰래 손으로 마법 수인을 맺고 있던 칼이 어색하게 웃었다.

"하하, 역시 들켰어?"

잔뜩 분개한 유령들이 그의 뒤통수와 어깨를 거칠게 잡아 눌렀다. 먼지투성이 바닥에 처박혀서도 그는 용케 여유롭게 웃었다.

그러나 유령 중 하나가 그의 귓가에 대고 무슨 말인가를 속삭이자, 상황이 바뀌었다.

"아니야, 어머니. 난, 그러려던 게……."

순식간에 초점을 잃고 중얼대는 칼을 본 지엔이 눈을 크게 떴다. 그녀가 외쳤다.

"칼 님! 듣지 마세요! 마음을 흔들려는 거예요!"

하지만 칼은 그 말조차 들리지 않는 듯 팔로 고개를 감싸고 계속 혼자 중얼거렸다. 그 모습을 본 유령이 회심의 미소를 지으며 지엔에게 외쳤다.

[일행의 유일한 마법사를 처리하면 이제 너흰 정말 끝이다!]

그때였다. 아직 칼에 의해 몸이 약간이나마 허공에 떠 있던 지엔의 눈앞에 전혀 다른 풍경이 펼쳐졌다.

낡고 어두운 고성이 사라지고, 대신 나타난 건 환하고 아름다운 실내의 모습이었다. 아무래도 귀족가의 침실 같았다. 수 세기는 더 된 듯한 고성과는 달리 몹시 세련된 이 양식들은 최근의 것이 분명했다.

그때 지엔에게 말소리가 들려왔다.

— *어머니.*

어머니? 지엔은 고개를 돌렸다. 그토록 화려한 침실 한 구석에서 침대에 얼굴을 묻은 여인이 그 어떤 것으로도 자신의 슬픔을 달랠 수 없다는 듯이 울고 있었다.

한 소년이 조심스럽게 그녀에게 다가가며 말했다.

— *왜 울고 계세요, 어머니.*

그 소년을 본 지엔은 눈을 크게 떴다.

말 꼬랑지처럼 등 뒤로 길게 묶어 늘어트린 보랏빛 머리카락, 핏빛 보석처럼 붉은 눈동자.

머리색이 다르긴 했지만 분명히 어릴 적 칼의 모습이었다. 그가 생긋 웃자, 눈가에 박힌 점이 작게 물결쳤다.

'왜 내가 칼 님의 어릴 적 기억 속에 들어온 거지?'

의문을 갖던 지엔은 잠시 후 깨달았다. 여기에 들어오기 전 그녀는 칼과 마법으로나마 연결된 상태였다. 거기에서 칼이 세뇌를 위한 흑마법으로 정신적 타격을 받자, 지엔 또한 이 안으로 끌려와 버린 것이다.

어쨌거나 이미 들어온 이상 가만히 지켜볼 수밖에 달리 도리가 없었다.

지엔이 손 놓고 구경하는 가운데 여전히 생글생글 웃는 얼굴의 칼이 여인의 옆에 꿇어앉았다. 누가 슬퍼하고 있다면 자신의 웃는 얼굴을 보여 주라고 교육이라도 받은 게 틀림없었다.

작은 손을 들어 여인의 등을 도닥인 그가 말했다.

— 제 생일이잖아요, 어머니. 오늘만큼은 계속 웃는 모습 보여 주셔야죠.

그러자 여인이 고개를 들었다. 칼의 어머니라는 말을 믿을 수 없을 정도로 조금도 닮지 않은 여인이었다.

지엔이 긴장해서 지켜보는 가운데, 젖은 눈으로 그를 한참이나 보던 여인이 조용히 속삭였다.

— 칼. 내 사랑스러운 아들. 천사 같은 아들.

— 네, 저예요, 어머니. 어머니의 하나뿐인 칼.

칼이 두 팔을 벌리자, 여인은 그를 깊이 마주 안았다. 여인의 귓가에 입을 댄 그가 속삭이듯 물었다.

— 어머니, 왜 우셨어요? 제가 열세 번째 생일을 맞이한 것이 기쁘지 않으세요?

— 절대 그렇지 않단다. 외려 네가 너무 예뻐서 그래. 사람들에게 둘러싸여 웃는 네가, 위대한 그분과 닮은 네가 너무 예뻐서, 자랑스러워서······.

— 그러면 웃으셔야죠.

— 칼, 너는······:

눈을 깜빡인 여인의 눈에서 한줄기 눈물이 흘러내렸다. 그러나 그녀는 칼의 웃어 달라는 말을 지킬 셈인 듯 입가에는 미소를 띤 채였다. 그렇게 웃지도 울지도 않는 기묘한 모습으로 여인이 물었다.

— 칼 너는, 혹시 내가 부끄럽니? 너와는 달리 조금도 아름답지 않은 내가 네 어미라는 사실이?

— 당연히 아니지요, 어머니. 절대 그런 말씀 마세요.

— 하지만 사람들의 생각은 다르단다. 다들 내가 너에게 누가 된다고 말해. 너는 위대한 피를 타고났음을 똑똑히 증명하는데, 나는 전

허 그렇지 못하다면서.

　— 제가 그 사람에게 찾아가 화를 내겠어요. 누가 그랬는지 말씀

해 주세요.

그런데도 여인은 두 손에 얼굴을 묻고 고개를 흔들며 작게 흐느
꼈다. 그런 여인을 내려다보는 칼의 눈이 복잡한 듯 일렁였다. 이윽
고 무언가 결심한 듯, 그가 목울대를 움직이며 입을 여는 것으로 장
면이 바뀌었다.

　— 어머니.

그는 돌연 커다란 거울 앞에 서 있었다. 키가 훤칠해지고, 이목구
비가 더욱 진해져 성인에 더 가까워진 모습이었다. 다만 지금보다
는 여전히 어렸다. 그의 머리카락은 등 뒤에서 여전히 자수정처럼
짙은 보라색으로 반짝이고 있었다.

무슨 영문인지, 한 손에 단검을 쥔 그가 거울 속에 비친 자신의
모습을 빤히 바라보았다.

'자기 미모에 감탄하는 건가?'

지엔이 생각하던 찰나, 그는 갑자기 무언가 결심한 눈을 하더니
단검을 제 얼굴 가까이 가져갔다…….

　— 후우.

다행히 지엔이 비명을 지를 뻔한 찰나, 그는 나지막히 한숨을 쉬며 단검을 얼굴 바로 앞에서 멈추었다.

— 한심하군.

단검을 발밑에 쳉강 버린 칼이 그렇게 중얼거리는 것을 마지막으로 또다시 장면이 바뀌었다.

연달아 바뀌는 장면들의 의미를 지엔으로서는 알 수도 없고 알고 싶지도 않았다. 다만 칼이 기억 속에서 내내 원인 모를 이유로 고통받고 있다는 것만 알 수 있을 뿐.

그러다 다시 현실로 끌려 나온 지엔은 소름 끼치는 목소리를 들었다.

그 낯선 목소리는 분명히 칼의 입에서 터져 나온 것이었다.

"하, 하하. 멍청한 남자 같으니……."

그가 헝클어진 머리카락을 쓸어넘기며 웃음을 터트리고 있었다. 그 머리카락 사이로 드러난 표정만 봐도 지금 몸속에 있는 게 그가 아니란 사실은 알 수 있었다.

이윽고 그 말투의 주인을 깨달은 지엔이 중얼거렸다.

"아까 나한테 동료가 되라고 하던 그……."

"그래! 이제 이 몸은 내 거다! 그리고 이 몸에 깃든 마법도!"

그와 함께 지엔의 몸이 두둥실 떠올랐다. 그 모습을 본 나세르가 칼을 돌아보며 다급하게 외쳤다.

"칼, 지금 대체 뭐 하잔 거지?!"

"빙의예요!"

"빙의?"

고개를 끄덕인 지엔이 입술을 깨물었다. 상황이 좋지 않았다. 아니, 안 좋은 것을 넘어서 최악으로 치닫고 있었다.

칼은 이 일행의 유일한 마법사였다. 아까 유령의 말대로 그들에게 유일하게 영향력을 행사할 수 있는 칼이 빙의를 당했다면 자신들에게 희망이 없다는 것은 분명했다.

다시 입술을 깨문 지엔이 필사적으로 외쳤다.

"칼 씨!! 본인 입으로 자기가 트롤도 반하게 할 만큼 잘생겼다면서요! 그런데 빙의는 웬 빙의야!!"

아까 유령이 자신에게 한 말로 미루어 보아 빙의에 걸리게 하는 조건은 간단했다. 스스로의 외모에 의구심과 불만을 품게 하는 것. 그러나 칼은 자기 외모에 넘치도록 자부심을 품고 있는 데다가 실제로 누구와도 견줄 수 없는 미남이었다. 그런데 칼이 그런 말에 넘어갔다고?

'혹시, 방금 내가 봤던 그 기억들과 관계가 있는 건가?'

하지만 느긋하게 추측을 이어갈 틈 따위 없었다. 허공에 두둥실 떠오른 지엔의 몸이 그대로 성 밖 낭떠러지를 향했다.

지엔이 비명을 질렀다.

"꺄아악!"

나세르는 그 모습을 보며 무력하게 발버둥 쳤다. 그러나 자신들을 짓누르는 유령들의 몸은 꼼짝도 하지 않았다.

그는 다만 커진 눈으로 지엔이 향하는 곳을 간절하게 바라보았다.

'난 계속 아무것도…….'

여행을 떠나오기 전 백작 저에서 헤카테가 했던 말이 그의 머릿속에 떠올랐다.

― 당신은 당신의 힘을 증명해야 할 겁니다. 지킬 수 있는지.

그리고 입꼬리를 올린 그는 비웃듯이 덧붙였다.

― 당신이 정말 그녀의 곁에 있기를 원한다면요. 그건, 글쎄요, 지
금의 당신 갖고는 택도 없는 일이지만요…….

젠장, 나세르는 입술을 깨물었다. 그 말은 사실이었다. 자신이
아무리 검을 잘 쓴다 한들 그것만으로는 부족했다. 부족해서 트롤
하나 상대하지 못해 헤카테를 나서게 하고, 그걸로도 모자라 이런
상황에…….

"그 건방진 주둥이도 이제 끝이다! 파티에서 다시 만나자."

"안 돼!!"

나세르가 있는 힘껏 반항하며 사납게 외친 그때였다. 아랑곳 없
이 떨어져 내리던 지엔의 몸이 허공에서 멈추었다.

갑작스럽게 나타난 누군가가 지엔을 품에 안았다.

칼의 모습을 한 유령도, 나세르도, 모두가 망연자실해진 채 그 모
습을 바라보았다.

아래로 떨어지던 몸이 멈추자 지엔은 눈을 반짝 떴다.

밤하늘을 등진 헤카테가 아름다운 미소와 함께 그녀를 내려다보고 있었다. 희고 부드러운 달빛이 남색 머리칼 위로 유유히 흘렀다.

그를 자세히 들여다보던 지엔이 다시 중얼거렸다.

"엥?"

헤카테가 아니었다. 그가 이렇게 부드럽게 웃으며 자신을 쳐다볼 리 없거니와, 무엇보다도…….

'헤카테는 염색을 했잖아!'

속으로만 생각한 지엔이 비명처럼 외쳤다.

"헤카테네 형님?!"

영 괴상한 호칭에도 불구하고, 남자는 얼굴을 찌푸리긴커녕 도리어 활짝 웃었다.

몹시 황홀하다는 듯 눈을 접어 웃은 그가 대답했다.

"저를 알아봐 주셨군요."

"아, 아니. 그건 그냥 염색 때문에……."

말해 봐야 역효과일 거라는 생각에 지엔은 도로 입을 다물었다.

어쨌거나 자신이 죽지 않았다는 것에 안도한 지엔은 다시 아래를 보았다.

갑자기 나타나 자신을 방해한 남자를 보면서도 유령들은 화내지 않았다. 도리어 주인을 본 개처럼 벌벌 떨며 일제히 한쪽 무릎을 꿇고 납작 엎드렸다.

칼의 몸을 차지한 유령이 맨 앞에서 말했다.

"아아, 위대하신 분……! 어찌 여기까지."

심상치 않은 호칭에 지엔이 고개를 기웃하던 찰나, 그녀를 고쳐 안은 남자가 대답했다.

"내 하나뿐인 주인이 계신 곳이다. 내가 따라오는 게 이상한가?"

방금 지엔을 보며 곧 흐물흐물 녹아내릴 듯 다정하게 말하던 건 언제고, 차게 얼어붙은 목소리가 꼭 딴사람 같았다. 그 모습에서 자신이 사고 칠 때마다 혼내던 헤카테의 모습을 떠올린 지엔이 중얼거렸다.

'헤카테 너, 무서운 건 가족력이었구나.'

그러자 유령이 다시 머리를 조아렸다.

"아닙니다! 어찌 감히, 그보다 주인이라면……."

유령이 도저히 믿기지 않는다는 눈으로 지엔과 그런 남자를 번갈아 보았다. 아랑곳하지 않고 지엔을 더욱 단단히 받친 남자는 그녀와 눈이 마주치자 활짝 미소 지었다.

"괜찮으십니까? 어디 다치신 곳은?"

"어, 어, 없어요."

"말씀 편하게 하십시오."

그리고 다시 유령을 돌아본 남자가 싸늘하게 말했다.

"이제 네가 누굴 건드렸는지 알겠지."

히이익! 유령의 표정이 울 것처럼 변했다. 살길을 찾아 주변을 두리번거리는 유령들의 모습을 보며 그가 중얼거렸다.

"하여간 마티아스…… 뭘 남겨 놓았나 했더니 고작 이건가. 힘은 이미 잔챙이들이 죄다 먹어 치운 탓에 회수할 만한 것도 없군."

마티아스? 그의 입에서 나온 익숙한 이름에 지엔의 귀가 쫑긋해졌다. 그러던 찰나, 아래쪽이 갑자기 시끄러워졌다.

지엔은 시선을 내렸다. 심상치 않은 기척을 느낀 듯, 수십 명의 유령들이 차례로 계단을 올라오고 있었다.

마침내 방의 입구에 다다른 그들이 허공에 떠 있는 남자를 보고 헉 소리를 내며 엎드렸다.

그들을 물리고 한 여자가 차분한 걸음으로 나섰다. 녹색 벨벳 천으로 된 낡은 드레스를 입은 여자였다.

엘레나였다.

엘레나가 자신을 따라온 유령들에게 뭔가를 가져오라고 손짓하자, 그에 따라 의식을 잃은 누군가의 몸이 바닥에 놓였다.

그 모습을 본 지엔이 크게 외쳤다.

"헤카테!!"

뒤로 물러난 엘레나가 치맛자락을 들고 절하며 말했다.

[당신의 핏줄임을 알아보고 목숨을 취하지는 않았습니다. 위대하신 분…… 조금만 안정을 취하면 곧 의식을 되찾을 것입니다.]

그러나 남자는 아무런 감흥도 없는 눈치였다. 그가 여전히 지엔에게서 시선을 떼지 않은 채 대답했다.

"그쪽엔 흥미 없어. 살리든 죽이든."

"그, 그럼 제가 좀 봐도 될까요? 저는 흥미가 있는데……."

"……."

지엔은 자신을 향하는 남자의 눈이 조금 가늘어진 것을 보고 중얼거렸다. 여, 역시 이 상황에서 그건 좀 그런가? 아무리 그래도 헤카테인데, 일단 확인은 해 봐야…….

설마 다른 사람도 아니고 자기 동생을 살펴보겠단 건데 너무 화내진 않겠지?

그때, 다시 수군거리는 소리가 들려왔다. 유령들이 입가를 가리고 서로를 보며 기쁜 듯이 말했다.

[그러면, 이 남자는 저희가 처리해도⋯⋯.]

[뭐야, 죽일 수 있대?]

[죽여도 된대?]

그 광경을 본 나세르와 지엔의 안색이 푸르죽죽해졌다.

그때, 소란을 가르고 남자의 목소리가 차갑게 울렸다.

"그러나 너희들은 내 주인을 죽이려 했다."

[⋯⋯.]

"주제도 모르고 오래 사는군. 긴 생은 너희 같은 존재에게는 허락된 것이 아니다. 파티는 이제 슬슬 끝낼 때가 되지 않았나, 망령들?"

그렇게 말하는 남자의 손 위로 섬뜩한 자줏빛 빛이 천천히 모여들었다. 나세르가 일찍이 엘레노어의 집에서 본 적이 있던 바로 그 빛이었다.

그 모습을 본 엘레나가 엎드려 있던 몸을 벌떡 일으키며 외쳤다.

[아, 안 돼‼]

그러나 이미 때는 늦어 있었다. 어느새 날카롭고 길쭉해진 창을 쥔 남자가 그것을 어딘가로 던졌다.

가벼운 동작이었던 반면 결과는 놀라웠다. 정확한 궤도로 날아간 창이 낡은 화장대의 거울을 완전히 박살 냈다.

엘레나의 절규가 밤하늘을 길게 찢었다.

[아아, 안 돼! 이럴 순 없어!]

[우리의 파티가, 영원한 파티가!!]

[엘레나 님! 이제 저희는⋯⋯.]

유령들이 흩어지려는 자신들의 몸을 붙잡으며 소리쳤지만 소용 없었다. 엘레노어가 체념한 듯 눈을 감으며 사라지고, 다른 유령들 이 그 뒤를 따랐다. 어느새 모든 게 사라진 낡은 고성의 방 안에는 거울이 깨진 화장대만이 남아 있었다.

그 광경을 보고 지엔과 나세르는 믿을 수 없다는 표정을 지었다. 수백 년 동안 이 근방을 두려움에 떨게 했던 전설이 그렇게 한순간에 무너져 내리고 말았다. 결코 장엄하다고 할 수 없는 끝을 본 두 사람 이 두려움 섞인 눈으로 낯선 남자를 힐끗거렸다. 이 사람은 대체⋯⋯.

그때 남자의 말이 다시 들려왔다. 지엔은 흠칫하며 고개를 들었 다.

"원하신다면 저자들을 다시 저승으로부터 불러내어 영원히 고통 받도록 하겠습니다. 그걸 원하십니까?"

"아, 아니요! 그럴 필요 없어요. 다만⋯⋯ 원치 않았는데도 여기 에 계속 묶여 있던 자들이 있다면 그들을 좀⋯⋯ 아니, 됐고. 일단 저 좀 내려 주시겠어요?"

어제 보았던 상인의 가족을 떠올리던 지엔은 이윽고 고개를 내 저었다. 어차피 그들을 통제하던 엘레나가 사라졌으니 알아서 제 갈 길을 가겠지.

간신히 땅에 내려온 지엔은 다시 긴장하며 남자를 올려다보았 다. 혹시나 이대로 자신을 데리고 어딘가로 도망쳐 버리면 어쩌나

하는 로맨스 소설 여주인공 같은 생각이 들었지만, 아무래도 그는 그럴 맘은 없는 모양이었다. 다만 조금 아쉽다는 눈으로 그녀가 빠져나가 텅 빈 품 안을 내려다볼 뿐.

재빨리 곁으로 다가온 나세르가 지엔을 자신의 뒤로 숨기자, 그제야 고개를 든 그가 삐뚜름하게 웃었다.

정말 얄미울 정도로 헤카테와 닮은 얼굴이었다.

"아아, 그때 그 도련님이로군. 어떻지? 스스로의 무능력함을 또다시 깨달은 기분은?"

나세르는 가만히 인상을 찌푸렸다. 하여간 누가 형제 아니랄까 봐, 보자마자 동생과 똑같은 소릴 하는 그였다.

그것도 잠시, 다시 인상을 편 나세르는 순순히 말했다.

"담요…… 지엔을 구해 줘서 고맙다."

"아."

나세르의 말에 반응한 것은 남자가 아닌 지엔 쪽이었다. 졸지에 둘의 의아한 시선을 받게 된 그녀가 뒤통수를 긁적이며 중얼거렸다.

"뭐가 이렇게 찝찝하나 했더니……."

아까 떨어져 내리며 들었던 '담요 괴물!'이라는 호칭으로 볼 때, 나세르는 이미 자신이 담요 괴물임을 알아챘음이 틀림없었다.

지엔은 나세르를 지그시 바라보았다. 그럼에도 여전히 태도에는 별 변화가 없는 건, 그걸 깨달은 것이 의식적인 단계가 아닌 무의식적인 단계에서라는 뜻인가.

지엔은 속으로 다짐했다. 앞으로는 더 조심해야지. 오늘부터 계단에서 하루에 한 번씩 굴러서 의심을 완전히 피하는 게 좋겠어…….

그때 남자가 다시 지엔을 돌아보았다. 지엔은 흠칫하며 발을 모아 섰다.

지엔에게 더욱 가까이 다가온 그가 손을 들어 그녀의 뺨을 어루만지며 속삭였다.

"그러면, 또 다음에……."

당신 악당 아니었어? 그것도 아주 바쁜? 그런데 이번에 구해준 걸로 모자라 다음에 또 찾아오기까지 하겠다니…….

지엔이 그렇게 생각하거나 말거나, 한참을 아쉽다는 듯 그녀의 뺨을 매만지던 그는 살짝 웃더니 신기루처럼 사라져 버렸다.

어떠한 전조도 없었다. 허공에서 그를 이루고 있는 색색의 입자가 물방울처럼 흐려지는가 싶더니 그대로 완전히 투명해지고 말았다.

믿을 수 없다는 듯한 눈으로 그가 사라진 자리를 보던 지엔과 나세르가 각각 고개를 돌렸다. 그들이 바닥에 쓰러진 사람들을 보며 외쳤다.

"칼 님!!"

"헤카테!"

각자 의식을 잃은 사람들 옆에 꿇어앉은 나세르와 지엔이 호흡과 맥박을 확인했다.

유령들의 말이 사실인 듯 헤카테는 의식을 잃은 것을 제외하고는 멀쩡했다. 다만 신성력을 진탕 써서인지 몸살기가 남은 몸으로 무리해선지 몹시 지쳐 보였다.

'우리의 일정이 며칠 더 늦춰지겠군.'

그렇게 생각한 지엔은 옆에서 들려온 나세르의 낭패감 섞인 목소리에 고개를 돌렸다.

"아, 이런."

"왜 그러세요, 공자님? 칼 님께 무슨 일이라도?!"

지엔이 다급하게 묻자, 나세르는 고개를 휘휘 내저었다.

"아니, 아니다. 칼의 상태에도 아무 문제 없어. 정신을 잃은 건 아마 빙의를 당한 후유증이겠지. 곧 다시 정신을 차릴 거다. 그것보다도……."

"그럼?"

"빛의 검."

갑자기 튀어나온 그 단어에 지엔이 뒤늦게 입을 벌렸다.

그녀의 시선이 나세르의 텅 빈 손으로 향했다. 빛의 검을 아까 도대체 어쨌더라?

떨어질 때는 분명 지엔 자신이 쥐고 있었고, 그녀가 칼의 마법에 의해 끌어 올려지며 다시 이곳으로 돌아왔다가…….

'방금까지 날 안고 있던 그 남자가 가져갔구나.'

어쩐지, 자신을 안고 있는 것치고는 지나치게 만족스러워 보이더라니. 다 그런 이유가 있었던 것이다.

마찬가지로 진상을 깨달은 나세르의 안색도 창백해졌다.

지엔이 중얼거렸다.

"헤카테 일어나면 저흰 죽었다."

나세르는 부정하지 않았다. 대신에 바닥에 쓰러져 있는 헤카테를 지그시 바라보던 그가 물었다.

"……여기에 두고 갈까?"

"정말 매력적인 선택지긴 하지만, 일단 여관으로 돌아가죠."

지엔의 대답에 한숨을 내쉰 그가 헤카테를 번쩍 들어 업었다. 이어서 옆구리에 칼을 덜렁 들어서 낀 그는 그 자리를 빠르게 벗어났다.

잠시 주위를 둘러보던 지엔이 허겁지겁 그를 뒤쫓았다. 그녀의 옆구리에는 정체불명의 인형 하나가 대롱대롱 매달려 있었다.

*　　*　　*

몸살 난 몸으로 신성력을 탕진하기까지 한 헤카테는 다음날에도 반나절 내내 침대에 드러누워 정신을 차리지 못했다.

칼의 경우에는 그나마 사정이 좀 나았다. 뒤통수에 은잔을 맞은 탓에 혹이 난 걸 빼면 아주 멀쩡했으니까. 나세르도 거친 나무 바닥을 잡고 지엔을 지탱하느라 손바닥이 다 까진 걸 제외하면 멀쩡했다.

그러나 이 중에 가장 죽고 싶어 하는 건 다름 아닌 칼이었다.

그야 그가 별생각 없이 사다 준 인형으로 인해 사태가 이 지경이 됐으니 당연히 그럴 수밖에.

세 사람은 어제 있었던 일에 대해 궁금해하는 마을 사람들에게 대강 둘러대고, 말의 주인들에게 말을 돌려주고 사례금도 좀 더 얹어 주고, 의원을 부르러 바깥에 다녀오느라 그날 대부분의 시간을 다 썼다.

세 사람은 헤카테가 의식을 회복하는 대로 최대한 빨리 이 마을을 떠나자고 의견을 모았다.

어차피 빛의 검이 사라진 마당에 이 여정을 더는 함께 할 이유가 없었지만, 칼은 아직 그 사실을 몰랐다. 세 사람이 며칠 뒤에 함께 수도로 가는 대신 각자 헤어져 제 갈 길을 가게 될 거라고는 지엔과 나세르만이 알았다.

"후우우……."

아마 모레쯤이면 일어날 헤카테에게 사실을 고할 걱정에 한숨을 푹푹 내쉬던 지엔에게 칼이 조심스럽게 다가갔다.

"못난…… 아니, 지엔아."

"네."

"잠깐 밖으로 나와 줄래?"

"하하, 이번엔 또 무슨 이상한 걸 주시려고요?"

지엔이 방긋 웃으며 아무 생각 없이 던진 말에 칼이 또 면목 없어 하며 마른세수를 했다.

그걸 본 지엔은 하는 수 없이 자리에서 일어났다. 금세 얼굴이 밝아진 그를 따라 걸음을 옮기며 지엔이 생각했다.

으음, 좀 더 당당하게 굴어도 될 텐데. 물론 자신이 칼이 준 인형 때문에 죽을 뻔한 건 사실이지만, 그래 봤자 칼은 수도에서 보낸 마법사고 자신은 하녀에 불과하니 둘의 신분 차는 어마어마했다. 게다가 사례금이랍시고 백금화를 펑펑 뿌린 걸 보면, 가진 재산 또한 어마어마할 텐데.

그렇다면 직접 구하러 오는 대신 나세르나 백작에게 위로금이나 던져 주고 뒷일을 수습하는 편이 훨씬 쉬웠을 텐데, 그러는 대신에 칼은 제 목숨을 걸었다. 물론 거기에 헤카테와 나세르의 강요가 없었다고는 못 하지만. 어쨌든 지엔은 그것만으로 칼을 용서할 마음이 들었다.

나란히 여관을 나온 둘은 조심스럽게 벽에 기댔다. 공교롭게도 그들 바로 위에 지엔의 방에 벽이 뚫렸던 흔적이 고스란히 남아 있었다. 그것을 본 둘의 표정이 미묘해졌지만, 이윽고 회복되었다.

칼이 먼저 조심스럽게 말을 꺼냈다.

"……그때, 네가 내 기억을 봤던 걸 알아."

그의 목소리가 여느 때와는 달리 진지했다. 지엔은 눈을 굴리다가 어깨만 으쓱했다.

"으음, 제가 보려고 본 건 아니고요. 갑자기 보이길래 빠져나올 수가 없었어요."

"알아, 널 탓하는 게 아니야. 나는 그저……."

난처한 듯 입술을 깨문 칼이 하늘을 올려다보았다. 언제 그런 일이 있었냐는 듯 맑은 하늘이었다.

한참이나 햇살을 받던 칼이 지그시 입을 열었다.

"어머니랑 나는 사이가 좋지 않아."

기껏 데리고 나와서 하는 소리치고는 참으로 뜬금없었지만, 지엔은 어디 해 보라는 듯이 칼을 응시했다.

갑자기 마른세수한 그가 중얼거렸다.

"이거 진짜 다른 사람한테는 처음 해 보는 소리인데."

그리고 고개를 든 그는 다시 말을 이었다.

"……내 어머니는 무척 고귀한 가문 출신이지만, 그럼에도 어렸을 때 무척 천대받으셨다고 해. 음, 네가 내 기억을 정말 봤다면, 무엇 때문인진 알겠지?"

"얼굴이요?"

칼이 고개를 끄덕였다. 그리고 그는 천천히 자신의 뺨을 매만졌다.

"나는 어머니의 선조 중에서도 제일 위대한 선조의 얼굴을 말 그대로 빼다 박았고…… 나를 낳고 나서 어머니의 대접은 훨씬 나아졌지만, 대신 전혀 닮지 않았다며 비웃는 소리가 생겨났어. 어머니에게는 아마 그게 훨씬 더 슬픈 일이었나 봐."

"……."

"어머니는 내가 그런 소문을 듣고 나까지 자길 비웃을까 봐 많이 걱정스러웠나 봐. 내가 열세 살이 되던 생일날, 어머니는 기어이 내게 그걸 물으셨고, 나는……."

너는 이미 그 뒤를 알지 않냐는 듯한 칼의 눈빛에 지엔이 고개를 내저었다.

"그다음은 못 봤어요."

　

　— 내가 부끄럽니? 너와는 달리, 조금도 아름답지 못한 이 내가 네
　어미라는 사실이?

　

그렇게 말하는 여인의 눈가에 어리던 눈물.

지엔도 실은 궁금하기는 했다. 칼이 도대체 뭐라고 했기에 그 뒤에 그와 여인이 얼굴을 마주하고 대화하는 장면은 하나도 나오지 않은 건지.

칼의 얼굴이 굳어졌다. 각오를 굳히듯 바닥을 보던 그가 이윽고 말을 이었다.

"나는…… 그 당시에 꽤나 촉망받는 마법사여서 말이야."

"네."

"별생각 없이 이렇게 말했어."

칼은 아무렇지 않게 그날의 대답을 반복했다.

"어머니가 생김새 때문에 그렇게 고통스러우시다면, 마법을 배워서 모습을 바꾸어 드리겠다고. 어머니의 모습을 누가 보아도 나와 닮게 만들어서, 다시는 그런 소리를 듣지 않게 해 드리겠다고."

"……."

"나는 진심이었어. 그러기 위해서 한동안은 정말로 노력했고. 뭐, 그때 너무 보조 마법에만 주력한 탓에, 지금도 공격 마법은 거의 못 쓰지만……."

반쪽짜리 마법사가 되어 버린 꼴이지. 지엔은 자괴감을 담아 그렇게 말하는 칼의 얼굴을 물끄러미 바라보았다.

'트롤에게서 쫓긴 건 그래서였군.'

칼은 평소처럼 유쾌해보이기는 했지만, 눈가와 입꼬리가 묘하게 경직되어 있었다. 그 일이 아직도 그에게 깊은 상처로 남았다는 증거였다.

지엔은 잠시 진지하게 고민했다.

'이 사람, 정말 모르는 걸까? 그 대답의 문제가 뭐였는지.'

칼은 여전히 가벼운 목소리로 말을 이었다.

"그런데 어머니는 그 뒤로 나를 전혀 만나 주시지 않았어. 아무리 내가 얼마 남지 않았으니 조금만 더 기다려 달라고 계속 말해도 말이야. 어머니는 기어이 나를 미워하기 시작하신 걸까? 자기와는 달라서, 생김새 하나만으로 다른 사람들의 찬탄을 받는 나를……."

"어, 저기요……."

또 잘 가다가 자기 찬사로 빠지는 그의 말에 지엔이 조용히 끼어들었다.

그러나 그는 지엔의 말이 들리지 않는 것처럼 계속 말을 이었다.

"한때는 얼굴을 그어 볼까 하기도 했지만, 차마 그러지는 못하겠더군. 하지만 어머니의 얼굴을 마지막으로 본 지 너무 오래됐어. 언젠가는 정말로 그렇게 할지도 몰라. 그렇게 해서라도 어머니가 나를 만나 주신다면……. 그런 생각 때문에 나는 유령의 꼬임에 넘어갔던 거겠지."

"저기요!"

칼이 계속 자신의 말을 듣지 않자, 결국 포기한 지엔이 그의 눈앞에 불쑥 뭔가를 내밀었다.

반사적으로 기겁한 칼이 한 발자국 뒤로 물러났다. 그가 벌렁거리는 가슴을 누르며 물었다.

"이, 이게 왜 여기에……. 못난이 너 이거 아직 안 버렸어?"

그건 칼이 지엔에게 사 주었던 저주받은 인형이었다. 저택에서 나오기 전, 지엔은 기어이 그 인형을 찾아 함께 그곳을 나왔다. 저주는 이미 사라졌으리라고 믿으며.

칼의 반응에 지엔은 적잖이 만족했다. 음, 이 인형도 가끔은 쓸모가 있군.

지엔이 여전히 흉측한 인형을 흔들며 입을 열었다.

"칼 님. 제가 보기엔 정답은 간단한 것 같아요. 어째서 칼 님이 이걸 생각 못 하시는지는 모르겠지만."

"아니, 그것보다 그것 좀…… 그걸 대체 왜 안 버린 거야? 혹시 너 나랑 미적 기준이 다르기라도 한 거야?"

칼의 솔직한 물음에 지엔의 미간이 구겨졌다.

'아하, 결국 나 엿 먹으라는 뜻으로 준 거였다?'

이미 짐작하고 있던 바였지만 새삼 본인의 입으로 듣자 열 받기는 했다.

애써 화를 누른 지엔이 말했다.

"물론 아니죠. 제 눈에도 이런 인형은 전혀 취향이 아니거든요."

"그렇지? 역시……."

칼의 안도한 듯한 목소리 뒤로 지엔이 침착하게 말했다.

"하지만 칼 님이 주신 거잖아요."

"뭐……?"

칼의 눈이 휘둥그레졌다. 지엔은 인형의 팔 아래 두 손을 끼우고 흔들며 말을 이었다.

"못생겼든, 예쁘든, 겉모습이 어떻든 간에, 이건 공자님이 제게 처음 주신 선물이잖아요."

"……."

"그러니까 소중히 하고 싶었어요."

그렇게 말하는 지엔을 보며 칼은 충격에 빠진 얼굴을 했다. 이윽고 흐려졌던 그의 눈빛이 다시 맑아졌다. 그도 지엔이 무슨 말을 하고 있는지 이제야 깨달은 게 분명했다.

그 모습을 본 지엔은 인형을 품에 안고 작게 웃었다. 그녀가 마지막 물음을 던졌다.

"설마 칼 님이 자기 얼굴에 칼자국을 남겨 오는 걸 어머니가 정말로 원하실까요? 칼 님에게 미움받는 것이 두려워 남몰래 울 정도로 칼 님을 사랑하는 어머니가요."

그리고 지엔은 망설임 없이 돌아서서 여관으로 향했다.

홀로 남은 칼은 한참 동안 눈을 깜빡이며 뭔가를 생각했다.

이윽고 마침내 그의 입이 열리고, 작은 목소리가 흘러나왔다.

"상관없다……."

그가 정신을 차린 직후 찾아간 곳은 마탑 지부였다.

나른한 오후에 꾸벅꾸벅 졸던 카운터의 직원이 무심코 칼을 보았다가 놀라서 눈을 반짝 떴다. 비밀 유지를 포기하고 후드를 벗은 칼의 모습은 눈이 번쩍 뜨일 만큼 아름다웠다.

아랑곳하지 않고 성큼성큼 다가간 칼이 말했다.

"연락용 수정구를 좀 쓰고 싶은데."

값을 지불하고 수정구에 손을 올린 그는 신중하게 글을 썼다.

오래전, 당신께서 물었던 질문에 이제야 대답하는 저를 용서해 주세요.

그리고 숨을 들이마신 칼이 마저 썼다.

대답은 상관없다, 였어요.
당신은 나의 어머니이니까,
그리고 나는 당신을 사랑하니까.

그리고 그가 이어서 썼다.

다음에는 얼굴을 보고 얘기하고 싶어요.

마침내 글쓰기를 마친 칼은 숨을 들이쉬고 수정구에 마력을 주입했다. 이제 전보는 집으로 전달되었고, 무슨 수를 써도 돌이킬 수는 없을 것이다.

답장은 수도에서 확인할 수 있겠지. 그렇게 중얼거리며 다시 후드를 쓰고 마탑을 나오는 그의 발걸음이 가벼웠다.

헤카테가 자리를 털고 일어난 건 그로부터 사흘이 지나서였다. 그나마 나세르가 불러온 의원이 실력이 좋아서 다행이었지, 아니었다면 어림도 없었을 것이다. 뻐근한 어깨를 주무르고, 팔을 한번 휘둘러 본 헤카테가 침대를 나서 여관 1층으로 내려갔다.

지엔과 나세르, 칼은 먼저 자리를 잡고 헤카테가 내려오길 기다리고 있었다. 그들이 어색한 미소를 짓자, 헤카테는 미소로 화답하고 한 개 남은 의자를 빼어 자리에 앉았다.

그리고 얼마 안 가, 세 사람의 모습을 보던 헤카테의 표정이 미묘하게 변했다.

그가 작게 중얼거렸다.

"왜 못 보던 새 머저리가 늘었어?"

지엔 앞에서 정신 차리지 못하는 이가 둘로 늘었다.

메인 챕터 2.
에필로그

헤카테가 정신을 차린 직후, 지엔과 나세르는 헤카테의 방 앞에 모여 진지하게 의논을 주고받았다.

고민은 길지 않았다. 아무리 여기 모여서 무슨 말부터 꺼낼지 상의한다고 해도 가장 중요한 사실, 빛의 검이 사라졌다는 사실은 결코 변치 않으니까.

서로를 보며 시선을 교환한 두 사람이 비장하게 문을 열어젖혔다.

헤카테는 침대에 앉아 볕을 쬐며 책을 읽고 있었다. 몸을 일으키긴 했지만 후유증이 아직 남았으니 무리하지 말라는 의원의 충고를 받아들인 탓이었다.

이윽고 둘을 발견한 그의 표정이 의아하게 변했다.

"무슨 일입니까?"

지엔과 나세르는 그에 대답하는 대신 성큼성큼 걸어서 앞으로 나아갔다. 그리고 그들은 일제히 고개를 숙였다.

"미안하다. 빛의 검, 잃어버렸다."

"미안해, 헤카테! 빛의 검, 내가 잃어버렸어."

나세르는 빛의 검을 잃어버린 게 자신 탓이라고 주장했고 지엔도 자기 탓이라고 주장했지만, 결국 그런 말은 아무도 하지 않기로 합의를 보았다. 그런데 지엔이 그렇게 말해 버리자, 나세르의 원망 어린 시선이 지엔에게 꽂혔다.

그리고 그들은 한참이나 고개를 숙인 채 헤카테의 반응을 기다렸다.

뭔가 이상했다. 그 고운 외모와 어울리지 않는 독설이 날아와도 진작 날아왔어야 했는데, 왜 계속 아무 말도 없는 건지.

조심스럽게 고개를 든 두 사람은 헤카테의 품에 들린 것을 보고 놀라서 눈을 동그랗게 떴다.

가장 먼저 정신을 차린 지엔이 외쳤다.

"그, 그게 왜 여기 있어?!"

헤카테가 태연하게 웃으며 들고 있는 것은 다름 아닌 빛의 검이었다.

다음 순간, 지엔은 말도 안 되는 가설에 사로잡혀 헤카테의 얼굴을 살폈다.

'설마, 헤카테와 그 남자가 동일 인물…… 그럼 내 뺨을 매만진 건 어떻게 된 거지? 나한테 맘 있나, 얘?'

헤카테가 독심술이 있었다면 진작 머리를 쥐어박았을 생각이었다.

한편 놀란 것은 나세르도 그에 못지않았다. 인상을 쓰며 한 걸음 앞으로 나선 그가 화가 들끓는 목소리로 물었다.

"그게 왜 여기 있지?"

헤카테의 대답은 간단했다.

"나세르 공자님께 드렸던 건 가짜니까요."

그 대답에 나세르와 지엔의 얼굴이 망연자실해졌다.

"가짜?"

"그럼, 제가 마나도 못 다루는 애송이에게 진짜 검을 맡겼을까요?"

몹시 나긋나긋한 어조로 바로 눈앞에 있는 상대를 가리켜 애송이라 칭하는 그의 말에도 나세르는 차마 반박하지 못했다. 대신에 그는 바닥을 노려보며 중얼거렸다.

"가짜……."

다리에 힘이 풀린 그가 근처의 의자에 털썩 주저앉았다. 헤카테가 그런 그를 비웃는 듯한 눈으로 바라보았다.

"왜요, 제가 당신을 못 믿고 가짜 검을 맡겼던 게 분하십니까?"

그러자 나세르가 이마를 짚고 있던 손을 천천히 내렸다. 잠시 표정 없는 얼굴로 헤카테를 보던 그는 천천히 고개를 내저었다.

"아니."

"흐음……."

"분하지 않아. 지금의 나로서는 지키지 못할 거라던 네 말은 사실이었으니까. 검도, 그리고……."

나세르의 시선이 흘긋 지엔을 향했다. 그러자 헤카테의 시선도 그리로 향했다.

둘의 시선이 갑자기 자신에게로 향하자 지엔은 고개를 기웃했다. 그녀가 속으로만 생각했다.

'헤카테 너, 진짜 굉장하다……. 택도 없다느니 그런 말을 맘속으로도 아니고 나세르 님 면전에서 했단 말이야?'

도대체 언제쯤 자신은 헤카테의 반의반만큼이라도 용감해질 수 있을까? 하지만 그랬다가는 오래 살겠다는 자신의 꿈은 물거품이 돼 버리는 게 아닐까?

그때 나세르가 다시 입을 열었다. 전혀 예상치 못한 질문에 지엔과 헤카테의 시선이 다시 그를 향했다.

"마나를 다루는 법을 배우기 위해선 어떻게 해야 하지?"

"네?"

"칼에게 부탁해야 하는 건가?"

잠시 놀란 표정을 짓고 있던 헤카테가 천천히 고개를 내저었다.

"아뇨……. 마법사와 검사는 마나를 쓰는 방식이 다릅니다."

"그럼 어떻게 해야 하지?"

여전히 묘한 눈으로 나세르를 응시하던 헤카테가 입을 열었다.

"……공자님은 운이 참 좋습니다."

"갑자기 그게 무슨 소리지?"

"제가 가르쳐 드릴 수 있으니까요."

헤카테의 말에 나세르가 믿기지 않는단 표정을 지었다.

"네가?"

지엔도 마법사도 아니고 사제가 마나를 다루는 법을 가르친다는 얘긴 처음 들어 보았다.

지엔이 눈을 동그랗게 뜨고 보는 가운데, 헤카테가 천천히 말을 이었다.

"공자님이 벌써 두 번이나 맞닥트린 제 형은 이미 보았다시피 뛰어난 마법사입니다. 흑마법과 신성마법은 일반 마법과는 달리 이론보다도 감각에 더 많이 의존하니, 오히려 검사와 그 방식이 비슷하다고 할 수 있지요. 이게 무슨 뜻이냐 하면, 형의 마나를 다루는 감각은 상식을 초월해 있다는 겁니다. 그리고……."

헤카테가 스스로를 가리켰다.

"저는, 그런 형이 사상이 맞지 않는데도 자기편으로 계속 끌어들이려 할 만큼 마나를 다루는 감각이 뛰어납니다. 어쩌면 우리가 쌍둥이라는 게 그에 영향을 미친 걸지도 모르지요. 아무튼…… 정 그걸 배우길 원하신다면, 제가 가르쳐 드릴 수 있습니다."

나세르가 조금 초조하게 물었다.

"대가는?"

"대가 같은 건 필요 없습니다. 하지만 장담하건대, 저는 최고의 스승일 겁니다. 또한……."

말을 멈춘 헤카테가 드물게 장난스럽게 웃었다.

"제자의 건강은 조금도 신경 쓰지 않는 엄한 스승이기도 합니다."

"……."

"어중간한 각오로 덤비시려거든 차라리 지금 포기하시는 게 나을 겁니다."

헤카테의 가차 없는 말에도 나세르는 주저 없이 대답했다.

"부탁하지."

그러자 둘 사이에 긴장된 공기가 풀렸다. 헤카테가 만족스럽다는 듯이 빙긋 웃는 것을 본 지엔은 그대로 방을 나왔다.

그대로 문에 기댄 그녀가 중얼거렸다.

"우와, 무슨 영웅 일대기 보는 줄……."

분위기를 봐서는 조만간 책이 하나 나와도 이상하지 않을 것 같았다. '용사 나세르 일대기'라거나…….

이미 사제의 몸으로 무투 대회에서 우승한 것만으로도 충분히 대단하지 않나? 그런데 여기서 얼마나 더 대단한 사람이 되려는 거지? 검을 싫어한다고 말한 것치고는 꽤나 적극적인데…….

고개를 내저은 지엔이 방으로 향했다. 그녀는 방에 널린 옷가지들을 트렁크에 넣으며 즐거운 듯 흥얼거렸다.

"백작가에 돌아가면 이번 여행에서 있었던 일들을 말하고 대성통곡하면서 봉급 인상해 달라고 해야지. 목숨 수당 정도는 받아야 수지가 맞을 거 아니야."

아무튼 지엔에게 있어서는 나세르가 영웅 대서사시를 써 내려가건 악당 대서사시를 써 내려가건 제 알 바가 아니었다.

다음 날, 네 사람은 여전히 빛의 검을 대동한 채 길을 떠났다.

목적지는 수도였다.

＊　　＊　　＊

하루가 멀다 하고 싸우던 헤카테와 나세르는 둘이 사제 간으로 묶이면서부터 태도가 변했다. 논쟁은 물론 시답잖은 투덕거림 하나 없었다.

둘이 잠깐 숙소를 나갔다가 돌아오면 헤카테는 산책이라도 다녀온 듯 깨끗한 반면 나세르만 언제나 엉망이었다. 온몸이 흙투성이인 데다가 땀이 이마를 적시고 비 오듯 흘러내리고 있었다. 시장에서 갈아입을 옷을 미리 사 두지 않으면 다음 날 거지꼴로 나갈 수밖에 없었다.

조금 작은 여관에서 자게 된 날, 우연히 계단을 내려가려다 창 앞을 지나게 된 지엔은 이런 소리를 들었다.

"정말 이런 실력으로 무투 대회에서 우승했다고?"

"형편없어."

헤카테의 날 선 목소리가 갖는 진한 파괴력은 특히 반말이 되자 차원을 달리했다.

우연히 그걸 들어 버린 지엔은 밖으로 나갈 엄두도 못 내고 다시 위층으로 돌아가며 중얼거렸다.

"개기지 말자……. 개기지 말자……."

헤카테에게 개기면 죽는다……. 지엔은 늘 알고 있던 그 사실을 다시금 머릿속에 깊이 되새겼다.

하지만 무서운 건 무서운 거고 궁금한 건 궁금한 거였다. 지엔과 칼은 둘이 도대체 무슨 훈련을 하나 궁금한 나머지 둘이 훈련만 나가면 종종 창밖을 기웃거리곤 했다.

그날 엘레나의 고성에서의 사건 이후, 지엔을 대하는 칼의 태도 또한 완전히 달라졌다. 여전히 짓궂게 장난을 치기는 해도 도를 넘는 말은 좀처럼 하질 않아서, 나세르도 더 이상 지엔의 일로 칼에게 화내지 않았다. 물론 모르는 여자를 대할 때에 비하면 다소 박하긴 했지만, 그거야 전생의 악연이 있으니까.

가끔 단둘이 되면 말을 더듬는다든가 하는 전혀 어울리지 않는 짓까지 저지르고는 했지만, 지엔은 그 또한 그러려니 했다. 원래부터 워낙 이상한 사람이다 보니 무슨 짓을 해도 별로 이상하지 않았다.

그렇게 지엔과 칼은 오늘도 뒤뜰로 난 창문으로 나세르와 헤카테를 훔쳐보는 중이었다.

어떻게 귀신같이 훔쳐볼 걸 알았는지, 헤카테가 고른 훈련 장소는 나무로 절묘하게 가려져 이 창문에서는 도저히 보이지 않았다.

플라이 마법을 써서 다가가면 아무래도 눈에 띌 텐데. 그렇게 생각한 지엔이 칼에게로 살짝 고개를 숙였다.

"저기요, 칼 씨. 전에 보조 마법은 잘하신다고 하지 않았어요?"

그녀가 칼의 귀에 대고 속삭이자 칼의 몸이 뻣뻣하게 굳었다.

"으, 응."

"그럼 멀리 있는 걸 가까이 보이게 해 주는 마법도 혹시 가능하신가요?"

"어? 어어, 으, 응, 무, 물론이지."

"……."

칼의 동공은 지엔이 옆에 다가와 나란히 서던 그 순간부터 거세게 흔들리고 있었다.

그 사실을 전혀 모르는 지엔은 다만 그를 걱정스럽게 올려다보며 생각했다.

'이 사람 또 시작이네. 예전엔 말을 전혀 더듬지 않더니 갑자기 왜 이런담…… . 내 탓 하기 시작하면 곤란해지는데.'

그런 지엔의 속을 전혀 모르는 칼이 수인을 맺어 지엔의 관자놀이에 가져다 대었다.

휘이익 하고 지엔의 시야가 빠르게 확장되며, 지엔은 어느새 헤카테와 나세르를 둘러싼 나무 사이에 서 있었다.

바로 옆의 나무에 기댄 헤카테가 나세르를 보며 심드렁히 말했다.

"발전이 없군. 어제도 이만큼 버텼던 것 같은데, 오늘은 얼마 하지도 않고 쓰러질 기세라니. 역시 의지가 부족한 거지."

'우와아, 바로 옆에서 보니까 더 무서워…….'

그렇게 중얼거린 지엔이 고개 돌려 나세르를 바라보았다. 작은 물웅덩이 위에 두둥실 떠 있는 나세르의 두 발을 본 지엔이 눈을 동그랗게 떴다.

'저게 가능해……?'

아무리 마나를 사용했다지만, 분명히 이 여행을 떠나기 전까지만 해도 나세르는 마나의 마 자도 모르는 사람이었다.

'스승이 대단한 건지, 제자가 대단한 건지.'

음, 어쩌면 둘 다인가. 그렇게 생각하며 지엔이 헤카테의 옆얼굴을 지그시 바라보던 그때, 그가 시선을 느낀 것처럼 지엔을 돌아보았다.

어깨를 움츠린 그녀가 생각했다.

'서, 설마? 난 지금 내 몸으로 여기 와 있는 게 아니라, 정신만 와 있는 건데…….'

그런데 손을 천천히 뻗은 헤카테가 지엔의 이마를 툭 두드렸다. 그리고 그가 말했다.

"돌아가세요."

다음 순간, 지엔은 다시 창가에 서 있는 자기 몸으로 돌아왔다.

얼이 빠진 표정으로 비틀거리는 지엔을 본 칼이 중얼거렸다.

"어라, 벌써 돌아왔어? 이상하네, 아직 지속 시간이 안 끝났을 텐데."

심각한 얼굴로 자기 이마를 매만지던 지엔이 물었다.

"저, 칼 님."

"응?"

"방금 칼 님께서 빼내 주신 제 정신체를 직접 눈으로 보고 간섭하는 거, 가능해요?"

"뭐? 당연히 불가능하지. 마법 생물이나 아티팩트를 찾는 물건을 가지고 있거나 탐지 마법을 쓰지 않는 한."

그럼 방금 헤카테가 한 건 뭐였지? 지엔은 여전히 이마를 문지르며 중얼거렸다.

"헤카테는 대체⋯⋯."

사람이긴 한 건가. 그러던 그녀의 머릿속에 문득 헤카테의 형이 떠올랐다.

쌍둥이가 둘 다 마나에 대해 놀랍도록 예민한 감각을 가졌지만, 한쪽은 사제의 길을 걷고, 다른 한쪽은 흑마법의 길을 걷다니. 도대체 그런 게 가능하기나 한 걸까?

한편, 지엔이 있던 빈자리를 바라보던 헤카테가 다시 고개를 돌렸다.

그가 나세르를 향해 물었다.

"뭡니까?"

"방금 왜 허공을 보며 말한 거지? 내게 말한 게 아닌가?"

"아무것도 아니야. 그것보다, 집중하지?"

어느새 반말로 돌아간 헤카테가 차가운 얼굴로 대답하자, 나세르는 다시 혀를 차며 수련에 집중했다.

그러는 동안 여행은 순탄하게 흘러가 헤카테가 장담했던 대로 백작령에서 출발한 지 정확히 3주, 그들은 마침내 수도에 도착했다.

마차에 앉아 조느라고 헤카테의 어깨에 기대어 있던 지엔을 누군가 흔들어 깨웠다. 지엔은 슬쩍 고개를 들었다.

희미한 시야 가운데에서도 선명한 이목구비가 눈에 들어왔다. 으음, 칼 씨구나……. 하품을 한 지엔이 눈을 비비며 물었다.

"네, 부르셨어요?"

"옆을 좀 봐. 못난, 지엔아."

"부르실 거면 둘 중에 하나만 하세요."

그렇게 투덜거리며 뒤를 돌아본 지엔이 입을 벌렸다. 물감으로 칠한 듯 완벽하게 파란 가을 하늘 아래, 장엄한 그림자가 삐죽삐죽 솟아있었다.

흰색의 성이었다. 저토록 높은 곳에 있다면 도대체 가기 위해 계단을 몇 개나 올라야 하는지 짐작도 되지 않았다. 그 성은 심지어 수도에 있는 빛의 신전 본단보다도 더욱 높은 자리에 있었다. 지엔이 아는 한 수도에서 빛의 신전보다도 높은 건물은 단 하나였다.

나세르가 그녀 옆에서 중얼거렸다.

"황성이로군."

그 말대로였다. 지엔은 제국의 역사를 떠올렸다.

제국에서는 수백 년간 반란이 거의 일어나지 않았다. 압도적인 무력과 카리스마로 주변 국가들을 통합한 초대 황제에 이어, 뒤이은 황제들도 공포와 포상이 섞인 적절한 통치로 다스린 덕이었다.

한없이 멀어 보였던 성이 점차 가까워지고, 수도를 두른 가느다란 띠처럼 보였던 성벽도 고개를 젖혀도 끝을 볼 수 없을 만큼 높아졌다.

마침내 지엔 일행의 마차가 멈추었다.

"검문이 있겠습니다."

심드렁하게 말하며 마차 문을 열어젖힌 수도 경비원의 얼굴이 잠시 멍해졌다. 무엇보다도 그는 지엔을 제외한 일행들의 범상치 않은 생김새에 많이 놀란 듯했다.

'이 중 하나는 전생의 제 얼굴이거든요.'

지엔이 속으로만 투덜거리는 사이, 정신을 차린 경비원은 비교적 가장 평범해 보이는 지엔에게 먼저 손을 내밀었다.

"신분패를 확인하겠습니다."

"아, 네."

지엔은 품에서 패를 꺼내 보여 주었다. 지금까진 미리 발급받은 가짜 패를 보여 주었지만, 목적지인 수도에 도착한 이상 그럴 필요가 없었다.

지엔의 패에 브리지트 백작가에서 그 신분을 보증한다는 내용이 적힌 것을 본 경비병이 고개를 기웃했다.

"브리지트 백작가? 거기 엄청 먼 데잖아."

왜 그런 먼 곳에서 여기까지? 의뭉스럽다는 듯 중얼거린 경비병이 이어서 나세르와 헤카테, 칼에게 손을 내밀었다.

어쨌건 이 평범하지 않은 일행의 구성원 중 하나가 평민임을 확인했기에 그의 표정은 많이 풀려 있었다.

그러나 그의 표정은 칼의 신분패에 이르러 급격하게 창백해졌다. 황급히 신분패를 돌려준 그가 고개를 푹 숙이며 말했다.

"귀, 귀한 분의 시간을 많이 뺏어서 죄송합니다! 부디 평안한 여행 되시기를……."

"그래, 그래."

너무도 아무렇지 않은 태도로 손을 내저은 칼이 손짓으로 마차 문을 닫게 하고 출발했다.

경비병들은 마치 이게 왕의 행차라도 되는 듯 양옆에 나란히 서서 경례했다.

그 모습을 눈을 휘둥그레하게 뜨고 보던 세 사람이 이윽고 칼을 돌아보았다.

시선을 느낀 그는 능청스레 어깨만 으쓱했다.

"왜 그래?"

"그야 아무리 봐도 반응이 이상하잖아요. 혹시 마법사한테는 다 그래요?"

아직 세상 경험이 부족한 지엔으로서는 그렇게 생각할 수밖에 없었다.

그러자 칼의 입에 걸린 미소가 더욱 짙어졌다. 그가 못된 장난이라도 꾸미는 듯한 표정과 함께 대답했다.

"물론 마법사라서 그러는 거겠지. 흔치 않으니까."

"흐음……."

"어차피 마탑에 들어간 이상 속세의 신분은 더 이상 중요치 않다니까?"

그렇게 말한 칼이 어깨를 으쓱했지만 수상하다는 눈빛은 여전히 사라지지 않았다.

마차가 한 광장에서 멈추자, 일제히 내린 이들은 잠시 서로의 얼굴을 멀뚱히 쳐다보았다. 일단 도착한 건 좋았는데 앞으로가 문제였다.

가장 목적지가 확실한 헤카테가 그들에게 물었다.

"여러분은 어디로 가실 겁니까? 저는 신전에 들렀다가 그리로 가겠습니다."

"어디로 갈 거냐고 해도……."

그렇게 중얼거린 지엔과 나세르가 시선을 교환했다.

그러고 보니, 그들에게는 빛의 검을 나른다는 이유뿐만 아니라 사냥 대회에 참석해야 한다는 표면적인 이유 또한 있었다.

'그런데 사냥 대회에 참석하기 위해서는 어디로 가야 하는 거지?'

한 번도 이런 목적으로 수도에 온 적이 없다 보니 어디로 가야 하는지는 나세르도 오리무중이었다.

그때 그들의 난처한 표정을 본 칼이 물었다.

"갈 데가 없다면 일단 우리 집에 들렀다 가. 식사와 잠자리 정도는 얼마든지 제공할 수 있으니까."

"네? 칼 님, 수도에 집이 있어요?"

지엔이 놀라서 물었다. 그녀가 아는 한, 마법사들은 마탑에서 먹고 자기 때문에 굳이 바깥에 집을 구할 필요가 없었다. 게다가 굳이 집을 구하기에는 수도의 집값이 말도 안 되게 비싸기도 하고.

얼마 전 있었던 일을 떠올린 지엔은 간신히 납득했다.

'그러고 보면 칼 님, 사람들에게 말값으로 백금화를 던져 줬다고 했지.'

아무래도 원래 돈이 많은 사람인 모양이었다. 태연히 고개를 끄덕인 칼이 나세르를 돌아보며 물었다.

"어떡할래? 너도 당연히 갈 거지? 황궁으로 들어가더라도 일단 씻기부터 해야……."

얼굴을 굳힌 나세르가 말했다.

"칼. 단도직입적으로 묻지."

"응?"

"너도 귀족인가?"

눈을 한 바퀴 굴린 칼이 뒤통수를 긁적이며 답했다.

"응? 아아, 뭐. 그 비슷한 거?"

그 대답에 지엔과 나세르의 눈썹이 동시에 구겨졌다. 비슷한 거라니? 그런 애매한 대답이 어디 있단 말인가?

그때 그들을 지켜보던 헤카테가 다시 말했다.

"뜸 들이지 말고 말씀해 주십시오. 그래서, 제가 어디로 가면 되겠습니까?"

그러자 활짝 웃은 칼이 대답했다.

"아, 응. 루디나토 대공가로 오면 돼."

잠시 침묵이 흘렀다.

이윽고 지엔이 중얼거렸다.

"루디나토 대공가……?"

거기, 제국에 하나뿐인 대공가잖아…….

귀족 비슷한 거라더니, 확실히 루디나토 대공가를 단순히 귀족이라고 부르기에는 대공가에 미안한 감이 있었다.

수많은 장군들과 대신들, 황비를 배출한 루디나토 대공가는 황가를 제외하면 명실상부 최고의 가문이었고, 그 세력은 감히 다른 귀족 가문에 견줄 바가 아니었다.

그리고…….

지엔이 창백해진 얼굴로 물었다.

"저, 저기 혹시, 그럼 칼 님의 어머니는……."

"아? 으음, 이름이 좀 긴데."

잠시 고개를 위로 든 그가 마치 거기에 이름이 쓰여 있는 것처럼 하늘을 보며 말했다.

"어디 보자, 일렉트라 릭서만 드 루디나토."

"……."

"현 황제 폐하의 여동생이셔."

그리고 활짝 웃는 칼을 보며, 지엔은 필사적으로 생각했다.

'나, 이 사람한테 뭔가 잘못한 게 있다면 최선을 다해서 기억해 내자……. 안 그러면 사형당할지도 몰라…….'

기묘한 침묵에도 아랑곳하지 않고, 마차를 부르려 돌아서던 칼이 다시 지엔을 보며 외쳤다.

"아 참, 그리고, 내 실제 이름은 칼리스야. 칼리스 릭서만 폰 루디나토. 참고해!"

"네, 칼리스 릭서만 폰 루디나토 님."

지엔이 냉큼 대답하자 칼의 미소가 조금 흐려졌다. 난처하게 웃은 그가 답했다.

"그냥 지금까지처럼 칼이라고 불러도 되는데."

"아닙니다, 칼리스 릭서만 폰 루디나토 님."

"……."

　　　　　*　　　*　　　*

"정말 칼이라고 불러도 돼요?"

"그럼!"

"정말로 정말이죠?"

"그럼!"

"정말로 정말로 정말로……."

마차에 탄 내내 지겹도록 반복되던 일련의 대화는 듣다 못한 나세르가 그만하라고 말함으로써 겨우 끝났다. 그 뒤에도 지엔은 칼리스의 얼굴을 한동안 똑바로 보지 못했다. 그런 지엔을 보며 칼리스도 한숨을 내쉬었다.

그가 턱을 괴고 창밖을 보며 허탈하게 중얼거렸다.

"차라리 좀 미리 말할 걸 그랬나."

아니, 그랬다가는 지엔이 기겁해서 여행길에서부터 제게 아무런 말도 안 하려고 들었을 수도 있다. 그러면 지엔으로부터 어머니와의 사이에 대한 결정적인 조언은 들을 수 없었겠지.

하지만 자신의 신분을 알자마자 저렇게 태도가 달라지는 건……

칼리스가 다시금 한숨을 내쉬는 사이, 마차가 멈췄다. 지엔이 반색하며 외쳤다.

"앗, 여기가 대공가인가 봐요!"

지엔은 칼리스가 아예 존재하지 않는 것처럼 나세르만 보면서 말했다. 그에 칼리스의 한숨이 더욱 짙어졌다.

그리고 그는 자신의 존재를 아예 무시하는 그녀의 시선을 한 번이라도 더 끌어 보기 위해 이렇게 말했다.

"아니야, 아직 한참 가야 해."

"그럼……?"

"이제 겨우 정문을 통과했을 뿐이니까."

"네……?"

멍하니 대답한 지엔이 다시 창밖을 보았다.

칼리스의 말대로 문을 통과한 뒤에도 꽃과 조각상들로 장식된 거대한 정원이 끝도 없이 이어졌다. 한참이 지나고서야 마침내 그들이 일전에 보았던 광장만큼 넓은 곳에 마차가 멈추었다.

엄청난 인파가 그곳에 서 있었다. 기사와 고용인들은 물론, 칼리스의 가족들까지.

지엔이 혼자 창밖을 보며 의아해했다.

'아무리 여행에서 돌아왔어도 그렇지, 이렇게 다들 밖으로 나와 서까지 맞아 주나?'

지엔과 나세르는 몰랐지만, 칼리스는 보통 마탑에서 지냈기에 칼리스를 보는 건 이들로서도 무척 오랜만이었다.

마침내 마차가 멈추자 기사가 문을 열어 주었다.

마차에서 훌쩍 뛰어내린 칼리스가 모두를 훑었다. 이윽고 그 속에서 원하던 사람의 모습을 찾아낸 그의 얼굴이 환해졌다.

그가 두 팔을 벌리며 앞으로 나섰다.

"어머니."

"칼."

인파 가운데에서 한 가문의 안주인임에도 조금 수줍은 듯한 표정의 여인이 걸어 나왔다.

칼을 따라 마차에서 내릴 타이밍을 재고 있던 나세르와 지엔은 그 광경을 숨죽여 바라보았다.

'어머니와 사이가 좋군.'

나세르는 그렇게 생각했지만 지엔은 조금 달랐다. 지엔은 그들의 관계가 최근 몇 년간 어땠는지 이미 들어서 알고 있었다.

지엔이 묘한 얼굴로 지켜보는 가운데, 여인은 칼리스가 먼지로 뒤범벅이 된 것도 아랑곳하지 않고 달려와 그를 껴안았다.

그들은 한참이나 서로의 머리카락이나 뺨을 매만지며 말없이 미소 지었다.

이윽고 그녀가 겨우 북받쳐 오른 감정을 추스르고 입술을 뗐다.

"칼, 머리 색이 달라졌구나. 보라색이 아니라 갈색이네."

칼리스는 사뭇 긴장한 얼굴로 그녀를 바라보았다. 이어진 말에 칼리스의 얼굴이 다시금 환해졌다.

"나는 이것도 이것대로 좋단다. 네가 무슨 머리 색인가에 상관없이 너는 무척 예쁜걸."

그의 어깨에 머리를 기댄 여인이 그에게만 들리도록 속삭였다.

"네가 굳이 그분과 닮지 않았어도 말이야."

그가 일찍이 보냈던 전보에 대한 그녀의 답이었다. 칼리스는 대답 대신 말없이 고개 숙이며 그녀를 더욱 깊게 껴안았다.

이윽고 고개를 돌린 칼이 마차를 보며 말했다.

"아, 어머니. 소개가 늦었네요. 손님이 있어요."

"손님? 누구?"

반가워하는 그녀의 말에 칼은 씨익 웃으며 대답했다.

"제 친구들이요. 그리고……."

그녀의 귓가에 입을 붙인 칼이 속닥였다.

"제가 어머니께 다시 마음을 전할 수 있도록 용기를 내게 해 준 사람도 이 안에 있어요."

그러자 그녀의 얼굴이 환해졌다.

"어서 보고 싶구나."

"상상 이상일 걸요."

그렇게 말하며 씩 웃은 칼이 뒤를 돌아보았다.

한편 고용인들로 할 것 같으면 그들은 하나같이 칼리스와 안주인이 껴안는 걸 봤을 때부터 깊이 감동해 있었다. 그들도 해묵은 둘 사이의 갈등에 대해서는 아주 잘 알고 있었다. 그런데 마치 그 오랜 세월이 거짓말이라도 되는 것처럼 저렇게 다정한 모습이라니!

칼의 마지막 말을 들은 모두가 다짐했다.

'잘해 주자.'

'혼신의 힘을 다해 대접해야 해.'

'뼈가 으스러지도록 일할 준비가 돼 있어!'

그렇게 중얼거리며 하녀들이 앞치마 끈을 묶고, 하인들이 장갑을 동여매던 그때, 마침내 문이 열렸다.

그리고 마차 사이에서 신발에 감싸인 발이 나오는가 싶더니,

"어윽."

쿠당탕! 그대로 넘어졌다.

비장한 공기가 흐르던 고용인 위에 일순 침묵이 내려앉았다.

지엔은 상체를 일으키며 흙투성이가 된 얼굴을 가렸다.

'젠장, 혀 깨물었어.'

그녀는 하루에 한 번 나세르 앞에서 넘어지는 것을 실행할 기회가 지금뿐이라고 여겼을 뿐이었다. 그러나 본의 아니게 고용인들이 모두 모인 앞에서 강렬한 첫인상을 준 꼴이 되고 말았다.

혀를 씹어서 눈물을 그렁거리는 그녀를 보던 고용인들은 생각했다.

'저 사람도 마차 안에서 두 사람을 보며 차오르는 감동을 어쩌지 못했던 거야!'

'자기의 조언으로 한 모자의 갈등이 해결됐다는 생각에 너무 보람찬 나머지, 시야가 흐려져서 마차 계단을 제대로 볼 수 없었던 거야.'

모두가 오해하는 가운데, 그녀의 옆에 다가간 나세르가 조심스럽게 물었다.

"지엔, 혹시…… 방금 운 건가?"

"너, 넘어져서 운 거예요."

"……."

칼과 나세르는 지엔의 표정을 살피고 그 말이 사실이란 것을 곧바로 깨달았지만, 다른 이들이 그 사실을 알 리 없었다.

"여린 사람……."

"잘해 주자."

그리하여 본의 아니게 대공가의 모두를 오해하게 만들어 버린 지엔은 마침내 루디나토 대공가에 입성했다.

들어가자마자 고용인들은 그들을 바쁘게 먹이고 씻기고 입혀 입궁 가능한 시간에 맞추어 준비를 끝내 주었다.

머리카락 색을 원래대로 되돌린 칼리스는 진한 보라색 머리칼을 잘 돋보이게 하는 복장을 택했다. 여행 중의 꾀죄죄한 몰골로도 사람 여럿 죽이겠다 싶었지만, 잘 차려입으니 과연 파괴력이 남달랐다.

그 모습을 본 지엔이 진지한 얼굴로 물었다.

"칼 님, 혹시 누가 칼 님 보고 기절한 적은 없어요?"

"하하, 아무리 내가 잘생겨도 그렇지. 누가 사람을 보고 기절해?"

"역시 그런가?"

"다들 동시에 빈혈이 왔던 거겠지."

"……."

그때, 대공가 하녀들의 손길에 의해 잘 차려입은 나세르도 모습을 드러냈다. 그 또한 돌아온 백금색 머리칼과 잘 어울리는 옅은 색 옷으로 갈아입은 채였다.

그 모습을 본 지엔이 저도 모르게 박수를 쳤다. 나세르와 칼리스가 어리둥절한 얼굴로 그런 지엔을 바라보았다.

나세르가 물었다.

"왜 그러지?"

"잘생기셨어요, 공자님!"

그러자 나세르의 얼굴이 금세 붉어졌다. 지엔의 입에서 설마 그렇게 평범한 이유가 나올 줄은 몰랐던 탓이었다.

나세르의 얼굴은 물론이고 귀나 목까지 시뻘게진 것을 본 하녀들이 수군댔다.

'저거 그거지?'

'그거야, 분명해…….'

그리고, 그들은 칼리스가 나세르의 옆에 서서 무척 불만스러운 표정을 짓고 있는 것을 발견하고 저것 좀 보라며 다시 호들갑을 떨어댔다.

칼리스가 툭 던지듯이 물었다.

"못난, 지엔아. 나는?"

"오…….."

"오?"

지엔은 왜 칼리스 정도의 얼굴을 가진 사람이 남에게 평가받기를 원하는지 알 수가 없었다. 솔직히 말해서 저 정도면 매일 아침 거울을 보며 '아니, 미친, 거울에 대륙을 멸망시킬 만한 미남이!' 하며 놀라도 이해할 만한데.

물론 가장 큰 이유는 남의 얼굴 가져가서 유세 부리는 게 마음에 안 든다는 것이었다.

"아, 네. 뭐."

지엔이 고개를 슬쩍 돌리며 얼버무리자, 칼리스의 얼굴에서 미소가 빠르게 사라졌다. 그 모습을 본 하녀들이 다시 서로의 옆구리를 찌르며 속삭였다.

'저거 그거지?'

'그거야! 분명해!'

그렇게 하녀들에게 무척 흥미로운 구경거리를 제공한 세 사람은 황성으로 떠났다.

칼리스가 마차에 탈 때까지도 투덜대자, 결국 지엔이 한숨을 푹 쉬며 말했다.

"제가 사람들이 칼 님 보고 기절한 적 없냐고 물어봤잖아요. 그게 대체 무슨 뜻이겠어요?"

"흐음, 내 얼굴이 보고 기절할 만큼 잘생겼어?"

"네네, 그럼요."

엎드려 절받아 놓고도 칼리스는 퍽 만족스러워 보이는 표정이었다. 한편, 나세르는 옆에서 슬쩍 미간을 구겼다.

마차는 얼마 지나지 않아 황성에 도착했다. 과연 권력의 중심답게 루디나토 대공가는 황성에서 얼마 멀지 않은 곳에 있었다.

옷도 갈아입었겠다, 눈에 잘 띄지 않는 수행원 차림이니 시선 끌지 않고 구경할 수도 있겠다. 마침내 눈앞에 펼쳐진 황궁의 모습에 지엔의 얼굴은 싱글벙글해졌다.

그러나 마차에서 내리자마자 칼리스와 나세르가 그런 지엔의 팔을 양쪽에서 연행하듯이 붙잡았다.

지엔이 당황한 얼굴로 물었다.

"뭐, 뭐예요?"

"지엔, 너를 혼자 두고 갈 수 있을 리 없지 않나."

한숨을 내쉬며 말하는 나세르에 이어 칼리스가 말했다. 그는 드물게 나세르의 말에 동조했다.

"아무렴. 무슨 사고를 칠지 어떻게 알고?"

"제, 제가 언제요?"

그러나 바늘 끝도 안 들어갈 만큼 빈틈없는 그들의 표정을 본 지엔은 결국 태도를 바꿨다.

그녀가 간절하게 말했다.

"저 진짜 조용히 구경만 할게요. 부디 두고 가 주세요."

"미안하지만 그렇게는 안 되겠는걸? 넌 내가 태어나서 본 가장 큰 하녀야. 마법사의 입장에서도 이렇게나 희귀한 하녀는 오래 살았으면 좋겠거든. 그러니 잔말 말고 따라와."

아니, 제가 무슨 실험체입니까? 투덜거리는 지엔의 두 팔을 양쪽에서 붙잡은 두 사람이 망설임 없이 계단을 올랐다.

칼리스는 넓은 황성을 마치 제집처럼 헤집고 다녔다. 번번이 허탕을 친 칼리스가 한참 만에 깨달은 표정을 지으며 말했다.

"아, 그럼 그쪽에 있겠군."

"그쪽이라니요?"

"따라와."

그리고 칼은 지엔과 나세르를 이끌고는 궁을 아예 벗어나 버렸다.

얼마 안 가 나타난 넓은 정원의 모습에 지엔은 탄성을 터트렸다. 대공가 정원도 정말 넓었지만, 여기는 정말 미로 같았다. 색색의 꽃들이 정원을 가득 뒤덮고 있었는데, 개중에는 지엔이 생전 처음 보는 것들도 많았다.

지엔과 나세르를 덤불에 둘러싸인 흰색 테이블과 의자에 앉혀 둔 칼이 말했다.

"잠시 여기서 기다려. 분명히 미로 속에서 산책하고 있을 그 녀석을 데려올 테니까."

"산책? 미로 속을?"

그의 입에서 나온 무시할 수 없는 나세르가 중얼거리는 가운데, 지엔은 얼떨결에 앉게 된 의자를 불안한 듯 보며 물었다.

"저 정말 여기 앉아있어도 되는 거예요?"

평소에는 말도 안 되게 귀한 신분들이 티타임할 때나 쓸 법한 의자인데……. 칼리스는 손을 휘휘 내저었다.

"아, 걱정 마 걱정 마. 우리끼리인데 뭐. 게다가 그 녀석, 보기와는 달리 융통성이 아예 없진 않은 편이니까……."

"아까부터 대체 누굴 말하는 거지?"

"아아. 벨이라고, 내 사촌 동생."

그제야 지엔은 칼리스가 일행에 합류할 때, 그와 헤카테가 주고

받은 얼토당토않은 대화를 떠올렸다.

　　— 어쩌다 당신이 오게 된 거지?
　　— 응, 사촌 동생이랑 가위바위보 해서 졌거든.

　그리고 지엔의 얼굴이 일그러졌다.

　왠지 불안했다.

　왜 사촌 동생을 찾는데 황성에 온단 말인가? 게다가 벨이라는 애칭은 또 뭐고…….

　설마? 그렇게 생각한 지엔이 애써 고개를 내젓는 가운데, 몇 마디 더 지껄인 칼리스가 훌쩍 사라졌다.

　"아, 만약 그 녀석이 나보다 먼저 오거든, 금방 돌아올 테니 조금만 기다리라고 해. 마법을 쓰면 편하겠지만, 황궁에서는 허가받지 않은 마법의 사용이 불가능해서."

　"저기, 칼리스 씨……! 적어도 그 벨이라는 분의 인상착의는 말해 주고 가셔야……."

　그러나 칼리스는 이미 덤불 너머로 사라져 버린 뒤였다.

　잠시 그 자리를 멍하니 보던 두 사람은 고개를 설레설레 내저었다.

　이윽고 지엔이 한숨을 내쉬며 테이블 위로 무너져 내렸다. 그대로 고개만 옆으로 돌린 그녀가 중얼거렸다.

　"저 정말 여기 앉아 있어도 괜찮을까요?"

　나세르는 담담히 대답했다.

"아까 네가 오래 살길 바란다고 자기 입으로 말하지 않았나."

"하지만 여기는 다른 곳도 아니고 황성 정원이잖아요. 게다가 누군가의 개인 정원 같은데. 보통 이곳은 허가받지 않으면 못 들어오지 않나요?"

"……."

속세의 물정은 잘 모르지만 꽤 그럴듯하다고 생각한 나세르의 얼굴이 어두워졌다.

지엔이 다시 말했다.

"왜, 제가 백작령에 있을 때 하녀들한테 그런 얘기를 들었거든요. 〈왕자님의 정원에 핀 들장미〉라는 소설이었는데, 그걸 보면서 다들 현실감이 부족하다고 뭐라고 하지 않겠어요?"

"뭐라고 했는데?"

"주인공은 왕자님과 왕궁의 정원에서 우연히 마주쳤다가 '내가 보고 있는 것이 사람인지 장미인지 모르겠군.'이라는 소리를 듣지만, 보통 그 상황에서는 발각되자마자 목이 잘려 정원에 있는 게 장미인지 피인지 알 수 없게 된다고요."

"……이만 일어나는 게 좋겠군."

나세르가 굳어진 얼굴로 말하던 그때, 부스럭거리는 소리가 들려왔다.

두 사람은 일제히 고개를 돌렸다.

지엔은 재빨리 자리에서 일어나려고 했지만, 인기척의 주인이 다가오는 것이 더 빨랐다. 소리를 들었을 때는 분명 아직 수풀 속이었던 것 같은데, 그렇게 생각하며 지엔은 간신히 고개를 들었다.

짙은 검은색 머리칼은 짧게 잘라서 귀가 시원하게 드러나 보였고, 빛을 받은 부분은 선명한 녹색이었다. 선명하고 짙은 눈매, 오뚝한 코와 날렵한 턱선은 칼과도 비슷했지만, 차갑게 가라앉은 눈과 굳게 다물린 입술이 그와는 전혀 다른 성정의 인간임을 짐작케 했다.

무엇보다도 가장 인상적인 것은 눈동자였다. 금빛이었으나, 매일 아침 새로 태어나는 태양의 찬란한 금빛이 아니었다. 낡은 유물이나 사막의 모래처럼 이미 오래전에 죽어 풍화된 빛.

그와 눈이 마주친 순간 지엔은 깨달았다.

누가 굳이 알려 주지 않았는데도 알 수 있었다.

이 사람이다.

세 여인 중에 가장 마지막, 강철 심장을 가져갔던 여인.

바위처럼 굳어진 지엔의 눈앞에 스쳐 지나가는 환상이 있었다.

— *나는 당신을 사랑해요.*

그리고 다가와서 자신의 뺨을 쥐던 따뜻한 손. 대조적으로 얼음장 같던 입맞춤.

그 기억을 떠올린 지엔의 얼굴이 일그러졌다.

만약 그 기억이 사실이라면, 그 여인은 세 여인들 중 자신을 사랑한다고 말했던 유일한 여인이었다.

그 여인이 지금 전생의 자신의 심장을 가진 채 이 자리에 서 있었다.

아무도 사랑하지 못하는 강철 심장을.

그때 부스럭, 소리가 들리며 수풀 속에서 한 인영이 튀어나왔다.

남자는 여전히 지엔을 쳐다보는 채로 고개만 돌렸다.

이마에 맺힌 땀을 닦은 칼리스가 외쳤다.

"야, 벨! 내가 찾는 소리 들었으면 대답 좀 해 주지."

"못 들었다."

"나 참, 언제 봐도 재미없는 녀석."

가볍게 투덜거린 칼리스가 곧 쾌활한 얼굴로 벨이라 불린 남자의 어깨에 팔을 걸쳤다.

두 사람이 나란히 서자 둘의 대조적인 분위기가 더욱 두드러졌다.

벨이라고 불린 남자가 시종일관 무표정한 반면, 칼리스는 평소처럼 빙글빙글 웃으며 말했다.

"소개하지. 내가 말했던 사촌 벨, 아니, 벨하르트."

벨하르트? 지엔은 입속으로 그 이름을 되뇌었다.

익숙한 이름이었다. 아니, 익숙하다 못해 아니라 귀에 끔찍하게 달라붙는 이름이었다. 이 제국 사람으로서 그 이름을 어떻게 모를 수가 있겠는가?

나세르가 지엔보다도 먼저 한쪽 무릎을 꿇었다. 뒤늦게 정신을 차린 그녀가 황급히 그를 따라서 무릎 꿇었다.

고개를 조아린 나세르가 말했다.

"제국의 작은 태양을 뵙습니다."

"작은 태양을 뵙습니다."

지엔도 나세르를 따라 황태자를 보았을 때의 인사말을 읊조렸다. 평생 자신의 입에서 나오리라 생각한 적 없던 말이었다.

자신의 정수리에 따끔따끔하게 꽂히는 시선을 느끼며 지엔은 울상지었다.

처음 눈이 마주친 순간부터 감정이 있는지 의심될 정도로 계속 무표정하던 벨하르트였지만, 지엔은 알고 있었다.

자신과 눈이 마주친 그 순간부터, 그의 눈동자는 자신에게서 한 번도 떨어진 적이 없다는 것을.

몸을 더욱 낮춘 지엔이 입속으로만 읊조렸다.

나는 저 사람을 알아봤어.

그리고 저 사람도 나를 알아봤어.

바야흐로 본격적인 전쟁의 시작이었다.

〈다음 권에서 계속〉